FILE EN DOUCE,

OUBLIE-MOI

T0083425

ANGELIKA MEIER

FILE EN DOUCE, OUBLIE-MOI

Traduit de l'allemand par Marie Bouquet
avec la collaboration de Magali Girault

DIAPHANES

I've come to hate my body
and all that it requires in this world
I'd like to know completely
what others so discreetly talk about

Velvet Underground, *Candy says*

plus un mot ;
[...] La mer déroule sa rumeur

Alexandre Pouchkine, *Extraits du voyage d'Onéguine*

Trad. André Markowicz

1.

Patient crie sans relâche. Je dois pourtant l'abandonner un certain temps à lui-même et je me contente de lui donner le biberon de jus de rhubarbe à l'opium dans l'espoir qu'il se tienne tranquille quelques minutes. *De l'opium et de la rhubarbe, c'est tout ce que je peux faire pour vous pour l'instant.* Il tire goulûment sur la tétine du biberon en me regardant, plein de reproches, à travers les verres de ses lunettes, et je remarque qu'un nouveau régiment de ses cheveux a profité de la séance de soins spéciaux de la veille pour passer à l'ennemi, derrière la ligne du front. J'adresse au patient un signe de tête plein d'indulgence, ou plutôt sollicitant la sienne – je suis son médecin et son référent et je sais qu'il est de mon devoir de m'occuper de lui et de ses criailleries en permanence. Mais, après tout, ce n'est qu'un patient parmi beaucoup d'autres, et surtout, je suis référent de mon propre cas et il est aussi de mon devoir de remettre à la direction de la clinique un rapport sur moi-même en bonne et due forme avant la fin de l'année. Je tourne donc le dos au patient et, comme il fallait s'y attendre, il se remet à crier. Il commence à crier et je commence à écrire.

À peine ai-je le temps de confier au clavier les deux lettres du mot *je* que je dois à nouveau m'interrompre. Cris du patient prennent des accents inhumains ou plutôt surhumains. Je quitte mon bureau en soupirant et retourne à son lit. Son biberon est vide et il l'a violemment lancé contre le mur, ce qui semble l'avoir rendu plus furieux encore car, contrairement à lui, la bouteille de plastique ne veut pas se briser, et pendant que je me penche encore une fois, cette fois méchamment, pour ramasser le biberon à la manière d'une des infirmières, en poussant ostensiblement un long, un lent, un indolent soupir d'indulgence, j'ai le réflexe d'éviter d'offrir le dos ou la nuque à ses coups de pied ou de poing. Je gagne le couloir en sifflotant pour remplir le biberon à l'une des fontaines, il m'observe à travers la paroi vitrée, ce qui le calme et ses cris se transforment en une claire mélopée sans paroles qui s'apaise finalement dans le doux ressac du murmure émerveillé des mots *Pampelune ! Pampelune !* qui lui est habituel.

Cette fois, enfin, il prend le biberon avec un hochement de tête poli, tête qui branle un peu tandis qu'il le place devant son visage comme une clarinette, le porte à ses lèvres et teste avec ses dents le bec de la tétine plastifiée, puis ferme les yeux en buvant voluptueusement. Je me rassois au petit bureau dans le coin de sa chambre et, pendant qu'il boit, je l'observe par-dessus mon écran, accoudé à la table, le menton appuyé sur les pouces de mes mains jointes qui cachent ma bouche et mon nez comme pour une prière de désespoir, ou plutôt de fausse dévotion. Mon regard devient lentement vitreux à considérer le mouvement de balancement du patient.

C'est maintenant que je devrais écrire, au moins une première phrase, vite, car il va bientôt revenir à lui et se mettre à parler. J'observe une nouvelle fois l'étonnante rapidité avec laquelle ses traits déformés par l'idiotie reprennent leur place, un spectacle naturel comme une animation météorologique, petit à petit, l'esprit revient sur son visage et je repousse donc une nouvelle fois la rédaction de mon rapport.

« Dites-moi, docteur, vous ai-je déjà dit que vous êtes con comme un manche mal dégrossi ?

– Il vous est arrivé d'y faire allusion, professeur.

– Hum, oui, c'est bien ce qu'il me semblait. Ma foi, on ne le dira jamais assez. Où en étions-nous restés hier ?

– Vous essayiez de m'expliquer votre conception de l'astrologie comme un fétichisme des noms projeté sur l'avenir.

– Ah oui, c'est cela. Vous notez ?

– Oui, bien sûr », je change vite de fichier. « Allez-y, je suis tout ouïe.

– Bah, de toute façon vous n'y comprenez rien, vous autres médecins, vous ne comprenez jamais rien aux choses essentielles de la vie !

– C'est possible, mais ne vous inquiétez pas, pour prendre des notes, ce que je comprends est bien suffisant.

– Bon, très bien. Alors, notez. Méchant docteur, charognard retors, misérable fils de pute, cathéter de Satan ! Ah, ce cher livre, ce cher beau papier !

– Est-ce que je dois... ?

– Non, bien sûr que non, je suis encore en train de réfléchir. Autrefois, il me semblait que, selon la civilisation propre à la période, l'ambivalence des constellations menait soit à la magie, donc à une monstrueuse extase rituelle, soit à une diastase mathématico-contemplative, c'est-à-dire à une mise en forme, à une cosmologie. Oui, exactement, c'est ainsi qu'il... que je l'ai dit. Vous avez noté ?

– Oui, oui.

– Soit la magie, donc croire qu'il est possible de lire les signes du temps, prendre les noms au pied de la lettre, triompher de la confusion du monde, tripoter le sacré de ses petites mains sales, soit l'examen critique qui tranche, la distance, l'abstraction. Vous avez noté ?

– Oui, oui.

– Et vous comprenez ?

– Hum... à peu près, ça dépend de ce qui va suivre.

– Oui, pour vous autres, ça dépend toujours de ce qui va suivre, toujours vouloir connaître la suite, gros porcs de médecins ! » De sa voix éraillée, brisée par les braillements, il émet un rire de mépris. « Pronostic très *favorable* – pronostic très *défavorable* ! Ça dépend de comment monsieur le docteur chie ou baise, mais il veut toujours savoir ce qui va suivre ! Mais, c'en est fini ! Désormais, ça ne compte plus ! Plus jamais !

– Calmez-vous maintenant, professeur, ou bien je vous remets au lit – sans rhubarbe à l'opium ! »

Patient s'abîme dans un tourbillon d'injures, hurle les pires obscénités comme à son habitude mais se calme rapidement à la menace d'un alitement de cinq jours et à la vue de la perfusion de somnifère, il s'excuse, avoue que sa fureur n'était qu'une posture et admet que ce n'est pas le bon jour pour continuer son travail scientifique. Ensuite, patient de bonne composition, gentil et attentionné jusqu'au soir, est autorisé à accompagner référent sur la grande terrasse pour dîner.

Bien qu'il ait parfaitement conscience de ses obsessions, patient soumis à l'idée fixe que les cadavres en décomposition des membres de sa famille assassinés par la direction de la clinique ont été mêlés à son repas, de ce fait, il se fait désormais servir en double l'entrée, le plat et le dessert et réussit à manger à peu près sans crainte dans l'une des deux assiettes, pour autant que l'autre reste intacte à côté de lui, et que, par cette ruse, patient puisse se persuader ne pas avoir mangé les siens.

Après le repas, patient parfaitement satisfait et calme, tête de biais posée dans la main, se balançant au rythme de la musique douce portée par le vent, il sourit aux musiciens avec gratitude. Je l'imite involontairement. C'est une belle soirée de mai, presque irréelle, l'air n'a jamais été aussi léger, réchauffé par le soleil et pourtant frais, et le parfum des lilas enveloppe tout le bâtiment. J'inspire encore faiblement ce parfum et laisse errer un regard que la journée a rendu hagard, il se laisse tomber dans l'herbe puis, suivant la douce cascade de pelouse verdoyante, roule jusqu'au bas de la vallée où la nuit tombante le dérobe à mes yeux. Entrant par eux, un agréable néant noir s'empare de la totalité de mon esprit, ce qui me fait prendre un temps les murmures du patient pour un ruisseau invisible jusqu'à ce que, avec l'augmentation du volume de son discours, le paysage vespéral emplisse à nouveau l'écran qui s'était dressé devant moi.

« *Cohérence, cohérence – incohérence, incohérence !* C'est ainsi qu'il s'est exprimé ! Ainsi et pas autrement ! Pampelune, Pampelune !

– Oui, professeur.

– Docteur, vous êtes un grand pécheur, en avez-vous seulement conscience ?

– Oui, professeur.

– Sérieusement, ne voulez-vous pas m'avouer tous vos péchés ?

– Je ne suis pas catholique, professeur, je ne crois pas à la confession.

– Mais qu'allez-vous devenir ?

– Il faudrait pouvoir lire dans les astres...

– C'est vrai ? Je pensais que là-haut... Pour l'amour de Dieu, venez ! » Il se lève d'un bond, aux tables voisines patients et médecins nous lancent des regards courroucés car, maintenant, il gène vraiment le quatuor à cordes. « S'il y a encore quelque chose à déchiffrer là-haut – il faut que nous allions le noter, venez, venez donc, au nom du ciel !

– Chuuuuttt, là, là... » Je le tire par le bras pour le rassoir sur son siège et le regarde d'un œil bienveillant, ou peut-être plutôt menaçant. « Je ne faisais que plaisanter, excusez-moi, c'était idiot de ma part, j'aurais dû savoir que vous alliez vous emballer. Ne vous inquiétez pas, il n'y a rien d'écrit là-haut.

– Mais... mais... », troublé, il retire ses lunettes et les astique si énergiquement à l'aide du tombant de la nappe que je crains de voir le verre voler en éclats d'une seconde à l'autre. « S'il en est ainsi... qu'allez-vous devenir ? »

Je hausse les épaules :

« C'est la direction de la clinique qui en décidera. Dès qu'ils recevront mon rapport.

– Ah, Dieu merci ! » Il pousse un soupir puis remet ses lunettes. « Donc, tout est en ordre !

– Venez, professeur, il est tard, je vais vous mettre au lit.

– Oh, non, s'il vous plaît, pas tout de suite ! Il est encore tôt, venez, asseyons-nous un peu dans l'herbe.

– Bon, très bien, mais pas longtemps, d'accord ? Et ensuite vous irez au lit sans faire de comédie, compris ?

– Oui, oui, pas de comédie, jamais de comédie... »

La tête pendante, il se fraie un chemin qui serpente sur la terrasse de bois sombre selon un tracé absurde, il fait deux fois le tour de certaines tables tandis que je l'attends patiemment à l'autre bout puis, comme d'habitude, lui prends la main une fois qu'il m'a rejoint car il ne veut pas faire seul le premier pas pour descendre de la terrasse sur la pelouse. Dès qu'il a réussi, il reprend contenance et, les mains dans les poches, avance lentement vers le bas du talus herbeux, bombant le torse avec élégance, les genoux tout en souplesse, et se laisse finalement tomber sur son fond de culotte en poussant un soupir de contentement. Nous restons un moment assis l'un à côté de l'autre, dans l'herbe, en silence, décontractés, les bras autour de nos genoux largement écartés, nous portons tous les deux le même smoking de rigueur à la clinique, à cette différence près que le mien me va beaucoup mieux car j'ai vingt ans de moins que le professeur et, en outre, je suis tout ce qu'on doit être pour bien porter le costume, ce qui est un avantage, car la plupart des gens confondent encore cette capacité avec un nombre quasi illimité de compétences et un tempérament positif.

« Est-ce que vous parlerez de moi dans votre rapport, docteur ?

– Non, pour quelle raison ? Je n'ai de comptes à rendre que sur moi-même.

– Oh, pourriez-vous répéter cela, s'il vous plaît ? »

Je lui fais ce plaisir, ce qui a l'air de l'apaiser. Il opine plusieurs fois du chef, lentement, de manière appuyée, afin que, par ce mouvement, les propos entendus remplissent son système limbique et, à partir de là, se diffusent dans tout son corps via des centaines de petits tuyaux pour éteindre le feu couvant de ses angoisses. Tandis qu'il laisse cette eau l'éteindre, il émet de petits chuintements tout en me souriant d'un air ambigu. Il a honte de son obsession pour son corps symbolique et en même temps, il est extrêmement fier de cette manie des images. Il est grand temps d'interrompre ce rituel vespéral :

« Bon, ça suffit maintenant, retenez-vous, professeur ! »

Mais, c'est déjà trop tard, je le vois à sa mine soudain contrite et, en même temps, j'imagine déjà les jurons de l'infirmière qui va devoir encore une fois lui enlever son pantalon plein de pisse avant de le mettre au lit. Dans un geste de réconfort, ou plutôt d'hypocrisie, je lui tapote l'avant-bras sur lequel je tire aussitôt afin de le relever, mais il pèse de tout son poids et commence à pleurnicher :

« Oh non, s'il vous plaît s'il vous plaît, pas encore au lit ! s'il vous plaît, pas encore !

– Ça suffit maintenant, debout...

– Est-ce que vous demanderez pardon dans votre rapport ?

– Ça suffit, nom de Dieu de...

– Non, s'il vous plaît, répondez juste à cette question ! Vous demanderez pardon ? »

En poussant un gémissement, je le lâche et me laisse retomber dans l'herbe. Toute la vallée est plongée dans l'obscurité mais le parfum des lilas persiste et se répand discrètement autour de nous sur la pelouse désormais humide, plus seulement pour le patient.

« Non, je ne pense pas. Ce serait indécent, me semble-t-il. »

Patient opine du chef, compréhensif. Toutes ses capacités intellectuelles se sont d'un coup rassemblées loyalement autour de lui, comme toujours quand il flaire avec un instinct infaillible qu'il a une occasion de jouer de son autorité. Voix et regard sont parfaitement clairs, juste teintés d'un soupçon de mélancolie savamment dosé :

« Oui, j'aurais également tendance à voir les choses ainsi. Au-delà du fait que ça ne sert à rien, c'est effectivement indécent ou, du moins, déplacé de dire les choses de manière si explicite. Voyez-vous, un de mes jeunes collègues très doué a dit un jour : *on demande toujours pardon quand on écrit*. Donc, à quoi bon remettre ça sur le tapis, pas vrai ?

– Hum, je ne sais pas si je lui donnerais raison, professeur, mais en tout cas, ce serait vraiment déplacé. Est-ce que je peux enfin vous mettre au lit maintenant ?

– Oui, bien sûr, qu'attendons-nous pour y aller ? Je suis terriblement fatigué – je ne suis même pas sûr de réussir à faire le chemin. Aidez-moi donc ! Pourquoi ne m'aidez-vous pas, misérable fils de pute. Cathéter de Satan, maudit !

– Oui, professeur. Debout ! »

Aller au lit est toujours le plus pénible. Patient s'accroche à référent comme un ivrogne, et sa somnolence ne me permet de gravir le chemin du retour qu'en titubant. Conformément au règlement, les petits groupes de dîneurs ont quitté leur table, seule une jeune patiente, connue pour être toujours en retard et vêtue d'une robe asiatique de soie blanche, patine avec une maladresse désinvolte sur les lames dépolies de la terrasse en direction du bungalow de verre de la clinique, une main sur la nuque de son médecin qui la tient par la taille. Tous les deux rient tout bas jusqu'au moment où le médecin, mon cher collègue le docteur Dänemark, arrivé à la grande porte coulissante, ôte de ses épaules le bras de la patiente, réclame d'une mine sévère la fin de cet enfantillage et, prenant calmement par le coude la jeune femme qui hoche la tête d'un air docile, ou plutôt narquois, la fait entrer dans le bâtiment où règne désormais l'agitation étrangement silencieuse des préparatifs nocturnes, bâtiment qui flotte dans l'obscurité chargée du parfum des lilas, brillant comme un cube de lumière.

2.

Quelques heures plus tard, après m'être occupé en plus du professeur de deux patientes particulièrement exigeantes, je me retrouve enfin assis devant mon écran vide, dans un couloir désert au milieu de la nuit, à écouter distraitement, ou plutôt à la recherche d'une distraction, les annonces nocturnes au son assourdi diffusées sur mon ordinateur à partir du micro central, *Le docteur Holm est attendu en salle des voix, docteur Holm en salle des voix, s'il vous plaît ! Le docteur Engelein est attendu pour un rapport sexuel, docteur Engelein pour un RS, s'il vous plaît,* je cherche le bon mot, le bon ton, qui bien sûr ne vient pas, justement parce que je le cherche trop, donc, au fond, pas du tout. Je ne trouve rien d'autre pour me tirer d'affaire que de me raccrocher – mon orgueil dût-il en souffrir – à la formule introductive d'usage pour ce genre de rapport, j'écris donc avec un soupir de résignation :

Par la présente, je déclare que je suis parfaitement conscient du fait que l'exercice de la médecine sur l'homme, comme l'architecture, est avant tout un travail sur soi-même. C'est pourquoi je Vous prie de bien vouloir juger, après examen minutieux de ma personne, si je me suis montré jusqu'ici à la hauteur de ce travail. Car, quel que je puisse être, je suis connu de Vous seul, Vous seul, qui êtes le cœur de mon être médical, êtes capable de me lire et c'est pourquoi je Vous soumets mon rapport afin que Vous en preniez connaissance, en me taisant et sans me taire : silence des lèvres, cri du cœur.

« Eh oui, c'est plus facile de taper sur le clavier les formules toutes faites que ses propres mots, pas vrai ? »

Je sursaute, effrayé, je n'ai pas entendu le docteur Dänemark arriver, il regarde l'écran par-dessus mon épaule, penché derrière moi, un sourire suffisant aux lèvres. Sa joue est si proche de la mienne que je sens son après-rasage trop délicat, je respire difficilement, il fait quelques hochements de tête en souriant d'un air endormi, puis il se redresse avec entrain et me tapote l'épaule en me lançant, alors qu'il s'apprête à partir :

« Vous vous en sortez très bien, von Stern, respectez les formes et tout se passera bien – en tout cas, pour moi, ça a marché. Après tout, je suis encore ici, à ce qu'il paraît.

– Oui, merci du conseil – bon courage pour le service de nuit !

– À vous aussi, cher collègue, à vous aussi ! »

Référent regarde Dänemark longer le couloir intermi- nable en sifflotant comme s'il avait l'esprit ailleurs, et référent est presque sûr que Dänemark sait que référent sait que c'est une dangereuse absurdité de croire que la direction de la clinique pourrait se contenter d'un rapport purement formel. Un peu contrarié, au fond moins à cause de lui qu'à cause de mon manque d'assurance, je secoue la tête et j'écris en vitesse la dernière phrase de l'introduction standard : *Vous n'apprendrez de moi rien de vrai que Vous ne m'ayez d'abord dit Vous-même*, avant de commencer ma ronde de contrôle.

Les mains croisées derrière mon dos exagérément droit, je fais de lents allers-retours dans le couloir tout en tournant la tête en rythme, à gauche puis à droite, pour détendre un peu ma nuque contractée. Le calme règne dans toutes les chambres, les patients dorment paisible- ment sur leurs grands et beaux lits tendus de batiste de soie couleur champagne sauf ceux qui ont l'autorisation de faire leurs exercices de course à pied la nuit aussi. Comme toujours, les sens en éveil mais l'esprit ailleurs, j'observe les visages endormis séparés par de simples parois de verre, ils forment une série d'images défilant par à-coups devant moi et, lorsque je dors moi-même deux heures au petit jour, ils apparaissent constamment devant mon œil intérieur comme la rémanence bleu fluo d'un paradigme du sommeil, ce faisant, je me répète dans un murmure la dernière phrase de l'ouverture de mon rapport : *Vous n'apprendrez de moi rien de vrai que Vous ne m'ayez d'abord dit Vous-même. Vous n'apprendrez de moi...* Il se peut que cette phrase soit juste considérée comme un vague point de repère ou même comme une simple formalité, je ne sais pas si ceux qui l'ont écrite avant moi en ont secrètement ri ou pas. Mais, je me rends soudain compte à quel point elle est vraie, effectivement vraie, et je vais donc attendre patiemment que l'on m'apprenne ce que je pourrais écrire de vrai.

Cette découverte de mon attentisme au sens littéral, ou plutôt du fait que je m'y sois résolu, est certes un peu embarrassante car cela ne cadre pas tout à fait avec l'image que j'ai de moi, image qui correspond pourtant pleinement à la réalité puisqu'elle a pour seule base l'apparence impeccable que me renvoie le miroir, mais en même temps, cette découverte représente un immense soulagement et, après avoir bouclé ma ronde de contrôle, je me dirige vers la salle des voix pour remplacer le docteur Holm.

La rotonde de la salle des voix qui, à bien y regarder, n'est pas du tout une rotonde mais un octogone dont les angles disparaissent juste un peu sous le gras de l'arrondi baroquisant des murs qui les relient, est comme toujours éclairée d'une lumière éblouissante et les quatre hautes portes à battants marquant les quatre points cardinaux sont si largement ouvertes que, rabattues, elles se collent contre les murs extérieurs de l'octogone avec ardeur en s'étirant telles des danseuses, comme si la salle voulait tendre ses seins de cadavre à la beauté monstrueuse vers les quatre corridors célestes qui confluent en elle. Comme toujours quand je flâne en direction de la salle des voix, me conformant rigoureusement au registre iconographique de mon état, les mains enfouies dans les poches distendues de ma blouse avec un art consommé de la négligence, je hoche la tête avec un sourire de condescendance ému pour dissimuler que la vue de cette salle trop kitsch, malgré l'évidence de son ridicule et bien que je travaille ici depuis des années, me remplit chaque fois d'un malaise qu'il me semble trop théâtral d'appeler de la peur.

Référent ne doit pas se laisser impressionner par la salle des voix, c'est même écrit dans son contrat de travail, dans une clause d'ailleurs totalement superflue. Référent n'a rien à craindre puisque, au fond, il sait tout d'elle. Contrairement aux patients, il sait que la forme arrondie de la salle, son alignement par rapport aux quatre points cardinaux, ses murs de pierre chaulés blanc-rose comme des coquillages, d'ailleurs les seuls murs de pierre de tout le bâtiment, le parquet de chêne étrangement clair, les hautes portes en bois blanches, la lumière aveuglante qui rayonne en permanence jusque dans les couloirs – que tout cela doit donner l'impression que la salle est le cœur intime de la clinique. Les patients ont beau le croire parce qu'ils n'ont pas la possibilité de se faire une idée globale de toute l'unité et encore moins de toute la clinique, elle n'est pourtant pas le centre du bâtiment, mais se trouve plus exactement dans l'angle nord-est de l'unité. Et à la différence des patients, référent sait que la salle n'a rien d'extraordinaire, car les trois unités de notre clinique ont leur propre salle des voix et les trois sont parfaitement identiques. Ainsi, s'il m'arrivait un jour, que la direction de la clinique m'en préserve, d'errer à travers l'établissement en proie à l'affolement et de me trouver soudain devant la salle des voix, je serais incapable de savoir si je suis dans l'unité A, la mienne, dans la B ou la C. Mais heureusement, référent sait parfaitement où il se trouve et voilà déjà le docteur Holm qui vient à ma rencontre, un sourire fatigué aux lèvres, les mains enfouies dans les poches de sa blouse, exactement comme moi.

Arrivés à un mètre l'un de l'autre, chacun tire lentement sa lourde main droite de la blouse et l'une serre l'autre, par le demi-point de croix que forment nos bras, nous cousons nos silhouettes l'une à l'autre, avec la nonchalance de la routine mais la force contenue d'une empathie sincère, car nous nous apprécions beaucoup, en tout cas, référent apprécie beaucoup l'autre référent.

« Nuit difficile, docteur Holm ? Plus de voix que d'habitude ?

– Non, non, rien d'exceptionnel, ça vient plutôt de moi. J'ai l'air si fatigué que ça ? »

Il sourit avec une ironic parfaitement calculée et n'en paraît que plus fatigué encore, ce qui, à l'inverse, lui donne l'air terriblement vivant. Il sait qu'il doit l'essentiel de son charme notoire à cette comédie de la fatigue qui, une fois par minute, avec la précision mécanique d'un glockenspiel, soulève le voile opaque recouvrant ses yeux et révèle à son vis-à-vis l'ostensoir de sa flamme verte pour un instant si court qu'on ne sait jamais si on l'a réellement vu ou seulement rêvé. Au plus tard après quelques semaines passées chez nous, la plupart des patientes sont complètement folles de ses allures désinvoltes de félin surmené, même celles qui, en fait, ne le sont pas du tout jouent les folles en sa présence. Beaucoup n'acceptent de recevoir les chocs que de lui et lui-même essaie, par souci des convenances, de se mépriser au moins de temps à autre pour l'incongruité de cet enthousiasme hystérique, ou plutôt pour la dépendance qu'il suscite chez lui. Il est vrai que ses accès de contrition mensuels, provoqués par le cognac, sont étroitement limités dans leur déploiement pour la simple et bonne raison qu'il est au fond de son devoir de ranimer une variante devenue rare de l'hystérie autoérotique, dans laquelle les sujets examinés se croient obligés d'emprunter le détour superflu et fort pénible d'une projection sur une autre personne pour arriver à leur but.

« Oui, en effet, Holm, vous avez l'air particulièrement fatigué aujourd'hui, si je peux me permettre cette remarque.

– Oh, merci du compliment. » Il me fait un clin d'œil et poursuit plus sérieusement : « Et surtout, merci de me remplacer une fois encore, c'est vraiment très gentil de votre part.

– Il n'y a pas de quoi, ça me fait vraiment plaisir. Qui plus est, je voulais profiter de l'occasion pour vous demander quelque chose...

– Allez-y ! »

Mais au lieu de poser ma question, je me contente de tourner avec embarras la tête à droite et à gauche, là où les patients sont allongés les uns derrière les autres dans le couloir sur leurs haies de lits et écoutent les faibles voix qui viennent de la salle, certains gémissent, d'autres ricanent. Mais, la plupart des patients regardent, inexpressifs, le ciel sombre qui semble leur tomber dessus à travers le plafond de verre. Holm comprend, tire sur ma main droite afin de me rapprocher de lui et demande à voix basse :

« Vous voulez dire, en aparté ? Il s'agit de votre rapport, n'est-ce pas ?

– Oui, exactement. Vous savez qu'il faut que je l'écrive rapidement.

– Oui, oui, c'est votre tour, Dänemark y a fait allusion récemment. Mais vous avez encore du temps d'ici la fin de l'année, non ? Neuf mois, c'est largement suffisant, le délai idéal pour ainsi dire.

– Sept et demi.

– Bon d'accord, ça vous laisse quand même le temps. C'est idiot, mais nous devons tous en passer par là. Un peu plus de cernes, d'insomnies, de voix et ainsi de suite, pas une sinécure mais, mon Dieu ! pas un martyre non plus. Arrangez-vous pour écrire ça d'un trait, tout simplement, ça vient comme ça vient, comme on dit. De toute façon, les critères d'évaluation sont impénétrables, donc, pas la peine de vous faire du souci inutilement, au moins à ce sujet.

– Hum, en effet, c'est extrêmement rassurant.

– Oui, oui, je sais, dans l'ensemble, ce n'est pas très réjouissant mais c'est comme ça. Mais vous aviez peut-être une question plus concrète... ?

– N-Non, pas vraiment, c'est-à-dire... je voulais vous demander si, peut-être, éventuellement, une fois que j'aurais quelques pages, vous pourriez jeter un œil...

– Ah, ça, c'est une mauvaise blague ! » Il éclate d'un rire nerveux, lâche subitement ma main et, pour un instant, oublie complètement sa fatigue lascive, mais il se ressaisit aussitôt. « Nous en reparlerons une autre fois, les voix vous attendent, malheureusement.

– Oui, très bien, j'y vais alors. Quelque chose de particulier à...

– N-non, je ne crois pas. Ah, si – la pauvre Mme Schneider. Elle dit que, nuit et jour, elle rêve sans cesse de la phrase *Je voudrais tant voir Gênes, Italie,* et elle entendrait dire cette phrase aussi bien en son for intérieur que venant de la salle. Et maintenant, vous vous en doutez, elle veut me faire avaler que *Gênes, Italie* ne signifie rien d'autre que *génitale*, bref parties génitales, bien sûr. La brave dame tient absolument à ce que son inconscient se promène du côté des parties génitales, toujours la même chanson, c'est ainsi qu'on l'aurait compris autrefois, consultez une encyclopédie, docteur, j'ai bien cherché, *Gênes, Italie* ne peut se traduire que par *parties génitales* et ainsi de suite. Mais on ne peut pas laisser passer n'importe quelle ineptie sous prétexte qu'elle est historique. La semaine prochaine, elle part pour l'Italie, la direction de la clinique a déjà préparé ses documents de sortie et réservé les vols et les hôtels, lundi, notre pauvre Mme Schneider sera à Gênes, elle peut pleurnicher tant qu'elle veut. Mais jusque-là, elle va encore nous donner du fil à retordre.

– Très bien, merci de m'avoir prévenu.

– C'est la moindre des choses – mille mercis encore une fois !

– Je vous en prie, docteur Holm !

– Non, je *vous* en prie, mon cher docteur von Stern !

– Non, j'y tiens, je *vous* en prie, docteur Holm ! »

Nous rions exagérément fort, comme toujours lorsque nous jouons à ce jeu stupide qui n'amuse plus aucun de nous deux, après toutes ces années, mais auquel nous ne voulons pas renoncer par mesure d'hygiène. Car, après avoir ri, nous pouvons chaque fois respirer profondément, ce qu'on ne réussit généralement plus à faire seul, le visage ouvert, grave dans le miroir de l'autre, jusqu'à ce que les arcs costaux se dilatent, puis nous prenons congé l'un de l'autre avec un petit hochement de tête souriant et nous nous éloignons, chacun dans sa direction.

3.

Evelyn, mon fils de cœur, est déjà devant la porte de la salle des voix et me sourit, perdu dans ses rêves. Mais peut-être ne me voit-il même pas et cette mimique de chaton, qui ferme ses yeux bleu foncé en deux fentes obliques pour les rouvrir ensuite plus ronds encore, dans une sorte de clignement au ralenti, n'est-elle due qu'à l'intensité contemplative avec laquelle il tête son biberon de rhubarbe à l'opium.

Il est encore en smoking et n'a retiré que le col cassé qui lui va si bien, au-dessus de sa chemise sans col légèrement jaunie, dont je m'aperçois en m'approchant que c'est en fait sa chemise de nuit, son cou découvert semble encore plus blanc que d'habitude. Je lui ôte le biberon de la bouche en secouant la tête :

« Mon cher Evelyn, vous devriez être au lit depuis longtemps.

– Oui, papa, je sais, mais je n'arrive pas à dormir.

– Pourtant vous dormez debout, vous vous endormez presque en tétant votre opium.

– Oui, papa, mais dès que je me couche, je me sens à nouveau tout éveillé. Je voulais encore discuter de deux ou trois choses avec toi. Ça me turlupine tout ça et...

– Je ne discuterai de rien avec vous tant que vous m'appellerez Papa.

– S'il te plaît, mon cher père...

– Pas de discussion, mon garçon ! Tant que vous vous imaginerez être mon fils, je ne pourrai pas vous aider, et vous le savez aussi bien que moi, combien de fois faudra-t-il que je le répète ! Vous ne faites que prolonger vos souffrances inutilement. Et quand bien même vous auriez pris goût à ces souffrances et éprouveriez un certain plaisir à les prolonger sans autorisation, il ne m'est pourtant pas permis de vous encourager dans cette voie.

– Oui, je sais, docteur. Puis-je reprendre mon biberon, s'il vous plaît ?

– Oh, oui, bien sûr – voilà ! »

Comme tous les patients, patient avale son jus avec une avidité triste, en regardant référent avec le même air réprobateur que le professeur ce matin. Outre un reproche rituel sans aucun danger pour référent, apparaît maintenant dans les yeux d'Evelyn cette juste indifférence qui, de temps à autre, dilate le regard des patients avec dignité, comme si tout ne leur était pas simplement devenu égal depuis longtemps, mais avait en effet pris pour eux une valeur égale. Ce regard dilaté, qui constitue la pire épreuve pour le référent car c'est avec ce regard que les patients voient à travers lui, comme s'il ne valait pas la peine qu'on s'arrête à sa personne, n'est pas dû au détachement provoqué par l'opium – l'opium ne grise plus personne ici – mais plutôt à la ferveur hébétée avec laquelle ils se livrent à l'exhibitionnisme de cette tétée permanente qui, après une période d'adaptation, les transporte régulièrement dans une zone située au-delà de la honte. Mais, si cela se produit bien dans la réalité et pas seulement dans l'œil du référent, il est vrai que ça ne dure que quelques instants, la plupart du temps les patients ont un comportement honteux ou éhonté, ou les deux à la fois.

Evelyn commence lentement à m'énerver, avec ses yeux, il perturbe la liaison entre mes nerfs et le médiateur fixé entre mes côtes si bien que ça se met à penser en moi en toute tranquillité : *sous Ton regard, je suis devenu une question pour moi même, c'est précisément ce qui fait mon malheur.* Mais voilà qu'Evelyn baille à pleine bouche, une heure sonne à l'horloge et le fantôme disparaît de nouveau :

« Bon, ça suffit maintenant, au lit, Evelyn.

– Oui, tout de suite, bientôt, je veux juste écouter vite fait la fin de la retransmission.

– Non, ça peut encore durer des heures et, de toute façon, vous n'avez rien à faire ici. Je ne me souviens pas vous avoir prescrit des écoutes de voix, ou bien ai-je oublié quelque chose ?

– Non, mais peut-être que ça me ferait du bien – ah, je ne sais pas ce qui pourrait encore m'aider ! »

L'air contrit, il passe la main dans ses cheveux noirs que le coiffeur avait impeccablement gominés et divisés par une raie, mais sa fatigue repousse aisément cette crise de désespoir, par ailleurs assez molle, et lui fait pousser un nouveau bâillement peu volontariste.

« Allons, vous voyez bien, au lit maintenant, ou faut-il que j'appelle l'infirmier ?

– Encore juste une ou deux voix, s'il vous plaît !

– Pour la dernière fois, la salle des voix n'est pas pour vos oreilles.

– Mais qu'est-ce que je pourrais entendre de si terrible ? Celui qui écoute aux portes n'entend que sa propre honte, c'est tout.

– Très judicieux, mon garçon, mais vous n'en êtes pas encore là. Vous allez maintenant...

« – Papa ?

– Hein ?

– Est-ce que je suis un château enchanté ?

– Non, pas d'inquiétude, mon garçon, ce n'est pas le cas.

– Ah, comme c'est dommage, c'est terriblement dommage... »

Rêvant déjà à moitié, patient marmonne trois fois cette phrase entre ses dents, référent tapote doucement sur son épaule que patient hausse avec agacement comme s'il voulait chasser ma main, ce qu'il ne réussit pas tout à fait à vouloir puisque, avec un nouveau haussement, il replace un instant son épaule sous elle. Puis, il se décide enfin à partir et je le regarde tituber encore un moment en imitant, et pas si mal, ces regards émus que les humains se lançaient les uns aux autres pour s'assurer de leur capacité d'empathie.

Mais ce n'est pas le but de référent lorsqu'il suit patient de ses yeux émus, il a juste besoin d'un prétexte pour se défiler encore une minute devant la salle des voix qui plante son regard dans mon dos en silence, oui, en effet, elle se tait maintenant, les derniers échos des voix se sont éteints. Dans les lits, les patients attendent anxieusement des réponses, signe d'une panique contenue ou au moins d'un étonnement inquiet, ils commencent, l'un après l'autre, à lever leurs têtes de rêveurs éveillés aux yeux largement ouverts, pour les reposer aussitôt sur le coussin à cause de la douloureuse contraction de leur nuque, ce qui crée une sorte de canon désordonné des têtes qui se lèvent et s'abaissent sur les haies de lits, cependant la salle des voix persiste dans son silence stoïque parce que le changement d'équipe ne s'est pas fait dans les règles et que l'accumulation d'échos est désormais épuisée. Dans deux minutes au plus, le service d'intervention va arriver et demander ce qui se passe, mais je peux encore me défiler trente secondes en regardant, fasciné, Evelyn qui continue de tituber jusqu'à ce qu'il s'effondre, comme chaque soir, au bout du couloir, juste avant la porte de sa chambre où un infirmier le relèvera pour le mettre au lit accompagné de mon regard soi-disant ému, ce qui ne signifie pas qu'Evelyn ne suscite pas effectivement chez moi quelque chose de l'ordre de l'émotion vraie, ou plutôt du franc sentiment de culpabilité, car moi qui suis depuis longtemps libéré de la galerie des glaces de ma vie antérieure, je peux éprouver des sentiments qui n'ont plus rien de malsain, Evelyn qui, juste avant de tomber de fatigue, s'efforce encore d'imiter ma démarche et y réussit si bien que c'en est vexant. Il faut juste qu'ils n'aient aucune importance pour patient, et encore moins pour référent.

Ce n'est pas seulement irresponsable, mais aussi absurde, et même complètement puéril de la part de référent de toujours se défiler, pendant quelques minutes inutiles, devant la salle des voix. Moi-même, je ne peux m'expliquer ce manquement à son service, le seul certes pour autant que je puisse en juger, ou en tout cas le seul qui soit évident, mais il est commis volontairement – si tant est que l'on puisse faire de faiblesses de la volonté des faiblesses volontaires, et c'est bien ce qu'on doit faire –, d'autant moins que référent remplace souvent de son plein gré, oui, tout à fait volontairement, des collègues en salle des voix, lesquels, ainsi dispensés du service des voix, se comportent il est vrai de façon plus puérile encore que référent. Faire écho aux voix n'est pas une activité particulièrement difficile ou même désagréable, tout au plus est-elle un peu pesante à cause de sa répétitivité soporifique et de l'intense concentration qu'elle requiert : une seule seconde d'inattention à ce qui est dit, et voilà qu'on le répète mal, ce qui peut avoir des conséquences imprévisibles sur les patients. Mais, en dehors de ce risque d'erreur, ou plutôt en raison de ce risque, faire écho aux voix constitue une excellente pratique de la méditation. Et, comparé au travail au centre de distribution des récompenses, le service en salle des voix est tout simplement un cadeau et même un honneur, oui, un cadeau honorifique pour le médecin, une sorte d'étoile polaire suédoise décernée tous les jours, en passant. Le service des voix est une croix blanche qui se balance au bout d'un ruban noir contre la poitrine de mon âme. Mais, d'un autre côté, nous autres médecins, nous répugnons à accepter cadeaux et distinctions, que ce soit de la part des patients ou de la direction de la clinique, et je suppose que c'est pour cette raison que, régulièrement, nous nous défilons tous d'une manière ou d'une autre devant la salle des voix.

Cependant, dès que je me tiens au milieu de la salle, sur le plateau de bois qui tourne si lentement que, moi-même, je le remarque à peine, j'oublie tous mes atermoiements et, comme à chaque fois, je prends plaisir à ce travail, je m'assois aussitôt en *padmasana* sur le coussin de velours rouge et pas simplement en tailleur car, après des milliers et des milliers d'heures passées en position du lotus, mes articulations sont aussi souples que celles d'un nourrisson. Puis je laisse mon *prana* circuler calmement, je commence à fredonner avec les autres en écoutant les premières voix, qui m'arrivent de nouveau avec régularité depuis les quatre couloirs, et, dès que mon *prana* a atteint son rythme idéal et que tout mon buste jusqu'à mon sexe se met à vibrer avec un léger bourdonnement, je fais entrer la première voix dans ma cage thoracique en inspirant, puis je la fais ressortir en expirant. Imiter les voix exige un certain talent d'acteur, mais pas trop non plus, car c'est justement la légère différence de l'écho avec l'original qui donne au patient la certitude que la voix qui revient à lui est bien la sienne. Les patients expérimentés répètent alors sans interruption les deux derniers mots prononcés par cette voix revenante car, du point de vue thérapeutique, il est indispensable que le patient retienne non seulement le dernier, mais les deux derniers mots. Quand le patient s'enferme finalement dans son auto-écholalie, je me suis déjà tourné vers la voix suivante. De cette manière, je répète chaque voix, l'une après l'autre, pendant quatre heures, mais comme tous les patients parlent en même temps, ou plus précisément crient, chuchotent, gémissent, fulminent, pontifient, geignent, plaisantent, prient, jurent, et ainsi de suite selon leur caractère, il m'est bien sûr impossible de répéter toutes les voix, ce qui ne signifie pas pour autant que les voix basses sont celles qui sont le plus souvent ignorées. Cependant, la répétition d'une voix n'est pas le fait de l'arbitraire mais, comme presque tout ici, simplement celui du hasard. Et comme nous autres, médecins, sur notre plateau tournant, nous nous consacrons également à tous les couloirs, il règne au moins une sorte d'égalité statistique entre les points cardinaux.

À cinq heures du matin tapantes, j'interromps ce jeu, toujours en position du lotus, je m'incline en *namasté* le temps d'un tour de plateau les mains jointes devant le sternum, les patients répètent mon *shanti* en murmurant et les infirmiers accourent pour ramener les lits dans les chambres. Tandis que le groupe se disperse, je me relève lentement en m'inclinant d'abord profondément, je ramène le haut de mon corps d'aplomb sur mes jambes raides et endolories et je reste encore un moment en respiration *ujjayi* jusqu'à ce que le sifflement asthmatique se taise et c'est ainsi que, pour aujourd'hui encore, les choses touchent à leur fin.

Maintenant, je dors enfin, comme toujours sans rêver et pleinement éveillé, plongé dans le sommeil en ondes alpha du médecin expérimenté, pendant deux heures je me traverse comme une eau claire sans le moindre trouble, comme si je n'avais jamais eu de vie antérieure, et c'est ainsi qu'en ouvrant les yeux, je peux compter sur l'invariable jour nouveau comme sur un nouveau pas.

4.

Sept heures et demie, visite matinale au professeur. Patient en plein cérémonial. Tout juste arrivé à la troisième de ses ablutions sacrées, s'ébroue et arrose son épaule gauche d'eau froide. Du fait qu'il se lave de la tête aux pieds devant le petit lavabo, car il affirme que l'eau de la douche attenante n'est pas mouillée, sa salle de bain est comme toujours inondée. Les fameux rituels d'ablution des patients, durant la célébration desquels ils s'observent mutuellement chaque matin en louchant avec une jalousie anxieuse à travers les parois vitrées de leurs salles de bains et tentent de surpasser les autres par leur folle agitation comme si dans leur corps, ils étaient hors d'eux, avec une ardeur que seules les hystériques et autres prostituées étaient capables de feindre autrefois pour être la chouchoute du médecin, sont une des nombreuses raisons pour lesquelles les référents travaillent toujours pieds nus.

Le plus calmement possible, je retrousse les jambes de mon pantalon de lin blanc tandis que le professeur papote en toute amitié avec le savon, car je veux lui donner le temps de se faire à l'idée que je vais bientôt fermer le robinet sans plus d'explication. Il est vrai qu'il attend ce moment avec impatience pour pouvoir enfin lancer une salve d'injures bien corsées, la première de la journée. Mais, pour une raison que je ne m'explique pas, je le laisse aujourd'hui frétiller plus longtemps et donc faire couler l'eau, je me racle la gorge et teste l'agréable timbre matinal de mon organe :

« Eh bien, professeur, il va falloir songer à arrêter tout doucement, n'est-ce pas ?

– Non, il ne faut pas, il ne faut pas, pas, pas, il ne faut pas et pas du tout. Ne fais pas attention à ce charognard retors, petit savon ! Répète après moi : *Le manque d'eau enseigne magie et prière.* Kalapanana, Kolpi, Kolpi, gss, gss...

– Hum, on peut difficilement parler de manque, ici, professeur.

– Oh, oui, comme vous avez raison, misérable fils de pute ! On ne peut jamais parler de manque ici, jamais de la vie on ne peut parler, Dieu sait que non ! Le manque, cette vieille faux, ne veut pas qu'on parle de lui, pas de manque en vue, il est au bistrot et s'en jette un derrière la cravate en disant que, désolé, le moment n'est pas très bien choisi ! Ici, on se noie dans l'eau sale, mais le manque ne frappera aucun pays, le brave homme, aucun pays, non, pas aujourd'hui. Vous appelez en dehors des horaires d'ouverture, sac à merde, jaune que vous êtes ! Pays fichu, mais personne ne manque de rien, peau sur les os, pauvre pantin ! »

Plus le volume de son croassement d'injures augmente, plus ses gestes deviennent calmes. Patient se concentre, telle une chanteuse d'opéra, les épaules en mouvement, il fait porter le poids de son corps d'un côté puis de l'autre pour soulever et ouvrir plus encore sa poitrine gonflée d'air, afin de pouvoir ainsi décharger toute son énergie dans un seul grand cri à l'instant précis où j'arrêterai l'eau. Un instant qui, aujourd'hui, ne vient pas et je ne sais pas plus que patient à quoi cela est dû mais, sans le vouloir, je laisse faire les choses jusqu'à ce que patient se fige droit comme une chandelle. Surpris, il tend l'oreille, la tête penchée dans ma direction, mais comme référent ne donne toujours pas signe de fonctionnement, patient place maintenant ses deux mains en éventail directement sous le robinet ouvert au maximum si bien que, d'une manière on ne peut plus spectaculaire, l'eau gicle en plein dans son visage et celui de référent qui est debout à côté de lui, les mains croisées derrière le dos. L'eau dégouline sur moi comme de l'eau, je ne ferme pas les yeux même pour un battement de paupière et me contente de cracher un petit jet de temps à autre. Ce qui ressemble à un pur exercice de stoïcisme pour la caméra située au-dessus de nous dans le coin gauche de la chambre est exactement le contraire, à savoir une défection complète de je ne sais quelle zone de mon stortex, sûrement l'aire orbitofrontale. Car, soudain, je hais patient. Hais patient de tout mon cœur, les deux ventricules bien irrigués, proches de la submersion. Cela ne m'est jamais arrivé, et c'est tellement effrayant et merveilleux à la fois que je n'en reviens pas. Quelle rechute incroyable ! Oui, c'est presque comme autrefois, quand on portait le cœur si haut dans le corps qu'on pouvait le voir battre contre ses côtes. J'étais certain que cela pouvait arriver à tous ici, à tous sans exception, sauf à moi, ou du moins en dernier, en tout dernier, seulement une fois que tout serait fini. Mais c'est sûrement ce que pensent tous les médecins ici.

Le professeur s'est mis pleurer, et je sais à quel point il souffre de l'écoulement de l'eau, de son angoisse de noyade, et plus encore de sa peur que cette eau ne le contamine, mais je ne me laisse pas endurcir, partant de mon cœur, la lave a déjà ébouillanté la moitié de mon bas-ventre, et jamais plus je ne veux me figer, ma fonction dut elle s'évaporer, tous mes gains partir en fumée.

« Ho hé, docteur, docteur, ho hé, aidez-moi donc ! Pourquoi ne fermez-vous pas enfin ce robinet, vous ne voyez pas qu'une fois de plus, il crache ce sang chaud dégueulasse, aidez-moi donc, je vais me noyer dans cette foutue eau sanglante, espèce de sale hula, de hula hoop, de curateur ! »

Référent ne doit pas laisser couler l'eau, en aucun cas, il n'y a pas de plus grande torture pour le patient que de le laisser faire à sa guise, voir ordonnance relative aux patients, article 1, mais je n'y arrive pas. Noir total juste devant l'œil ouvert, et soudain silence, silence, pourquoi donc ?

Patient a arrêté l'eau tout seul et, instantanément, je reviens à moi, tout est à nouveau sous contrôle, presque, juste un coup d'œil irrépressible à la caméra, puis je me tourne vers le professeur, qui est debout près de moi, trempé comme une soupe mais parfaitement calme. Je n'arrive pas à voir ses yeux derrière ses lunettes embuées et je ne sais pas trop comment interpréter le petit sourire qui flotte sur ses lèvres. Comme s'il voulait m'aider, patient enlève ses lunettes, mais avec elles son sourire, il me pose paternellement la main sur le bras et me demande avec une gravité pleine d'empathie :

« Vous vous sentez mieux, docteur ?

– Euh oui, professeur, excusez...

– Vous allez nous mettre dans un sacré pétrin.

– Je suis vraiment désolé.

– Allons, c'est un mal pour un bien, au moins, j'ai pu vous faire une nouvelle démonstration tout à fait saisissante de ma force surhumaine. Après tout, je viens tout simplement de me sauver de la noyade. Je me suis sorti de la mouise à la force du poignet. Que quelqu'un essaie d'en faire autant ! J'ai une permission pour la normalité aujourd'hui, qu'en pensez-vous, docteur ?

– Je suis vraiment tout à fait désolé, professeur.

– Ce n'est pas bon, docteur, pas bon du tout.

– Oui, excusez-moi, ça ne se reproduira plus, je connais pourtant votre peur de l'eau.

– Ah, ça... », il fait un signe dédaigneux de la main. « Ce n'est pas de ça que je veux parler. Je veux dire que ce n'est pas bon que j'en sache plus que vous sur votre futur emploi du temps. Ce n'est pas bon, pas bon du tout, pour aucun de nous deux.

– Pardon ? »

L'air agacé, il s'essuie en soufflant bruyamment, comme toujours il se frictionne le corps à en devenir rouge vif, puis me lance une serviette, mais je suis trop troublé pour l'attraper, et il m'en lance donc une seconde en levant les yeux au ciel :

« Séchez-vous les cheveux, mon garçon, moi ça fait bien longtemps que je suis sec, des années-lumière avant tous les autres. Ensuite, vous m'aiderez enfin à m'habiller.

– Oui, c'est bon, je fais venir l'infirmière.

– Non, pas aujourd'hui, aujourd'hui vous allez m'aider à mettre le bandage herniaire, je n'ai pas envie que cette imbécile d'infirmière me tripote encore les parties, la grosse vache.

– Ah, cessez donc de raconter de telles âneries ! Aucune infirmière ne tripote...

– Bon, vous allez vous décider, oui, misérable cathéter de Satan ! »

Il a sauté sur sa table à langer, tète son biberon de rhubarbe à l'opium et m'observe avec mépris tandis que je m'avance vers lui en enroulant le bandage herniaire sur mes poignets, il marmonne la tétine entre les dents :

– Il a une magnifique *aberratio mentalis partialis* du deuxième type, nettement caractérisée. Docteur, il aura de l'augmentation !

– Oui, professeur. Soulevez un peu votre cuisse, s'il vous plaît. »

Comme patient refuse de faire opérer son hernie inguinale, saillie permanente de l'intestin dans le canal inguinal à la mobilisation des muscles abdominaux. Double danger, car résistance systématique du patient à la pose du bandage par des coups de pieds. J'ai de la peine pour l'infirmière qui, chaque matin, doit subir ce calvaire.

« Cessez donc de nous compliquer la vie à tous les deux, professeur, tenez-vous enfin tranquille ! Pas question que ce cinéma dure plus longtemps, la semaine prochaine, je vous fais opérer par le docteur Bulgenow, que vous le vouliez ou non !

– Jamais de la vie ! Imposteurs, aucun de vous ne m'opèrera ! Je préfère me tirer une balle dans la tête, et puis dans les vôtres aussi !

– Oui, professeur. Tenez-vous tranquille, nom de Dieu de... ah, quand même. On s'habille maintenant !

– Je veux juste me tremper encore un peu les pieds.

– Non, pas de trempette aujourd'hui, pas question après cette comédie. Maintenant, vous vous dépêchez d'enfiler votre jogging et hop, sur le tapis de course !

– Mais docteur, avec le bandage...

– Taratata, c'est une hernie que vous avez, pas une jambe dans le plâtre, allez, c'est parti !

– Bon, très bien, mais avant, continuons encore un peu notre travail, je veux vous dicter quelque chose », sortant de la salle de bain, toujours avec le bandage herniaire pour seul vêtement, il file dans la pièce attenante qui lui sert de séjour, de chambre et de bureau, attrape mon ordinateur posé sur la table et me le tend à bout de bras, plein de pathos. « Écrivez : il existe *une* exception dans cette organisation : quand le serpent est né sous le signe du scorpion, il se mène lui-même par le bout du nez et...

– Non », je lui prends mon portable des mains, le repose sur le bureau, légèrement mal à l'aise, et je tire patient par le poignet en direction de la salle de bain. « D'abord le tapis de course ! Alors habillez-vous enfin.

– Vous n'avez pas d'ordre à me donner, espèce de couleuvre, petit médecin de rien du tout ! Espèce d'imposteur, mais quoi, vous n'êtes même pas un imposteur, le sale petit commis d'un imposteur, voilà ce que vous êtes. Vous n'êtes même pas digne de parler à ma merde, vous ne répondez de rien...

– Oui, professeur », ma voix n'est plus qu'une douce brise estivale. « Vous préférez retourner au lit plutôt que d'aller sur le tapis de course ? »

Patient cède enfin, une minute de plus et ce sont mes nerfs qui auraient cédé. Mais voilà qu'il me prend des mains ses sous-vêtements et son jogging bleu marine, non seulement sans résistance, mais dans un babil plein de bonne humeur et de bienveillance, et les enfile avec une rapidité inhabituelle.

En se dirigeant vers la salle d'entraînement, patient toujours gentil et calme, donc autorisé à prendre le bras de référent, explique avec intelligence et cohérence pourquoi les anciens représentaient Asclépios avec un bâton autour duquel s'enroule un serpent alors que ses deux fils et lui-même ont été étranglés par un serpent. Patient et référent sont comme toujours les derniers à arriver dans la salle à l'éclairage bleu ciel, certains ont déjà fini leur séance de course à pied matinale et se dirigent vers leur salle de bain en bavardant avec leur référent ou leur infirmier pour prendre une nouvelle douche et, éventuellement, bénéficier de leur rapport sexuel hebdomadaire. À cause de sa hernie, patient doit être attaché au tapis de course par des fixations spéciales, ce qui prend encore cinq minutes de plus, la salle est donc aux trois quarts vide lorsque patient commence à trottiner, lentement, au niveau le plus bas, sans inclinaison. Toujours de bonne composition et gentil, court comme d'habitude sans se tenir pour deviser plus librement, et pendant que je contrôle son flux vital sur le moniteur, debout à côté du tapis de course, je l'écoute d'une oreille distraite.

« ... Autrefois, nous autres des MD, nous disions toujours : Teste l'Ouest ! Et c'est ce que nous avons fait, mais alors à fond. Quels rochers, quelles falaises, il fallait voir ça ! Et des déserts de sable, avec des genêts partout. Et, quelle que soit la longueur du chemin parcouru, quelle que soit la quantité de sable transformé en pierre, on savait toujours qu'on pouvait revenir en arrière à chaque instant – et tout à coup, on nous a dit, le voyage s'arrête là, on repart du début ou, pire encore, on repart même avant le début. Soudain, on nous a dit : Terminus Oscar Perez. Car *tertium non datur*, c'est comme ça et pas autrement.

– Hum.

– Docteur, cette histoire sent mauvais, elle empeste jusqu'au plafond, croyez-moi. J'ai assez couru, n'est-ce pas ?

– Non, vous n'avez même pas fait deux kilomètres. Quelle histoire ?

– Eh bien, que ce soit votre tour d'écrire votre rapport et qu'en même temps je connaisse mieux que vous votre emploi du temps pour les prochains mois. Ce n'est pas bon, pas bon du tout, pour aucun de nous deux.

– Hum.

– Une nouvelle patiente, pourquoi pas, cela n'aurait rien d'exceptionnel, mais un tel cas, ce n'est pas bon, pas bon du tout, pour aucun...

– Pardon ? » Référent incapable de rester parfaitement calme. « Quelle nouvelle patiente ? »

Patient se prépare à répondre, lève son doigt gauche vers le ciel pour se ménager un meilleur effet tout en ouvrant la bouche, la referme pourtant d'un coup, arrête le tapis de course de son propre chef, comédie que référent ne devrait en aucun cas laisser passer, mais au lieu d'intervenir, il attend patiemment que l'autre ralentisse puis s'arrête en même temps que le tapis et chuchote avec des airs de conspirateur :

« Une patiente ambulatoire.

– Une quoi ?

– Une ambulatoire ! une promeneuse, elle ne court pas, elle, elle se promène, arrive le matin et repart le soir.

– Ah, n'importe quoi ! Ça n'existe plus ici, depuis longtemps ! »

Je suis soulagé et je remets le tapis en route, cette fois un cran au-dessus du niveau habituel, mais bien qu'il ne parvienne à suivre le rythme de sa machine qu'en trébuchant, patient continue de parler, tout essoufflé :

« Une ambulatoire, vous allez voir ! Et vous le savez bien : une femme qui a deux hommes perd son âme, mais une femme qui a deux maisons perd la raison. Et ce n'est pas bon, pas... bon... du... tout..., pour... au....

– Oui, oui.

– Je..., je... n'en... peux... plus... Pour l'amour de Dieu..., stoppez... cette... machine... »

Je m'empresse d'arrêter le tapis, glisse ma main sous le bras du professeur pour le soutenir pendant qu'il ralentit, ce qui, comme je le constate aussitôt à ma grande honte, est un geste plus symbolique que secourable, ce que naturellement le professeur remarque aussi puisqu'il marmonne d'un ton moqueur : *Un sacré geste, sacré, sacré !* et quand le tapis et lui-même s'arrêtent enfin, j'évite son regard figé sous les sourcils froncés, je lui mets la serviette autour du cou et lui tend la bouteille de rhubarbe à l'opium, qu'il vide en quelques gorgées péniblement avalées, l'autre main sur la hanche. Je ne peux éviter son regard plus longtemps, mais voilà qu'il me sourit aimablement et, tout aussi aimablement, sa voix professorale se fraie un chemin jusqu'à moi :

« Il n'y a que les morts que l'on porte en les prenant sous les bras, souvenez-vous en, docteur, les morts uniquement, de Jésus-Christ à Judy Garland en passant par Loup Terrible, toujours les morts...

– Ah, là, là, qu'est-ce que vous racontez comme âneries aujourd'hui ! On prend également les malades et les faibles...

– Oh, non, ne vous laissez pas berner par ces vieilles histoires, il n'y a que les morts qu'on touche de cette façon, c'est seulement quand il n'y a plus d'espoir que l'on doit prendre un homme sous le bras. C'est à ce geste qu'on reconnaît qu'un homme est fini, je veux dire. Il faut que vous soyez plus attentif, espèce de manche mal dégrossi, couleuvre...

– Oui, venez-là qu'on vous détache. On devrait aller donner un petit coup de laser à cette hernie, non, qu'en dites-vous, comme ça, plus de déchirement de la paroi abdominale, on aurait l'esprit tranquille, pas vrai ? Si vous ne voulez pas aller chez le docteur Bulgenow, on pourrait aussi le faire chez le docteur Tulp, qu'en dites-vous ?

– Non, jamais, j'ai besoin de mon déchirement et mon petit déchirement a besoin de moi, après tout, nous sommes seuls au monde tous les deux.

– Très bien, puis-je au moins vous mettre un pansement en spray ?

– Jamais ! Dans mon déchirement, je suis dans mon élément, je peux entendre voler une mouche, personne ne vient me raconter des salades !

– C'est la dernière fois que je vous le demande gentiment, professeur, ensuite, je vais me fâcher : pourrions-nous au moins lui mettre un coup de spray, provisoirement ?

– Apparemment, je n'ai pas trop le choix ?

– Non, vous ne l'avez pas.

– Très bien, alors allons-y, docteur. »

Patient opine du chef, l'air très fatigué mais toujours le sourire aux lèvres, pendant que référent l'aide à se défaire des fixations et le soulève du tapis, en craignant, comme à chaque fois, de se déchirer un muscle lui aussi, car le professeur a beau être plus petit, il est bien plus lourd que moi.

De retour sur la terre ferme, le professeur fléchit un peu les genoux, promène un regard inerte sur la salle immense désormais désertée, si ce n'est par les deux stakhanovistes habituels qui, haletant, piétinent leur inlassable tapis pour échapper au petit déjeuner. Le visage crispé, patient lève la tête vers le plafond de verre et la laisse retomber lourdement en jurant doucement :

« Si au moins, il n'y avait pas cette satanée lumière ! »

Je hoche la tête instinctivement, car l'intense éclairage bleu ciel qui inonde uniformément la salle du sol au plafond colore artificiellement de bleuâtre le paysage que l'on voit en courant à travers les parois vitrées et donne l'impression d'être dans un aquarium dont on ne sait pas exactement s'il a déjà été rempli d'eau ou pas encore, une impression qui au demeurant est perçue comme agréable, ou du moins utile sur le plan thérapeutique, par quatre-vingt-six pour cent des patients selon les enquêtes statistiques de la direction de la clinique.

Le professeur secoue sa tête pendante, ses traits se troublent de nouveau lentement, il murmure avec émerveillement son *Pampelune ! Pampelune !* et je le conduis hors de la salle avec douceur. Arrivés à la sortie, les portes automatiques se sont déjà ouvertes sans bruit quand il se retourne encore une fois, soudain furieux, et crie en direction des deux coureurs : « Tous les tapis s'arrêteront quand vos faibles cœurs vous lâcheront ! » Mais les deux rejettent sa phrase d'un signe décontracté de la main, sans se tourner vers lui ou même cesser de labourer l'air de leurs mouvements de bras. Moins encore que référent, ils ne peuvent entendre ces vieilles sentences.

5.

Dans la salle du petit-déjeuner, patient ne cesse de pleurnicher, se plaint que le pansement en spray, que référent lui a mis sur l'aine après la douche pour réduire tant bien que mal la déchirure, nuirait à son travail scientifique et l'empêcherait même de penser, il déclare comme d'habitude qu'il refuse de faire sa deuxième séance de course à pied après le petit-déjeuner. Sinon bien et convenable, aucune agression verbale ou physique notable.

Référent plus fatigué que de coutume par la matinée, confie patient à l'infirmier O.W. après le petit-déjeuner et quitte le réfectoire avec une légère sensation de vertige sous les protestations énergiques du patient qui tient à sa dictée.

Après avoir échappé à nouveau à une salle, dans le large couloir, j'adopte par réflexe le pas fougueux mais maîtrisé et l'expression soucieuse mais résolue du vénérable clinicien, muscles et centres d'intégration mobilisés comme un seul homme, comme si mon travail était toujours une question de vie ou de mort, et cet exercice est un de mes préférés, même après toutes ces années, je ne m'en lasse pas. À mon arrivée ici, par un morne après-midi de septembre il y a vingt ans tout juste, j'étais encore un débutant débordant de sang neuf et lorsque, dès la première nuit, alors que j'avais à peine eu le temps de poser sur mon nouveau lit une oreille surexcitée par le long voyage, j'ai dû amputer une jambe, la jambe complètement fracassée et écrabouillée d'une jeune ouvrière et que, au petit matin, après la réussite invraisemblable de cette opération, j'ai couru dans les couloirs vitrés avec l'espoir enivrant qu'il y aurait d'autres cas d'urgence, j'ai su que c'était le rôle de ma vie. Bien sûr, à l'époque, je ne soupçonnais encore rien des restructurations internes qui ont suivi et dont la conséquence fut que ma mission chirurgicale se trouva bientôt plus ou moins réduite à ces défilés de plans fixes et nets dans les couloirs.

Mais référent s'égare et c'est dangereux car, dans ces cas-là, les voix du passé se font, non pas vraiment fortes certes, mais nettement audibles jusqu'à ce que l'une d'elle, l'insupportable, se détache des autres et saute par-dessus ma tête d'un mur du couloir à l'autre, de l'oreille droite à l'oreille gauche, et finisse par me tirer en laisse derrière elle jusqu'à ce que je ne puisse plus y tenir et me mette à courir sans contrôle, en trébuchant et soupirant tout bas *je veux courir après cette voix jusqu'à ce que je t'attrape.*

Mais cette fois-ci, ça ne va pas si loin, ou plutôt ça ne vient pas si près. Je me fige brutalement, me bouche les oreilles un moment, ce qui est absurde bien sûr mais, bizarrement, toujours d'un grand secours, même si la caméra ne voit pas d'un bon œil de tels manquements à la discipline, je prends une courte inspiration aussi profonde que le permet ce truc entre mes côtes, et voilà comment je surmonte cette nouvelle petite crise. Référent reprend sa routine et se dirige vers l'ordinateur le plus proche, ouvre sa session et regarde comment sa journée doit se poursuivre. À peine mon emploi du temps s'affiche-t-il à l'écran pour me rappeler que je dois maintenant diriger un cours d'aquagym, autrement dit une *invasion de méduses,* nom que le professeur a l'habitude de donner à ce rassemblement archaïque et exclusivement féminin de patientes dans l'eau, que le micro diffuse une annonce feutrée à mon attention : *docteur von Stern au bureau d'accueil, s'il vous plaît, docteur von Stern au bureau d'accueil.*

Référent ne montre pas le moindre signe de surprise ou même d'inquiétude, tourne les talons et, l'air modérément affairé, met le cap sur le sud-ouest en direction du bureau d'accueil, tandis que, dans ma tête, le professeur ne cesse de crier ces deux mots absurdes au rythme de mes pas : *Une ambulatoire ! Une ambulatoire !* Évidemment, référent sait que patient raconte n'importe quoi, je n'ai pas de souci à me faire, ridicule, il n'y a plus de patients en soins ambulatoires, ça n'existe plus, tout simplement ! En même temps, je me doute, ou plutôt je sais déjà que le professeur dit la vérité, même si ça n'a apparemment pas de sens. Une patiente ambulatoire est assise au bureau d'accueil et attend que je l'accueille selon le règlement. Deux croisements de couloirs nous séparent encore mais je l'imagine déjà : pour la troisième fois, elle ajuste sa jupe aux genoux sur ses jambes croisées et, avec une légère nervosité, observe devant elle les objets significativement insignifiants sur le bureau du médecin et le siège encore vide du référent, au dossier beaucoup trop haut, nonchalamment tourné aux trois quarts vers la fenêtre qui occupe tout le mur, l'air de rêver face à la verdure.

Je ralentis le pas sans le vouloir. Je ne sais pas ce que signifie ce rendez-vous imprévu et, pour cette raison, il ne me plaît pas. Mais comme le déroulement des événements se fiche éperdument de savoir s'il me plaît ou non, j'accélère à nouveau, je prends encore un tournant dans un fougueux mouvement de blouse et j'y suis – et je manque de tomber sur le dos du docteur Dänemark. Il est planté devant l'entrée du bureau d'accueil, visiblement en train d'écouter à la porte. En fait, il fait mine d'étudier le tableau de service accroché à la porte. Le bureau d'accueil est, avec la salle des voix, la seule pièce de l'unité à travers les parois de laquelle on ne peut pas voir, le double vitrage de ses murs et de la porte est réfléchissant à l'extérieur et teinté de blanc à l'intérieur. Dänemark se retourne, les coins de sa bouche pendent d'un air irrité, mais maintenant qu'il me reconnaît, ses traits s'éclairent pour reformer leur image habituelle et s'accordent ainsi de nouveau avec ses cheveux couleur de soleil, été comme hiver.

« Ah, vous voilà, von Stern ! Apparemment, il faut accueillir quelqu'un qui n'est pas prévu au programme et, puisque c'est moi qui suis officiellement de service pour les admissions aujourd'hui, comme je le vois encore indiqué...
– Oui, oui, mais vous avez sûrement entendu l'annonce, je...
– Ah oui, c'est bien ce que je pensais, mais comme je n'étais pas sûr d'avoir bien entendu que vous...
– Oui, oui, si, si. Bon, eh bien, je vais...
– Vous savez, si vous voulez, je peux aussi m'en... vu que je suis ici, et que vous m'avez si souvent remplacé en salle des voix...
– Oh, c'est très gentil, mais ce n'est pas nécessaire, merci beaucoup...
– Ça ne me pose aucun problème.
– Merci beaucoup, mais vous avez entendu l'annonce...
– Mais je m'en chargerais volontiers, cher collègue !
– Non, vraiment, merci beaucoup, je préfèrerais accueillir la patiente moi-même. »
Il me regarde, en apparence déconcerté, en réalité plutôt narquois :
« Comment savez-vous qu'il s'agit d'une patiente et non d'un patient ?
– Euh, oui, comment... non, je n'en sais rien naturellement, d'une manière ou d'une autre, j'en suis... »
Dänemark m'interrompt d'un court éclat de rire, ses

yeux bleu clair luisent dans la demi-couronne rayonnante que forment les rides de ses pâtes d'oie, puis il me dit en clignant de l'œil :

« Patient ou patiente, peut-être s'agit-il de toute autre chose, ici. Peut-être est-ce un fantôme qui attend d'être accueilli là-dedans. »

Je réponds en souriant tout aussi gaiement :

« Oui, exactement, dans ce cas, je ne veux pas faire attendre mon fantôme plus longtemps.

– Oui, allez-y, gardez donc votre fantôme pour vous, je n'en veux pas.

– Allons, c'est bon, bonne journée, cher collègue.

– À vous aussi, à vous aussi. »

Il s'est déjà tourné pour partir et répète son salut en agitant le dos de la main alors qu'il s'éloigne d'un pas nonchalant, et j'ouvre brutalement la porte après avoir frappé un coup symbolique.

6.

La porte du bureau s'ouvre vers l'extérieur, et d'un seul coup d'œil on a déjà la scène. Au premier plan se trouve le siège du visiteur, tournant le dos au spectateur, si bien que le futur patient qui doit y prendre place, conformément au sadisme historiquement attesté à son égard et contribuant à éveiller sa confiance, a le médecin face à lui et la porte dans le dos, et avec elle, le désagrément des entrées inopinées du personnel à tout instant, ce qui provoque chez le futur patient un malaise subliminal dû au sentiment que, dans cette pièce, il est à la merci de tous et sans défense, sentiment qu'il tentera de surmonter par un réflexe de fuite en avant et donc par la décision absurde d'accorder une confiance inconditionnelle à son futur médecin et référent. Au second plan, derrière le siège du visiteur, on voit le grand bureau blanc et, derrière lui, le confortable fauteuil du médecin capitonné de rouge, un siège pour l'éternité, et enfin, à l'arrière-plan, sur le mur, une immense peinture à l'huile dans un cadre de chêne trop sobre, un paysage abstrait au format vertical composé de trois larges bandes de couleur qui semble répéter le tableau de la pièce encadrée dans la porte, le rehausser ou plutôt le parodier. Deux paysages en un – et bizarrement, les deux sont déserts.

Il n'y a personne. Pas de patiente, pas de patient, pas de fantôme. Référent reste en arrêt sur le seuil, comme un moteur noyé, la main mollement posée sur la poignée intérieure. Soulagement et déception se propagent en moi dans les mêmes proportions, *ana partes aequales*. Le petit soupir que je lâche involontairement les lient tous les deux en un son harmonieux et ce son me rappelle que, depuis longtemps, soulagement et déception ne surgissent plus en moi que sous la forme de frères siamois, car seule la peur peut encore me faire attendre et espérer quelque chose.

Corps de référent a retrouvé dans une faible mesure la capacité de se mouvoir et je pénètre donc dans le bureau désormais parfaitement détendu, ou du moins sans aucune tension physique, afin d'assurer ma permanence à l'accueil assis derrière le bureau conformément aux directives, bien que la pièce soit vide, quand un léger bruit venu de l'extrémité droite me fait tourner la tête. À quatre mètres de moi, devant l'immense fenêtre, une femme très mince, droite comme une chandelle, les mains croisées dans le dos et les jambes légèrement écartées, regarde au dehors. Elle porte un legging gris moulant et un chemisier bleu nuit à manches courtes. Un petit foulard rouge est noué autour de son cou et, avec une légère sensation de vertige, je fixe mes yeux sur ce foulard car la vue de ses cheveux relevés en chignon et, détail obscène, non colorés, me donne un peu la nausée. Je me racle la gorge, elle ne se retourne toujours pas mais, comme je m'apprête à la saluer, elle me devance :

« Vous avez vraiment une vue magnifique. »

Par-dessus son épaule gauche, elle tourne lentement son visage vers moi, son visage seulement, son corps reste immobile face à la fenêtre et involontairement, je me dis : *Rotation, mobilisation, stabilisation*. Ses yeux rencontrent les miens, elle sourit, et ma nausée se précise. Je constate une fois de plus à quel point il était hasardeux de nous transplanter le cœur dans le plexus solaire – le moindre accès de sympathicotonie ébranle plus ou moins sévèrement ce cœur surbaissé implanté dans le plexus solaire, sans parler des actes arbitraires plus graves encore du système nerveux toujours un peu bêtement végétatif auxquels se trouve livré sans défense l'organe central, privé qu'il est de sa liaison directe avec le quartier général occipital, tout en haut, et réduit à l'état de marmelade. Mais ce cœur prétentieux relégué en périphérie peut bien parfois s'apitoyer sur lui-même et pleurnicher *À Moscou ! À Moscou !* malgré tout, il arrive toujours à se consoler à l'idée que la périphérie est le nouveau centre, et même que le centre s'est trouvé de tout temps en périphérie. Et l'un dans l'autre, se dit le cœur, cet organe de pensée médiateur qui a pris ma place, l'ancienne place du cœur, entre les deux poumons, a au moins sensiblement amélioré la communication entre le cerveau et moi. Depuis que nous sommes trois, tout va beaucoup mieux, oui, rien à voir ! Étrangement, ce n'est que maintenant, alors qu'il n'est plus libre mais en prise avec, ou plutôt en proie à tous ces processus de fabrication, que le cœur peut soupirer en toute tranquillité cette vieille maxime : *Cœur complaisant, noyau plein de faiblesse, qui ne retient pas la chair de son fruit*, avec un gentil sourire lointain ou plutôt éloigné de lui-même. Il peut s'adonner sans gêne à son penchant nostalgique pour ce genre d'images démodées du corps sans se faire avoir, comme autrefois, car là-haut entre les côtes, le médiateur garde le cap sans faillir et transforme tous les heurts en force tranquille – *rotation, mobilisation, stabilisation.* C'est ainsi que référent peut dire, en tendant sa main droite, un sourire aimable aux lèvres :

« Bonjour, je suis le docteur Franz von Stern, le médecin de service. Asseyons-nous, si vous voulez bien.

– Oui, volontiers, merci. »

Elle se dirige vers moi mais ne serre pas la main que je lui tends, et c'est ainsi que ma main droite devient celle d'un garçon de café attribuant les tables dans un restaurant pseudo-chic, tandis que la femme s'assoit en face de moi, toujours ce sourire peu amène aux lèvres. Bien sûr, elle ne croise pas les jambes mais, sans gêne, elle les allonge loin sous mon bureau, si bien que pour les éviter, je dois replier mes chevilles sous mon siège. Rien dans son sourire, rien dans ses gestes, rien dans sa voix n'indique qu'elle me reconnaît, pas le moindre clignement de ces yeux verts, et je me demande un instant si ma banque de souvenirs ne me joue pas un tour et si, en fait, il ne s'agit pas du tout d'elle. Mais non, bien sûr que c'est elle, aucun doute, impossible ! Ce n'est pas parce que vingt ans ont passé que quelqu'un n'est plus... elle devrait avoir, réfléchis un peu, cinq ans de moins que moi, quarante-deux ans, oui exactement, contrairement à moi, elle a à peine changé, juste vieilli et encore pas autant qu'on pourrait s'y attendre en vingt ans. Non, elle est complètement différente, je ne la reconnaîtrais jamais si je ne... Ce n'est pas elle, bien sûr que non ! Comment pourrait-il s'agir d'elle, c'est tout bonnement impossible, ce sont juste les mêmes couleurs, juste les couleurs des yeux, des cheveux et de la peau. De prime abord, elles masquent la physionomie de façon tout à fait surprenante, puisqu'au demeurant rien de ce qu'on appelle physionomie n'existe, pour ça le professeur a bien raison. Oui, mais la couleur ne suffit pas à dissimuler l'expression, ni à la créer, ni à la dissimuler. C'est bien elle ! Et elle vient ici et fait comme si elle ne me connaissait pas. Apparemment, elle ne juge même pas nécessaire de se faire connaître, c'est-à-dire de me montrer par un signe imperceptible que... elle n'a même pas changé la couleur de ses cheveux, cette couleur indéfinissable que je n'ai plus jamais, par chance, plus jamais revue. Elle ne cache rien de ce que je connais pour mieux se rendre méconnaissable ! Pas du tout son style, cette perfidie, mais en même temps, qu'est-ce que j'en sais ? Après toutes ces... Référent se rappelle à la raison, il doit y avoir une fuite au niveau du système métalimbique ou paralimbique, ou alors c'est le médiateur qui peine soudain à traduire ou ne neutralise pas suffisamment, ce qui serait d'ailleurs encore plus inquiétant, en tout cas référent doit dès aujourd'hui faire détecter la source d'erreur. Mais d'abord, il s'agit de poursuivre calmement l'entretien, douze secondes au moins sont passées depuis sa réponse et, bien entendu, l'enregistrement va rendre compte de ce silence exagérément long du référent. Ce n'est pas elle, tu vois des fantômes !

« Eh bien, que puis-je faire pour vous, je veux dire, comment puis-je vous aider, madame... euh... ?

– Oh, je n'en sais rien. On m'a seulement dit de me présenter à l'accueil pour parler avec le médecin de service et... », elle fait une petite pause et me lance un sourire plus radieux encore, « visiblement, il s'agit de vous. Je dois donc parler avec vous, à ce qu'il paraît. »

– Oui, à ce qu'il paraît, évidemment. Bon, eh bien alors nous allons... Avez-vous votre dossier d'admission sur vous ?

– Non, on m'a dit que dans mon cas... il vous serait directement...

– Ah oui, vraiment ? Hum, bon, très bien, je vais regarder... »

À peine ai-je effleuré l'ordinateur qu'une infirmière se glisse furtivement dans la pièce, dépose docilement quelques feuillets sous mon nez, fait un petit signe de tête aimable à la patiente, et disparaît aussi furtivement qu'elle est entrée.

« Hum, hum, bien, bien », référent feuillette les papiers, pris d'un léger vertige. « Vous êtes donc en soins ambulatoires, madame... euh ?

– Oui, exactement. Étrange, non ?

– Que voulez-vous dire ? »

Référent doit enfin lever la tête de ses papiers et lancer un regard sévère à la patiente, mais elle se contente de hausser les épaules et de froncer les sourcils, l'air amusé :

« Eh bien, je veux juste dire, une malade en soins ambulatoires, où est ce qu'on voit encore ça de nos jours ?

– C'est inhabituel, effectivement, mais c'est indiqué très clairement ici, hum, je ne vois votre nom de famille nulle part, madame euh...

– Oui, pas étonnant. Il n'y en a pas, je veux dire, je n'en ai pas.

– Vous n'avez pas de nom de famille ?

– Non, les noms de famille, c'est un truc de mauviettes, vous ne trouvez pas ?

– Allons bon, très bien, laissons ça de côté pour le moment », référent a enfin repris le contrôle de la situation, croise gentiment les mains sur les papiers et sourit avec une bienveillance condescendante. « Même sans ça, je commence à me faire une idée de votre cas.

– Ah oui, vous croyez ? »

Elle me retourne mon sourire avec la même complaisance arrogante. C'est elle ! Personne d'autre ne saurait être aussi arrogant. À part moi, évidemment, et voilà qui résout de nouveau le problème.

« Mmh, je crois. Bon... », je promène mon regard blasé des feuillets à la patiente afin qu'elle se désincarne lentement comme le papier sous mes yeux, « si je comprends bien le diagnostic provisoire du médecin de ville, en bas, vous avez un système nerveux purement et simplement sympathique.

– Oui, il a dit quelque chose comme ça. Est-ce vraiment sérieux ?

– Vous voulez dire grave ?

– Ou ça, comme vous voulez.

– Pas nécessairement, non, en principe on peut tout à fait devenir centenaire avec ça sans présenter de symptômes si le corps a développé assez de capacités de compensation, et c'est apparemment le cas chez vous, sinon vous ne seriez pas assise là, devant moi, si détendue. Sans parler du fait que ce diagnostic d'en bas n'est rien d'autre qu'une conjecture relevant de la spéculation. Mais supposons que nos examens confirment ce résultat...

– Mais j'ai fait l'objet de radiographies très complètes.

– Moui, enfin, ce qu'ils considèrent comme très complet en bas », un court instant référent un poil trop sûr de soi, s'empresse de lever un peu le pied sur la supériorité. « Ma foi, les médecins de ville ont sûrement fourni un travail irréprochable, mais ici nous avons des possibilités techniques d'un tout autre niveau. Je vais vous examiner tout de suite et s'il s'avère que, en effet, vos fibres parasympathiques ne...

– Que faudra-t-il faire ?

– Pas grand-chose. Ça se surveille, bien sûr, et peut-être faut-il envisager un petit traitement régulateur de soutien. Mais un recours prématuré à la sympathectomie ne me semblerait pas...

– La quoi ? Qu'est-ce que ça veut dire ?

– Vous ne savez pas ce qu'est une sympathectomie ? Vous n'avez aucune notion de médecine ? »

Elle continue d'ouvrir des yeux ronds sans broncher :

« Hélas non. Mais comment voulez-vous que j'en aie, on sait si peu de choses quand on vit en bas, vous savez ?

– Comme vous voulez. Donc une sympathectomie signifie qu'on coupe çà et là un peu du nerf sympathique, pour rééquilibrer, vous comprenez ? Mais ça ne me semble pas indiqué dans votre cas. À la place, on va plutôt commencer par essayer quelques légères baisses de fréquence et de tension, des ralentissements tout à fait courants dont le but est de stabiliser toutes les fonctions nécessaires de sécrétion et d'irrigation sanguine malgré le dysfonctionnement du système parasympathique, il faut surtout penser au foie, aux organes sexuels et ainsi de suite, des petites impulsions miniparalytiques...

– Des électrochocs ?

– Vous voulez parler de convulsivothérapie ? Non, en aucun cas. La convulsion serait complètement contreproductive dans votre cas. Non, nous devrions d'abord nous concentrer sur le *pranayama* et...

– Vous voulez dire des exercices de respiration ?

– Si c'est le nom que vous voulez leur donner, cela recouvre pourtant beaucoup plus que de simples...

– On s'assied là tous les deux et on respire ?

– Eh bien, pas ici à l'accueil, évidemment, mais dans la salle de *pranayama*.

– Je viens jusqu'ici et vous me montrez comment respirer ? C'est pour ça que je dois faire tout le chemin depuis la ville trois fois par semaine ? »

De phrase en phrase, ironie de la patiente devient de plus en plus agressive, sans que référent sache si elle ne fait que jouer la comédie ou si elle est réellement en colère. Dans les deux cas, la douceur me semble le meilleur remède.

« Je comprends votre irritation, tout le monde commence par réagir ainsi. Vous pensez savoir comment respirer, pourtant ce n'est pas le cas, croyez-moi. Vous allez voir, les effets du traitement vous feront bientôt complètement oublier sa lourdeur et les restrictions qu'il implique dans votre vie. Bien sûr, nous pouvons aussi faire les soins à la clinique, le diagnostic le justifie amplement. Si cela vous semble plus praticable...

– Non, après tout je suis officiellement classée dans la catégorie des patients en soins ambulatoires et c'est en tant que telle que j'ai été convoquée par la direction de la clinique. Et puis j'ai une vie en bas.

– Ah oui ?

– Oui, j'ai une vie. »

Ça y est, je l'ai eue ! Paupières de la patiente aussi immobiles que celles de référent qui, grâce à des années de pratique intensive de l'autohypnose, peut la regarder droit dans les yeux en silence comme s'il s'agissait d'un simple chat passant par-là, mais pendant un instant, un éclair de colère et d'humiliation véritables traverse l'iris vert tacheté d'ambre. Ce n'est probablement qu'une nouvelle ruse ou plutôt encore une invention de référent qui peut toujours se dire que les données de base permettant de différencier colère véritable, ruse ou invention ne sont pas fournies dans cette pièce, que les différences entre elles ne font donc aucune différence et ne sont donc pas à prendre en considération pour la suite de la procédure, même pour le cas pas tout à fait improbable où l'éclair serait un reflet de sa propre iris dans celle de la patiente, ainsi les pincements au cœur que je ressens au niveau de l'estomac s'apaisent sensiblement et référent peut continuer, avec une outrecuidante tranquillité d'esprit :

« Bon, très bien, disons donc des soins ambulatoires, pourquoi pas, après tout ? Nous nous concentrerons sur le *pranayama* et en outre, nous devrions...

– Qu'est-ce que ces papiers disent d'autre à mon sujet ?

– Pardon ?

– Le diagnostic parle de déficit du système parasympathique, c'est tout ?

– Ça ne vous suffit pas ? » Référent sourit avec une douce sévérité et, curieusement, son ironie me semble nourrie d'une sincère empathie. « Quand je disais qu'en principe on peut vivre sans symptôme avec un tel déficit, je ne voulais dire en aucun cas qu'il s'agit d'une bagatelle, il vous manque tout de même une partie importante du système nerveux afférent, ce n'est pas comme s'il vous manquait seulement une jambe ou un bras, auxquels vous pourriez le cas échéant...

– Oui, oui, j'avais bien compris », elle secoue la tête avec irritation et, le temps d'une minute nébuleuse, je me souviens de la texture de ses cheveux au toucher. « Mais, premièrement, vous avez dit tout à l'heure que ce diagnostic n'est encore qu'une spéculation et deuxièmement, j'aimerais bien savoir s'il y a autre chose là-dedans.

– Eh bien, à vrai dire, ces documents sont confidentiels », je ne sais pas pourquoi référent raconte de telles âneries, aucun document n'est jamais confidentiel ici. « Ils sont exclusivement destinés au médecin traitant et non...

– Qu'y a-t-il d'autre d'écrit là-dedans ? » Maintenant, elle sourit de nouveau, encore plus aimablement, juste un peu fatiguée. « Dites-le-moi, s'il vous plaît.

– Bon, très bien, il est écrit que vous manquez de conscience de votre santé », référent feuillette plus longuement que nécessaire les quatre malheureuses pages, « voilà, c'est écrit ici : *pas de conscience profonde de sa santé*.

– C'est ça, le vrai problème, n'est-ce pas ?

– Eh bien, ce n'est pas ainsi que je...

– Dites-le-moi, je veux savoir, ça ne sert à rien de vouloir me ménager.

– Ce n'est pas tout à fait sans poser problème, oui, je veux bien l'admettre.

– Hum.

– Hum. »

Nous nous regardons longtemps en silence en nous adressant mutuellement de petits hochements de tête, simulation en face à face qui laisse une impression dérangeante et, soudain, la pièce disparaît, c'est une chaude matinée dans le Sud, nous venons de nous lever et nous nous asseyons face à face à la petite table de bois sur la terrasse, elle a ramené les genoux sous son menton et tout semble dit mais, comme toujours dans ce tableau, l'un de nous deux refuse tout bonnement de comprendre. Si c'est une ruse, et de quoi d'autre pourrait-il s'agir, elle mérite tout mon respect, le respect d'un médecin et référent qui a de longues années d'expérience et pensait avoir déjà été victime de tous les mirages possibles dans cette maison.

« Je ne comprends pas », elle secoue sa tête légèrement penchée vers l'avant et je regarde par la fenêtre en prenant une profonde inspiration. « C'est absolument inexplicable, je veux dire, j'ai toujours été raisonnable, j'ai toujours vécu sainement, sauf... enfin bref, vous savez, docteur, j'ai toujours essayé d'être moi-même, vraiment.

– S'il vous plaît, ne vous faites pas de reproches, généralement, ça n'a rien à voir avec votre façon de vivre concrètement, en tout cas pas directement, l'hérédité n'est même pas déterminante ici. Aussi cruel que cela puisse paraître, c'est souvent un pur hasard.

– Le hasard ? Un pur hasard – grand Dieu ! »

Elle renverse sa tête en arrière dans un court éclat de rire sarcastique, comme il se doit en un tel instant, et je crains une seconde qu'elle ne se mette à pleurer mais, bien sûr, elle ne pleure pas, sinon il ne s'agirait vraiment pas d'elle, elle serait capable de tout mais pas de ça. En même temps, que sais-je de tout ce qu'on peut apprendre en bas, en vingt ans. À ma grande satisfaction, elle se reprend aussitôt et me demande sur un ton presque enjoué :

« Que peut-on faire contre... Enfin, que pouvez-vous faire ?

– Eh bien, en premier lieu, c'est ce dont je voulais vous parler tout à l'heure, en plus du travail sur le *pranayama*, vous devriez vous mettre sérieusement à la course à pied, trois fois par jour, comme tout le monde ici, bien que vous soyez en soins ambulatoires, nous réussirons à organiser ça, et puis j'aimerais également vous prescrire un peu d'écoute de voix.

– Des écoutes de voix ?

– Oui, vous êtes allongée sur un petit lit bien douillet devant la salle des voix et on vous renvoie votre voix à plusieurs reprises.

– Ça fait mal ? C'est difficile ?

– Non, pas du tout. Deux, trois séances et vous prendrez le coup de main. On crie quelque chose en direction de la salle, ça résonne et ce que l'écho renvoie depuis la salle, on le crie de nouveau dans sa direction et toujours ainsi de suite. Vous allez voir, ce n'est pas difficile mais très efficace.

– Ah oui ? » Elle me fait de nouveau son mauvais sourire ironique. « C'est si simple que ça ? J'ai déjà entendu parler

de ces écoutes de voix, en bas, les gens n'ont que ça à la bouche et tout le monde prétend en avoir déjà fait l'expérience. Est-il vrai que la salle des voix est une sorte de Némésis, un règlement de comptes avec sa vie antérieure ?
– Non, ce n'est pas vrai. La salle des voix est juste une salle, on parle dans sa direction et les paroles reviennent à l'identique ou presque à l'identique, un interlocuteur idéal, en somme. »

Je souris avec la même ironie mauvaise et pour un instant vertigineux, nous sommes à nouveau *partners in crime*, mais référent se sauve en plongeant dans la paperasse :

« Bon, eh bien, il me semble que tout est clair entre nous. Il ne reste plus qu'à régler les aspects formels et je pourrai enfin vous examiner. En effet, ce dossier d'admission n'a qu'une validité provisoire, vous devez encore donner votre accord pour être soignée ici et je dois aussi vous informer de vos droits, entendu ? »
– Oui, bien sûr. »

Je sonne et, immédiatement, la même infirmière réapparaît avec une liasse de papiers dans une pochette verte, elle fait un nouveau petit signe de tête aimable à la patiente qui, le sourire aux lèvres, tend le cou pour la suivre des yeux jusqu'à ce qu'elle disparaisse à nouveau. Elle me demande alors, étonnée :

« Vous n'avez pas de secrétaire pour ça ? Je veux dire, ce sont les infirmières qui s'occupent de toute la paperasse ici ?
– En principe, les infirmières font tout ici, de vraies fourmis. Mais, en fait, ici, tout le monde fait tout, et soigner ses dossiers, ce n'est qu'une autre manière de soigner », ma mauvaise blague m'arrache un rire forcé qui fait croire un instant que je manque d'assurance si bien que la patiente me regarde, surprise, et que je peux continuer avec d'autant plus d'assurance : « Donc, d'un point de vue formel, nous passons un contrat ensemble. La partie malade ou manquant de conscience de sa santé – c'est vous – s'engage à faire preuve de la sincérité la plus totale, c'est-à-dire de rendre disponible tout le matériau que lui livre sa perception d'elle-même, en contrepartie de quoi nous – c'est moi –

lui assurons, donc à vous, la plus grande discrétion et mettons notre expérience de l'interprétation, du traitement et de l'archivage de ce matériau à votre service. Vous pouvez nous considérer, c'est-à-dire moi, votre médecin, comme votre soutien, votre allié dans la guérilla que le cœur et le cerveau mènent contre votre Moi affaibli. Au préalable, je souhaite tout de suite attirer votre attention sur le fait qu'il est impossible à la partie manquant de conscience de sa santé, euh, donc à vous, de respecter un tel contrat, voire de le conclure.

– Je ne comprends pas.

– Oui, vous allez bientôt pouvoir relire tout ça tranquillement, cela signifie seulement que notre partie s'attend à ce que vous rompiez le contrat et ne vous en tiendra absolument pas rigueur mais se montrera au contraire des plus compréhensives en cas d'éventuelles résistances au traitement. Il suffit de voir les choses ainsi : dans cette relation contractuelle, nous sommes la partie à laquelle on peut se fier et vous êtes la partie à laquelle on ne peut pas se fier, et ça ne pose aucun problème. J'attire votre attention sur ce point uniquement pour m'assurer que, dès le début, vous ne vous sentiez pas en devoir de respecter scrupuleusement le contrat, ni coupable à notre égard en cas d'éventuels manquements, à aucun moment du traitement vous ne devez vous sentir mal à l'aise de quelque manière que ce soit. Nous, en notre qualité de médecin, c'est-à-dire moi, nous savons, enfin je sais, que votre résistance au traitement est une manifestation symptomatique de vos déficits et ne doit en aucun cas vous être imputée personnellement et, de ce fait bien sûr, cette résistance fait elle-même partie du traitement et...

– De quelle manière pourrais-je opposer une résistance ?

– Ah, vous trouverez bien quelque chose, nous verrons cela d'une séance à l'autre.

– Bon, donc, pour le moment, je n'ai pas à m'en...

– Non, non, non, pas du tout. » Les référents savent toujours rassurer et patiente pousse un soupir de soulagement et m'adresse un charmant sourire plein de crédulité enfantine, et même si je prends note avec un léger dédain qu'elle en rajoute des tonnes avec son sourire, je me laisse pourtant berner car, structurellement, il reste toujours impossible d'abolir une différence, même minime, entre émotion et travail de médiation. « Commencez par oublier tout ça entièrement. Il ne nous reste plus qu'à régler par contrat les principales modalités de l'assistance que nous nous engageons à vous apporter. Donc encore une fois, vous nous dites tout ce que vous savez de vous et vous nous cédez les droits sur ce matériau. Cette cession des droits en notre, c'est-à-dire en ma faveur, se fait de manière tout à fait organique et automatique, tout simplement quand vous parlez. Car ce que vous allez me raconter, vous n'allez pas vous contenter de me le raconter mais vous allez le jouer, vous allez agir devant moi au lieu de simplement me rendre compte – en fait, vous êtes déjà en train de le faire. »

Je lui lance un clin d'œil vachard, mais c'est un coup d'épée dans l'eau. Elle me regarde, rayonnante de candeur :

« Très bien, d'accord – oui, je suis absolument d'accord avec tout.

– Euh... oui, bon. Alors, relisez tout ça attentivement encore une fois », je pose soigneusement la pile de documents devant elle sur le bureau, dévisse lentement le bouchon de mon stylo plume en or qu'elle me prend instinctivement des mains avant que j'aie eu le temps de le lui tendre et lui montre du doigt les endroits où elle doit signer sur les papiers étalés à l'envers devant moi. « Et puis, signez ici s'il vous plaît, et... là, et... là, et... encore... ici, merci beaucoup. Très bien, ça, c'est fait, je peux donc enfin vous examiner maintenant. »

Elle saisit le capuchon du stylo plume devant moi, le revisse, le met dans la poche de poitrine de son chemisier et ricane joyeusement :

« Parfait ! Où allez-vous m'ausculter ? Ici ?

– Oui, oui, venez par ici, allongez-vous sur la table d'examen, s'il vous plaît. Malheureusement, ce n'est pas très confortable.

– Je dois me déshabiller ?

– Non merci, ce n'est pas nécessaire. » Référent installe patiente en position *savasana* et, grâce à la télécommande, fait lentement descendre du plafond le scanner à particules qui semble flotter comme une énorme raie argentée et s'immobilise avec un petit tremblement silencieux à dix centimètres au-dessus de la patiente pour déployer ses ailes en une surface plane. « La machine fonctionne aussi bien sans ça. »

Sous l'appareil, patiente tourne prudemment la tête vers référent, ouvre les lèvres puis les referme, je me penche vers elle, les mains appuyées sur les cuisses, et incline la tête sur le côté comme si je voulais la poser sur un coussin flottant dans l'air près de la patiente et elle me fait un clin d'œil :

« Eh bien, cette fois encore, vous avez eu de la chance, docteur.

– Eh bien, c'est exactement mon avis, à moi aussi. »

En silence, nous nous décochons un sourire l'un à l'autre, et aujourd'hui encore, nous avons réussi à nous en tirer tous les deux.

7.

Accueil vide depuis longtemps, référent assis au bureau, immobile, regarde fixement la porte par-dessus le scanner qu'il tient légèrement incliné dans ses mains, comme un ancien présentateur du journal télévisé attendant le signal, il écoute l'imprimante qui continue de cracher l'un après l'autre les clichés tombant doucement sur le sol près de lui, si lisses et si légers que, lorsqu'ils l'ont atteint, ils glissent encore de quelques centimètres sur le côté, dans un petit mouvement de vague, avant de faire enfin le mort.

Conformément au règlement, je vais tous les étudier avec minutie avant de dicter mon rapport bien que, dans le cas présent, une telle minutie soit superflue car, après avoir jeté un coup d'œil rapide au premier scanner, le résultat est évident, même s'il est vrai que je n'arrive pas à le comprendre. Référent ferme ses yeux endoloris, se masse la racine du nez, puis rouvre les yeux et examine à nouveau l'image.

Patiente ne souffre d'aucune anormalité parasympathique, et même d'aucune anomalie, il y a quelques années encore, une telle image aurait pu pousser un médecin à affirmer que la patiente était en bonne santé. Mais une telle idée est bien sûr absurde car enfin, à l'époque, de telles images n'existaient pas, des images qui ne semblent plus être des représentations car elles ne laissent voir aucune similitude avec les corps balayés par l'appareil. Le scanner est capable de lire entièrement le corps et de transposer ce qu'il a lu, ce texte en soi insignifiant ou du moins illisible, en images qui ressemblent certes, pour l'œil du profane, à un enchevêtrement maniaque de lignes et d'aplats de couleur qui se croisent sans ordre, tel le motif d'un tapis raté par un tisserand ivre, mais que nous autres, référents, nous lisons comme une partition permettant de faire chanter les corps muets. Je m'absorbe dans la contemplation de l'image et tous les courants de surface et de fond, les connexions secrètes et les traits cachés deviennent transparents et audibles comme une variation infinie et sans thème, le leurre intemporel d'une mélodie inconnue et pourtant familière. C'est elle, plus de doute, mon misérable écho.

Mais référent peut se raccrocher aux faits et d'abord, plein d'une admiration sincère pour les pionniers de notre établissement, constater une fois de plus que les images fournies par le scanner à particules sont, par leur clarté, d'une valeur quasi inestimable pour notre travail de diagnostic puisqu'elles permettent de compenser presque entièrement les approximations de l'anamnèse, dues surtout à l'inévitable manque de précision des déclarations des patients, mais aussi des transcriptions mot à mot du flux cérébral par le lecteur de pensées.

En tout cas, cette image ne ressemble plus du tout au portrait intérieur de sa cage thoracique qu'elle m'a offert il y a vingt-trois ans, sous couvert d'ironie, dans un accès de morbidité naïvement romantique, c'est avec lui que tout a commencé et que notre faux contact s'est transformé en un vrai désastre. On ne pouvait se faire photographier plus à son avantage que dans ce cabinet des rayons à la discrétion surannée, car le squelette et sa rigidité, toutes ses rigidités insaisissables car impossibles à saisir dans leur banalité, disparaissaient aussitôt dans la crudité prétentieuse de l'éclairage, un simple motif sur le négligé que dessinait le gris laiteux de la chair coquettement évanescente, trop tendre, trop timide, trop hypocrite pour se montrer entièrement. Et même si j'ai souri, à l'époque, de ce qu'elle appelait une édition collector d'elle-même, à tirage limité, avec l'attendrissement bêta de celui qui, de cinq ans son aîné, pour le moins une vie, était donc plus sage, je contemplais l'image avec un ravissement honteux, la nuit, au-dessus de mes tristes livres de pharmacologie, jusqu'à ce que mes yeux bleus bêtement vitreux se ferment, et je l'ai toujours portée en secret contre mon cœur, pliée en deux dans mon portefeuille, jusqu'à la fin, jusqu'à ce que ce cœur disparaisse.

Un an après m'avoir offert ce portrait, elle était d'une bonne humeur inquiétante lorsqu'elle débarqua sur mon nouveau lieu de travail, avec une autre photo. Elle posa sur mon bureau la planche brillante sur fond noir représentant son cerveau devenu multiple, découpé en lamelles par le magnétisme très peu érotique de l'IRM, et j'essayais désespérément de penser à un gâteau, le *Baumkuchen*, tandis qu'elle tapotait du doigt chacune des petites images en s'écriant gaiment :

« Regardez, docteur, regardez là – Vous ne voyez rien !

– Bien sûr que non, et alors ? Qu'est-ce que ça veut dire ? Je ne comprends pas... »

Elle avait renoncé à sa bonne humeur et me demanda, sérieusement en colère :

« Pourquoi dois-je faire ça ? Pourquoi dois-je faire une IRM comme celle-ci tous les mois ? Explique-moi !

– Oui, c'est une formalité idiote, mais qu'est-ce que...

– Pourquoi devons-nous faire ça ? À quoi ça leur sert ?

– Mon dieu, où est le problème, fais-le, comme tout le monde, et voilà, on n'en parle plus, pourquoi tu te...

– Tu ne trouves pas ça grave ?

– Grave, comment ça grave, qu'est-ce que ça a... ?

– Bon, très bien, je le fais de toute façon », elle se laissa tomber sur le fauteuil dans l'angle en soupirant, puis tourna lentement son visage vers moi et dit tout bas :

« Ce n'est pas de ça qu'il s'agit.

– Mais de... ? »

Je ne voulais pas le savoir et elle le voyait bien, mais elle continua malgré tout, encore plus bas :

« Il y a bien d'autres choses que je ne comprends pas.

– Hum. »

Je fis pivoter mon fauteuil pour me tourner à nouveau tout entier vers mon ordinateur, et je fermai les yeux un court instant en sentant son regard sur ma nuque, devinant que je n'arriverais pas à la réduire au silence.

« Je ne comprends pas ces choses bizarres que tu fais... je veux dire, la nuit, devant le miroir... »

Je sentis mon cœur battre jusque dans ma gorge et je dus me maîtriser entièrement pour ne pas être trop entier et faire volte-face d'un bloc, mais plutôt me tourner vers elle, l'air distrait, et demander, un peu agacé :

« Comment ?

– Je... Excuse-moi, je ne voulais pas... Je ferais peut-être mieux d'y aller.

– Oui, peut-être qu'on pourrait parler de ça une autre... j'ai encore tellement de choses à assimiler ici, pardon », je lui lançai un sourire apaisant, ou plutôt contrit, car il m'était soudain insupportable de la voir ainsi, effrayée, se lever pour partir. « Je veux, je *dois* vraiment réussir ce dernier examen sans faire la moindre petite erreur, tu comprends ça, n'est-ce pas ?

– Oui, oui, bien sûr », elle était déjà à la porte et souriait courageusement, ce qui m'était définitivement insupportable, et je bondis pour la retenir, je la serrai fort et l'embrassai, pris de panique, dans l'espoir fou de faire disparaître tout ce qui était grave et de lui faire oublier tout ce qu'elle avait vu et, pour un court instant de silence, tout sembla rentrer dans l'ordre, mais elle murmura alors en toute hâte : « Je ne voulais pas t'espionner, vraiment pas, c'est juste que je n'arrivais pas à dormir et là, par hasard...

– Oui, oui, oui, chchchuuuut...

– Ça me fait peur.

– Chut, là, tout va bien, tout va bien, tu ne dois pas avoir peur, nous allons nous en débarrasser. Nous allons nous en débarrasser. »

Pour me rassurer, je lui caressai énergiquement la tête, comme celle d'un petit animal tout rond, en répétant pour moi-même la dernière phrase tout bas, jusqu'à ce qu'elle se mette à rire doucement :

« Il semblerait que tu sois vraiment en bonne voie pour devenir médecin. »

8.

Référent toujours assis au bureau, Dieu sait depuis combien de temps, ne comprend plus rien aux scanners ou plutôt aux rapports. Il ne s'agit pas seulement du système parasympathique absolument intact mais en prime, chez cette patiente, d'une parfaite conscience de sa santé dont seule la perfection pourrait sembler légèrement suspecte et, enfin, du fait que ces deux constats sont évidents au premier coup d'œil, même pour le plus myope de ces serpents à lunettes d'étudiants en médecine, donc il est quasiment exclu que le médecin, en bas, ait pu conclure par mégarde à ce faux diagnostic. Mais, même en imaginant une telle dose d'incompétence médicale, l'admission de la patiente resterait un mystère, car la direction de la clinique vérifie méticuleusement toutes les analyses venues d'en bas avant de reprendre un de leurs diagnostics, et donc de l'enregistrer dans les dossiers officiels d'admission, ne serait-ce que provisoirement, puis de faire monter jusqu'ici l'objet de ce diagnostic et de le désigner comme patient, sans parler du fait que la plupart des demandes d'admission venues d'en bas ne sont même pas étudiées par la direction mais tout simplement retournées sans avoir été ouvertes, et qu'il n'y a plus de soins ambulatoires ici depuis des années.

Tout indique si ouvertement que la patiente ambulatoire constitue une mise à l'épreuve de référent que cela me semble tout à fait invraisemblable. Quel pourrait être le sens d'une telle mise à l'épreuve – surtout maintenant ? Non, la direction de la clinique va attendre le rapport que j'écris sur moi et ce n'est qu'à partir de là qu'elle engagera le cas échéant les premières mesures timidement musicales de mise à l'épreuve. Et même si c'était le cas, je n'ai pas à m'en soucier pour la suite des événements car, après tout, mon serment nosographique m'impose de ne pas me mêler de mes affaires personnelles et de me concentrer sur les rapports concernant les malades et sur un autre rapport, pas tout à fait sans importance, qui sait, le rapport sur ma vie. Référent décide de ne pas perdre plus de temps à s'interroger sur le pourquoi du comment et prend le microphone pour dicter son rapport sur patiente ambulatoire.

Comme toujours lorsqu'il dicte, voix du référent légèrement basse et ronflante, crépitante et vrombissante et, en même temps, d'une monotonie un peu traînante, car les infirmières sont censées adorer cette archaïque coalescence du phrasé médical, façon commandant de bord. Elles prétendent que ça leur facilite la transcription. Mais cette fois, le flux de mes mots se tarit dès l'énonciation de l'identité du patient. Qu'elle n'ait même pas changé son prénom, qu'elle ait l'incroyable culot de se présenter ici sous son vrai prénom mais, par ailleurs, en reniant son nom, mon nom, le nom que je lui ai offert, c'est trop de bien qui s'est transformé en mal !

Feinte colère de référent, tentative puérile de dissimuler sa culpabilité derrière un écran protecteur car seule la culpabilité vaut la peine d'être protégée, c'est tout ce qui reste d'un individu, et c'est pourquoi je la dissimule derrière moi comme j'avais tenté à la fois de me cacher et de me grandir derrière la crâne cicatrice, encore seule et isolée à l'époque, traversant mon torse de l'aine gauche jusqu'au rebord costal droit, lorsque nous nous sommes retrouvés pour la première fois seuls, tous les deux, sur la plage de Gourzouf au nord-est de Yalta, en ce vingt juin fatidique. Pourtant, à la différence de toutes les autres filles auparavant, elle ne manifesta aucune des formes habituelles d'étonnement, elle ne fit pas mine de tendre l'index pour suivre le tracé blanc-rougeâtre de la balafre avec une sorte de dégoût fasciné, accompagné d'un ricanement ou d'un regard à la profondeur éthérée, face auquel je feignais toujours un ennui blasé, mais qui en réalité me faisait un peu honte, au contraire, elle se contenta de hocher la tête en l'examinant, retroussant les lèvres dans la mimique du collectionneur compétent qui envisage un achat avec l'impression désagréable de se faire rouler, ou feint pour mieux pouvoir marchander.

« Pas mal du tout, ton truc. Tu sais, un jour, quand je serai grande et que j'aurai fini mes études, j'écrirai un

traité révolutionnaire en trois volumes intitulé *Le Caractère fétiche du fétiche*. »

Puis elle se mit à rire, et comme je ne comprenais pas
trop ce qu'elle trouvait drôle, je m'empressai d'ajouter mon
rire au sien. Nous avons ri comme des hystériques, nous
entraînant l'un l'autre toujours plus loin dans l'hilarité et
lorsque notre rire finit par s'apaiser dans un soupir mêlé
au ressac de la mer Noire et qu'elle me regarda en souriant
tristement, j'eus le pressentiment qu'il était dangereux de
se commettre plus longtemps avec cette étrange enfant. Je
savais qu'elle m'avait percé à jour et qu'elle était capable
de lire en chacun comme dans un livre ouvert. Ce n'était
pas le cas, évidemment. Elle ne se doutait de rien, pas
plus que moi, nous sommes tombés amoureux, point à la
ligne. J'imagine seulement avoir eu ce pressentiment parce
qu'elle m'a dit, bien plus tard :

« Celui qu'on aime on ne le dissèque pas, on ne le met
pas en pièce, même si tu sembles ne pas avoir de souhait
plus ardent.

– Quelque chose ne va pas, docteur von Stern ? »

– Euh, comment... ? Oh, je ne vous avais pas... » Référent n'a
pas entendu entrer infirmière qui lui apparaît comme par
magie pour la troisième fois. Gêné, je m'éclaircis la gorge,
car je me rends compte que je dois être assis là depuis un
bon moment, les yeux fermés, le micro ouvert sous le nez,
comme notre amnésique de compétition qui, jusqu'à la fin
de l'automne, se tient toute la journée immobile dans le
jardin et, un sourire douloureux aux lèvres, sent la même
rose rouge, toujours nouvelle et toujours identique, dont il
oublie le parfum au moment même où il le respire.

« ... sentez pas bien, docteur ? Vous êtes assis là depuis
déjà... », l'infirmière regarde sa montre, « trois heures et
vingt minutes. Juste assis là, comme ça. À la transcription,
l'infirmière croyait qu'il y avait un problème de retransmission parce que vous n'émettiez plus que des sons
bizarres, comme quand on...

– Oh oui, excusez-moi, j'ai dû être un peu distrait, j'ai
oublié d'éteindre ça. Allons bon », je me reprends, veux me
lever, mais elle a déjà sauté derrière mon siège et, rapide
comme l'éclair, elle m'enfonce ses pouces de chaque côté

de la plus haute vertèbre cervicale. Puis, elle plante index et majeurs dans le haut de mes trapèzes au-dessus des clavicules, pendant une seconde, la douleur me donne la nausée et obscurcit ma vue, mais elle continue ce massage des épaules qui est une spécialité de la clinique, un des nombreux petits désagréments contre lesquels il ne faut surtout pas se défendre trop ostensiblement.

— Mmh, oui, merci, mademoiselle ça fait du bien, vraiment, merci beaucoup, mais je dois y aller maintenant, je vais voir si j'arrive à temps au moins pour la deuxième séance de méduses... euh, d'aquagym.

— Comme vous voudrez, docteur von Stern.

— Oui, et puis je passerai rapidement chez le docteur Tulp pour faire vérifier mon médiateur.

— Oui, faites-le, docteur, faites-le. Ah, là, là, quel bazar... » elle se baisse et commence à ramasser les scanners par terre. « Le tiroir de l'imprimante a encore été...

— Laissez donc, mademoiselle, laissez tout en l'état, s'il vous plaît, je m'en occuperai plus tard, ça ne se voit peut-être pas mais il y a un ordre là-dedans.

— Hum, comme vous voudrez », elle se relève à contre-cœur, réajuste son uniforme bien trop moulant et lance un regard indigné au chaos sur le sol mais, avant qu'elle ait le temps de faire une autre objection, je m'éclipse dans un grand mouvement de blouse.

9.

Quelle chance d'être arrivé à temps pour prendre la deuxième séance de piscine ! En avant pour une heure au bord du bassin, face à ces pauvres grosses dondons qui, dans l'eau non plus, ne sont vraiment pas dans leur élément, une heure à virevolter au rythme de la musique assourdissante en leur donnant de joyeuses instructions via le casque-micro, *come on ladies, les bras en l'air, haut, haut, haut !*, et oublier tout, tout, tout, quel réconfort en un jour pareil !

Je saute en projetant les genoux jusque sous le menton, les bras en l'air, les femmes qui sourient avec effort en tendant leur visage vers moi font le maximum pour m'imiter, mais même avec la résistance secourable de l'eau, elles ne réussissent pas à faire de grands bonds. Ce qui fait paraître les miens plus hauts encore, cinq minutes d'aquagym et je côtoie des altitudes que nul oiseau n'a jamais atteintes ! Dans des maillots de bains d'une beauté pathétique, cette chair trop vieille s'efforce de m'atteindre, mais je ne lui ferai pas grâce car je suis médecin, la plus grande pitié et le plus grand mépris sont une seule et même chose, j'ai tout laissé derrière moi, je respire enfin librement, hyperboréen pour un instant – *Que de choses on sent au-dessous de soi !*

Pour couronner le tout avec magnificence, voilà que la verrière s'ouvre au-dessus de nous, le soleil de cette fin d'après-midi de mai est assez puissant pour faire réagir le détecteur automatique, dans un bourdonnement, la couverture rigide glisse sur le côté, au-dessus du toit de la salle attenante, et nous révèle le vaste ciel pour quelques minutes. Je renverse la tête en arrière, lance un clin d'œil et un sourire au père soleil et mes bras me soulèvent déjà pour le vol de l'aigle final – et c'est terminé, comme toujours à ce moment-là, la musique de fanfare change de tempo et je change d'exercice. Écarter les jambes en sautant puis les refermer, tout en ouvrant et fermant simultanément les bras au-dessus de la tête, référent de nouveau tout à son travail, jette par hasard un œil à la paroi de verre face à lui et, à sa grande surprise, y voit un pantin vêtu de blanc.

Tous les faux-fuyants face à soi-même trouvent leur justification dans le reflet du miroir, chaque enfant le sait sans pour autant réussir à s'en détacher, et que ces faux-fuyants soient sans issue ne fait que plaider en leur faveur et les rendre plus praticables. Mais, quand on a tous les mauvais chemins derrière soi, comme nous autres médecins ici, ce reflet n'est rien d'autre que ce qu'il paraît être, une excellente restitution, qui nous ramène au présent, une aide remarquable pour nous mettre en cohérence avec notre environnement quotidien, et soudain, en même temps que le sol carrelé sous mes pieds, je sens mes muscles brûlants, je peux donc lutter contre mes muscles de toute la force de mes muscles et je ne fais à nouveau plus qu'un avec moi-même. Il me semble même que, si je pouvais écrire maintenant, en cet instant, je réussirais même à écrire, oui, je réussirais à écrire mon rapport d'un trait tout simplement.

Ça ne doit pas être si compliqué, il suffit de trouver le début, il suffit de... se mettre en équilibre sur une jambe, tourner le corps à droite puis à gauche, alternativement, *on ne triche pas, ladies, la hanche reste gentiment ici, avec moi !* et étirer les bras loin de chaque côté pendant la rotation, *le torse bombé, les épaules relâchées ! Fières et élégantes !* Bof, ça ressemble moins à la mort du cygne qu'à celle d'un troupeau d'hippopotames... trouver le début, et par quoi je commence, il faut que j'arrête de tergiverser là-dessus, par le jour où je suis arrivé ici, bien sûr, et pas avant. Pas un jour avant. *Bras tendus ! cherchez la longueur !* Comme je ne dois rendre de compte que sur mon activité médicale ici et non justifier en soi mon existence de médecin, je mettrai à nu les vingt dernières années, à nu comme les tripes du jeune collègue auquel j'ai dû forer un énorme trou carré dans la paroi abdominale durant ma première année pour sauver son cœur qui avait commencé à se dissoudre dans le bas ventre, mais je ne remonterai pas plus loin.

Après tout, la direction de la clinique sait mieux que personne quelles circonstances m'ont amené ici, mieux que moi, aurais-je envie de dire, et elle souhaite sûrement aussi peu que moi qu'on les lui rappelle. Ou bien s'agit-il aussi, justement, d'exposer mon point de vue sur ces circonstances – s'agit-il de cette tranche de vie derrière les données et les faits, de ma perspective émotionnelle ? Il est vrai que ce pourrait être instructif pour comprendre la manière dont j'appréhende ma fonction, c'est-à-dire pour savoir dans quelle mesure le fait que je sois devenu médecin peut être considéré comme un aboutissement heureux de mon parcours. Mais d'un autre côté, les directives concernant la rédaction du rapport ne parlent jamais de tels flashbacks, et si c'était le cas, par où faudrait-il commencer ? À sa naissance, à la naissance de ses losers de parents ? C'est un prétexte absurde, évidemment, je sais exactement où tout a commencé. Cela a commencé par notre rencontre, classique, *monster meets girl*, exposition et dénouement tout en un, mais je n'en parlerai pas. Non, ils ne doivent rien apprendre de ce qu'ils ne savent pas déjà de toute façon. Et puis, ils savent tout de nous, depuis le début jusqu'à la nuit où je me suis retrouvé à genoux à côté du cadavre. Donc rien là-dessus.

À la place, je passerai au peigne fin, avec la plus grande minutie, *Cheeeerchez la longueur ! that's it, girls !* les ronciers enchevêtrés, ou plutôt le triste champ de blé, de ces vingt dernières années à la recherche des potentielles cachettes de mon ancien cœur, même si je suis quasiment sûr ou plutôt si j'ai décidé qu'il n'y a rien à débusquer, *car où mon cœur aurait-il pu aller pour fuir mon cœur ?*

Et dès que ces femmes, là en bas, m'auront offert leurs habituels applaudissements enamourés pour terminer la séance et se presseront vers les douches, soulagées, en piaillant dans un joyeux désordre, pour ensuite s'observer à la dérobée dans les miroirs qui recouvrent les murs au moment de se sécher, de s'enduire de crème et de se peser, tout en essayant de se donner l'air le plus détaché possible par leur gai bavardage, comme si elles prêtaient aussi peu attention à la nudité des autres qu'à mon passage d'une blancheur pastorale à travers les douches et les vestiaires, je me précipiterai sur l'ordinateur le plus proche et j'écrirai :

Le vingt-trois septembre de l'année tant, à quatre heures et quart, référent descend d'un taxi devant l'entrée du personnel de la clinique, vêtu d'une tenue de tennis blanche, de chaussures de tennis blanches et d'un long manteau de fourrure brun avec, pour bagage, deux gros sacs de sport noirs, il jette énergiquement l'un deux sur son épaule sans réfléchir, semble avoir oublié un instant la cicatrice de son opération encore toute fraiche, le visage déformé par la douleur, il porte la main à la poitrine et manque d'être entraîné à terre par le sac qu'il pose au sol, mais une infirmière et un aide-soignant accourent et se glissent chacun sous un bras de référent pour l'amener à sa chambre. Là, allongé sur le lit tandis que infirmière le met sous perfusion, reçoit la visite du docteur Holm qui se présente comme l'autre jeune recrue nouvellement arrivée dans le service et lui donne les premières indications concernant son futur travail quotidien et le *pranayama* pratiqué à la clinique, selon les instructions de Holm, référent fait ses premières tentatives pour combiner une respiration en profondeur purificatrice et une respiration costale énergisante, tentatives peu satisfaisantes en raison des douleurs à la poitrine, est finalement laissé seul pour se reposer et s'acclimater. Livré à lui-même une fois encore, la dernière fois, référent se murmure une vieille maxime pour s'endormir *Je crains mes secrètes défaillances, que tes yeux connaissent et que les miens ignorent* et s'enfonce alors dans un profond sommeil. Réveillé au milieu de la nuit par infirmière qui le secoue et lui explique qu'une patiente victime d'un accident a besoin de son aide de toute urgence et l'attend à l'unité de soins intensifs avec une grave blessure à la jambe. Et c'est ainsi que référent commence à se familiariser avec sa nouvelle vie et c'est ainsi que je pourrais continuer à écrire encore et encore, d'un trait, de là-bas jusqu'ici, où le carrelage lisse et froid sous mes pieds me donnera contenance jusqu'au bout.

Et, pour finir, nous nous tenons de nouveau tous en équilibre sur une jambe, en dessinant de grands cercles dans les airs, *reach out and circle, and circle and reach out !* Et les éclaboussures de l'eau et du sourire des femmes qui montent vers moi sont d'une beauté si terrifiante que c'est comme un choc jusqu'au fond du plexus solaire. Référent doit vraiment de toute urgence aller chez le docteur Tulp pour faire vérifier son médiateur.

10.

Référent se sent nettement plus frais après le bain des autres, flâne dans les couloirs en se dirigeant un peu au hasard vers le bureau du docteur Tulp à la recherche d'un petit coin où il pourrait en vitesse faire ses confidences à un ordinateur. Mais, à peine ai-je eu le temps de tirer un petit appareil sur sa tablette escamotable d'une des niches creusées dans le mur et de m'identifier grâce à l'empreinte de mon pouce, me voilà dérangé par le flot de patients qui s'écoule dans mon dos. Agacé, je remets l'engin en place et envisage un instant de faire un détour par la chambre du professeur, pour m'assoir à mon bureau habituel dans le calme de ses hurlements. Mais au fond, cela reviendrait uniquement à ne pas commencer mon rapport, une fois encore, et en plus, si je me livre à la dictée du professeur, je n'arriverai jamais à passer aujourd'hui chez le docteur Tulp.

Après une courte hésitation, référent se glisse dans la chambre vide la plus proche, dont l'occupant doit probablement être en train d'effectuer la troisième séance de course à pied de la journée, référent s'assoit au bureau qui s'y trouve et, avec une inspiration qui doit simuler la résolution, il ouvre l'ordinateur et se connecte à lui-même. Eh bien, la voilà, ta page blanche, et maintenant tu écris en vitesse la petite introduction que t'a inspirée l'invasion des méduses, juste ça et rien d'autre ! Mais référent ne se souvient de rien, est vide, vide à craquer, aussi vide que l'écran qui attend avec indulgence. Comment pourrais-je trouver le début qui convient, le ton qui convient, le ton de la voix qu'on ne me laisse toujours pas écouter. Mais sans écoute, pas de compte rendu d'écoute, un point c'est tout et, alors, ce ne sera pas mon échec mais celui de la direction ! Je vais me plaindre, exiger des explications, et même adresser une requête à la direction de la clinique :

Vous voulez savoir ce que je suis vraiment à l'intérieur de moi, là où je ne peux accéder puisque je n'ai ni Vos yeux, ni Vos oreilles, ni Vos pensées. Puisque, pour des raisons qui m'éclaireraient sûrement si seulement je les connaissais, Vous ne me laissez pas entendre ce que Vous savez et pensez de moi, la rédaction de mon rapport est privée du fondement que constituerait tout sérieux ouï-dire, je serais obligé dans les conditions actuelles de présenter une image totalement arbitraire de moi-même et de mes prestations médicales qui, sans nul doute, ne sera d'aucune valeur pour Vous. Je Vous prie donc, Vous qui êtes au plus profond de mon être médical, de m'expliquer comment je peux m'exprimer véridiquement à mon sujet sans Vous avoir entendu, car seul Vous entendre parler de moi signifierait se connaître soi-même, « connaître comme je suis connu » – si je puis me permettre très humblement de Vous rappeler cette maxime de notre établissement. Alors pourquoi me torturez Vous par Votre silence en exigeant de moi une saignée impossible, alors que Vous seul êtes en mesure de prendre mon sang au plus profond et que je le donnerais de plein gré et en totalité, jusqu'à en vider ma dépouille, mais cessez d'exiger de moi que je cherche la bonne veine !

Référent s'arrête brusquement, contemple effrayé ce qu'il a écrit et le supprime en toute hâte. À peine le texte a-t-il disparu de l'écran que le patient occupant la chambre arrive, vêtu d'un jogging trempé de sueur, accompagné de son référent, tous deux restent sur le seuil de la porte, surpris. J'ai atterri précisément sur le territoire du docteur Darmstätter, mon ennemi intime dans l'unité, qui abandonne maintenant son air déconcerté pour me dévoiler ses dents de nacre :

« Eh bien, voyez qui nous avons là, le docteur von Stern, quelle gentille surprise !

– Oh, euh, pardonnez-moi de…, cher collègue, je vais voir le docteur Tulp et je devais de toute urgence compléter le dossier d'un malade, la transcription ne pouvait pas attendre, le patient aurait dû la retravailler depuis longtemps déjà – j'espère que vous ne m'en voudrez pas pour cette petite intrusion.

– Pas du tout, pas du tout ! » Référents rient avec une bonne humeur forcée, tandis qu'entre eux patient promène son regard morose de l'un à l'autre en essuyant la sueur de son visage avec sa manche. « J'espère que mon bureau a pu vous être utile.

– Oh oui, merci, merci beaucoup, eh bien…, très sympathique de vous avoir…

– Chez le docteur Tulp, vous dites ? J'espère que vous n'avez rien ?

– Non, non, simple routine…

– Rien de grave, j'espère ? » Il pose sa main énorme sur mon épaule pendant que son patient saute impatiemment d'une jambe sur l'autre, un besoin urgent de pisser visiblement. « J'en serais désolé.

– Et moi donc ! Mais nous n'en sommes pas encore là, eh bien… »

Darmstätter ne m'écoute déjà plus, il commence à s'affairer sur son ordinateur et ce n'est que lorsque je suis déjà à moitié sorti qu'il relève la tête, l'air distrait :

« Euh, vous voulez que j'enregistre ?

– Comment ?

– Eh bien, ça là, vous voulez que je vous l'envoie ou que je l'enregistre sur mon compte, ou qu'est-ce que j'en fais... ?

– Euh, je peux voir », référent ne doit en aucun cas laisser la chaleur qu'il sent dans sa nuque se transformer en taches rouges sur son visage. Je respire en voyant le vide éclatant de l'écran.

« Ooouuups, où est-ce qu'il est parti ? » Du bout des doigts de sa main légèrement ouverte, Darmstätter touche l'écran comme s'il voulait caresser le visage d'une amoureuse inaccessible derrière une vitre. « Oh, mince, alors, j'ai bien l'impression que je viens de l'envoyer – Dieu sait à qui ! Allons bon, ce n'est pas si grave, par chance, ici, tous les chemins mènent au but et tous les messages trouvent leur destinataire. »

– Oui, exactement, de toute façon ce n'était pas très important.

– Bon, eh bien, je crois que vous devriez vraiment vous présenter chez le docteur Tulp maintenant, vous êtes un peu pâlot, mon cher.

– Ah, oui, c'est bon à savoir, merci du renseignement. »

Référent s'éloigne sans un salut pour se rendre directement chez le docteur Tulp et appelle tous les systèmes immunitaires à se tenir prêts en murmurant : *Chaque homme est une île, chaque homme est une île...*

11.

Le docteur Tulp, anatomiste des profondeurs, est un homme qui n'est guère débordé, on peut donc le consulter sans rendez-vous à toute heure du jour ou de la nuit, car primo, il arrive assez rarement que des patients ou des référents soient auscultés ou même subissent des interventions chirurgicales et secundo, comme il se consacre uniquement à sa mission chirurgicale, il est exempté de tous les devoirs des référents envers leurs patients ou envers eux-mêmes. Du fait de cette exemption, il présente une particularité, contrairement à tous les autres médecins ici, il est soumis ou plutôt il a droit au secret professionnel, personne ne sait exactement et peut-être ne le sait-il pas lui-même, en tout cas, il ne participe à aucun des travaux nosographiques.

D'où une perspective totalement différente, un léger strabisme fort charmant lui vient sans doute de ce qu'il voit les choses d'un autre point de vue que nous, médecins référents, et nous non plus, nous ne le considérons pas comme notre semblable. Chez lui, on se met toujours à parler et c'est peut-être une erreur, mais maintenant précisément, juste après cette rencontre désagréable avec le docteur Darmstätter, c'est terriblement réconfortant d'être allongé sur sa table d'auscultation capitonnée de cuir et de bavarder avec lui tandis qu'il vous ouvre la cage thoracique de ses mains adroites.

« Bon, voyons voir où ça coince. Quand est-ce que ça a débuté, me disiez-vous ?

– Oh, je ne sais pas quand ça a commencé.

– Bon, ce n'est pas grave, nous autres médecins ne le savons jamais, de toute façon. Et ce n'est même pas nécessaire, c'est notre privilège, en contrepartie on connaît la suite, n'est-ce pas ? Quels sont vos symptômes, au juste ?

– Eh bien, comment dire, je sens comme une faiblesse, là-haut.

– En haut à gauche, en haut à droite ?

– Je ne sais pas exactement. Je n'ai plus de force derrière les yeux. »

Docteur Tulp, qui s'était incliné profondément au-dessus moi, se redresse droit comme une chandelle, ses ustensiles dans les mains levées au-dessus de ses bras étroitement soudés au corps, et me sourit avec une compassion moqueuse, ce qui met encore mieux en valeur sa charmante coquetterie de l'œil.

« Allons bon, et maintenant vous allez me dire : *L'écorce qui me soutenait s'est brisée,* n'est-ce pas ?

– Non, ce n'est pas ce que je voulais dire...

– Symptômes principaux : *blindage et vol d'aigle*, pas vrai ?

– Mon Dieu, non, pas du tout ! »

Nous rions tous les deux, et le docteur Tulp se penche à

nouveau sur ma poitrine ouverte, sur la desserte, il attrape à l'aveuglette un miroir de poche qu'il me tend, puis il marmonne en testant chacun des filaments du médiateur avec son stylet conducteur en verre :

« Si vous... Vous arrivez à voir quelque chose avec ça ?

– Oui, merci. Alors, qu'est-ce que vous en pensez ?

– Ma foi, ça m'a plutôt l'air en bon état, je n'ai que des transmissions impeccables, aucune faille qu'on puisse détecter au premier coup d'œil, mais je ne pourrais vous l'affirmer à cent pour cent que si, à l'occasion, on pouvait vous câbler pour une nuit afin d'avoir un relevé complet de toutes les impulsions.

– Hum, là, à côté, au labo-dortoir, c'est ça ?

– Oui, c'est un peu pénible, je sais...

– Dormir, n'est-ce pas ? En fait, je ne crois pas que j'en serais encore...

– Oui, oui, qui en est encore capable, je sais, c'est désagréable, mais pour être sûr, on devrait vous passer entièrement en lecture même si, bien sûr, c'est assez fastidieux et si, je ne veux pas le nier, ça fait un peu amateur qui ne sait pas trop à quel saint se vouer. Mais c'est justement l'inconvénient de toutes les technologies révolutionnaires, les méthodes d'examen et les traitements ont nécessairement du mal à suivre pendant une longue période, nous sommes simplement dans une pénible phase de transition.

– Mais pourtant, un simple dysfonctionnement dans la transmission médiatrice, on devrait tout de même être capable –

– Écoutez, docteur von Stern, vous devez toujours avoir à l'esprit que notre système de médiateur n'est plus simplement une technique corporelle externe qu'on développe quelque part dans un laboratoire et qu'on implante au sens propre du terme, mais plutôt une technique qui, de l'intérieur, a créé une matérialité réellement homogène, *yogique*. Vous savez bien que notre sympatexture n'est plus l'ancien système d'électrodes réagissant à un émetteur extérieur qui, si lié soit-il à son matériau porteur, devait toujours rester un corps étranger. L'implant de l'appareil de commande avait beau être irréversible et quasi invisible, la chose restait au fond une prothèse, avec tout ce que ça implique d'improvisation et d'amélioration tâtonnante, *le mieux est l'ennemi du bien*, n'est-ce pas ? Au mieux, ce qui pouvait sortir de cette médecine d'apprenti-sorcier était une symbiose à la fois sans suspens et toujours en tension maximum, rien de plus, pas de globalité, pas de *flow*.

– Oui, bien sûr, je le sais bien, seulement, je ne comprends pas qu'on ne puisse pas mieux contrôler ce *flow* ou au moins, mieux l'ausculter, vous voyez, je crois vraiment pouvoir dire que mon *prana* est en parfaite –

– Eh bien, justement ! Tout ce qui est flux, vous pouvez oublier – ne faites pas cette tête-là ! » Il me tapote l'épaule en riant. « Je parle au sens littéral. Vous voyez, au moment où la connexion s'est vraiment faite pour la première fois entre le dendrite de la cellule du stortex et l'axone de l'ancienne cellule nerveuse pour sceller l'union synaptique, si bien que Dieu et Adam purent une fois encore tendre l'un vers l'autre leur index recourbé, se regarder dans les yeux, et que Dieu dit de sa voix rauque, *cells that fire together, wire together*, à ce moment-là, tout s'est remis en mouvement – vous pouvez vous rhabiller – et c'est pourquoi, d'une certaine manière, nous voilà aujourd'hui renvoyés d'un grand pas en avant, même si ce n'est que transitoire, je suis très confiant sur ce point, vous comprenez... ?

– Vous voulez dire que notre matière circule trop bien pour nos appareils, même les plus modernes ?

– Oui, quelque chose comme ça. Mais peut-être que ce ne sont que des absurdités », il jette ses ustensiles à la poubelle en soupirant et s'enfonce profondément dans le fauteuil en cuir bas à côté de la table d'auscultation tandis que, pris d'un léger vertige, je m'assois sur la table et reboutonne ma chemise, le menton sur la poitrine. Quand je relève la tête, il me tend sa cigarette et je la prends avec gratitude. Nous fumons un moment en silence et je laisse flotter ma tête dans les nuages, ce que favorise la hauteur de la table. Je finis par reprendre la conversation après m'être éclairci la voix :

« Vous croyez vraiment que ce ne sont que des problèmes transitoires que nous aurons bientôt définitivement –

– Ah, foutaises ! Tous ces incidents ne se laissent pas expliquer aussi facilement. Bien sûr, tout problème est un problème transitoire, quoi d'autre ? Et même si nous avons surmonté en nous-mêmes, là où il est au mieux conservé, le décalage prométhéen entre nous autres, misérables tas de cellules, et notre sublime technique, nous sommes pourtant toujours des êtres à prothèses et nous le resterons, jusqu'à la fin – mais ça, c'est entre nous.

– Mais, vous venez pourtant de dire... ?

– Bah, qu'est-ce que ça peut faire, ce que j'ai dit il y a cinq minutes ! » Il se hisse hors de son fauteuil et se débarrasse de son accès de mélancolie dans un rire. « Un thé au gingembre ?

– Non merci, je ne peux plus sentir ce truc-là.

– Oui, vous avez raison, moi non plus. Bon, revenons-en à vous. Comme je vous le disais, quand vous pourrez trouver une occasion dans les prochains jours, allez passer une nuit au labo-dortoir, juste par sécurité, jusqu'ici, tout a l'air en bon état. En réalité, peut-être êtes-vous juste un peu *cérébralement ivre*, comme on disait autrefois, éméché par je ne sais quelle vieille histoire, ça arrive.

– Hum, je ne sais pas trop...

– Vous devez commencer à vous attaquer à votre rapport, non ?

– Oui, avant la fin de l'année, il faut enfin que je –

– Au fait, utilisation un peu trop fréquente du mot *enfin*, vous aviez remarqué ?

– N-non.

– Non ?

– À vrai dire, non, non... en fait, maintenant que vous –

– Sinon, pas d'autres fixations verbales ?

– Pas que je sache, mais je ne m'étais pas non plus ap –

– Oui, rien de grave, mais essayez de vous contrôler, enregistrez ça comme commande préventive et ça finira par se réguler.

– Très bien.

– Ça vaut mieux, ce genre de spasmes peut dès le début...

– Oui, bien sûr.

– Des impressions de déjà-vus, parfois ?

– N-non, aucune.

– Bien. De jamais-vus ?

– Ça ne risque pas », je ris. « Pas depuis une éternité, pas depuis que je suis ici, je crois. »

Docteur Tulp rit en hochant la tête, l'air compréhensif, puis il se frotte le menton :

« Bon, que puis-je d'autre pour vous... Je vais vous faire dispenser de RS pour quelques semaines.

– Oh, j'apprécierais vraiment. Vous croyez que c'est possible ?

– Bien sûr, nous pouvons reporter les heures sans problème.

– Il ne faudrait pas que le département hygiène nous fasse des histoires.

– Non, pas de soucis, nous avons suffisamment de personnel. Au besoin, l'un ou l'autre des infirmiers fera un service de plus.

– Merci beaucoup ! Cela me serait vraiment d'une grande aide.

– Il n'y a pas de quoi, c'est tout naturel, cher collègue.

– Bon, eh bien », avec hésitation, ou plutôt à contrecœur, référent se dirige vers la porte en compagnie du docteur Tulp en regardant derrière lui la table d'auscultation, « c'est tout, dans un premier temps, on ne peut rien faire de plus, hein ? Évidemment, c'est toujours un peu frustrant de ne pas voir tout de suite de transformation –

– Allons, ne soyez pas si pusillanime ! » Docteur Tulp sert énergiquement la main de référent et son œil gauche lui sourit d'un air encourageant. « Par ailleurs, vous le savez bien : quand le temps touche à sa fin, il en est transformé car la fin lui passe un sacré savon. Bonne soirée, docteur von Stern. »

12.

Rapide contrôle devant le miroir, costume impeccable, raie impeccable, pochette impec-... euh, non, pas tout à fait, doit être repliée – voilà, pochette impeccable. Référent, excessivement ponctuel pour le dîner, peut longer le couloir en flânant tranquillement, main droite vérifie bouton de manchette gauche et main gauche bouton droit. Non pas qu'il y ait quelque chose à vérifier, mais le geste est bien trop beau pour être déplacé, nettement plus beau en tout cas qu'une main désinfectant l'autre.

Mme von Hadern, ma patiente du soir, se tient déjà derrière sa porte dans une élégante toilette et attend référent en tétant son biberon de rhubarbe à l'opium. À travers la vitre, elle lui fait signe de la main droite avec grâce et bienveillance tandis que je tire tranquillement de ma poche le passepartout fixé par une chaîne en argent à la taille de mon pantalon, que j'ouvre sa porte et la salue comme toujours d'un ton un peu trop fort et chaleureux, en raison de ses légers problèmes d'audition :

« Bonsoir, très chère, alors comment allez-vous aujourd'hui ?

– Ah, oublions ça, dites-moi plutôt de quoi j'ai l'air. Cet imbécile de coiffeur a peiné pendant près d'une heure à édifier cette superstructure sur ma tête.

– Eh bien, ça en valait la peine. Vous êtes ravissante, tout à fait ravissante.

– Mmh, si vous le dites. Puis-je emporter le biberon avec -

– Non, il va bien sagement rester ici. Pas à table, combien de fois faudra-t-il que je vous le...

– C'est bon, c'est bon, dans ce cas, donnez-moi votre fichu bras et qu'on en finisse.

– Vous devriez faire un petit effort pour prendre davantage de plaisir pendant les repas. Il faut vraiment essayer, faites-le pour moi !

– Oui, pour qui d'autre sinon ? »

Elle m'adresse un sourire maussade et me laisse la guider à l'extérieur, jusqu'à la terrasse encore à moitié vide où le personnel, d'une politesse crispée, commence à s'affairer autour des patients dont la plupart repoussent au maximum le moment de s'asseoir et se balancent d'un pied sur l'autre derrière leur chaise en marmonnant des paroles plus ou moins compréhensibles ou bien en fredonnant une mélodie, avant que leur référent ou leur infirmier ne finisse par les tirer par le bras pour les faire asseoir à côté d'eux.

Ce type d'épreuve est aujourd'hui épargnée à référent, patiente, toujours correcte et de bonne composition en public, s'installe à sa place avec une élégance martiale, répond au salut de nos voisins de table par des regards méprisants ou plutôt sincèrement étonnés en raison de l'inanité de ceux qui lui font face, lisse l'immense serviette en tissu sur ses genoux en secouant la tête et commence à ingurgiter ses cuillérées de soupe aux algues avec discipline et mauvaise humeur, le tout sans courber le dos d'un seul millimètre. Patiente n'entame pas la conversation ou plutôt, après l'avoir envisagé, considère référent comme un interlocuteur trop léger, référent est donc livré à ses propres pensées importunes, il écoute l'infirmière Caroline pousser une chansonnette à l'effet hautement désinfectant, aujourd'hui *What a difference a day makes,* pour accompagner le repas comme toujours délicieux, et observe distraitement les derniers patients encore debout et autres trouble-fêtes qui finissent eux aussi par se laisser dompter par le trémolo aseptisant de l'infirmière et attaquent leur entrée avec un haussement d'épaules.

Oui, en effet, comme les choses peuvent changer en un jour ! Bizarrement, c'est pourtant toujours *twenty-four little hours*, et encore une soirée de ce magnifique mois de mai, tout comme hier, l'air est encore et toujours d'une extrême légèreté, le parfum du lilas nous enveloppe exactement comme la veille, mon regard pourrait de nouveau balayer la terrasse puis dévaler les prairies verdoyantes. Comme si rien ne s'était passé aujourd'hui, comme si je n'étais jamais arrivé ici du jour au lendemain il y a de cela vingt ans déjà, en automne, à l'automne de ma vie, car vingt années ne sont certes pas une journée, mais ce n'est que depuis aujourd'hui qu'elles appartiennent soudain au passé, *and that difference is you.*

Cette affaire doit être traitée au plus vite, qui sait quand je vais trouver le temps d'aller au labo-dortoir, et avant que les résultats n'arrivent, il va encore se passer... mais non, que pourrais-je bien faire d'autre en attendant ?

Sur l'estrade, l'infirmière Caroline cède la place au quatuor à cordes tandis que le plat principal est servi, je profite des mouvements incidemment souples des serveurs qui se transmettent aux corps des dîneurs pour tourner entièrement mon buste vers ma voisine de table en esquissant un sourire à la fois insistant et démuni. Elle me gratifie d'un simple haussement de sourcils et, avec sa fourchette, elle repousse en tout sens les aliments dans son assiette, comme si elle voulait les compter. Mais la voilà qui fait tout de même preuve de mansuétude à mon égard et tout en prolongeant à l'excès la mastication de sa première bouchée d'entrecôte, elle marmonne entre ses dents :

« Veuillez excuser mon manque de communication et de convivialité, docteur, c'est très mal élevé de ma part, mais je réfléchis.

– Bien sûr, ne vous dérangez pas pour moi.

– Je reinfléchis, vous savez, alors il faut que je serre les dents.

– Vous reinfléchissez ?

– Oui, oui », elle mastique l'asperge verte fondante à souhait comme si c'était du plastique. « Reinfléchir, cela signifie accueillir ses réflexions dans un rein et ingurgiter ensuite le rognon ainsi farci dans son propre corps, car si celui qui réfléchit, ou plutôt reinfléchit, donne l'impression d'être plongé dans ses réflexions, c'est parce qu'il ronge son rein plein de réflexions, et non qu'il ronge son frein, non, il se ronge lui-même le rein jusqu'à ce que celui-ci emprunte sa trajectoire naturelle de l'intestin jusqu'aux toilettes. Certes, malgré toutes les mesures d'épuration des eaux, le rein ainsi décomposé et dispersé dans tous les tuyaux se réintroduit dans le corps de son hôte via les canalisations et l'eau du robinet, pour s'y reconstituer et recevoir docilement les déchets de la reinflexion suivante, et ainsi de suite.

– Ah bon ? Et moi qui pensais que la réflexion était une activité plutôt relaxante : les pensées vont se promener pendant qu'on est assis confortablement et qu'on les suit d'un regard somnolent et…

– Non, non, pas du tout.

– Ah bon, et le repas est le moment qui se prête le mieux à la *reinflexion ?* Puisqu'on est déjà en train de mastiquer ?

– Disons que ça aide un peu.

– Je vois. Pardon de vous avoir dérangée.

– Ce n'est pas grave. De toute façon, l'affaire qui m'occupe aujourd'hui est particulièrement coriace.

– Et si le rein ne retournait pas à l'intérieur du corps, la réflexion ne pourrait pas s'y réintroduire non plus, n'est-ce pas ? Il faudrait donc se débarrasser une fois pour toutes du misérable rein, ou bien cela ne ferait-il qu'aggraver les choses car la réflexion pourrait alors sévir à l'intérieur du corps en toute liberté ?

– Docteur, je vous en prie ! » Elle éclate de rire et secoue la tête avec une telle vigueur que l'édifice un peu trop noir de ses cheveux menace de s'écrouler. « Qu'est-ce que vous allez raconter, pour l'amour du ciel ! Vous ne vous sentez pas bien ?

– Excusez-moi, je voulais juste...

– Me suivre ? Aller dans mon sens ? À ma rencontre ? Me rejoindre à mi-chemin ? Ou bien sur toute la ligne ?

– Euh, oui, voilà, si vous voulez, très chère, j'essaie simplement de m'imprégner des significations que vous attribuez aux mots au lieu de former des jugements à partir de vos concepts, et...

– Oui, c'est trop drôle, docteur ! Quelle étrange façon vous avez de vous exprimer, oui, c'est à la fois étrange et extravagant, voilà ce que je dirais ! »

Patiente secoue de nouveau la tête en riant, quelques mèches de cheveux naufragées tombent sur son visage, elle les repousse en essuyant les larmes de rire qui coulent de ses yeux puis, ragaillardie, elle pousse son assiette sur le côté en soupirant et adresse soudain un signe de tête aimable au jeune anaboliste au teint pâle et à son infirmier assis à notre table qui, par complaisance, se sont joints à son fou rire, et réfèrent se désole une nouvelle fois de constater que la thérapie d'immersion salutologique a elle aussi ses limites. Plus vraiment satisfait de son service du soir, il cherche des yeux le professeur avec nostalgie, sans l'apercevoir nulle part, celui-ci s'est sans doute trop mal comporté aujourd'hui pour être autorisé à manger dehors en compagnie de l'infirmier O.W. Patiente note ma mauvaise humeur et tapote le dos de ma main en signe d'apaisement :

« Oh, ne m'en voulez donc pas pour cette petite plaisanterie, docteur !

– Hum.

– Allez, ne vous laissez donc pas intimider, c'est ce fichu mois de mai, il nous met tous à rude épreuve. Mais vous m'avez déridée, et Dieu sait que ce n'est pas facile, je vous en remercie de tout cœur, mon garçon, alors ne me faites pas la tête, je vous en prie.

– D'accord, si cela vous amuse, je suis prêt à jouer les imbéciles », nous nous serrons la main en souriant tandis que le serveur pose le dessert devant nous avec une discrétion exagérée. « Au fait, qu'entendez-vous par le fait que le mois de mai nous met à rude épreuve, comment une chose aussi agréable peut-elle...

– Ah, je vous en prie, docteur, vous n'avez pas besoin de me servir ces idioties, pas à moi ! Je suis ici depuis plus longtemps que vous, même si vous n'êtes plus vraiment un perdreau de l'année, quoique votre physique soit toujours aussi appétissant, du moins plus appétissant que ce dessert.

– Hum.

– Je suis arrivée ici au mois de mai, il y a de cela exactement trente ans, et à l'époque, j'avais le même âge que vous aujourd'hui, soit presque cinquante ans.

– C'est-à-dire que je n'ai pas encore...

– Si, si, vous les avez. À l'époque, mon mari m'a accompagnée jusqu'ici et -

– Il a fait *quoi* ? Il est venu jusqu'ici avec - ?

– Oui, oui, cela arrivait encore de temps en temps à l'époque, certes, nous étions déjà en phase de séparation, mais nous avions besoin d'aide, cette histoire d'hypocondrie et le reste, ça me mettait mal à l'aise et il est resté ici pendant une semaine.

– Incroyable. Cela a dû être horrible !

– Oh non, c'était magnifique, vraiment magnifique, les meilleurs moments que nous ayons vécus en vingt-cinq ans de mariage. Enfin, n'exagérons pas non plus, mais c'était très sympathique, une belle période vraiment, si, si. Puis-je à présent regagner ma chambre ?

– Pas encore, mangez d'abord votre dessert, s'il vous plaît.

– Je ne me sens pas très bien, je devrais peut-être faire une petite course pour digérer, juste cinq minutes sur le tapis, vous ne croyez pas, docteur ?

– Non, je ne crois pas. Et votre mari est ensuite, je veux dire, au bout de cette semaine, il est, comment dire… ?

– Oui, oui, nous sommes tout de même des gens raisonnables. Mais parfois, je me dis que c'était vraiment bien, je veux dire avant que je n'arrive ici.

– Vous le pensez vraiment ?

– En réalité, non, au fond tout était franchement chiant. Mais c'était la première fois que les choses se passaient bien, plusieurs années auparavant, on nous avait confié la gestion des affaires courantes de la banque, nous avions travaillé dix ans pour en arriver là, nous avions envoyé le capital en avance, vas-y en premier, on te rejoindra, et alors que nous en récoltions les fruits, en quelque sorte…

– Mmh, en parlant de fruits, mangez votre dessert, s'il vous plaît, je commence à être fatigué de devoir vous le répéter.

– Je n'ai jamais couru après les desserts, de la frime de petits-bourgeois coincés, comme s'il y avait chaque jour quelque chose à fêter, tout ça parce qu'une fois de plus, personne n'est rentré mort du travail.

– Oui, c'est possible, mais les fruits vont vous…

– C'est bon », avec une moue de dégoût, elle dissèque une fraise entre ses incisives avant de la recracher. « J'y suis probablement allergique.

– Bon, très bien, je vous raccompagne dans votre chambre. »

Référent se redresse pour aider patiente à quitter son siège, mais sans doute se montre-t-il un peu trop lent, voire pataud, en tout cas, par un hasard malencontreux, Hugo Rapin, l'anaboliste au teint pâle, bondit de sa chaise et s'adresse à patiente avec nervosité et timidité :

« Si vous le permettez, très chère, excusez-moi de vous importuner, mais me feriez-vous l'honneur de m'accorder une danse avant de vous retirer ?

– Bon, très bien, mon enfant, pourquoi pas après tout. Vous permettez, docteur ?

– Bien sûr, bien sûr, dansez donc, mais faites attention à votre hanche !

– Oui, oui, allez-y, gâchez moi le plaisir une fois de plus ! »

Bras dessus bras dessous, ils se hâtent en direction de l'orchestre, mais au lieu de danser, ils s'installent à côté d'un autre couple de patients sur un long banc de bois bordant la piste de danse déserte, leurs têtes se rapprochent et Rapin se met à parler avec de grands gestes à l'oreille de Mme von Hadern qui, les yeux mi-clos, ne cesse de hocher la tête en souriant dans ma direction sans qu'elle ne laisse paraître si ce balancement est le signe d'un intérêt poli voire d'une approbation compréhensive, ou bien s'il s'agit d'un effort pour dissimuler le fait qu'elle n'écoute pas, ou ni l'un ni l'autre mais simplement l'amplification de son dodelinement habituel due au manque d'appui qu'offre ce banc sans dossier.

Référent s'efforce de ne plus regarder dans leur direction afin de ne pas accentuer sa mauvaise humeur, sa présence à la table est tout aussi superflue que celle de l'infirmier de Hugo Rapin, infirmier qui semble très embarrassé par son inutilité soudain mise à nu et promène nerveusement son regard à la recherche d'autres tables désertées par leurs patients, n'en découvrant aucune, il tente avec maladresse d'engager la conversation avec référent pour trouver une échappatoire. Afin de l'en empêcher, car je n'ai aucune envie que ma personne ou plutôt mon inutilité ne se commette avec la sienne, je bats la cadence sur la nappe tout en admirant mes magnifiques mains de médecin manucurées.

« C'est fou tout ce qu'ils peuvent avoir à se raconter, vous ne trouvez pas ?

– Que voulez-vous dire, Pflüger ?

– Je parle des patients, ce qu'ils peuvent être bavards, et pour ne rien dire !

– Hum.

– Dieu seul sait de quoi ils peuvent bien parler !

– C'est leur bon droit de patient, non ? Estimons-nous heureux qu'ils aient seulement envie de discuter ensemble. Regardez autour de vous, la plupart ne parlent qu'avec leur référent. Leur intercommunication serait pourtant dans notre intérêt et dans celui de leur thérapie, si je peux me permettre de vous le rappeler, monsieur Pflüger.

– Oui-oui, mais de quoi diable peuvent-ils parler aussi longtemps !

– Pardonnez-moi, mon cher, mais je crois que vous feriez bien de surveiller votre langage.

– Oh, excusez-moi, docteur. Je ne voulais pas me montrer –

– Dans ce cas, ne le faites pas.

– Pardon, je me demandais juste... euh, je m'intéressais à la question de savoir de quoi ils pouvaient bien s'entretenir. Si vous prenez Rapin, par exemple, il est tout à fait incapable de parler d'autre chose que de protéines, le malheureux. Avez-vous remarqué l'étrange renflement qu'il a de nouveau à l'arrière de la tête, docteur ?

– Évidemment, mais il s'agit là d'effets secondaires inévitables, malheureusement, nous ne pouvons pas exercer un contrôle total sur son anabolisme – s'il n'apparaît pas ici, il apparaîtra à un autre endroit.

– Il a aussi un peu partout sur le haut du corps ces –

– Mon cher monsieur Pflüger », référent pousse un soupir de lassitude agacée, « ne croyez-vous pas que nous mettrions un terme à ces superfétations si seulement nous en avions les moyens ? Vous savez bien qu'il s'agit là de problèmes d'adaptation, et c'est parfois une bien maigre consolation de savoir qu'ils sont temporaires, je sais, mais c'est ainsi, que voulez-vous, certains se retrouvent avec une deuxième conscience, d'autres avec des protéines qui leur poussent sur la tête, nous devons tous apprendre à vivre avec notre physique, n'est-ce pas ?

– Oui, bien sûr, excusez-moi, je n'avais aucunement l'intention d'outrepasser mon domaine de compétence –

– Très bien, alors dans ce cas, ne le faites pas !

– Bien sûr, bien sûr, c'est juste que...

– Quoi encore ? » Référent a une nouvelle fois haussé le ton et les jumeaux gymnastes assis à la table voisine, Ada et Ardeur, tournent déjà vers nous leurs têtes frisées couvertes de barrettes dorées, référent se hâte donc d'adresser un sourire à l'infirmier et de poursuivre sur un ton plus doux et conciliant : « Qu'alliez-vous dire ?

– Je me demandais juste si peut-être... dans une certaine mesure, il n'était pas possible qu'il coure trop ?

– Non, le seul moyen de limiter un tant soit peu ses excroissances c'est de le faire courir, si vous réduisez son temps de course – il court déjà beaucoup moins que les autres patients de sa classe d'âge –, sa production de protéines va devenir incontrôlable et au bout de trois mois maximum, nous aurons un décès sorti tout droit d'un manuel de médecine.

– Oui, bien sûr, je comprends. C'est juste que cela me fait de la peine pour lui de voir que, pour couronner le tout, c'est bien le cas de le dire vu leur emplacement, les excroissances adoptent chez lui une forme si peu masculine… euh, je veux dire androgyne, toutes ces protéines pour rien et –

– Vous allez me faire le plaisir d'arrêter avec ces absurdités réactionnaires ! Ça vous fait de la peine ! » À présent, jumeaux fixent référent sans se gêner. « Comme si les protéines constituaient son destin ! Rapin doit encore courir pendant deux ans et il pourra ensuite participer à un programme de remise en forme intégré, alors n'allez pas lui faire croire qu'il doit faire de la peine aux gens, vous m'avez compris ?

– Tout à fait, docteur von Stern. »

Patiente et patient reviennent s'asseoir à notre table, mettant ainsi un terme à toute possibilité de conversation avec Pflüger, et référent retrouve aussitôt le contrôle de lui-même. Les convives qui commençaient à somnoler un peu s'animent soudain en faisant des manières, du moins la gent féminine, car le docteur Holm a fait son entrée sur la terrasse, se faufilant entre les tables avec désinvolture, il tire une de ses patientes par le petit doigt derrière lui et entraîne sa protégée sur la piste pour danser un tango à l'incongruité parfaite. Rapin se frotte les mains d'un air ravi, comme s'il savourait le fait d'avoir froid :

« Quel homme, ce docteur Holm ! Franchement, il me tue.

– Excusez-moi, docteur », patiente me lance un regard sévère, « puis-je enfin regagner ma chambre ? »

Nous ne saluons pas nos voisins de table qui, de toute façon, n'ont plus d'yeux que pour les pas traînants du docteur Holm. Patiente prend une profonde inspiration une fois à l'intérieur du bâtiment et longe les couloirs déserts avec référent, où seuls les appareils font entendre leur pépiement aimable et leur bourdonnement timide.

« Quels sombres abrutis, ces jeunes !

– Allons, ne soyez donc pas si sévère, très chère.

– Si, comme moi, vous aviez dû écouter pendant une demi-heure tout un baratin au sujet de ces sales protéines, vous seriez sévère vous aussi.

– C'est seulement de ses protéines que vous avez parlé avec tant de passion ?

– N-non, bien sûr, mais à peine commence-t-on à aborder avec lui des sujets plus importants qu'il se remet à parler de ses protéines ridicules, insupportable !

– Chaque jour, je suis obligé d'écouter toutes sortes de lamentations au sujet des protéines.

– Peut-être, mais c'est votre métier après tout. Au fait, je vous ai déjà raconté qu'à l'époque, on nous avait confié la gestion des affaires courantes de la banque, à mon mari et à moi ?

– Oui, vous me l'avez dit. Ne s'agissait-il pas de ces pastilles à la menthe ? Je m'en souviens vaguement, j'étais encore presque un enfant, mais il y avait ces...

– Oui, tout à fait, *Respirer la liberté*, c'est comme ça qu'elles s'appelaient, elles étaient vendues dans de jolies boîtes blanches en métal avec une inscription rouge...

– Oui, oui, oui, maintenant que vous le...

– Mon mari a commencé avec les jolis petits rubans à nouer autour poignet, en satin rose ou bleu, vous vous souvenez : *L'examen global de votre situation nécessite la prise en compte des éventuelles obligations qui vous lient.* On en recevait à chaque fois, lors de chaque visite.

– Mais oui, évidemment !

– Ah, c'était tout de même chouette ! Et puis nous avons eu l'idée des sapins !

– Des sapins ? Mais vous me raconterez cela une autre fois, vous devez vous calmer à présent », j'ouvre sa porte et l'invite à entrer dans la chambre, mais elle reste debout dans le couloir et regarde d'un air rêveur le ciel nocturne à moitié dissimulé par le reflet sur la vitre jusqu'à ce que je la tire délicatement par le bras. « Allez, venez, on ne parle plus, c'est fini pour aujourd'hui !

– Oui, oui, j'arrive, mais rien que cette histoire de sapins de Noël, s'il vous plaît !

– Non.

– Eh bien, voilà, ces fameux sapins de Noël, on s'en servait lorsque quelqu'un était d'humeur maussade parce qu'il commençait à geler ou autre chose dans ce goût-là, des tracas imprévisibles avaient mis le client de mauvais poil, alors nous l'invitions dans la forêt pour abattre des sapins de Noël, ou bien pour les matchs de football ou de handball importants...

– Oui, maintenant entrez, s'il vous plaît. Vous êtes trop éveillée à mon goût, vous allez encore mal dormir.

– Bah, je dormirai mal de toute façon ! Les sapins de Noël étaient toujours un peu rabougris, nous devions ruser et...

– Oui, calmez-vous à présent, ôtez votre robe, voilà... Attention à vos cheveux, n'allez pas vous faire mal avec les épingles... voilà, on éteint la lumière. Je reviens dans cinq minutes pour vérifier que vous êtes bien sage !

– D'accord, mais c'était vraiment drôle, la façon dont nous avons intégré les sapins de Noël dans les comptes rendus de délibérations à cause du concept holistique, et le thérapeute qui les avait mis au point, je veux parler des comptes rendus – je le connaissais parce que je faisais du sport dans son club depuis quelques années déjà...

– Oui, oui, taisez-vous maintenant !

– Bon, très bien, dans ce cas bonne nuit, espèce de rabat-joie !

– Bonne nuit.

– Ah, attendez, docteur, pourrais-je bénéficier tout de suite de mon rapport sexuel ?

– Si vous voulez, mais pas avec moi, je suis actuellement dispensé. Voulez-vous que je fasse venir quelqu'un d'autre ?

– Hum, dans ce cas, je vais réfléchir, ce sera peut-être mieux demain, après avoir couru.

– Comme vous voudrez, vous n'avez qu'à sonner sinon, et je vous enverrai l'infirmier Pflüger.

– Hum, bof. »

Elle se tait enfin, ferme les boutons de sa chemise de nuit, perdue dans ses pensées, et détache ses cheveux qui tombent sur ses épaules telles de jeunes anguilles, j'ai déjà presque atteint la porte lorsqu'elle m'adresse un dernier sourire rêveur :

« Mais vous savez, la plus belle idée, le plus beau projet, d'une certaine manière le projet qui a connu le plus de... comment dit-on ?

– Le plus durable ?

– Oui, tout à fait, le projet le plus durable, ce furent les vols pour la Crimée.

– La Crimée ? » Ma main tremble légèrement lorsque je glisse la clef dans la serrure de la porte encore ouverte. « Quels vols pour la Crimée ?

– Eh bien, en fait, c'était tout bêtement des vols à bas coût en direction de Simferopol, trajet en bus jusqu'à Yalta inclus, à l'attention de quelques clients privilégiés et de leurs enfants, mais... », elle marque une courte pause, relève encore un peu la tête et m'adresse un clin d'œil endormi, « ce projet a fini par mener une existence propre dont notre bureau n'aurait jamais osé rêver. Réussir à rendre les gens vraiment heureux avec si peu de choses et les envoyer où on veut...

– Bonne nuit, très chère. »

Elle continue de me sourire tandis que je referme la porte et tourne la clé deux fois dans la serrure bien que je sache pertinemment que, la seconde fois, elle tourne dans le vide.

13.

En accomplissant ce geste, je réalise que j'ignore si toutes les serrures tournent dans le vide lors du second tour. C'est tout de même étrange puisqu'une partie non négligeable de mon travail consiste à ouvrir et à fermer des portes à clé. Je me demande si, comme cette serrure, tout ne tourne pas à vide la seconde fois. La rotation de mes pensées qui ne sont pas assez mobilisées et stabilisées, par exemple, tourne-t-elle à vide ou bien se vide-t-elle en tournant ? La rotation ne trouve-t-elle aucune prise dans le vide, rien à enclencher, ou bien la rotation aboutit-elle à une vidange qui, dès le premier tour, émousse toutes les encoches ? Pensée absurde, contredit la loi holistique, car rotation et ce qui tourne forment un tout, point final ! Et puis, il n'y a jamais de premier tour, ou du moins on ne l'effectue pas soi-même. Mais voilà que soudain, je ne trouve plus aucune prise dans tous ces tours et ces détours. Et si cette histoire n'était pas en train de tourner à vide ou de se vider en tournant, mais si elle s'enclenchait simplement avec toi ? Tu le sais bien : si le facteur fait une deuxième tournée, tu auras beau te cacher dans un coin de ta chambre sans faire de bruit et te boucher les oreilles pour ne pas entendre la sonnette, la lettre finira quand même par t'être remise.

Il est désormais urgent que référent se rappelle à l'ordre une fois pour toute, qu'il maîtrise ses accès de sophisme ou plutôt de soufisme, et qu'il se concentre de nouveau sur les longues trajectoires des larges couloirs. Circulez, longez gentiment le couloir, il n'y a rien à voir. Eh bien, ça marche ! A défaut d'être des lignes de fuite, les longs couloirs sont au moins des lignes. Même lorsqu'on les suit et qu'on tourne en rond sans s'en rendre compte, on ne tourne jamais vraiment en rond, mais en carré ou en rectangle, il est impossible de tournoyer à l'intérieur, on ne peut pas avoir le tournis ou autre soufisme car, comme l'indique d'ailleurs le contrat de référent, le recommencement rectiligne n'est pas un acte obsessionnel mais juste le renforcement et l'approfondissement globaux de son propre cheminement.

Une petite musique de nuit diffusée par les haut-parleurs annonce l'heure du coucher et le flot des moutons-patients fatigués en provenance de la terrasse arrive dans ma direction. Je recule dans le couloir, me laissant porter en arrière par le paisible murmure somnolent troublé seulement par de rares cris de rébellion. Quand on marche ainsi à reculons et qu'on regarde, à droite et à gauche, les chambres éclairées qui forment des guirlandes de lampions, on a l'impression de faire refluer l'obscurité avec son dos vers le lieu d'où elle vient, à savoir de l'extérieur plongé dans la nuit, et d'ouvrir ainsi le chemin à la lumière. Mais en réalité, on ne fait rien du tout quand on marche à reculons, et c'est à la fois une constatation horrible et un terrible soulagement. Référent doit sur-le-champ couper court à toutes ces suggestions néfastes.

Mais il semblerait que mon médiateur ne réagisse plus du tout aux contenus dangereux et, pris d'une peur soudaine, je cours vers l'avant, à contre-courant des dîneurs, je bouscule ici et là un pauvre agneau, je me hâte vers le couloir parallèle le plus proche et ne parviens à m'arrêter, hors d'haleine, que devant la porte du professeur. Je l'observe par la vitre, il est assis en pyjama au bord de son lit, plongé dans la douce lumière orange de sa lampe de chevet, et il tète son biberon, la tête inclinée. Je toque contre la vitre, mais il ne réagit pas, il ne lève pas non plus les yeux lorsque j'ouvre la porte.

« Eh bien, professeur, pourquoi n'êtes-vous pas encore couché ? Votre infirmière devrait être passée depuis longtemps !

– Ah, va te faire foutre, abruti de porc !

– Bon, à ce que je vois, tout semble en ordre, ici, tout va bien pour vous, oui ?

– Très bien, très bien, espèce de...

– Mmh, ravi de l'entendre, dans ce cas, je peux m'en aller.

– Non, attendez, docteur ! » Il lève enfin la tête et pose sur moi un regard suppliant. « Vous ne pouvez pas repartir aussi vite alors que vous êtes venu jusqu'ici exprès pour moi !

– N-non, c'est faux, je passais par hasard dans cette zone et je me suis dit...

– Exprès pour moi, alors que vous n'êtes même pas de garde ce soir, cher docteur ! Personne d'autre ne ferait une chose pareille, venir exprès pour moi, personne à part vous !

– Vous feriez mieux de ne pas dire ça en présence de l'infirmière Ariane qui depuis six ans vous veille jour et...

– Ah, je ne peux plus la voir, cette grosse truie.

– Reprenez-vous immédiatement et cessez d'insulter les infirmières – sans compter que l'infirmière Ariane est mince comme un fil.

– Je m'en fiche », il hausse les épaules et répète en baissant tout de même d'un ton : « Je ne peux plus la voir, cette grosse truie !

– Bon, c'est fini pour aujourd'hui, venez, allongez-vous. Donnez-moi le biberon, assez tété pour aujourd'hui. Voilà... très bien... votre oreiller est bien mis ?

– Ah, comme c'est agréable !

– Oui ? Vous êtes bien couvert, professeur ?

– Oui, je suis bien couvert, je suis toujours bien couvert, il faut au moins vous rendre cette justice, mon garçon.

– Hum, bon, dans ce cas, on peut éteindre la –

– Alors, elle a relevé ses jupes ?

– Qui ? Quoi ? Je ne comprends pas…

– L'ambulatoire, pardi !

– Ah non, bon sang, voilà que ça recommence ? Vous allez vous tenir tranquille à présent, sinon je vais devoir aller chercher le cathéter. »

Je m'apprête à éteindre la lumière mais de ses deux mains, il s'agrippe au col de ma blouse et m'attire vers lui – mon Dieu, c'est fou la force que peut avoir ce vieillard ! C'est la première fois que je vois son visage d'aussi près, ses yeux couleur ardoise et ses dents d'une blancheur exemplaire m'éblouissent tandis que son haleine douceâtre de rhubarbe à l'opium me coupe la respiration et je l'entends siffler entre ses dents comme s'il parlait à travers de la ouate :

« Je vous avais prévenu, docteur, mais vous n'avez pas voulu m'écouter. »

Référent parvient enfin à se dégager de l'emprise de patient, reprend le contrôle de son *prana* et peut ainsi déclarer d'un ton calme tandis qu'il repousse patient contre son oreiller :

« Cela aura des conséquences pour vous, professeur ! Vous allez rester au lit pendant les huit prochains jours, pas de course à pied, pas de repas collectif, pas de dictée, pas d'écoute de voix, pas de rapport sexuel, pas de livres, pas de tatouages, pas…

– C'est surtout pour vous que cela aura des conséquences, espèce de misérable porc !

– Ah oui ? »

Avec un ennui surjoué, référent remplit la seringue et, à l'aide de son index et de son pouce réunis en un anneau, donne une pichenette contre l'aiguille, geste superflu apprécié tout autant de référent que de patient et déclencheur infaillible de gémissements de plaisir chez patient qui, contre toute attente, remonte de son plein gré la manche gauche de son pyjama en esquissant un sourire amène :

« Qu'est-ce que vous m'avez préparé de bon aujourd'hui ? Scopolamine ? Pantopon ?

– Non », je lui injecte la seringue de placebo, appuie le majeur et l'index de sa main libre à l'emplacement de la piqûre et replie son bras, « Pas de remèdes de grand-mère pour vous, ça aussi, ça vous sera interdit pendant un certain temps.

– Vous allez de plus en plus vous marginaliser, docteur, de plus en plus !

– Ouvrez le poing, professeur, c'est totalement superflu. De toute façon, vous ne pouvez pas avoir d'hématome étant donné que –

– De plus en plus, vous verrez, docteur ! Et tout ça, c'est uniquement votre faute. Votre propre faute ! Laissez-moi vous dire une bonne chose : vous ne donnez pas de lait, docteur ! Pas une seule goutte, pas une seule !

– Hum, allons bon… », référent éteint la lumière, « bonne nuit, vieux forcené.

– Attendez, vous voulez bien rallumer, s'il vous plaît ? » Adoptant soudain un ton pleurnichard, patient saisit le poignet de référent en tremblant et parle d'une voix onctueuse, du moins autant que ses cordes vocales esquintées le lui permettent. « Pourrions-nous parler de tout ça comme des gens raisonnables, s'il vous plaît ?

– Bon, d'accord. » Référent ne devrait en aucun cas rallumer la lumière, et encore moins s'asseoir au bord du lit de patient, le dos courbé par la fatigue, et laisser tomber mollement ses mains sur ses genoux.

« Si nous arrêtions de nous chamailler, docteur ?

– Hum.

– Venez, mon garçon, je vais vous dicter un extrait ! Cela vous fera le plus grand bien.

– Non, il est trop tard pour cela. Mais, si vous dormez bien sagement, je pourrais m'installer une petite heure devant l'ordinateur pour travailler à mon rapport, vous voulez bien ?

– Oui, oui, bien sûr.

– Donnez-moi d'abord vos lunettes, nous les avons oubliées dans le feu de…

– Non », par réflexe, il s'agrippe aux branches de ses lunettes, « j'aimerais les garder cette nuit, on ne sait jamais.
– Comme vous voudrez. »

En parcourant les trois mètres qui me séparent du bureau, je reprends tant que bien que mal le contrôle de moi-même, et lorsque j'ouvre ma session et que l'écran vide illumine mon visage dans la pénombre de la chambre, je suis presque confiant.

« Aujourd'hui, la nuit tombe sur nous avec une beauté particulière, vous ne trouvez pas ?
– Professeur, qu'avions-nous convenu ?
– Oui, oui, je sais, mais on voit tellement d'étoiles ce soir, tout est à la fois si clair et si velouté, fais-moi donc un clin d'œil, petit Kaninka ! Petit Chien et Grand Loup, vous êtes tous venus ! Le ciel se montre vraiment clément avec nous aujourd'hui, regardez, docteur, c'est tellement beau ! »

Patient d'un calme et d'une gentillesse inhabituels, voire inquiétants, les mains jointes sur la couverture ramenée sur sa poitrine, le sourire aux lèvres, il regarde à travers la vitre le ciel nocturne dont il ne doit pourtant pas voir grand-chose à cause du reflet de sa lampe de chevet.

« Ah, Que tant de beauté puisse exister, docteur, ça provoque comme une secousse jusque dans le zizi !
– Oui, taisez-vous maintenant !
– Je pourrais aussi dire : *De la saisie au saisissement !* Vous préférez ?
– Non, ce que je préférerais, c'est que vous la boucliez pour que je puisse enfin trouver un début...
– Vous ne le trouverez jamais tant que vous serez assez bête pour ne pas regarder le ciel, ne serait-ce qu'une fois. Vous voyez... », respirant bruyamment, il prend appui sur son coude gauche et se tourne vers moi, les longs cheveux fins sur sa nuque sont comme toujours en pagaille et luisent d'un blanc doré dans le halo de la lampe de chevet, vision un peu pitoyable en raison de la clarté momentanée de son visage. « Formulons cela ainsi – vous notez ?
– Oui, allez-y. »

Patient se rallonge sur le dos avec un soupir de volupté, replace la couverture à l'aide de ses pieds et émet des bruits de bouche avant de commencer à parler à voix basse mais distincte :

« Transformer les chimères informes en signes et les projeter sur le ciel », il lève l'index droit et, de sa main gauche, il rapproche discrètement le biberon de rhubarbe à l'opium posé sur la table de nuit, « constitue indubitablement une entreprise raisonnable, on *beame* la peur sur le ciel, et ainsi on a la paix en bas. En haut, on laisse tout bien durcir, on passe deux couches de vernis par-dessus, peut-être même galvanise-t-on l'ensemble par mesure de précaution jusqu'à ce que tout soit vraiment immobile, et le calme règne enfin partout. Mais il arrive que les chimères enfermées dans les signes se réveillent pendant la nuit et entament une nouvelle existence et alors, on se retrouve dans de beaux draps... vous avez noté ?

– Euh, oui... Attendez, beaux-draps, voilà, vous pouvez continuer.

– Non, je ne peux pas, c'est justement ce que j'essaie de vous expliquer, espèce de...

– Vous voulez dicter, oui ou non ?

– Je le savais ! J'ai su dès le début qu'on ne pouvait pas vous dicter quelque chose convenablement, et je vais vous dire pourquoi : pour la bonne raison que vous n'avez pas le double visage de Janus, docteur ! C'est pour ça que je vous ai rejeté dès le début ! On ne peut rien entreprendre avec vous. Comment mes pensées sont-elles censées passer la porte avec quelqu'un qui n'a pas le double visage de Janus, hein ?

– Bien, dans ce cas, restons-en là !

– Vous voyez ? C'est ce que je dis toujours : Comme je dis toujours, celui qui reçoit votre aide n'a pas besoin d'ennemis ! »

Référent trop fatigué pour brandir la menace du cathéter, observe sans rien faire patient se laisser emporter par un violent tourbillon d'injures, ne l'aide pas non plus lorsque patient vire au bleu, s'affale en arrière sur son oreiller puis se redresse dans une convulsion, pousse des cris étouffés la main tendue vers référent en tombant de son lit et finit par se retrouver sur la belle descente de lit coquille d'œuf à pousser de faibles râles, le corps doublement tordu, le visage contre le sol et l'épaule déboîtée, le bras coincé sous le ventre, référent ne l'aide toujours pas lorsque l'infirmière Ariane et l'infirmier O.W. surgissent dans la chambre et regardent tour à tour référent et patient l'air ahuri avant de s'occuper de la réanimation et de la reconfiguration du patient.

14.

« Q-que s'est-il passé ?

– Tout va bien, ne vous inquiétez pas !

– Mais où… que… il me manque un bout, je crains d'avoir un trou.

– Vous n'avez pas de trou, docteur von Stern, mais une déchirure, ou pour être plus précis, une lésion de la largeur d'un cheveu dans le stortex droit, rien de bien dramatique, en réalité, mais il arrive que cela entraîne des défaillances déplaisantes, ce qui explique que vous soyez…

– Où ça, dans le stortex ? Dans l'aire préfrontale, j'imagine ?

– Tout à fait.

– Et sinon, autre chose, je veux parler du cortex ?

– Oh, de ce côté-là, tout va bien, le vieux lobe frontal n'a rien à voir dans tout ça.

– Bon, dans ce cas… Mon Dieu, j'ai la tête qui tourne ! Je crois que je vais vomir.

– Stop, stop, stop, restez allongé, docteur ! Il s'agit simplement du flash du présent, ça va passer, c'est tout à fait normal, quand on subit une telle déchirure dans le temps et qu'on revient, on se sent légèrement défoncé, vous savez bien.

– Hum.

– Ça fait un sacré effet, hein ?

– Hum.

– Vous vous remettez déjà un peu ?

– Hum.

– Vous vous sentez mieux ?

– Oui, je crois », je soulève doucement la tête, balaie du regard la minuscule salle des urgences avec son éclairage tamisé et les cagettes en plastique d'une étrange couleur verte remplies de légumes empilées dans un coin et, bien que je l'aie reconnu dès le début, je réalise enfin que le médecin qui se tient près de moi à moitié assis, à moitié debout, le genou appuyé sur mon lit, et dont le regard expérimenté et scrutateur se promène entre mon visage et les appareils situés derrière ma tête, n'est pas un médecin mais l'infirmier O.W. « Dites-moi, qui m'a soigné ?

– Eh bien, c'est moi, bien entendu, docteur von Stern ! »

Il me regarde d'un air légèrement vexé et je me dépêche d'ajouter en souriant :

« Bien sûr, mais je ne parlais pas des soins à proprement parler, je voulais savoir qui m'avait examiné, traité, vous savez...

– Eh bien, c'est moi aussi », la déception obscurcit ses yeux gris bleu, il avance légèrement le menton et replace ses cheveux blonds séparés par une raie parfaite sous sa coiffe d'infirmier. « Mais si vous avez le sentiment que je ne m'occupe pas assez bien de vous, docteur, je peux très bien...

– Non, non, non », je lui donne une tape apaisante sur le genou qu'il s'apprêtait à retirer du lit, « ce n'est pas ce que je voulais dire, c'est juste que..., il est évident qu'un médecin serait plus à même de...

– Oui, docteur, mais je me suis dit que vous préféreriez qu'on règle cette histoire dans la discrétion », il hausse les épaules et les sourcils d'un air entendu en me fixant de manière effrontée, mais en raison de ma faiblesse persistante, je continue de poser sur lui mon regard vaguement interrogateur de chambre d'hôpital de sorte que sa comédie tombe à plat et qu'il reprend le ton du rapporteur sérieux et effacé qui lui est coutumier. « Je vous ai transporté ici une fois que l'infirmière Ariane et moi-même avons eu fini de soigner le professeur et...

– Comment va-t-il ?

– Au vu des circonstances, patient plutôt en bonne santé, docteur.

– Hum, très bien, et ensuite ? Pourquoi n'avez-vous pas appelé un médecin pour qu'il s'occupe de moi ?

– C'est-à-dire que... considérant la situation, il m'a paru préférable de commencer par vous soigner de manière privée puisque votre vie ne semblait pas menacée…

– Semblait ? Êtes-vous en mesure d'en juger, infirmier ?

– Oui, docteur, je pense. J'ai bien sûr tout à fait conscience d'avoir largement outrepassé mes compétences –

– Oui, c'est le moins qu'on puisse dire !

– Mais voyez-vous, je sais par hasard que la caméra installée ici est en panne depuis une éternité et je me suis dit que… »

Il hausse une nouvelle fois les épaules, cette fois non par suffisance mais pour solliciter l'indulgence, ou bien pour ne pas avoir à s'expliquer davantage, ou plutôt à m'expliquer ses actes et, respirant difficilement, je hoche la tête à plusieurs reprises et m'agrippe à son bras appuyé sur le lit pour me redresser jusqu'à ce qu'il me vienne en aide et que je me retrouve assis à côté de lui. J'ai toujours la tête qui tourne, je baisse les yeux et constate avec soulagement que mon habit de soirée n'a pas trop souffert, c'est déjà ça.

« Bon, très bien, O.W., nous reparlerons de tout cela en détail lorsque j'écrirai mon rapport. Il est temps que j'aille effectuer ma ronde de contrôle. »

Je continue de hocher la tête dans sa direction d'un air idiot afin de réprimer une nouvelle envie de vomir et louche sur les initiales qui se trouvent sur la poche de sa blouse. Je réalise soudain que j'ignore son nom complet alors que cela fait quinze ans que, en sa qualité d'infirmier attitré, il me remplace au pied levé auprès de mes patients et qu'il s'occupe pour moi d'une grande partie des tâches hygiéniques. Pendant qu'il glane sur ma tête les électrodes telles des fétus de paille et que je me demande s'il a lui aussi déjà atteint la quarantaine et s'il porte toujours cette mince cravate en cuir blanc avec sa blouse, je l'interroge l'air de rien :

« Dites-moi, O.W., quel est votre véritable nom ?

– Pardon ? »

Il s'immobilise, les bras au-dessus de ma tête, me regarde d'un air décontenancé et référent commence à trouver cette scène agaçante, ou plutôt embarrassante.

« Eh bien, votre nom complet », référent part d'un rire bref, « Vous avez bien un nom, non ?

– Ah, oui, tout le monde a un nom », il laisse retomber ses

bras et se contente de hausser vaguement l'épaule gauche, comme si la moitié du geste était déjà une perte de temps, « et vous savez, docteur von Stern, après toutes ces années…
– Oui, vous avez raison, restons-en là. Parlons de votre diagnostic », référent se tourne vers le moniteur couvert de poussière situé à droite du lit sur lequel défilent encore les IRMf démodées de son cerveau avant de hocher la tête en signe d'approbation. « Oui, en effet, une fissure de l'épaisseur d'un cheveu, là, à l'avant, on la voit à peine, on pourrait la prendre pour une ramification de l'écorce cérébrale. Vous avez quand même réussi à la colmater avec ces vieux appareils et ces câbles pourris ?
– Je crois bien, docteur, la surface est de nouveau hermétique, du moins provisoirement.
– Bien, et comment se fait-il que vous vous y connaissiez si bien en matière de stortex ?
– Je vous regarde travailler depuis un certain temps, docteur. »

Je me laisse glisser du lit, encore un peu faible, puis je me mets en *tadasana* afin de stabiliser mon équilibre, active les *bandhas* et essaie d'absorber l'énergie du sol grâce aux points d'équilibre de mes pieds nus serrés. Les mains croisées dans le dos et sans dire un mot, O.W. se tient face à moi et m'observe d'un air à la fois concentré et indifférent, prêt à intervenir, ce qui me fait légèrement chanceler.

« Il fait sacrément froid ici, non, surtout au niveau des pieds ?
– Oui, docteur, c'est parce que cet endroit sert avant tout à entreposer des denrées alimentaires, l'entrée de service se trouve juste à côté.
– Ah, tiens, c'est intéressant », je tourne la tête afin de mobiliser mon rachis cervical tout raide et remarque avec stupeur qu'en effet, quelques caisses de nourriture semblent avoir été déposées à la hâte en désordre et sont empilées un peu partout dans cette salle des urgences pourtant déjà bien trop exigüe. « Vous voulez bien m'accompagner jusqu'en-haut, O.W. ? J'aimerais aller vérifier l'état du professeur avant de commencer ma ronde de contrôle.
– Je crois que la ronde de nuit est superflue, il est huit heures du matin.

– Oh là là, je devrais être depuis longtemps en train d'assister aux ablutions ! Venez, aidez-moi à sortir de ce trou ! »

Soutenu par infirmier O.W., référent se laisse guider hors des urgences jusqu'à l'ascenseur, emprunte le long couloir de la cave éclairé par la lumière crue de quelques ampoules au bourdonnement désagréable, ne parvient à retrouver une respiration *ujjayi* à peu près régulière qu'une fois la cabine vitrée atteinte, ravive son feu intérieur médian, et je retrouve ainsi un degré d'indifférence plus ou moins satisfaisant à l'égard du monde extérieur, je ne suis donc pas obligé de fixer, gêné, un point quelconque au plafond de la cabine afin d'éviter de croiser le regard d'O.W. en raison de l'exiguïté de l'ascenseur comme si les yeux levés au ciel à la manière baroque associés aux mains croisées devant mon sexe en guise de bouclier étaient en mesure d'accélérer la montée, non, je regarde O.W. droit dans les yeux en adoptant le même air impassible que le sien.

« Est-ce que le sous-sol où nous sommes est très profond ?
– Non, pas du tout, docteur.
– Je demande ça parce que le trajet dure longtemps, pour seulement quelques mètres.
– Cela est dû à la mauvaise conception du système thermique, en plus de cela, la cage est légèrement trop étroite, et puis, ils scannent toutes les personnes qui remontent.
– Ah bon ? Cela fait des années que je n'étais pas descendu, je crois que je connais à peine la cave, voire pas du tout.
– Ah bon ?
– Alors comme ça, ce n'est pas profond ?
– Non, absolument pas, docteur, c'est juste un sous-sol.
– Ce n'est pas une cave ?
– Non, la clinique n'a pas de cave, il y a juste ce sous-sol aménagé sur le côté en pente.
– Ah bon ? Attendez – ça n'avance plus, si ? »

Et me voilà qui regarde vers le haut dans une position assez peu flatteuse, je tends l'oreille vers l'un des coins, secoue la tête d'un air incrédule, la tourne vers l'autre côté à la manière d'un oiseau avant de revenir poser mes yeux bleus sur O.W. dont le regard n'a bien sûr pas bougé d'un pouce et qui me sourit avec un léger clin d'œil d'encouragement :

« Ça arrive parfois, que ça n'avance plus, docteur.

– Hum, désagréable.

– En effet, mais », il lève les sourcils, toujours souriant, « c'est comme ça, il arrive que, parfois, rien n'avance, docteur.

– Oui, c'est idiot, j'imagine que nous sommes déjà presque arrivés en haut, non ?

– Oui, sans doute, il doit manquer un mètre tout au plus, peut-être même moins.

– Ah, c'est vraiment trop bête ! Et on ne voit rien, seulement des reflets, comment se fait-il… il doit bien y avoir… vous avez déjà sonné ? » Je passe ma main au hasard sur l'ensemble des points de contact. « C'est vraiment trop idiot !

– Ne vous donnez donc pas cette peine, docteur von Stern, ça durera le temps que ça durera. »

Il avance brièvement le menton tout en lissant sa cravate, glisse de nouveau les mains dans les poches de sa blouse, se balance plusieurs fois sur ses jambes écartées en remuant son derrière comme s'il dansait au rythme d'une quelconque musique intérieure à l'intérieur de sa tête, s'immobilise de nouveau et me sourit. Entre-temps, référent pris d'insuffisance respiratoire et de douleurs au niveau du cœur et de l'estomac, devrait parler afin de surmonter ce malaise.

« Votre éminence grise n'est pas du genre à se laisser démonter si facilement, hein ?

– La vôtre non plus, docteur. Votre cortex est résistant, vous êtes juste un peu chamboulé par la petite fissure dans votre stortex.

– Vous n'avez pas besoin de m'expliquer mon état, infirmier.

– Excusez-moi, je voulais juste…

– Oui, oui, avez-vous déjà envisagé de devenir médecin, O.W. ?

– Non, jamais », il me regarde sans comprendre. « Comment serait-ce possible ? Et puis, qu'aurais-je à y gagner, au fond, on a davantage de responsabilités et on jouit de très peu d'influence. Au fait, nous sommes arrivés en haut depuis longtemps. Voulez-vous que j'ouvre la porte ?

– Bon Dieu, oui, qu'attendez-vous ? »

De l'air et de la lumière, enfin, référent se précipite dans le couloir, se hâte en direction de la chambre du professeur, l'infirmier O.W. dans son sillage, et par-dessus mon épaule droite, je lui crie :

« Je pars devant, vous pouvez m'apporter ma blouse, je me changerai chez le professeur, vous vous voulez bien faire ça pour moi, s'il vous plaît ?

– Je serais prêt à faire n'importe quoi pour vous, docteur, vous le savez bien ! »

Et il disparaît dans l'autre direction.

15.

Patient déjà lavé, semble avoir fermé lui-même le robinet, ce qui ne s'était encore jamais produit en dehors d'hier matin, et se tient nu et frigorifié devant son lavabo. Lance son habituel regard chargé de reproches à référent qui entre dans la pièce hors d'haleine, si bien qu'il est difficile de savoir s'il se souvient ou non de l'incident de la nuit précédente.

« Veuillez excuser mon retard, professeur », référent avance vers lui à grands pas et lui tend une serviette. « Essuyez-vous, ou vous allez prendre froid ! »

Mais patient se contente de hausser les épaules et laisse tomber la serviette sur le sol inondé, obligeant référent à en prendre une nouvelle sur l'étagère et à le sécher lui-même, ce que patient laisse faire sans opposer aucune résistance après que référent lui a donné son biberon. Tétant d'un air rêveur, il me regarde sans me voir avant de marquer soudain une pause et de m'attraper par l'oreille pour attirer ma tête à lui.

« Mais, vous ne vous êtes pas rasé, docteur ! » Il me lâche, fait un pas en arrière et secoue la tête d'un air outré. « Et vous portez toujours votre tenue de soirée ! On a ouvert les catacombes ou bien avez-vous quelque chose à fêter, vieille canaille ?

– Oui, excusez-moi, je... »

Au même moment, O.W. se glisse dans la salle de bain, dépose timidement mes habits pour la journée sur la table à langer, me demande d'un simple regard si j'ai besoin d'autre chose et disparaît en me voyant secouer la tête. Référent se déshabille sans commentaire, se glisse sous la douche et ouvre l'eau chaude à fond, trop fatigué pour s'expliquer auprès de patient qui, interloqué, ou plutôt agacé, rouvre la porte vitrée coulissante qui vient de lui être fermée au nez.

« Vous avez sacrément forcé la dose hier soir, vieux cathéter de Satan !

– Mais vous aussi, professeur ! Comment allez-vous aujourd'hui ? De nouveau sur pied ? »

Au lieu de me répondre, il suit d'un regard nostalgique l'eau qui coule sur moi, une fois arrivés à mes pieds, ses yeux remontent très lentement, semblant lutter contre la résistance de l'eau dégoulinante, jusqu'à ce qu'ils atteignent à nouveau mon visage et me regardent avec un étonnement incrédule, comme si l'espace d'un instant, il avait oublié que ce corps m'appartenait, à moi ou à une autre créature vivante. Afin de l'aider à s'en souvenir, de mon existence, ou plutôt pour le tirer d'un éventuel embarras, je lui adresse un sourire sympathique, mais il n'a pas besoin de mon aide, ou alors il n'en veut pas, car il répond à mon sourire d'un air désagréablement compatissant et sérieux.

« Rien ne se réfracte sur vous et vous ne le remarquez même plus car cela fait trop longtemps que vous êtes un homme fracassé, docteur.

– Ah oui, très bien, c'est toujours bon à savoir.

– L'eau qui coule de cette douche n'est pas mouillée, ça ne vous dérange donc pas ?

– Non. Mais soyez gentil », je ferme le robinet et incline la tête à gauche puis à droite afin de faire sortir l'eau de mes oreilles, « donnez-moi une serviette, s'il vous plaît !

– Je peux voir à présent quel sort vous a été réservé, votre image vous a leurré, votre richesse vous a rendu pauvre et...

– Si vous voulez bien me laisser sortir et vous écarter un peu, professeur – merci !

– Rien ne se réfracte sur vous, vous avez bu goulûment toute la lumière et vous en êtes mort de soif, c'est pire que de boire de l'eau distillée, espèce de gros bêta !

– Venez, professeur, nous allons nous raser en vitesse, venez, c'est plus facile à deux. »

Je savonne rapidement sa barbe, puis la mienne, et il continue d'avoir des visions déplaisantes à travers mon corps tandis que nous nous tenons nus devant le lavabo et que je fais grincer le miroir embué en l'essuyant avec ma serviette afin d'y dégager une sorte de hublot. On entend uniquement le son de notre respiration faible et de la lame contre la peau.

« Bien à rebrousse-poil, s'il vous plaît !

– Bien sûr, c'est ce que je fais, professeur, voilà… ça vous va comme ça ?

– Vous en avez oublié, là, là… !

– Oui, oui, c'est bon, j'ai vu…

– Vous ne voyez rien du tout, rien ! bu toute la lumière, espèce de serpent à lunettes, et après c'est fini : *il s'annulait et ne pouvait plus être.* »

Référent parvient à faire taire patient pendant un court instant en aspergeant son visage d'eau glacée et en posant sur sa bouche l'une des petites serviettes parfumées à la lavande. Se rase enfin lui-même – c'est si agréable de se regarder sans se voir en se concentrant intensément sur l'image dans le miroir ! Essaie d'accorder le moins d'attention possible à patient qui tient gentiment la serviette dans ses deux mains et la renifle avec délectation tout en continuant à fixer référent comme à travers un voile. Mais soudain, patient jette la serviette, se glisse entre le lavabo et moi, tapote ma poitrine avec son index à la manière d'un pivert, et chuchote d'un ton tranchant :

« Il faut te résigner à attendre l'heure où tu devras t'éteindre ou te transformer. Quant à tout ce qui est en dehors des limites de ta pauvre personne et de ton pauvre esprit, n'oublie jamais que cela ne t'appartient pas et ne dépend pas de toi.

– Voyons, professeur, laissez donc ces vieux adages, vous savez très bien qu'ici, nous voyons les choses autrement, n'est-ce pas ?

– Possible, mais je suis un homme de cérémonial, docteur. Douze fois douze carafes d'eau tous les matins, et cela ne sert à rien ! En tout cas, retenez bien une chose, docteur, les serpents à lunettes ne sont pas aveugles, ils sont juste aveugles de l'œil qui voit, ce qui est un péché bien pire que le fait de s'étrangler soi-même !

– Si vous voulez, mais maintenant, nous allons rapidement enfiler votre bandage herniaire… et ensuite…

– Je vais le faire tout seul aujourd'hui, commencez plutôt par vous habiller, mon garçon, vous allez attraper froid. »

Patient saute sur la table à langer et commence à enfiler lui-même son bandage herniaire avec une grande agilité. J'ai à peine le temps de refermer la bouche que l'infirmière Ariane apparaît dans la salle de bain en susurrant :

« Alors, mon petit professeur, que faites-vous donc là, hein ? Ah, vous êtes encore là, docteur von Stern », elle me toise avec un ennui exagéré. « Je ne vous avais pas vu !

– Non, évidemment.

– Ariane, mon petit ange, venez donc m'aider ! Le docteur refuse de bander ma hernie aujourd'hui, je dois tout faire tout seul !

– Mon pauvre petit professeur ! »

Patient et infirmière se livrent à un duel de ronronnements pendant qu'elle finit de lui mettre son bandage et ils font tous deux mine de ne pas remarquer référent qui, avec des soupirs d'agacement, tire sur ses sous-vêtements et sur sa blouse coincés sous les fesses du patient avant de s'habiller à côté d'eux. Une fois la blouse enfilée, une volonté s'empare à nouveau du *noyau plein de faiblesse qui ne retient pas la chair de son fruit* et je mets résolument fin à cette scène indigne en quittant la pièce.

16.

Se remettre sur les rails, c'est tout ce qui compte pour le moment, *back on the track*, et la seule façon de se remettre sur les rails, c'est de suivre la liste indiquant à chacun sa prochaine tâche. Cette liste est en effet le seul livre de la vie où l'on peut lire : *Maladies du genou, gonflements,*

processus d'infection, – terre ferme – quelque chose de viril !
Mais référent, au lieu de consulter sa liste terrestre, se rend
au bureau d'accueil avec le besoin diffus et donc d'autant
plus pressant de s'approprier les scanners de la promeneuse. Justifie cette nouvelle entorse à son planning au
motif que, après tout, la rédaction du rapport concernant
la patiente ambulatoire fait aussi partie de ses devoirs et
que sans une nouvelle consultation des images, il n'est pas
à même d'accomplir correctement cette tâche. Incrédule,
je secoue la tête en pensant à ce prétexte cousu de fil blanc
et entre dans la pièce sans frapper.

Derrière l'immense bureau blanc, sur le haut fauteuil de
couleur rouge réservé au médecin, c'est cette fois le docteur
Dänemark qui est installé, le menton appuyé sur le bout
des doigts de ses mains qu'il tient jointes devant son sternum, impossible de savoir s'il somnole ou bien s'il médite.
Je me racle discrètement la gorge et il lève aussitôt les yeux
vers moi en souriant, nullement surpris de me voir :

« Ah, tiens, docteur von Stern, vous voilà !

– Euh, oui, me voi... Vous m'attendiez ?

– Bien entendu, nous revenons toujours sur le lieu du
crime, n'est-ce pas ? Surtout lorsque nous n'en commet-
tons plus. Non, sérieusement, on pouvait s'attendre à ce
que vous reveniez, ne serait-ce que par souci du règlement,
réflexe qui en réalité n'est rien d'autre qu'un trouble obsessionnel compulsif et –

– Oui, merci beaucoup, cher collègue, si un jour j'ai besoin
d'une introduction en matière de –

– Oh, je vous en prie, ne soyez donc pas si irritable ! Venez
plutôt vous asseoir – vous voulez vous installer ici ? Je
peux très bien prendre la chaise du patient pendant ce
temps-là... », il soulève son derrière de dix centimètres rhé-
toriques avant de le laisser aussitôt retomber en me voyant
secouer la tête. « Vraiment ? Bon, comme vous voudrez !

– Merci, restez assis, je veux juste rapidement... », je
contourne Dänemark et son exquise lotion après-rasage
pour me pencher vers l'imprimante à côté de lui, mais les
scanners ne sont pas là, et il n'y a rien par terre non plus.

« Vous cherchez les scanners de votre nouvelle patiente ?

– Oui, exactement, je voulais juste rédiger en vitesse le...

– Oh, ne vous inquiétez pas, je m'en suis chargé à votre place, cher collègue, histoire de faire quelque chose de productif, je suis assis ici à ne rien faire depuis sept heures du matin. Je ne sais pas comment c'est pour vous, mais moi, je trouve ces gardes à l'accueil vraiment usantes. La première heure, ça va encore, je la passe debout en posture du guerrier II et du *trikonasana*, puis j'en profite pour travailler ma demi-lune, mais après ça, je ne sais vraiment plus quoi...

– Ah oui, très gentil de votre part, merci beaucoup, et les scanners, ils sont... vous les avez déjà... ?

– Dans le dossier, envoyés aux archives, oui, bien sûr.

– Ah, très bien, dans ce cas, je vais peut-être les réimprimer ici, à cause du traitement, au cas où je...

– Mais vous les avez déjà vues, ces images ! Et puis, je peux vous envoyer mon rapport, si vous voulez.

– Hum, oui... qu'avez-vous écrit dans votre rapport ?

– Comment ça, ce que j'ai écrit ? » Il lève les yeux vers moi l'air amusé et faussement étonné. « Que voulez-vous que j'aie écrit de particulier, j'ai exposé mes conclusions, rien d'autre : déficit parasympathique et manque de conscience de santé du patient.

– Ah oui, bien, bien, bien.

– Vous vous sentez mal, cher collègue ? Je vous en prie asseyez-vous, von Stern. Vous me rendez fou à rester planté là comme un devin de marbre. »

Et voilà que je finis vraiment par m'asseoir sur la chaise réservée au patient et que, dans un moment de détente imprudente, je me laisse tomber sur la même chaise, non pas sur la même mais sur celle qui se trouvait à sa place à l'époque, à l'endroit où, il y a presque vingt ans, je m'étais déjà assis pendant une demi-heure seulement, littéralement assis sur des charbons ardents ou plutôt sur le mot *limbes*, à l'extrême bord de la chaise, et ils avaient malgré tout fini par m'embaucher comme médecin, mais ce fut certainement la demi-heure la plus désagréable que j'ai passée ici, hormis peut-être les dernières vingt-quatre heures, qui elles non plus n'ont pas été une partie de plaisir.

Le docteur Dänemark croise les mains sur le bureau d'un air méditatif et m'adresse un sourire endormi et débonnaire, puis son visage perd soudain la pâleur due aux nombreuses gardes, ses traits deviennent clairs et nets comme après un bain intérieur glacé, il penche à présent le haut de son corps par-dessus le bureau, saisit mes mains et les serre fort pendant que sa voix astringente s'adresse à moi avec lenteur et insistance :

« La patiente souffre de paradéficit et de manque de conscience de sa santé, m'avez-vous bien compris, cher collègue ?

– Bien sûr.

– Vous devez à présent vous concentrer sur votre propre rapport et laisser tomber tout le reste, d'accord ?

– Bien sûr. »

Il lâche enfin mes mains et esquisse son habituel sourire solaire de Dänemark, après tout lui aussi doit penser aux caméras, j'interprète ce sourire comme le signe de la fin de notre conversation et m'apprête à me lever, mais il continue à me parler à travers son sourire et sur ce même ton qui n'a que faire du protocole :

« Ne vous laissez pas embarquer dans cette histoire, von Stern, je ne vous dis pas ça par amitié mais pas pur égoïsme. Si l'un de nous plie, alors c'est tout le groupe qui est menacé – vous vous souvenez de la fois où Holm est tombé à la renverse lors de l'appel à la confession ?

– Oui, évidemment, nous avions tout de même passé quatre heures sous un soleil de plomb...

– Justement.

– J'ai d'ailleurs bien failli moi aussi...

– C'est ce que je suis en train de vous dire ! Il s'en est fallu de peu pour que nous ne tombions tous, mais lorsque Holm a discrètement été emmené, nous avons continué à regarder droit devant nous. À tout moment, son manque de contenance aurait pu nous...

– Excusez-moi, très cher collègue, mais j'ai des patients qui m'attendent et je vais donc...

– Hum, vous croyez vraiment qu'ils nous attendent ? »

Il tente un clin d'œil qui, dans sa vie passée, était peut-être en mesure d'exprimer l'amour teinté d'ironie qu'il portait à sa conscience de la fatalité, mais aujourd'hui, ce clin d'œil semble purement mécanique et lui donne un peu l'air d'un ivrogne. Voyant que mon visage reste de marbre, il hausse les épaules avec irritation avant de poursuivre sur un ton plus sobre :

« Quel est votre lien avec cette ambulatoire ?

– Aucun, je ne la connais pas.

– Oh, je vous en prie, arrêtez avec ça, von Stern ! » Il éclate de rire comme si j'avais fait une blague de trop. « Sérieusement, êtes-vous gravement contaminé par cette patiente ? »

De la nuque, je fais un léger mouvement en direction de la caméra installée dans le coin gauche de la pièce, derrière moi, et fronce un sourcil pour exprimer mon agacement, mais Dänemark se contente de hausser les épaules avec arrogance :

« Je m'en fiche complètement.

– Oui, mais pas moi !

– Faites-moi confiance, von Stern, cette conversation n'intéresse personne à part nous. »

À peine a-t-il fini sa phrase qu'il prend conscience de ce qu'il vient de dire, de surprise, il porte la main à sa bouche et pouffe de rire en secouant la tête, je n'ai pas d'autre choix que de rire moi aussi, dans un mélange de reconnaissance et de désapprobation. Puis le rire de Dänemark s'éteint et son hochement de tête cesse peu à peu, un double mouvement vers l'extinction qui incite à la réflexion, inéluctablement, et le voilà qui murmure :

« Si l'on creusait toutes les expressions que l'on utilise... mon Dieu !

– Hum.

– Bon, très bien », son corps se tend, il tapote l'air affairé sur l'ordinateur posé sur le bureau et me regarde en demandant : « Cette ambulatoire, c'est vraiment grave – Vous l'avez dans le système ? »

Je caresse un instant l'idée de lui mentir, mais étrangement, et sans doute aussi parce que mon stortex sous les lobes temporaux ne chauffe pas suffisamment, je réponds avec candeur :

« Oui, elle y est, oui... je l'ai dans mon système.

– Et merde – je le savais ! Ah, nom de Dieu, c'est la malédiction de la seconde naissance ! À votre avis, ça s'est passé au moment de la copie, quand vous êtes arrivé ici ?

– Non, non, pas du tout, elle est vraiment là-dedans parce qu'elle est en effet, comment dire...

– Vous voulez dire qu'elle vient vraiment de votre vie antérieure ?

– Oui, c'est cela. Elle appartient réellement à mon passé, nous étions réellement...

– Sacredieu, oubliez ce mot stupide – réellement, réellement ! Rien n'est encore prouvé ! Tout ce que nous savons, c'est que c'est d'ordre systémique, et c'est déjà assez grave, mais nous ne pouvons encore rien dire de plus. Commençons par trouver une solution pour faire sortir cette femme de vous. Vous êtes allé voir le docteur Tulp, l'anatomiste des profondeurs, d'après ce que m'a dit le docteur Darmstätter,...

– Ah, ce satané fils de – !

– Oui, oui, calmez-vous ! Laissez-moi plutôt réfléchir à ce qu'on pourrait faire dans l'immédiat, vous devez être paré pour le début du traitement avec cette patiente, personne ne peut s'en charger à votre place, c'est à vous qu'elle a été adressée – quand doit-elle venir pour sa première séance ? Demain ?

– Oui, je crois.

– Hum, ce soir vous allez passer la nuit au labo-dortoir. Avant cela, on pourrait peut-être... hum, que diriez-vous d'une petite dialyse du liquide cérébro-spinal ou même d'un drainage ?

– Très drôle, j'essaierai d'en rire à l'occasion.

– Pardon, c'était de mauvais goût », il laisse retomber son visage entre ses mains, épuisé, et pendant un court instant, j'ai peur qu'il ne se mette à pleurer, mais son vagissement de phoque est en fait le bruit d'un bâillement consciencieux. Il se masse énergiquement le front et parle quelque peu indistinctement à travers ses mains et son bâillement. « Vous devez m'excuser, von Stern, j'étais furieux contre vous pour une raison idiote, c'est totalement injuste de vous reprocher toute cette histoire, mais que voulez-vous, cela représente un danger pour nous tous...

– Ne vous en faites pas », je me lève avec difficulté, mais au lieu de me diriger vers la porte, je vais à la fenêtre, à l'endroit exact où elle se tenait hier, et j'écarte légèrement les jambes, les mains croisées dans le bas du dos et les coudes tournés vers l'extérieur à la manière d'un officier, je regarde dehors d'un air somnolent et tourne la tête par-dessus mon épaule gauche en direction de Dänemark.

« On a vraiment une vue magnifique.

– Pardon ? Euh, oui… bien sûr », il a enfin retiré les mains de son visage et me lance un regard bourru, puis il se lève, comme hypnotisé, s'approche de moi pour se placer à mes côtés dans un mimétisme parfait et nous effectuons ensemble quelques hochements de tête jusqu'à ce qu'il dise :

« Oui, c'est très beau dehors. Regardez un peu ces prairies qui ondulent, les graminées de différentes tailles ondulent le long de la pente, et avec eux les camélines, les achillées et les trèfles roses – ils ondulent mais se tiennent droits, comme si c'était la chose la plus naturelle au monde ! J'ai le souffle coupé à chaque fois que je regarde ces prairies délirantes.

– Oui. Je n'avais encore jamais vu un vert pareil.

– C'est vrai, moi non plus. À votre avis, von Stern, nous pouvons ouvrir la fenêtre ?

– Hum… je ne sais pas trop…

– Vous avez raison, oublions ça, de toute façon, c'est encore beaucoup plus beau ainsi. Ce que j'essaie simplement de vous dire – et cela pour avoir, mine de rien, réussi à écrire ce rapport : ne vous laissez pas tourmenter par de fausses questions, par des questions qui ici n'en sont pas.

– Par exemple ?

– Docteur von Stern », il tourne son buste vers moi et le trapèze vertical de ses bras croisés derrière son dos pivote élégamment autour de sa colonne vertébrale telle une girouette, comme s'il était un danseur folklorique appliqué. « Nous, les médecins, nous refusons de nous connaître. Nous reculons devant nous-mêmes telle une main délicate devant le sacré, vous comprenez ? Nous avons une crainte naturelle, une pudeur orgueilleuse qui nous empêche de croire quoi que ce soit de précis sur nous-mêmes, nous sommes bien trop subtils pour rester concentrés, nous sommes toujours prêts à nous détourner de nous-mêmes, car nous sommes des gens distingués, nous ne sommes pas des esclaves, vous comprenez ?

– Mais je suis bien obligé de déroger à cette maxime ne serait-ce qu'une fois si je veux rédiger...

– Absolument pas, tout ce que vous devez faire, c'est vous occuper de votre stortex et de votre médiateur, rien d'autre !

– Hum-hum, bon, merci du conseil, cher collègue », référent trouve enfin la force de s'écarter du sujet et s'apprête à sortir de la pièce tandis que Dänemark continue de fixer la verdure. Tout près de la porte, je me retourne une dernière fois :

« Ah, au fait, docteur Dänemark, puisqu'on en parle, je me rappelle qu'à l'époque, Holm n'est absolument pas tombé lors de l'appel à la confession, il s'est écroulé intentionnellement. Les dames assises à la tribune ont d'ailleurs été émerveillées par sa prestation, vous ne vous en souvenez plus ?

– Jamais de la vie, même Holm ne serait pas capable d'une chose pareille ! » Il plisse le front d'un air contrarié. « Non, je ne peux pas y croire !

– Et il n'a pas non plus été emmené discrètement, comme vous dites, mais tiré hors de l'arène sous les applaudissements de ces dames, tel un torero en train de perdre son sang, ou plutôt un taureau.

– Non, j'en garde un souvenir tout à fait différent, non... j'ai une toute autre image à l'esprit !

– Ma foi, c'est le lot de tout le monde ici. Allez, bonne journée, cher collègue ! »

17.

Il s'est passé quelque chose hier que je n'arrive pas à me sortir de la tête, mais je suis incapable de me souvenir de quoi il s'agit, je sais juste que c'est une chose qui a été dite avant la crise du professeur, probablement par Mme von Hadern au cours du repas. Ça ne veut pas me revenir, mais ça ne veut pas non plus me lâcher et ça reste désagréablement collé à mon hippocampe comme une tranche de pain tartinée de miel qui serait tombée du mauvais côté – c'est en tout cas ce qu'affirme mon médiateur. Il me susurre langoureusement, ou plutôt en postillonnant, quelque chose au sujet de mes remarquables facultés de représentation et de mes excellentes compétences en matière d'automonitoring, et référent décide tout simplement de l'ignorer, ce que moi j'ai déjà fait souvent, mais ce que référent, lui, fait pour la première fois, je fais, tu fais, il fait, nous faisons, faisons, faisons...

Au lieu de consulter enfin son emploi du temps, référent fait apparaître à l'écran l'endroit où se trouve le docteur Holm et l'observe un instant sur le moniteur, à l'autre bout de la clinique, en train d'ausculter le vieux M. Zimmermann qui tousse docilement, puis, en toute hâte, référent se rend lui-même sur le lieu de l'action.

« Je vous dérange ? » Quand je pense à frapper, j'ai déjà à moitié ouvert la porte.

« Non, non, entrez, cher collègue, je vous en prie, nous avons presque terminé. »

Assis sur son tabouret, le docteur Holm m'adresse un sourire avenant en retirant de ses oreilles les embouts de son stéthoscope avant de se passer l'appareil autour du cou à la manière d'un collier africain. Vêtu de son pantalon de jogging bleu-gris préféré et assis torse nu sur la table d'examen, Zimmermann me regarde d'un air rayonnant :

« Ah, ce cher docteur von Stern, bonjour ! Cela faisait longtemps que je ne vous avais pas vu !

– Oui, c'est vrai, sûrement plus d'un an. Comment allez-vous, monsieur Zimmermann ?

– Ah oui, si, si...

– Bien, ravi de l'entendre !

– Ces derniers temps, il m'arrive de nouveau de discuter avec votre patient préféré.

– Vous voulez parler du professeur ?

– Oui, tout à fait, nous papotons de temps à autre pendant la pause-café de l'après-midi. Il a toujours des choses tellement intéressantes à raconter, c'est vraiment quelqu'un de très cultivé, son discours est parfois un peu confus, mais toujours passionnant, chacune de ses phrases est un... comment dire... j'essaie toujours de noter après coup ce qu'il me raconte, ça vous échappe tellement vite, vous savez, et...

– Mais monsieur Zimmermann, vous savez pourtant que ces discussions avec le professeur ne vous valent rien, je vous l'ai déjà dit par le passé…

– Ah non, docteur von Stern, au contraire, cet échange me fait le plus grand bien.

– Bon, très bien, comme vous voudrez. »

Pendant ce temps, le docteur Holm fait rouler avec agilité son tabouret entre le patient et son bureau, arrachant à chaque passage un squame sur le torse de Zimmermann avec une pince à épiler avant de déposer son butin sur la plaque lumineuse du petit plasmoscanner qui se trouve sur son bureau, de se pencher dessus quelques secondes afin d'examiner l'échantillon et de faire, pour rejoindre son patient, un élégant tour sur lui-même dans le sens des aiguilles d'une montre en suivant le mouvement de ses cheveux séparés par une raie latérale, comme nous le pratiquons tous ici. Il m'arrive parfois d'effectuer la totalité de mes visites sur mon tabouret pivotant, je parcours alors les couloirs sur les roues en caoutchouc qui ronronnent doucement, mes infirmières et infirmiers trottinant derrière moi, et en queue de cortège défilent les civils de service avec leurs grandes ambitions et leurs petits appareils. Mais le roi incontesté du pivot reste bien entendu le docteur Holm : grâce à la musculature exemplaire de son bassin et de son ventre, son déhanchement lui permet d'effectuer sans peine une double rotation du siège et des roues dans des directions opposées, le tout en touchant à peine le sol de ses pieds nus. Léger comme une plume, il revient dans ma direction et celle de Zimmermann en marmonnant :

« Asseyez-vous donc, von Stern. Quelques minutes seulement, et ensuite nous pourrons aller en griller une.

– Oh, oui, volontiers », reconnaissant, je me laisse tomber sur la chaise d'appoint près de la porte. « J'espérais que vous diriez cela.

– Je sais. »

Il m'adresse un bref sourire avant de se tourner de nouveau vers son patient, de prendre entre ses deux mains le visage de Zimmermann et de le secouer doucement :

« Mon cher Zimmermann, vous ne me plaisez pas du tout. Que vous arrive-t-il, hein ? Quel est votre problème ?

– Ah, je ne sais pas non plus, docteur. Est-ce le désir inassouvi qui fait perdre à l'homme la raison ?

– Ma foi, c'est peu probable, mais je ne peux pas non plus l'exclure. On peut vérifier, tant qu'on y est. Alors, levez le bras, s'il vous plaît... hum-hum, ça fait longtemps que vous avez ce truc au niveau de l'aisselle ?

– Un bout de temps, oui, quelques années, je crois.

– Hum, ce n'est pas très beau à voir, et cela doit aussi vous gêner, il vaut mieux qu'on l'enlève, qu'en pensez-vous ?

– Si vous le dites... D'un autre côté, un drapé de ce genre peut s'avérer très efficace contre la peur.

– Qu'entendez-vous par là ?

– Eh bien, c'est une formule d'anathème sous forme de geste, ou plutôt sous la forme d'une apparence de geste, on semble faire un geste pathétique alors qu'en réalité, on est tout raide, on ne bouge plus, mais le drapé constitue un semblant de mouvement, on fait comme si cela continuait, comme si on pouvait encore bouger alors qu'en fait, on est paralysé. On espère que la peur se fera berner par la fluidité du mouvement et passera devant nous sans nous voir. Rouler la nature avec ses propres moyens est un procédé assez noble, vous ne trouvez pas ?

– Ma foi », Holm joue de sa pince à épiler sous l'aisselle de Zimmermann et sur son triceps flasque. « Je dois avouer que je ne vois rien de tout ça.

– Écoutez », légèrement désemparé, Zimmermann reprend sa respiration avant de poursuivre. « Pensez par exemple à Lawrence d'Arabie dans son habit blanc du désert. Regardez le tissu drapé sur sa tête en un chèche de bédouin qui couvre une partie de son visage et qui est fixé sur son front à l'aide de deux rubans décorés de pompons au style étonnamment britannique. Ce chèche de bédouin encadre l'ensemble de sa figure, il est croisé sans être serré sous son menton puis ramené en arrière, il couvre ainsi ses épaules pour finalement tomber comme une cape jusqu'à ses chevilles. Bien, remémorez-vous à présent son véritable costume. Ne vous laissez pas distraire par le joli poignard à lame courbe et à l'ornementation à la fois riche et sobre, ce serpent-totem coincé au milieu de sa large ceinture, concentrez-vous plutôt sur la ceinture en elle-même, sur la manière dont elle est serrée autour de sa taille, dans un style totalement arabe, romain, grec, californien, et dont elle fait apparaître comme par magie la cascade de plis de sa tunique, comme sur la robe de Cléopâtre portée par Liz Taylor. Ce fleuve de fronces qui tombe le long de son corps est quant à lui encadré et contenu par l'ovale de ses bras que forment les mains croisées devant le sexe dans un geste auréolé d'hypocrisie, voire peut-être surmonté d'une auréole, geste qui, soit dit en passant et en toute modestie, met en valeur l'ampleur de ses manches trompettes, d'un luxe tout catholique, et leur plissé messianique. Regardez l'ingénieux jeu de fronces nécessaire pour donner un air sévère à une telle bure de moine supérieur ! La magnifique feinte mise au point par l'homme afin de tromper son complexe amygdalien ! Mais ce n'est pas tout, car en regardant cette scène de plus près encore, vous vous rendez compte qu'il ne porte pas un habit du désert mais une combinaison spatiale. En réalité, Lawrence était astronaute, eh oui, Lawrence d'Arabie est le premier homme à avoir marché sur la lune, mais dans la réalité encore plus réelle, regardez bien, c'est un macaque japonais, il faut toujours regarder les choses de plus près !

– Ma foi », Holm, qui n'a pas quitté des yeux l'aisselle de Zimmermann, se gratte l'arrière de la tête, « je ne sais pas trop...

– Ah, qu'est-ce que je raconte », tandis que Holm lui tient l'autre bras en l'air, Zimmermann laisse tomber sa tête sur sa poitrine et reprend d'une voix basse soudain sans énergie : « Ces derniers temps, je pense surtout aux plis entre les jambes de ma femme, à l'époque où nous étions encore jeunes, et d'une certaine manière, je suis triste que tout ça soit du passé, tout simplement...

– Bah, on connaît tous ça, n'est-ce pas ? Alors, qu'en dites-vous, Zimmermann, si on l'enlevait dès demain ?

– Oui, vous avez raison, docteur, enlevons-le. Ce sera toujours ça de fait.

– Exactement !

– Et on aura l'esprit tranquille.

– C'est bien ce que je dis. Bon, dans ce cas, je vais nous réserver une table chez le docteur Bulgenow pour demain. Vous pouvez vous rhabiller, mon cher Zimmermann. Je reviendrai vous voir tout à l'heure. On y va, von Stern ?

– Oui… oui », je me lève, légèrement chancelant, et hésite à sortir car Zimmermann est toujours assis sur la table d'examen, la tête baissée, immobile, mais Holm me tire par la manche jusque dans le couloir et m'annonce d'un air enjoué :

« Ne vous inquiétez donc pas pour lui, j'ai déjà sonné l'infirmière Ananké, elle va l'aider à se rhabiller. Et puis, Zimmermann et moi menons la même conversation tous les midis depuis six mois, mot pour mot.

– Quoi ? Cela signifie qu'à chaque fois, il l'oublie ?

– Oh non, je ne crois pas, il veut juste que je lui répète à l'envi que je vais lui enlever quelque chose, ce que je ne ferai jamais bien sûr, ce qu'il sait pertinemment, et ainsi de suite – la *talking cure* classique en somme ! »

Nous rions tous les deux et, de plaisir, il passe son bras autour de mes épaules, plonge sa main libre dans la poche de sa blouse pour en sortir son paquet de tabac, me le tend et, sans cesser de rigoler, j'entreprends de nous rouler des cigarettes. Je lui tends la première ainsi que du feu, il rit de nouveau, tousse après avoir avalé de travers, lève sa cigarette d'un air enthousiaste en la tenant entre le pouce et l'index, comme une antenne, puis me dit, les larmes aux yeux :

« Merci, cher collègue – le consommateur final a toujours besoin d'une prise en main, que voulez-vous ! »

18.

Holm est depuis longtemps retourné vaquer à ses occupations. Je suis toujours assis sur la terrasse déserte et je cligne des yeux face au soleil de l'après-midi en inhalant avec volupté l'air du mois de mai et la fumée de la dernière fine cigarette que je me suis roulée avec les restes de tabac de Holm. Je rigole intérieurement en repensant aux folles histoires qu'il m'a racontées sur nos patients de sa voix douce et grave, avec ce ronronnement qui lui est coutumier.

Mais l'envie de rire me passe soudain – je me souviens de ce que je n'ai pas réussi à me sortir de la tête toute la journée, sans pour autant parvenir à l'y faire entrer réellement : il s'agit de l'histoire que Mme von Hadern a racontée à table concernant son mari qui, trente ans plus tôt, l'a accompagnée ici lors de son admission à la clinique et est resté auprès d'elle pendant toute une semaine. Mon humeur printanière s'est volatilisée sans que je sache pourquoi cette banale histoire me tracasse autant, ce qui ne fait qu'augmenter ma contrariété.

Ah, si seulement nous pouvions encore croire à ces histoires comme nous croyons au bon vieux souvenir-écran, je pourrais supposer que c'en est un. Mais mon médiateur ne tolère aucune feinte de la part de ma mémoire d'ancien gai luron et, à la moindre incartade, il la soumet à un interrogatoire dépourvu de tout humour alors qu'il laisse passer sans rien dire les tromperies flagrantes de ma nouvelle banque de souvenirs, je me vois donc contraint de supposer, ou plutôt d'accepter, que mon souvenir des paroles de Mme von Hadern ne cache rien, rien de mystérieux, aucun événement plus excitant ou scandaleux censuré par moi-même. Oui, même si rien ne m'oblige à croire l'histoire anodine de Mme von Hadern, je suis obligé de la prendre pour argent comptant au regard de son importance à mes yeux. Et cela blesse sans conteste ma vanité, car le néant insondable de mes souvenirs traduit l'inanité sans fond de ma personne mais comme, en plus des inlassables exercices de musculation et d'étirement, l'acceptation stoïque des humiliations constitue le principal programme d'entraînement à la pratique médicale sur notre Soi optimisé, je suis dans le fond tout à fait d'accord avec cette offense, d'autant plus que l'évidence de celle-ci me permet de comprendre le malaise jusque-là inexplicable que je ressens en repensant à la conversation tenue à table la veille : ce malaise n'était en réalité rien d'autre que la première impression, encore brute et non comprise, de dégoût telle qu'elle se manifeste lorsque notre vanité est blessée.

Mais tandis que j'échafaude ces raisonnements bancals et que référent cligne de nouveau des yeux face au soleil l'air satisfait et, un peu somnolent, savoure avec délice les dernières bouffées de ma cigarette, je sais que tout cela pourrait être vrai mais que ce n'est absolument pas le cas. Je sais avec une certitude absolue que la raison de mon malaise réside dans le fait que quelque chose de complètement différent se cache derrière les paroles de Mme von Hadern, ou plutôt derrière le souvenir que j'ai de ses paroles, et à la manière dont référent porte à ses lèvres le mégot devenu quasiment invisible en le tenant entre le pouce et l'index et tire dessus jusqu'à la cendre incandescente, je prends conscience que mon paramétrage est sans dessus dessous et qu'il fait fonctionner parallèlement, voire se télescoper, deux programmes incompatibles. Et pour la première fois depuis vingt ans, je ferme les yeux en ressentant une douleur joyeuse tandis que, dans ma tête, la mer Noire déroule sa rumeur.

19.

Peu à peu, le soir gravit la colline, les serveurs commencent à mettre le couvert, me chassant de leurs *Non, non, je vous en prie, restez donc assis, docteur !* qu'ils susurrent d'un air affairé et lourd de reproches, et je me réfugie à l'intérieur du bâtiment. La perspective de ne pas devoir assister au repas mais de pouvoir aller au labo-dortoir sans même quitter ma blouse me conforte dans mon humeur d'une indifférence joyeuse. Comme il est encore un peu tôt pour le labo-dortoir et que je ne veux en aucun cas accomplir une seule des tâches qu'il me reste aujourd'hui, je me laisse guider par ma volonté notoirement dépourvue de toute volonté jusqu'à la chambre du professeur que l'infirmière Ariane est justement en train d'apprêter pour le dîner.

Je m'appuie confortablement au chambranle de la porte, les bras croisés sur la poitrine, et j'observe avec délectation Ariane qui bataille pour nouer la cravate du professeur car celui-ci refuse de rester en place une seule seconde et gesticule en la houspillant :

« Ma chère méchante Ariane, vous avez fait exprès de marcher sur le petit tapis ! Vous *vouliez* lui faire du mal !

N'essayez même pas de le nier ! Je vous ai observée, j'ai vu le plaisir que vous éprouviez à faire souffrir cette pauvre petite chose sans défense ! Pour la simple raison que j'aime ce tapis, qu'il est mon ami, et vous ne le supportez pas, mais je vous avais prévenue, je vous avais bien dit, Ariane, que si vous ne touchiez ne serait-ce qu'à un fil de mon petit ami, je vous casserais la figure, espèce de grosse truie dégueulasse, espèce de… !

– Ça suffit, professeur ! » Référent, agréablement surpris par l'autorité sans réserve de sa voix, pousse avec délicatesse l'infirmière sur le côté, prend lui-même les choses en main, à savoir les deux extrémités de la cravate du professeur, et marmonne aimablement : « Merci, Ariane, vous pouvez nous laisser. »

Infirmière semble incapable de décider si elle doit se montrer reconnaissante ou furieuse de mon intervention, elle mélange donc ces deux sentiments dans une bouillie d'expression offensée avant de quitter la pièce sans un mot. Patient, lui, est incontestablement reconnaissant et heureux de voir référent dont il repousse les mains pour nouer lui-même sa cravate à toute vitesse en un double nœud Windsor parfait.

« Comme je suis content de vous voir, docteur ! Vous allez donc venir dîner avec moi, finalement, vous m'en voyez ravi ! Mais à présent, hop, hop, hop, allez enfiler votre tenue de soirée, cathéter de Satan ! Moi qui pensais que j'allais encore devoir dîner en compagnie de ce sale petit morveux d'infirmier qui m'a déjà énervé toute la journée avec son silence arrogant.

– Je suis vraiment désolé, professeur, mais je ne peux pas manger avec vous ce soir. Et puis, vous savez aussi bien que moi qu'O.W. est le plus agréable de nos infirmiers, et de loin. Je vous conseille de mieux vous tenir sinon, comme hier, vous ne pourrez même pas sortir pour le dîner, d'accord ?

– Oh, comme c'est cruel ! C'est incroyablement cruel ! » Patient dénoue sa cravate et se met à tourner en rond, s'efforçant malgré sa colère de ne pas piétiner le tapis. « Voilà qu'on essaie à présent de me placer de nouveau *sub lege* alors que tous les autres patients vivent ici *sub natura* ou *sub gracia*, je suis le seul à ne pas y être autorisé, pourquoi ? Hein, pourquoi ? Y a-t-il quelqu'un ici qui jouisse de droits plus anciens ? Cette procédure est révoltante ! Vous allez encore dîner avec cette von Hadern amphigourique, c'est ça, hein, misérable catin ?

– Non, professeur », je pousse un soupir en exagérant ma fatigue. « Je ne vais dîner avec personne, je dois aller au labo-dortoir pour me faire examiner. »

Il se calme immédiatement pour m'observer avec une vigilance inquiète et je regrette aussitôt de lui avoir dit la vérité. Dans le seul but de détourner la conversation de moi et d'échapper à ses questions menaçantes, ou plutôt pour faire comme si je souhaitais simplement détourner la conversation de moi, je dis incidemment :

« Tiens, en parlant de Mme von Hadern – elle m'a raconté quelque chose de très intéressant hier, elle…

– J'ai du mal à croire ça, docteur », il se laisse lourdement tomber sur son lit et tend la main pour attraper le biberon posé sur sa table de nuit. « Même une personne aussi peu exigeante que vous ne peut décemment trouver quoi que ce soit d'intéressant dans le babillage débile de cette vieille conne ratatinée et desséchée.

– Bref, peu importe », je m'assieds au bureau, mets les pieds sur la table, tire sur les pinces de mon pantalon en lin et observe d'un air satisfait mes jolis pieds surpédicurés, « ce qui est sûr, c'est qu'elle m'a raconté comment elle est arrivée ici il y a trente ans en compagnie de son mari qui est resté auprès d'elle pendant une semaine afin de l'aider à s'acclimater.

– Ah oui, c'est ce qu'elle vous a raconté ? » Le professeur retire ses lunettes, se frotte les yeux et me sourit en secouant la tête. « Et vous, vous l'avez crue, n'est-ce pas ? J'imagine que vous croyez aussi à l'histoire de son vagin triangulaire de couleur bleue à travers lequel on peut atteindre l'Atlantide, avec une halte à Odessa, bien entendu.

– Oh, je vous en prie, professeur, ce sont là d'ennuyeuses fanfaronnades dont elle se sert pour vous titiller lors des repas, les simagrées habituelles des fous. Admettez tout de même que l'histoire avec son mari est d'un tout autre calibre.

– Bah, je pourrais vous en raconter des dizaines d'autres du même tonneau !

– Mouais, à votre place, je n'en serais pas si sûr », avec un haussement d'épaules, je me lève pour remplir de jus de rhubarbe à l'opium le biberon tendu par le professeur, qui détourne en même temps le visage d'un air vexé, et je marmonne inutilement dans ma barbe en me dirigeant vers la fontaine située dans le couloir : « Bah, à l'occasion, je pourrais jeter un coup d'œil au rapport d'admission de Mme von Hadern, à l'occasion… »

Oui, bien sûr que je pourrais lire le dossier de Mme von Hadern ! Après tout, je suis libre de consulter, à tout moment, les dossiers de nos patients, je peux examiner ou compulser ces documents à ma guise, et cette possibilité vaut si peu la peine qu'on en parle que cela me met la puce à l'oreille. Je me contente néanmoins de constater que, sans vraiment comprendre pourquoi, il me semble que je pourrais très bien lire le dossier l'air de rien, tout en discutant avec le professeur, sans m'en rendre compte moi-même pour ainsi dire.

Je lui rends donc son biberon, retourne m'asseoir au bureau, ouvre les archives de la clinique sans cesser de papoter et lance une recherche, ce qui prend un certain temps car les archives ne cessent de se soumettre d'elles-mêmes à un nouveau système de classement et s'amusent à déplacer les dossiers à des endroits toujours différents. Pour cette raison, le dossier *v. Hadern* ne se trouve ni sous le nom de la patiente ni avec les autres *Admissions*, mais avec les fichiers *Jours de mai*. Et, comme si je voulais simplement opposer quelque chose aux cris de patient qui ont repris de plus belle, je commence à lire à voix haute le premier compte rendu consacré à Mme von Hadern, compte rendu rédigé par un certain docteur Dohlenau dont je n'avais jusqu'alors jamais entendu parler.

« Patient déclare être tout à fait d'accord pour que sa femme se sépare de lui, veut juste proposer qu'ils se soutiennent mutuellement dans leur souhait commun de se séparer et de démarrer une nouvelle vie plus saine. Mais la seule manière de se préparer ensemble à ne plus se voir serait de se voir le plus possible afin de faciliter la délicate phase d'adaptation à la vie séparée et la transition d'une vie à une autre. Patient propose ainsi à sa femme, en présence du référent dont il demande sans cesse l'approbation tant gestuellement que verbalement – *n'est-ce pas, docteur ?* –, qu'ils mettent en œuvre la séparation en se voyant dans le cadre d'une thérapie journalière. Afin d'éviter un éloignement brutal et les imprévisibles états de choc qui pourraient s'ensuivre et pour se séparer progressivement, il serait préférable de modifier le moins possible la vie quotidienne commune menée jusqu'alors afin que chacune des parties puisse accomplir la transition vers sa nouvelle existence sans effet secondaire létal. Comme épouse du patient garde le silence et appelle référent à l'aide par des regards insistants, patient devient récalcitrant, recommence à proférer des insultes comme la veille, lors de l'admission, et à donner des coups autour de lui, traite référent de voyeur lâche et répugnant qui se mêle de sa vie privée, celle du patient, patient ne peut être ramené à la raison qu'à l'aide de 4 ml d'optirestanol et de la menace de devoir se soumettre à des entretiens supplémentaires. Puis patient de nouveau coopératif et de bonne composition, tranquille, mais un peu perdu dans ses pensées lors du dîner commun. »

« Mouais, on vous a fait gober une sale histoire, quelle cochonnerie ! » Patient fait un bond par-dessus son tapis jusqu'au bureau et, tout en postillonnant de rage, tape sur l'écran mou comme de la cire avec son index, mais dès qu'il relève son doigt, les creux disparaissent et la surface du moniteur reprend son aspect lisse avec satisfaction. « Je l'ai toujours dit, cette vielle salope oxydée déforme la vérité dès qu'elle ouvre la bouche – je dis phrygien, elle dit stygien, je dis urbi, elle dit…

– Oui-oui, mais cela signifie que ce n'est pas son mari qui l'a accompagnée jusqu'ici, mais le contraire – en réalité, le patient, c'était son mari, à l'origine c'est *lui* qui a été admis ici, pas elle, n'est-ce pas ?

– Ah, bravo, le docteur Je-sais-tout a compris ! *Je* suis tenu enfermé ici *sub lege* tandis que cette vieille salope peut se permettre *natura naturatans* d'aller colporter de tels volvulus intestinaux, c'est révoltant !

– Mmh, hum-hum, et si je comprends bien, pour une raison quelconque, Mme von Hadern a pris la place de son mari. Et logiquement, celui-ci est...

– ... parti pour l'Atlantide, et sans escale cette fois-ci. Alors là, bravo, regardez, mesdames et messieurs, l'*Überdoktor* réfléchit, regardez, mesdames et messieurs, vous ne voyez rien ! Le quidam crétin a fait ses comptes avec Perrette et son pot au lait, nous devons tous en passer par là, même si nous avons oublié combien font un et un et à qui l'heure...

– Chut... calmez-vous, professeur ! Il faut que votre pouls redescende afin que vous puissiez aller dîner en beauté, hein ?

– Oui, en beauté, toujours en beauté, ce soir je serai la plus belle pour aller dîner.

– Voilà, comme ça, mais relevez donc la tête, mon cher. Vous savez quoi, professeur, si vous êtes bien sage ce soir, après le repas, vous pourrez peut-être discuter un peu avec M. Zimmermann. Je l'ai vu aujourd'hui et il m'a dit qu'il vous arrivait de bavarder ensemble, il m'a parlé de vous avec beaucoup d'enthousiasme, il louait votre culture et m'a dit à quel point il était intéressant de discuter avec –

– Ah, ne venez pas en plus me parler de ce vieil abruti ! » Il se remet à gesticuler mais au lieu de tenter de me frapper au visage comme à son habitude, il donne des coups dans le vide tel un chien épuisé pataugeant dans l'eau. « Zimmermann ! Il s'assied devant vous avec son bloc et note tout ce que vous lui racontez, ce cabot servile !

– Calmez-vous, calmez-vous. Nous allons reprendre nos esprits à présent, d'accord ?

– Tous les deux, docteur ? »

Il m'adresse un sourire en me suppliant d'un air mi sournois, mi affligé et je capitule avec un haussement d'épaules :

« Tous les deux, oui, vous et moi, professeur – ah, mais qui voilà ? Votre infirmier est arrivé. Bien le bonsoir, O.W. ! »

O.W. m'adresse son habituel sourire parfaitement mesuré, mais nous n'avons pas le temps d'effectuer une transmission dans les règles, car au même moment, le haut-parleur annonce *Le docteur von Stern est prié de se rendre immédiatement en chambre 77, le docteur von Stern en chambre 77* et, alors que je me demande avec une colère grandissante ce qu'Evelyn, mon fils de cœur, a encore bien pu inventer, j'ai juste le temps, avant de sortir en courant, de remarquer avec un léger étonnement que O.W. se permet à présent de porter sa mince cravate blanche avec sa tenue de soirée noire. Ce doit être nouveau car je ne peux m'imaginer qu'une telle infraction au protocole ait pu m'échapper jusqu'alors. Mais en même temps, je suis soudain persuadé qu'il a toujours porté cette cravate vingt-quatre heures sur vingt-quatre et que je ne m'en étais tout simplement encore jamais aperçu. J'ignore laquelle de ces deux hypothèses m'inquiète le plus, certainement celle selon laquelle, en réalité, il ne s'agit pas de deux hypothèses mais plutôt d'un seul et même brouillage de mon système.

20.

Comme j'ai oublié de lui rendre visite pendant deux jours, Evelyn a une nouvelle fois tenté de se pendre à la poignée de porte de sa chambre avec sa cravate. Deux infirmiers charitables l'ont déjà détaché et allongé sur leurs genoux. L'un des hommes tient le buste d'Evelyn dans ses bras tandis que le second enserre ses jambes, ce qui fait assez bel effet car Evelyn, outre les traces de strangulation d'un rouge bleuté qui strient son cou rejeté en arrière, est vêtu d'un simple caleçon de sport blanc. Énervé, je lève les yeux au ciel à la vue du spectacle de ce fils éternel. À ce soupir d'agacement, il réalise que je suis enfin arrivé, ouvre en grand ses immenses yeux bleu foncé, s'assied maladroitement dans les bras de l'infirmier et m'adresse un sourire timide. Avec un mélange de peur et de vantardise, il déclare :

« Cette fois, j'étais à deux doigts d'y passer, papa, j'ai bien failli y arriver.

– Mmh, oui. N'avez-vous donc rien de mieux à faire, Evelyn, que de me causer du souci à longueur de journée ? Combien de fois faudra-t-il que je vous répète que je veux que vous finissiez enfin vos études au lieu de faire sans cesse des histoires ? On dit que les gens qui ont un fils sont assurés de ne jamais manquer de source d'inquiétude. C'est bien vrai ! Et je suis doublement concerné car je n'ai pas de fils et pourtant je dois m'inquiéter pour lui en permanence.

– Je suis vraiment désolé, papa.

– Vous n'avez plus cinq ans tout de même, vous êtes adulte, mon garçon, vous ne pouvez plus vous pendre à une poignée de porte chaque fois que le cœur vous en dit.

– Je voulais juste que tu puisses être fier de moi, papa, rien qu'une fois. Et cette fois, j'y étais presque, vraiment, une seconde de plus et...

– Oui, oui, c'est bon.

– J'étais tellement désespéré à cause de ma satanée lubricité », il saute au bas des genoux des infirmiers, vient se placer devant moi, l'air suppliant, et je ne peux m'empêcher de caresser ses cheveux et ses joues pâles tandis qu'il poursuit d'une voix tremblante : « Je ne savais plus du tout quoi faire. Tu sais, j'ai recommencé, j'ai encore eu envie de voir l'infirmière Absenta toute nue, et afin de chasser cette mauvaise pensée, je me suis dit : si ce sale, ce mauvais souhait se réalisait, alors ton père mourrait.

– Oui, oui, c'est bon.

– Et puis j'ai demandé à l'infirmière de se déshabiller, et en la voyant devant moi, toute nue, je me suis dit : c'est magnifique, on pourrait tuer son père pour ça !

– Combien de fois devrai-je le répéter : les infirmières sont taboues, ta-boues ! C'est si difficile à comprendre ? Sacredieu, je ne vois pas en quoi c'est si difficile à com -

– Oui, je sais, je sais, elle ne s'est pas déshabillée très longtemps, rien qu'une seconde, je te le jure, papa, mais le pire, c'est que cette seconde de péché, ou devrais-je dire ce péché d'une seconde, a suffi pour dire au diable que tu étais mort, il est au courant maintenant, et voilà que mon pauvre père doit mourir de ma propre main, ou plutôt de mes propres yeux, de mes méchants, méchants yeux.

– Votre père *est* mort, Evelyn, vous ne pouvez pas le tuer.

– Non, non, non, je ne peux pas croire ça, papa. Tu sais, chaque fois que quelqu'un me raconte une bonne blague, je me dis : tiens, il faudra que je la raconte à mon père !

– Oui, ce sont là des réflexes tout à fait compréhensibles, nous avons déjà analysé tout cela et...

– Mais quand je veux te raconter la blague, tu n'es jamais là ! Tu ne t'occupes jamais de moi ! Et alors ça me reprend, je me mets dans une colère noire, et pour me calmer, je me répète *Que Dieu te protège, papa*, mais à chaque fois, une voix à l'intérieur de moi ajoute une négation ! Que Dieu ne te protège... pas ! Je tente d'y remédier en accélérant le tempo pour que le diable ne puisse pas interrompre mon chapelet de Que-Dieu-te-protège-papa, je parle le plus rapidement possible pour l'empêcher de placer sa négation, mais j'ai beau accélérer la cadence autant que je peux, je n'y parviens pas. Papa Dieu, papa Dieu, papa Dieu, paDieu, paDieu, paDieu, il parle plus vite que moi, et ensuite...

– C'est bon. Nous avons déjà parlé de tout cela. Ces voix sont hors d'atteinte pour le médiateur, je ne peux rien y faire, elles s'auto-génèrent. Mais elles n'ont rien à voir avec vous, vous devez les abandonner à elles-mêmes et...

– Non, non, c'est un désir de ma part, la négation est un désir mauvais, je le sais ! En secret, je désire que tu...

– Balivernes, arrêtez donc avec ces vielles superstitions idiotes ! Vous n'avez pas de désir mauvais, compris ? Et une chose est sûre – regardez-moi, Evelyn, ouvrez les yeux, nom d'un chien – une chose est sûre : vous ne pouvez pas tuer votre père puisque celui-ci est déjà mort. On ne peut pas tuer quelqu'un qui est déjà mort.

– Si, papa, ça va toujours plus loin, il n'y a plus aucune limite, ça ne s'arrête jamais, le meurtre continue d'agir dans l'au-delà, c'est ce qui est terrible, et maintenant tu es mort.

– Bref », je pousse un nouveau soupir et lâche son visage que je tenais fermement entre mes deux mains. Lorsque je laisse retomber mes paumes vides, elles semblent toutes raides et ankylosées. « Je n'ai pas de temps à consacrer à votre mégalomanie infantile, je dois me rendre au labo-dortoir pour me faire examiner.

– Oh, je peux venir ? Oh, s'il te plaît, papa, s'il te plaît !

– Bon, d'accord, mais faites vite, et mettez-vous quelque chose sur le dos. »

21

Référent et fils de cœur arrivent un quart d'heure trop tard au labo-dortoir pour permettre un relevé nocturne correct, mais après une courte altercation avec l'infirmier de garde, ils sont tout de même autorisés à voir le responsable du labo-dortoir, le docteur Dankevicz, et on leur fait signe d'entrer dans la semi-obscurité bleutée de la salle immense et pourtant entièrement vide, excepté en son centre où se dressent quatre lits regroupés en carré, reliés à des appareils qui pépient faiblement. Dankevicz, surdoué du service, archéologue du sommeil, lecteur de pensées, superdétecteur ainsi qu'éminent, et sans doute dernier, phallographologue du monde médical, flâne ou plutôt tangue jusqu'à nous tel un danseur, les pieds largement écartés, tout en battant sur sa cuisse la mesure d'une chanson inaudible avec un dossier rouge, il me serre la main, jovial :

« Regardez qui voilà, le père et son clone, la sainte famille !

– Encore quelques blagues dans ce goût-là, Dankevicz, et je vais réellement m'endormir.

– C'est ce qu'il faut, von Stern, ça et rien d'autre, toujours délicieusement mal embouché, bien joué ! » Il me tape sur l'épaule et se tourne vers Evelyn avec un sourire encourageant. « Bienvenue dans la tiédeur de mon aquarium, autrefois la glorieuse salle des déments ! N'ayez pas peur, mon garçon, il ne vous arrivera rien ici, un petit somme, c'est tout ce qui reste de ces jours fameux. Et vous, von Stern, on va voir ce qui reste de votre journée quand on vous passe entièrement en lecture. Commencez par vous allonger, mes enfants, je suis à vous tout de suite. »

Dankevicz désigne distraitement les deux lits derrière lui et repart en direction de l'antichambre en se dandinant. Hésitants, référent et acolyte suivent du regard la tresse indienne argentée qui se balance de-ci de-là dans son dos. Cette tresse est un signe de sa position privilégiée, comme la blouse sans manche qui lui permet de faire étalage de ses bras nus massivement musclés et frénétiquement tatoués, sur lesquels non seulement aucun centimètre de peau n'est vierge, comme c'est souvent le cas, mais aucune forme, aucune figure et aucun contour de couleur ne se distinguent plus car les tatouages sont si nombreux à se recouvrir que, sur ses bras, le palimpseste s'est mué en une peau de reptile noire aux reflets vert-violet.

Dankevicz disparaît de notre champ de vision, nous nous retournons, un peu engourdis, pour regarder les beaux lits en bois de teck, bien larges, qui nous attendent debout l'un à côté de l'autre, en bonne intelligence, leur édredon parfumé rabattu avec une nonchalance qui ne doit rien à la rigueur des infirmières. Et ce n'est que maintenant, en détachant une fois encore nos yeux fatigués des draps, que nous constatons soudain dans les vacillements de la lumière bleu foncé que nous ne sommes pas seuls. Dans les deux lits qui nous font face, deux objets de lecture de sexe masculin sont déjà couchés sur le dos, reliés aux appareils par des centaines de câbles fins comme des fils d'araignées et simulent un sommeil profond en ondes delta tandis que, trahis par leurs paupières battantes, ils louchent avec curiosité de notre côté, à nous, les retardataires, et m'observent indiquer du menton le lit de gauche à Evelyn, lui ôter son peignoir de bain et le border avec précaution avant de retirer ma blouse et de m'étendre en soupirant sur les draps tendus de frais. Comme en apesanteur, le duvet se pose sur moi avec un léger bruit de froissement et se réchauffe instantanément au contact de mon corps.

« C'est pas mal, hein ?

– Oui, c'est ça, Dankevicz. »

Par prudence, référent n'ouvre pas les yeux, grâce à la protection de ses paupières il ressent simplement le sourire gris clair de Dankevicz juste au-dessus de lui comme un léger rayonnement thermique plutôt agréable, et il ne les ouvre toujours pas quand on lui retire sa couverture et que Dankevicz et une deuxième personne, probablement l'infirmier de garde, le déshabillent en préparation du rituel de sommeil et lui câblent chacun une moitié du corps de la tête aux pieds, avec la simultanéité et la rapidité dues à la routine. Techniquement parlant, les électrodes et les câbles sont purement décoratifs, un tableau divinement absurde, car ils sont inutiles à la transmission, après tout, le scanner se passe discrètement de tout contact corporel lorsqu'il se

déploie au-dessus de quelqu'un avec un tremblement craintif. Il paraît pourtant que le piquetage rituel du corps avec
cet ancien matériel de transmission symbolique intensifie
l'ouverture purificatrice globale du patient et dynamise
en continu la tonicité de son *prana*, ce qui augmente par
conséquent la précision de l'image du corps ainsi rendue.
L'effet positif de cet enchevêtrement de fils dans lequel
les dormeurs examinés sont fastueusement emmêlés n'est
pas seulement celui d'un placebo choisi en connaissance
de cause, sachant que les progrès de la science se désin-
téressent de sa cause, mais plutôt celui d'une science qui
a tellement progressé qu'elle ne se contente plus d'aller
de l'avant mais se déplace à travers les espaces de tous les
temps, laissant derrière elle un progrès enfermé dans une
linéarité mesquine pour expulser elle-même son noyau
dur et se redimensionner au choix dans un espace-temps
yogique. Pour cela, elle n'a certes pas besoin de câbles, et
pourtant, ils sont nécessaires, comme des cordons ombili-
caux entrant et sortant dans un corps enfin parfait, *entrer,
sortir, inspirer, souffler, inspirer, souffler...*

« Oui, très bien, von Stern, on respire calmement. »

Référent continue de fermer les yeux non plus pour se
protéger de Dankevicz et de ses manipulations, mais parce
qu'il se sent désormais détendu et confiant. Indifférence
bénéfique de la circulation du *prana*, l'infirmier fredonne
d'une voix basse et traînante le couplet de rigueur, *tes yeux
sont deux oreillers blancs et doux, ils s'enfoncent profondément dans ton crâne*, référent éprouve une légère sensation
de nausée, agréablement lointaine, ou plutôt l'agréable
sensation de nausée que procure un léger éloignement de
soi-même, un train en route vers nulle part, et maintenant,
je pourrais presque... même... peut-être... même... Mais je
sursaute de frayeur et j'ouvre brusquement les yeux car, à
ma grande surprise, Dankevicz vient de me passer un large
anneau de latex argenté autour du pénis. Pris de vertige,
je me redresse sur mes coudes, relève la tête et contemple
mon organe ainsi orné :

« Phallographie ? Pour quoi faire ?

– Eh bien », Dankevicz ne me regarde pas et se contente
de marmonner indistinctement en s'affairant à me relier

au phallographe, « par souci d'exhaustivité, nous sommes bien obligés de faire une mesure des TPN.

– Mais, puisque le scanner se donne de toute façon la peine de relever mes tumescences péniennes, vous n'avez pas besoin de me connecter à ce vieux machin, enfin Dankevicz, malgré tout mon respect pour les traditions... !

– Allons, ce soir on vous fait la totale, avec tous les extras, et on offre son propre enregistrement au petit oiseau. Il ne sera pas dit que vous aurez eu une vie de chien. Un petit phallogramme, ça fait toujours quelque chose à montrer aux petits-enfants de vos infirmières, plus tard. Ça ne vous serre pas trop ?

– Si, un peu.

– Voilà, maintenant, ça devrait... Vous le sentez encore ?

– Non.

– Bon, alors tout va bien, vous ne devez même pas vous en apercevoir. Faire la guerre sans armes, comme on disait autrefois. Au fait... » il me laisse enfin tranquille et se pulvérise une dose insultante de désinfectant sur les mains, il les sèche ensuite à l'aide d'un torchon à carreaux avec lequel il essuie également le surplus de désinfectant sur ses bras qui, de toute façon, sont toujours moirés de reflets huileux, « aviez-vous déjà remarqué qu'*une* TPN et *le* NPT avaient les mêmes initiales mais inversées, étrange coïncidence, n'est-ce pas ?

– Euh... comment ? »

Il me sourit un peu trop gentiment, si bien que je dois à nouveau cligner des yeux, et il lance le torchon à son infirmier par-dessus le lit :

« Excusez-moi, mon petit von Stern, mes propos sont un peu confus, j'oublie parfois que tout un chacun ne sait pas lire dans les pensées, ça faciliterait certaines choses – ou pas. Oui, je veux dire que la mesure des TPN, des tumescences péniennes nocturnes, et le NPT, le Non-Proliferation-Treaty, ont les mêmes initiales, mais inversées.

– Non, je n'y avais jamais pensé et vous le savez très bien, sinon, vous ne me poseriez pas la question.

– Exact. Et vous avez encore moins réfléchi au fait que le nombre de mesures des TPN s'est envolé l'année de la première signature du NPT, pire, vous ne le saviez même pas.

– Et alors ? Pur hasard, rien de plus. Et un hasard dont les limites sont pitoyablement régionales, les deux sigles ne parlent même pas la même langue.

– Oui, c'est vrai », il plante un de ses bras tout noir juste à côté de ma tête, met le poing de l'autre bras sur sa hanche et lève un regard méditatif vers l'invisible ciel de verre, « c'est absolument vrai, mais tout de même une coïncidence intéressante, vous ne trouvez pas ?

– Hum.

– Est-ce que vous êtes enfin fatigué ?

– Non, pas du tout, Dankevicz, et vous le savez bien.

– Non, je n'*en* sais rien, je ne peux pas tout savoir. Qu'est-ce qu'on fait du fiston ? » Par-dessus ma tête, il dirige son menton comme une lampe de poche vers Evelyn que j'avais complètement oublié, à mon grand étonnement, cependant la question de Dankevicz ne s'adresse pas à moi mais à l'infirmier de garde qui se tient debout entre nos lits, les mains croisées dans le dos. « Qu'en pensez-vous, Charon ? »

Comme ce genre de questions adressées aux infirmiers est purement rhétorique, je n'ai pas besoin de le devancer et, malgré le regard anxieux et insistant d'Evelyn, je peux répondre sans me hâter :

– Ne touchez pas au gamin, Dankevicz. Il ne fait que m'accompagner, laissez-le simplement dormir.

– Même pas une lecture rapide, non ? Très bien, comme vous voulez, von Stern – votre patient vous appartient. » En signe de générosité, il lève ses grands bras puissants, me montre les paumes rose clair de ses mains et tire à nouveau la couverture sur moi. « Bon, laissons enfin la chauve-souris descendre sur vous, sinon nous aurons passé une nuit blanche sans avoir eu la moindre petite distraction.

– Je trouve toujours », malgré la résistance de tous les appareils sur mon corps, je m'étire de tout mon long avec délectation et je croise les bras sous ma tête en bâillant, « que le scanner ressemble plutôt à une raie. En tout cas, c'est toujours l'image qui flotte dans ma tête ou nage, ou comment dire...

– Eh bien, von Stern, c'est que vous avez un cœur de marin. Vous êtes en confidences avec la mer », il me fait un clin d'œil moqueur, puis pianote au hasard sur la télé-commande symbolique pour faire descendre le scanner à particules sur moi en murmurant rêveusement : « *En cachette, Henri guette, à la mer fait la causette, en cachette, en cachette, m'envoie aux oubliettes... Oui, oui, un chant ancien, un chant meilleur.* Au fait – Charon, chante une petite berceuse au fiston du docteur ! »

La raie argentée descend sur moi au rythme lent de sa nage sans nageoire et Charon chante de cette belle voix de baryton propre aux infirmiers de garde blanchis sous le harnais :

Comme le monde est tranquille,
Et, dans le voile du soir,
Aussi intime et accueillant
Qu'une chambre silencieuse
Où vous chasserez l'ennui
Du jour dans le sommeil et l'oubli.

22.

« Papa ?
– Mmh.
– Papa, tu dors ?
– Mmh.
– Mais papa, tu ne peux pas dormir ! Ne dors pas, s'il te plaît, tu m'entends ?
– Mon dieu, Evelyn », de ma voix il ne reste qu'un mince filet. « Qu'est-ce qu'il y a ?
– J'ai peur, papa ! »

Son chuchotement faiblit de phrase en phrase, ce qui le rend plus pressant encore, et je tente donc d'ouvrir les yeux mais sans y parvenir. À défaut, je tourne vers Evelyn le paisible masque mortuaire de mon visage et j'essaie mollement d'émettre quelques claquements avec la grosse limace que j'ai dans la bouche pour la retransformer en langue.

« Vous ne devez pas avoir peur, Evelyn, je suis près de vous. »

Un silence offensé est sa seule réponse, je réussis enfin à ouvrir les yeux pour voir le visage vaillamment tourmenté d'Evelyn.

« Excusez-moi mon garçon, c'était une méchante blague.

– Oui, c'était méchant, vraiment méchant.

– Oui, oui, c'est ce que je vous dis, toutes mes excuses ! Il ne faut pas non plus exagérer. Et vous ne devez vraiment pas avoir peur, car *cette* partie-là n'était pas une blague.

– Mais », il jette un œil en direction des deux hommes en face de nous puis chuchote si bas que j'arrive à peine à le comprendre, « ces deux-là sont éveillés et passent leur temps à nous observer.

– Et alors ? Bien sûr qu'ils nous observent, ils sont là pour ça. Ou bien croyez-vous vraiment que quelqu'un veut passer ces deux crétins en lecture ?

– N-non, sûrement pas.

– Bon alors, qu'y a-t-il ? Est-ce que je dois regarder sous votre lit pour voir si une infirmière ne s'y cache pas, hein ?

– N-non », il rit doucement et secoue la tête l'air hésitant. « Ce n'est pas nécessaire.

– Je peux le faire.

– Non, ça va mieux maintenant. C'est juste que tu n'es jamais près de moi.

– Oui, oui, pourrait-on continuer la simulation de sommeil, s'il-vous-plaît ?

– C'est bon. »

Mais il n'a pas du tout l'intention de dormir. En appui sur un coude, sa lourde tête brune posée dans sa main au poignet de laquelle le dessin azur de ses fines veines, qui semblent courir non pas sous mais sur sa peau blanche, brille malgré l'obscurité comme sur de la porcelaine hollandaise, il s'enfièvre soudain, leurré par la joie de cette intimité de dortoir propice à déterrer les souvenirs :

« Dis, papa.

– Mmh ?

– J'aimerais tellement savoir comment c'est arrivé, tout ça.

– Moui, eh bien, ça ne se soigne pas comme ça du jour au lendemain, mais ça passe avec le temps, dormez maintenant !

– Comment c'est arrivé papa, quand tu as rencontré ma mère ? Où est-ce que vous avez fait connaissance ? Comment vous m'avez fait ? Je veux dire, *où* est-ce que vous m'avez fait, ou plutôt non, je veux dire, *comment ?* Comment... comment... comment était-elle ?

– Combien de fois faudra-t-il que je le répète, Evelyn, je n'ai aucune idée de *qui* était votre mère, donc logiquement, je ne sais pas non plus *comment* elle était. Tout ce que nous savons d'elle, c'est qu'il y a dix-neuf ans, en juillet, elle a laissé un nourrisson de trois mois environ –

– Ah, non ! Pas ça, pas encore !

– ... enveloppé dans un torchon blanc –

– La dernière fois, c'était une peau de mouton !

– Eh ben voyons, et pourquoi pas la Toison d'or ? Donc... enveloppé dans un torchon blanc, ou plutôt étroitement emmailloté dans une bandelette de lin quasi interminable, comme une chrysalide de papillon ou une momie dont on aurait laissé le visage à l'air par inadvertance, de ce fait le balluchon que vous formiez ressemblait à un petit macaque ou à un astronaute miniature...

– Un argonaute miniature ?

– ... un *astronaute* miniature, et qu'elle a déposé ce bagage en bandelette dans la boîte postale du portail extérieur de la clinique. Vous êtes une sorte de colis postal, et le docteur Holm vous a trouvé.

– Je croyais que c'était le docteur Dänemark ?

– Non, c'était le docteur Holm, ça a toujours été le docteur Holm qui vous a trouvé. Ce dimanche-là, il rentrait à l'aube, passablement éméché, d'une de ses sorties encore habituelles à l'époque, il fut ensuite autorisé à passer le reste de la journée en *savasana* sans visite féminine, il vous a pris dans ses bras peu fiables et il a gravi la colline en tanguant et en fredonnant une chanson plutôt réservée aux adultes, c'est donc avec ce postier marin que vous avez vraiment failli faire naufrage jusqu'à ce que, trébuchant, il vous dépose dans le havre sûr du giron d'une infirmière. Mais vous n'avez pas crié, vous n'avez pas émis un son, il semble que le bandage de votre gorge était tout simplement trop serré. »

La lèvre inférieure d'Evelyn, un peu proéminente, tremble légèrement et il tente de retenir ses larmes tandis qu'il murmure avec la pointe d'amertume juvénile qui s'impose :

« Je ne pouvais pas me défendre. Dès le début, je ne me suis pas défendu. »

Je tends ma main vers lui mais les deux lits sont un peu trop éloignés, si bien que j'arrive tout juste à toucher ses larmes du bout des doigts mais pas à les essuyer, je lui dis en haussant les épaules :

« Ça ne change rien, Evelyn, croyez-moi, en tout cas rien d'essentiel, c'est peut-être même mieux comme ça.

– Tu le crois vraiment, papa ?

– Non, mais ça non plus, ça ne compte pas. En tout cas – voulez-vous écouter l'histoire jusqu'au bout ou pas cette fois ? »

Il hausse les épaules :

« Oui… si, il le faut bien. Il le faut à chaque fois, sinon la boucle qui doit panser la blessure n'est pas bouclée.

– Très juste. D'ailleurs, il ne reste pas grand-chose à raconter. Après avoir signalé votre découverte, nous avons reçu l'ordre de vous admettre provisoirement comme patient. On nous montra les images nocturnes prises par les caméras près de la boîte postale, sur lesquelles on ne voit cependant que les contours d'une femme entièrement voilée qui se penche une dernière fois sur l'enfant avant de partir en courant. La seule information qui nous a été communiquée, au bout d'un an, sur l'enquête menée par la direction de la clinique à votre sujet fut que vos parents avaient tous deux été officiellement déclarés morts ce qui permettait de légaliser votre statut de patient. Ainsi l'affaire était classée. Je ne sais donc à proprement parler rien de votre mère, car même la silhouette nocturne n'était potentiellement qu'un leurre, il peut s'agir de n'importe qui, peut-être d'une livreuse engagée pour l'occasion, on ne sait même pas si la silhouette voilée était vraiment une femme ou un petit homme fort gracile ou bien un garçon, qui sait.

– Je voudrais savoir comment elle était. Par exemple, comment elle était quand elle avait mon âge, dix-neuf ans, une femme de dix-neuf ans…

– Moui, ce n'était même pas une femme à cet âge-là, mais juste une jeune fille de dix-neuf ans, rien qui vaille la peine d'en parler. »

Insatisfait, Evelyn secoue la tête dans sa main, de-ci, de-là, et je referme lentement les yeux sur lui. De très loin, d'un lieu bien plus lointain que la salle aux voix, j'entends l'écho de mes derniers mots, ils me sont renvoyés toujours et encore, jusqu'à ce qu'ils s'entremêlent dans l'enivrant ressac de l'écholalie et que j'entende soudain clairement et distinctement ta voix en eux, la seule voix qui résonne à l'intérieur de moi, la seule qu'on me laisse écouter et dont je crois bêtement qu'elle est inaudible pour Dankevicz et pour tous les autres. Je t'entends me dire, toi, une jeune fille moqueuse de dix-neuf ans : *une jeune fille de dix-neuf ans, rien qui vaille la peine d'en parler.*

23.

« ...une jeune fille de dix-neuf ans, rien qui vaille la peine d'en parler.
– Ce n'est pas ce que j'ai dit.
– Mais voulu dire. »

Elle parle sur ce ton d'une amabilité répugnante, sans aucune colère, et sourit toujours avec cet air moqueur même si, plus tard, tu as soutenu que, non seulement tu n'avais pas souri d'un air moqueur, mais que tu n'avais même pas souri du tout et que tu avais juste un peu fait la moue en clignant des yeux pour te protéger du soleil de midi qui, pour la première fois de l'année, était vraiment chaud, alors que nous étions assis en tailleur, face à face, sur la pelouse devant le chalet pseudo-suisse restauré avec une naïveté ridicule qui hébergeait, depuis le printemps, le Monitoring-Club des tuteurs de l'institut Setchenov, dans le parc de Massandra à Yalta.

Ce jour-là, il y a vingt-trois ans, l'air du mois de mai s'était emparé de moi autrement qu'aujourd'hui, mais il faut dire qu'à l'époque, ce n'était pas cette petite brise sans relief, souvenir de la relation binaire proprette entre le gazon et le lilas, qui souffle principalement ou plutôt symboliquement du côté de l'hippocampe, mais l'artillerie lourde d'un air pesant dans lequel la floraison des amandiers et des grenadiers venait d'atteindre son paroxysme et le parfum de la résine des pins et des herbes descendant des monts Yaïla se mêlait à celui, sombre et farouche, de la glycine grimpant sur le bâtiment sous nos yeux, un air recouvrant toute la côte sud et tous les sens tel un grand rideau d'humidité grasse pour annoncer avec le maximum d'effet la sécheresse de l'été qui purifierait les poumons et les cœurs.

Que tu aies souri ou non d'un air moqueur alors que je te regardais, bien trop longtemps, sans rien dire mais avec un soupir d'énervement, tout en remarquant que le jaune léger, ou plutôt le vert moucheté d'ambre de tes yeux, se mélangeait au vert franc et pimpant de la pelouse, en tout cas l'accumulation maniaque des couleurs et des odeurs ce midi-là heurtait le bon goût le plus élémentaire et provoquait instantanément en moi la nécessité, supérieure au bon goût le plus élémentaire, de tout éprouver en même temps et en détail, dans l'ivresse apollinienne d'une intuition maladive pour les nuances, et c'est pourquoi le sensualiste vantard que, à l'époque, je croyais absolument devoir et surtout pouvoir être, n'aurait rien aimé tant que de poser sa tête sur ton pâle genou, d'une maigreur touchante qui le rendait sûrement très inconfortable, et de gémir avec ferveur : *Malheur à moi, je suis une nuance !*

Au lieu de quoi, je me contentai de pousser un nouveau soupir d'énervement dans ta direction, car la situation commençait à devenir franchement embarrassante. À ta gauche et à ta droite, les deux autres étudiants de première année se redressèrent soudain, deux garçons à l'air pitoyablement inoffensifs dans leur survêtement hors de prix qui, jusque-là, n'avaient écouté que d'une demi-oreille et somnolé d'ennui au soleil, alarmés par l'offensive que leur camarade avait lancée sur moi, leur tuteur fraîchement nommé, ils semblaient se demander si, en cas de mutinerie, ils ne reviendraient pas à eux plutôt qu'à une fille de prendre le commandement. Heureusement la fréquence des décharges sous leur boîte crânienne resta bien en deçà du niveau qui aurait pu leur permettre de transformer effectivement leurs pensées fugaces en un mini-soulèvement et, dans l'absolu, ce que ces enfants pensaient de moi m'était de toute façon égal, mais en tant qu'étudiant passant l'examen, j'avais désormais pour tâche d'assurer le tutorat de trois étudiants de première année, une tâche qui serait évaluée par quelqu'un, Dieu sait qui, peut-être par ces minus eux-mêmes. Et comme je ne voulais pas courir le risque d'entrer dans ma propre histoire en imbécile tragique et de mettre en péril, à cause d'une brouille fatale, mon classement à l'examen et, le cas échéant, le classement de toute ma carrière et même le classement de toute ma vie qui était là, à portée de la main, j'essayais donc plutôt d'amadouer cette fille au sourire toujours moqueur.

« Non, non seulement ce n'est pas ce que j'ai dit, mais ce n'est pas ce que j'ai voulu dire. Je n'ai absolument pas voulu dire que ton travail, et toi encore moins, ne valiez pas la peine d'en parler, je ne voulais pas non plus dire que, à l'occasion, on ne pourrait pas discuter de ton étude, ici. Je voulais simplement attirer ton attention sur le fait que tu en es encore au tout début et qu'il n'est peut-être pas très utile de produire dès maintenant tes propres... En fait, nous devrions commencer à aborder le fond de manière un peu systématique car, dans les trois prochains mois, il va falloir assimiler l'histoire de la médecine, au moins dans ses grandes lignes, la mettre en perspective, la modifier, etc., je dois également vous montrer les premiers gestes thérapeutiques, vous devez faire vos premiers pas dans la pratique du *pranayama*, et, et ainsi de suite... Voilà, et alors, s'il devait nous rester du temps – en toute honnêteté, je ne vois pas comment – nous pourrions...

– Ok, ok, c'est bon.

– Par ailleurs, si ambitieux que soit ton intérêt pour cette maladie, nous pouvons vraiment négliger la tuberculose. Ça fait une éternité que personne –

– Justement, c'est faux, et c'est là que je voulais en venir, cela me semble absurde de devoir apprendre toutes ces techniques de thalasso sans –

– Bon très bien, disons que, *ici*, chez nous, personne ne peut plus contracter, ou plutôt, personne ne peut de nouveau contracter la tuberculose, et –

– Oui, mais si nous voulons devenir médecins, des médecins réellement thérapeutes –

– Pourrais-tu me laisser finir mes phrases, s'il te plaît ?

– Oui, bien sûr, dès que tu me laisseras finir les miennes.

– Tu es toujours aussi insolente ?

– N-non », elle fronça les sourcils, secoua la tête, hésitante, et sembla réfléchir sérieusement à une réponse sincère. « Non, je ne crois pas. »

Je cédai le premier et me mis à rire, et elle rit aussi pendant que ses camarades se frottaient les yeux, trop fatigués pour être troublés, et je trouvais qu'on s'amusait plutôt bien ensemble jusqu'à ce que, soudain, elle cesse de rire et se mette à m'observer, les yeux plissés, comme un intéressant tas de cellules, pour constater au terme de son analyse :

« Je ne t'aime pas.

– Ah... non ? » J'éclatai de rire. « Et pourquoi est-ce que ça devrait m'intéresser ?

– Sais pas... » Elle haussa les épaules, ajusta les plis de son short de tennis bleu foncé, allongea ses jambes d'un coup dans ma direction, ce qui me fit sursauter, et elle se mit à parler l'air d'abord parfaitement calme tout en agitant fébrilement ses chevilles croisées. « Je voulais *simplement attirer ton attention sur ce fait* ou comment dit-on ?, je pensais seulement que *cela te serait utile* ou peut-être, finalement, que *cela ne te serait pas très utile*, car *en toute honnêteté*, je ne vois pas comment on peut encore t'être utile à quoi que ce soit.

– Mais qu'est-ce que tu racontes, pour l'amour du ciel ! »

Face à cette folle, l'envie de rire m'était passée, je commençai à me sentir mal à l'aise quand l'idée me traversa l'esprit qu'elle avait peut-être lu mes pensées salaces, dont l'habillage fleuri était cousu de fil blanc, dans le regard que j'avais posé sur ses yeux mouchetés de jaune et sur son genou pâle et, en silence, j'égrenai déjà mon chapelet en implorant le pardon pour ma chair tombée bien bas, ou plutôt montée trop haut, lorsque son menton agressivement pointé sur moi se baissa et qu'elle se mit à balbutier :

« Pardon, je n'ai pas trop... Excuse-moi, je... je... je crois que j'ai un problème avec la façon dont les choses se passent ici, d'une manière ou d'une autre, je m'étais imaginé tout ça différemment, excuse-moi, après tout, tu n'y peux rien.

– C'est bon », je fis un vague sourire, « rien de grave. »

En apparence, mon trouble ne dura qu'un court instant, une seconde de vertige, pendant que je concluais cette première séance de tutorat par les formules habituelles – s'il y avait quoi que ce soit, vous pouvez *à tout moment* – en repoussant tout le reste à notre prochaine rencontre, la semaine suivante, à la même heure, au même endroit, mais sans que je l'aie remarqué, ses humbles excuses trois fois renouvelées m'avaient en toute logique donné le coup de grâce. Je n'ai compris que bien plus tard que ce n'était pas un hasard si, pour la première fois ce soir-là, je me conformai aux instructions du règlement des études concernant la rédaction d'un rapport d'humeur, et que je laissai donc mon référent écrire mon rapport mensuel.

Dans les semaines suivantes, d'une séance à l'autre, mon rôle de tuteur me devint de plus en plus insupportable car, après ses excuses, la jeune fille folle semblait avoir perdu toute sa folie, elle ne m'agressait plus mais, sage et discrète, s'acquittait correctement de ses tâches, même si elle ne semblait y porter aucun intérêt, avec le détachement des enfants battus, elle prenait mollement en note mes exposés ineptes et, toujours indifférente, réussit avec beaucoup d'habileté à enduire d'huile chaude la tête de son premier patient, un vieil homme geignard à la lèvre pendante. Au bout de trois semaines, j'en étais au point de devoir éviter son regard qui n'était désormais plus moqueur mais insondable tant la gravité et la lassitude le rendaient fixe et, une semaine plus tard encore, le quinze juin, référent me déchargea une deuxième fois du pénible rapport, il l'écrivit sans difficulté, comme si ça allait de soi, et pendant que référent remplissait consciencieusement le formulaire, je pris la liberté, me cachant de lui et donc un peu de moi-même, de faire tourner ton prénom dans ma tête comme un chien de Pavlov, *Esther.*

24.

La saison balnéaire avait commencé peu de temps auparavant et, le long de toute la côte de la zone d'administration « Grand-Yalta » de la clinique, nos gens emplissaient les plages. Tandis que, par petits groupes propices aux ébats sexuels, la majorité de mes camarades avaient pris pour habitude estivale, dès qu'ils avaient quelques heures de libre, de maintenir un climat d'insécurité dans tout notre territoire d'études en fonçant à toute allure dans leurs cabriolets ouverts, d'un bout à l'autre de la route côtière, de Gourzouf au nord-est jusqu'aux derniers vignobles de Foros au sud-est, pour ne jamais se baigner deux fois de suite au même endroit, pour ma part, je restreignais au maximum le rayon de mes allers et venues par mesure d'hygiène, je me déplaçais presque uniquement à pied et je me baignais chaque matin sur la même petite plage non loin de mon unité.

Dès que j'en avais fini avec mes patients de la matinée, je sautais directement par la haute fenêtre de ma chambre située au rez-de-chaussée du sanatorium du palais de Livadia, dont la blancheur resplendissait plus encore dans le soleil matinal, je traversais le chemin de gravillons bordé de cyprès pour atteindre le sentier des tsars encore ombragé, je marchais en direction de l'ouest en respirant profondément et en traçant de grands cercles avec mes bras au-dessus de ma tête mais, au bout d'un quart d'heure, je quittais déjà ce chemin, qui avait pourtant la générosité de ne pas être raide, pour passer à distance respectable de la rotonde panoramique surplombant Oreanda, envahie du lever au coucher du soleil par des hordes de patients pratiquant leurs *asanas*, puis je descendais par un escalier que le sable rendait glissant en bas de la falaise jusqu'à ma plage, encore vide à cette heure. Avec de grands mouvements rapides et furieux, je nageais en direction du large dans la mer encore froide jusqu'à ce que mes jambes et mes bras vigoureux me semblent assez épuisés pour pouvoir revenir en crawlant dans mon état préféré, une angoisse où l'excitation et la paralysie s'équilibrent parfaitement, où panique et stoa ne font qu'une, puis je m'étendais nu sur un rocher lisse, les poumons douloureux, le cœur battant la chamade et la peau picotant délicieusement, et, tremblant de froid, j'espérais que le soleil, toujours plus fort à mesure que l'été avançait, dessècherait la saleté que j'avais au fond du crâne et me transformerait réellement en lézard.

Mais en ce vingt juin, un dimanche resplendissant, mes obligations m'avaient retenu plus longtemps que prévu, j'avais dû pratiquer ma première trachéotomie sur une asthmatique bleuâtre, il était donc presque midi lorsque je pris le sentier des tsars et je savais que ma plage ne serait plus vide. Ces conditions favorablement défavorables justifièrent l'abandon de mon rituel de purification ce jour-là, au lieu de quoi je suivis le soleil et, simulant une tranquille oisiveté, je continuai le sentier des tsars jusqu'au bout, à Gaspra, après avoir dépassé sur la rotonde des chiens à l'air niais, tête en haut, tête en bas, et tout un chapelet d'autres soignants, des bandits de grand chemin, pour finir au cap Ai-Todor par faire le tour de toutes les plages de galets, suant et haletant, dans l'espoir indigne de te trouver dans une des criques sous le nid d'hirondelles.

Trois heures après mon départ trop prometteur, je renonçai, essuyant mon front inutile, poissé non de son propre sang, mais de celui de ma main gauche, que j'avais égratignée en dérapant lors de ma dernière descente, et je me laissai tomber à genoux sur un banc de sable d'un jaune étrangement curcuma où les bateaux déposaient leurs cargaisons dominicales de patients, accompagnées d'apprentis thérapeutes, qui entamaient ici l'ascension de la falaise de l'Aurore jusqu'au nid d'hirondelles entouré de créneaux, où le restaurant italien hors de prix avait fait place au printemps à un restaurant ayurvédique du même acabit.

J'aurais dû depuis longtemps être de retour dans mon unité pour décharger je ne sais qui de la pose d'un cataplasme ou de la préparation d'un discours, j'aurais au moins dû téléphoner, mais je ne le fis pas pour des raisons faciles à deviner. Je voulais, je *devais* voir Esther ce jour-là et je ne voulais, ne *pouvais* y renoncer à aucun prix. Si j'avais appelé, on aurait gentiment pris acte de n'importe lequel de mes mensonges, si bête soit-il, et accepté mon retard avec compréhension, mais en m'ordonnant évidemment de revenir sans délai, c'est pourquoi je n'essayai même pas de téléphoner. Pourtant, j'aurais pu appeler Esther, après tout j'avais son numéro puisque j'étais son tuteur, mais je ne le fis pas car, en tant que tuteur, il m'était impossible de vouloir la rencontrer ce jour-là, je pouvais la rencontrer par hasard ou pas du tout. Jamais de la vie je ne me serais permis de te dire que je veux te voir.

Je ne pouvais donc appeler personne et, comme je n'avais aucune idée de l'endroit où j'aurais pu te trouver, je ne pouvais aller nulle part, il n'y avait rien à faire, tout simplement rien à faire, pour la première fois depuis longtemps. Je me suis donc assis sur le sable. Je laissai le soleil me fermer les yeux et bâillai comme un lion, la bouche grande ouverte. Au bout de quelques minutes, j'en eus assez de ce doux néant, je relevai le bassin en tenant les jambes bien droites pour former un impeccable pont, *les creux des coudes sourient vers l'avant*, penchai la tête loin en arrière et écoutai sans regarder le gai bruissement des vacanciers passant près de moi dans l'eau, bruissement d'autant plus agréable qu'aucune voix individuelle ne s'en détachait. Je maintenais consciencieusement ma position à cœur ouvert et faisais respirer toute la face avant de mon corps quand un patient retardataire, à l'esprit apparemment mal placé, sauta de l'embarcadère en glapissant bruyamment, de manière fort peu appétissante :

« Aaaaaaaah, mon dieu, que c'est bon ! Ah, mon dieu, Aaah ! »

À travers mes paupières plissées avec mépris, je vis un homme grand et très mince, les cheveux châtains séparés par une raie au milieu et tombant sur les épaules, dans une combinaison de coton blanc, aux jambes et aux manches trop courtes et toutes déformées aux pliures. Son atterrissage réussi, il exécuta précipitamment quelques salutations au soleil et, chaque fois qu'il se trouvait en *chaturanga*, il embrassait le sable en gémissant. Quand il se remit enfin debout, il se tint tranquille le temps de quelques respirations en *tadasana*, puis levant encore une fois les bras au ciel avec exaltation, il s'exclama :

Beauté des rives de Tauride
Depuis le pont d'un bâtiment –
Ainsi par un matin splendide
Je vous ai vues en vous aimant

J'eus une moue perplexe et supposai une overdose de Zerebron, un abus d'algues et un onanisme excessivement refoulé qui formaient une combinaison fatale et avaient transformé une légère anaclase en grave amusie, pourtant je songeai au même instant à quel point ces vers traduits sur un ponton de bois, au mauvais endroit, au mauvais moment étaient beaux. Oui, au mauvais endroit, au mauvais... – mais oui, bien sûr, c'est ça ! Car oui, beauté des rives de Tauride, ou plutôt, *vous êtes magnifiques, côtes de Tauride, lorsque l'on vous aperçoit du bateau*, mais pas ici ! Comment avais-je pu être assez bête pour aller vers l'ouest alors que j'aurais naturellement dû me tourner vers l'est, là-haut vers Gourzouf, évidemment ! Je sautai sur mes pieds, remerciai en pensée l'homme de coton et m'apprêtai à gravir l'escalier de l'Aurore lorsqu'il m'interpella :

« Hé, jeune homme, attendez un instant !

– Euh... moi ?

– Voyez-vous quelqu'un d'autre ici que j'aurais pu appeler ?

– Hum », je fis un vague mouvement de tête pour regarder autour de moi et constatai avec un léger malaise que j'étais seul avec lui sur la plage. « N-non, personne, en effet. »

Il sembla lire dans mes pensées et eut un rire bon enfant qui contrastait étrangement avec son visage décharné recouvert d'une peau basanée comme du cuir :

« Ne vous inquiétez pas, mon garçon, je viens juste de vous voir bondir, et je me suis dit... Voyez-vous, j'ai droit à deux apprentis thérapeutes, et je cherche le deuxième, or vous me semblez réellement fort et pourtant souple, bien entraîné et ainsi de suite, et c'est pourquoi je me suis dit que vous pourriez m'assister dans ma pratique matinale du *pratyahara* et...

– Oh, je comprends, je suis désolé mais je suis déjà affecté ailleurs.

– Comme c'est dommage, c'est vraiment dommage », son sourire bon enfant toujours aux lèvres, les mains jointes en *namasté*, il effleura successivement son front, sa bouche et son torse de ses pouces pour des pensées pures, des mots vrais et de bons sentiments. « Eh bien, il n'y a rien à faire, mais peut-être pourrais-je appeler l'administration pour demander votre mutation partielle, il ne s'agit que d'une petite heure le matin et...

– Je suis vraiment désolé mais, le matin justement, je suis indispensable aux patients de mon unité.

– Je comprends, c'est idiot naturellement, mais j'ai vraiment besoin de quelqu'un qui m'assiste pour le *pratyahara*, peut-être pourrais-je tout de même appeler l'administration. Vous savez, je connais très bien le professeur Frauenfeld. »

Je gardais le silence, consterné et, comme abasourdi, je l'observais pendant un moment se transformer en arbre, *vrksasana*, et regarder à travers moi, en pleine concentration. Ce n'est que lorsqu'il changea de jambe d'appui que je lui dis, hésitant :

« Mais je n'ai pas l'impression que vous ayez besoin d'aide pour le *pratyahara*, vous avez l'air de parfaitement contrôler vos sens, si je puis me permettre cette remarque.

– Très cher jeune homme ! » Il relâcha bras et jambes en riant et secoua la tête, visiblement ému. « Vous n'y connaissez rien ! Je, je... » Il frappa de la main sa maigre poitrine, « je ne contrôle rien, rien du tout ! J'en suis au tout début, encore au tout début, croyez-moi, mais vous pourriez m'aider, vous pourriez être mon maître, disciple et maître en un, disciple magistral et –

– Excusez-moi, mais je dois partir. Et ne m'en veuillez pas mais je vous prie instamment », la colère avait enfin redonné à ma voix son volume habituel, « de renoncer à demander ma mutation. Je me sens sincèrement engagé envers mes patients et je ne souhaite pas...

– Bien sûr, bien sûr ! Renoncement, renoncement, renoncement... bon, on verra. Allons, courez donc, où que vous soyez si pressé d'aller. »

Il commença un nouveau salut au soleil et je me retournai sans un mot, je montai les quarante mètres de l'escalier raide d'un pas calme et régulier mais rapide, arrivé en haut, je courus jusqu'à la station de bus pour attraper celui de quinze heures trente, et ce n'est qu'une fois assis dans le car en direction de Yalta, dégoulinant de sueur et songeant que je réussirais finalement à voir Esther, que je parvins à me défaire du fantôme de coton blanc, en riant intérieurement.

À la gare routière de Yalta, le bus pour Gourzouf me passa sous le nez et les taxis qui attendaient là étaient déjà réquisitionnés par des hordes de patients. Le dernier véhicule encore libre chargeait un vieil homme avec épouse et béquilles et je caressai un instant l'idée de l'en déloger en présentant ma carte de médecin, *laissez-moi passer, je suis un cas désespéré*, mais je me mis à descendre l'ulitsa Moskovskaya en courant en direction du port, laissant derrière moi le marché aux légumes, les fripes, tantôt j'avançai à grandes enjambées dans la large rue bruyante, tantôt je reculai en trébuchant, la main ouverte au-dessus de mon bras levé, dépassé par le vrombissement d'une douzaine de taxis libres, comme si ce signe nonchalamment impérieux avait perdu son sens du jour au lendemain. Ce n'est que tout en bas, derrière la place Lénine, qu'un chauffeur s'apprêtant à faire une petite sieste devant la Poste prit pitié de moi – de moi, Dieu merci ! De moi, à moi, c'est le mien... je... tu...

« Oh, petit gars, t'es bien essoufflé !

– Oui... oui, est-ce que... s'il-vous-plaît...

– Quoi ? De l'eau ?

– Oui... de l'eau... s'il-vous-plaît !

– Tiens », sans se tourner vers moi, il me sourit dans le rétroviseur en me tendant une bouteille à demi remplie d'un liquide rouge pâle. « Bois ça, petit gars, c'est la meilleure eau du monde, l'eau de la vie.

– Oh merci, mais je préférerais ne pas boire de vin, ce serait...

– Pas du tout », il continuait de me tendre la bouteille tout en s'engageant sur la route côtière, « proposer du vin à un assoiffé, pour qui me prends-tu ! Non, c'est le plus pur raisin des Gorges d'or, sauvé de la fermentation et mélangé avec de l'eau de source lacrymale de la fontaine de Bakhtchyssaraï. Bois, petit gars, pour reprendre des forces. »

Sans un mot, je lui pris la bouteille des mains et bus le liquide d'un trait en déglutissant avec peine, puis je fis un hochement de tête de gratitude dans le rétroviseur, toujours souriant, et je me renversai sur la banquette en simili cuir en poussant un profond soupir, les genoux largement écartés. Ce n'est qu'à l'arrière-goût qu'il laissa dans ma bouche que je m'aperçus à quel point ce breuvage était bon, il n'avait rien de l'épaisseur toujours un peu poisseuse du jus de raisin même fortement dilué, mais avait un goût d'eau arrogamment pétillante à laquelle on aurait ajouté une essence à peine rougeâtre de framboises très sucrées, presque gâtées.

« T'as pas l'habitude de courir, hein, petit gars ?

– Si, si, en fait j'ai l'habitude, j'enchaîne les courses sur un tapis de course, mais d'une manière ou d'une autre jamais... de cette manière... » je me mis à rire. « Je sais courir, et aussi marcher, mais pas galoper.

– Ah, ah. Et comment s'appelle-t-elle ? »

Le sourire dans le rétroviseur s'était transformé en un large rictus faisant apparaître au-dessus de la lèvre supérieure du chauffeur une petite coupure de rasage qui s'étirait en longueur, comme une moustache rouge, courte et mince, et bêtement, l'idée me traversa l'esprit que, sur le pourtour de la mer Noire, les hommes de Crimée étaient vraisemblablement les seuls à s'en tirer sans barbe, comme nous autres médecins, la plupart des indigènes ici sont rasés de près leur vie durant. Il avait toujours son rictus aux lèvres, ses yeux bleu foncé brillaient sous ses sourcils presque noirs, gentiment moqueurs, et je lui fis un rapide rictus en retour mais, au lieu de lui répondre, je regardai défiler, par la fenêtre latérale, la ligne blanche sinueuse du mur du jardin botanique. Je me demandai un instant pourquoi nous faisions un détour par Nikita mais je me réjouissais trop à la vue des cyprès et des pins d'Alep surplombant le mur pour demander des explications au chauffeur, je m'enfonçai plus profondément encore dans la banquette arrière et décidai de savourer la course quelle que soit sa durée.

À peine m'étais-je fait cette réflexion que nous entamions déjà la descente vers le fond de la vallée en direction de Gourzouf. Je me fis arrêter devant la plage la plus proche de l'arrêt de bus, et donc la meilleure de ce point de vue, car j'étais sûr que quelqu'un comme Esther, non, pas *quelqu'un comme* mais *Esther* était certes encore capable de prendre son courage du dimanche à deux mains pour monter dans le trolleybus et aller jusqu'à Gourzouf, mais que cela suffirait à épuiser ses capacités et qu'après ça, elle laisserait tomber ses fesses maigres sur le sable le plus proche, haletante et harassée.

En effet, une bonne semaine avant ce dimanche, après le grand séminaire de tutorat qui avait rassemblé tous les groupes dans l'ostentatoire salle de conférence blanche et or de l'Hôtel Taurida, quand nous avions tous ensemble longé la mer sur la promenade jusqu'au port pour manger des tcheboureki *Chez Hamlet*, Esther avait soudain disparu au bout de quelques mètres. Elle n'était déjà plus là alors que nous franchissions le pont sur la Bistraya et, lorsque je m'en retournai, après une heure de pénible politesse à la table de mes autres ouailles, les deux garçons bêtes comme des oies, je repassai sur le pont et je vis qu'elle buvait un café, assise à l'endroit le plus infect de tous les endroits infects qui pullulent sur la promenade de Yalta, devant le McDonald's, à côté de la fête foraine assourdissante. À Gourzouf non plus, elle n'irait donc pas comme ses cama- rades jusqu'à l'anse de Tchekhov ou dans une des belles criques calmes au pied de l'Ayu-Dag, elle ne grimperait pas non plus sur le derrière de la montagne de l'ours, ni ne flâ- nerait là-haut en rêvant à travers la forêt de chênes clair- semée dont la verdure, encore tachetée de clair-obscur en juin, brille de loin comme recouverte de lichen rougeâtre à cause des petits fraisiers qui se dressent entre les chênes tels des farfadets moqueurs. Non, elle ne monterait jamais là-haut cueillir avec moi quelques-unes de ces pistaches sauvages au goût étrange de savon, elle n'irait jamais volon- tairement dans un endroit qui pût être beau. La beauté, selon sa maxime d'une forfanterie juvénile, était réservée aux personnes gravement malades ou gravement saines. Pour tous les autres, il s'agit de ne pas changer d'endroit, si laid soit-il, car partout, l'horreur d'une joliesse sans fond nous guette.

C'est bien plus tard que j'ai réussi à lui tirer les vers du nez et que j'ai compris que son sens tordu de l'esthétique était uniquement le bénéfice secondaire de sa maladie nerveuse, une permanente envie de pisser, et du besoin hystérique de ne pas s'éloigner à plus d'un jet de pierre de toilettes propres. Et cette loi de pureté, qu'il était si difficile d'associer à une personne aussi brouillonne qu'Esther, ne pouvait finalement être observée que dans les entrepôts à la laideur raffinée où s'entassaient les masses de patients. Plus tard encore, une fois que nous fûmes mariés, je soupçonnais cette permanente envie de pisser, qui permettait de rythmer le temps en demi-heures bien réglées, d'être une manœuvre habile pour m'éviter, d'une telle lourdeur qu'elle finissait par passer inaperçue, pour ne pas devoir rester trop longtemps seule avec moi ou avec les voix ou plutôt avec moi *et* les voix, une technique particulièrement discrète – au bout de quelques semaines déjà, j'avais cessé de remarquer qu'elle disparaissait continuellement pendant un court instant – pour interrompre tout, tout sans exception, et le repousser éternellement, si bien que, jamais rien ne devait sembler éternel, ni être *maintenant*. À l'époque déjà, je me doutais que mes contorsions analytiques n'étaient au fond que des manœuvres d'évitement pour ne pas me poser des questions plus que désagréables : pourquoi Esther, malgré tous ses efforts, ne réussissait-elle jamais à me supporter très longtemps, qu'est-ce qui suscitait chez elle cette angoisse sous-jacente lorsque nous étions ensemble et avec qui parlais-je donc la nuit devant le miroir.

Mais je ne savais encore rien de tout cela en ce vingt juin, je vis juste qu'elle était effectivement assise sur la première plage laide venue, obstinément perdue au milieu des patients discount, et j'étais heureux de l'avoir enfin trouvée.

« Salut, Esther !

– Oh – salut », visiblement, mon apparition est une fâcheuse surprise, le sourire poli qu'elle affiche en toute hâte ne tient pas vraiment et ne cesse de glisser vers le bas tandis qu'elle lève les yeux vers moi en mettant sa main en visière pour les protéger du soleil. Néanmoins, je ne sens là, en bas, aucune antipathie ou même hostilité à mon égard, du moins je ne veux pas avoir cette impression, mais plutôt quelque chose comme le dépit ou, en tout cas, la gêne physiquement perceptible d'être dérangée dans sa solitude, peut-être aussi la honte d'être prise en flagrant délit de solitude au milieu tous ces parasols de clinique effroyablement blancs et ce, comble du comble, presque nue. L'un dans l'autre, je ne vois rien dans son comportement que je devrais nécessairement retenir contre moi.

« Je peux ? »

Et je m'assois près d'elle avant même qu'elle ait eu le temps de répondre :

« Euh... oui... bien sûr. »

Et je me déshabille entièrement en ne gardant que mon maillot de bain, bien que je ne me sente pas tout à fait à mon aise, car au lieu de l'admiration habituelle, je ne récolte qu'un regard de stupéfaction lancé à la dérobée.

« Qu'est-ce que tu fais ?

– Comment ça, qu'est-ce que je fais ? » Malgré mon manque d'assurance, son front chiffonné me fait rire. « Je me déshabille, naturellement.

– Oui, très naturellement.

– Oui, naturellement. On va nager. Allez, viens ! »

Je saute sur mes pieds mais elle ne bouge pas d'un pouce, au contraire elle pose son menton sur ses genoux.

« Tu ne crois pas que ça pourrait t'attirer des ennuis d'aller nager avec une étudiante qui t'es subordonnée ?

– Ah, mais non, mon Dieu ! » Je me laisse retomber à côté d'elle en soupirant. « Avec la meilleure volonté du monde, on ne peut voir là aucune subordination, je suis juste ton tuteur, pas un professeur ou un médecin encadrant, au fond, nous sommes tous les deux étudiants.

– Ah oui, c'est ce que nous sommes ?

– Bien sûr, et par ailleurs, si tu tiens absolument à voir les choses sous une lumière aussi crue, j'attire ton attention sur le fait que je ne serais pas en position de me procurer les faveurs sexuelles d'une personne dépendante, puisque tu n'es en aucun cas sous ma dépendance, ma subordination, ma protection ou que sais-je encore – car, au bout du compte, c'est toi qui m'évalues et pas le contraire.

– C'est vrai. Mais alors ne pourrait-on pas te soupçonner de vouloir me corrompre, c'est-à-dire de manipuler mon évaluation par des faveurs sexuelles ? » Avant que j'aie pu répondre, elle ajoute en riant : « Quoique... non, personne ne pourrait te soupçonner de tant de bêtise. Si tu devais compter sur un jugement clément, tu ferais tout ton possible pour éviter une relation privée avec ton juge, car aussi longtemps qu'il ne connaît rien ou le moins possible de toi, tu peux toujours espérer bénéficier d'un a priori positif.

– Merci beaucoup », je retrouve enfin mon rire magnanime, « à partir de maintenant, je prends tout cela, ainsi que toutes les offenses venant de ta part, comme une déclaration d'amour. Et, en outre, il me semble que tu prends les évaluations bien trop au sérieux, en dépit de tes ricanements. Au fond, tous ces rapports n'ont aucune importance.

– Hum, oui, tu as sans doute raison », elle fronce à nouveau les sourcils et murmure plus pour elle-même que pour moi : « Pris individuellement, ils n'ont pas beaucoup d'importance, ils sont même totalement insignifiants, mais tous ensemble...

– Allez, ça suffit maintenant, viens ! » Je la tire par la main pour qu'elle se lève. « Allons nager avant que le soleil ne disparaisse.

– Bon... oui... c'est bon », elle se dresse un peu vacillante devant moi, peut-être parce que je l'ai forcée à se lever trop vite, mais elle ne bouge pas de sa place, et je la regarde l'air interrogateur, si bien qu'elle continue en toute hâte : « je vais juste pisser en vitesse, tu m'attends une seconde ?

– Oui, bien sûr, mais tu ne vas pas te faire pipi dessus en vitesse, là, maintenant, non ?

– N-non – non, surtout pas. »

Et elle partit en courant comme s'il y allait de sa vie, c'était d'ailleurs le cas, et j'étais sûr qu'elle en profiterait pour se défiler. Mais elle fut de retour aussi vite qu'elle avait disparu, elle courut vers moi et me passa devant en direction de l'eau si bien que j'aurais eu du mal à la suivre si elle ne m'avait, au passage, attrapé par la main et entraîné derrière elle.

Ce n'est que lorsque je fus dans l'eau jusqu'au torse et elle jusqu'au cou que je réussis à l'arrêter. Elle tourna son visage vers moi et me sourit comme si elle avait bazardé d'un seul coup toutes ses réserves, nous nous mîmes à nager ensemble, soudain calmes, juste quelques brasses au ralenti en direction de la ligne d'horizon car rien ne nous poussait vers la haute mer. Puis nous nous sommes retournés sur le dos, pris par la main et nous avons fait les morts. Quand elle commença à avoir froid, elle se retourna sur le ventre, elle fit quelques tours sur elle-même en riant et en s'ébrouant comme une jeune otarie saoule, puis je la poursuivis dans l'une ou l'autre direction ce qui n'était pas si facile car, même si elle était loin d'être aussi rapide que moi, elle était bien plus agile, jusqu'à ce qu'elle s'arrête à un moment pour chasser l'eau et le rire de ses yeux et désigne l'est du menton :

« C'est un peu étrange, non, que les patrouilleurs de la flotte frontalière soient déjà aux aguets, là-devant ?

– Je n'appellerais pas ça *là-devant*, ils sont quand même à plus de deux cents kilomètres.

– Tu considères que c'est loin, toi ?

– Oui, tout de même, je ne peux même pas les voir d'ici. Même si nous nagions assez loin de la côte pour que le cap Ayu-Dag ne nous cache plus l'horizon à l'est, nous ne pourrions pas voir les bateaux, impossible, ils patrouillent au niveau du détroit de Kertch !

– Bien sûr que c'est possible, dernièrement, j'ai fait une sortie en bateau en partant d'ici et j'ai vu très distinctement la ligne blanche de la flotte.

– N'importe quoi, tu n'as pas pu la voir.

– Mais si ! Qu'est-ce que ça pouvait être à ton avis – un second horizon qui coupe la mer Noire bien proprement en son milieu, du nord au sud ?

– Non, ce que tu as vu, si tant est que tu sois allée suffisamment loin, ce dont je doute car nos bateaux –

– J'*étais* suffisamment loin, bon sang, j'ai vu la ligne blanche –

– Très bien, ne crie pas, tu *étais* suffisamment loin mais ce que tu aurais, pardon, ce que tu *as* vu, c'est la côte caucasienne.

– Donc je peux voir jusqu'à la côte située en face, deux fois plus loin, mais la flotte qui me barre la vue, sous mon nez, je ne peux pas la voir ?

– Tu vois le Caucase parce qu'il est en hauteur – la montagne, les massifs, ça te dit quelque chose ? La flotte, au contraire, s'élève à peine au-dessus du niveau de la mer, tu ne peux pas voir d'aussi petits bateaux à cette distance. Et en plus, la flotte ne forme même pas une ligne bien nette.

– Bref, je vois au-delà de la flotte, quoi ?

– Oui, évidemment, tu es débile à ce point ou tu veux seulement m'énerver ? »

Elle se tut, me lança un regard furieux et frappa plusieurs fois la surface de l'eau, sans raison, si bien que je ne pus m'empêcher de rire :

« Allez viens, sortons de là, tes lèvres ne sont plus seulement bleues mais noires, c'est vrai que ça a un certain chic morbide, mais –

– Mais c'est justement un peu trop morbide. »

Elle rit méchamment et s'éloigna d'un bond de dauphin, mais cette fois, je fus vraiment plus rapide et je réussis à l'attraper :

« S'il te plaît, ne fais pas la tête.

– Ok, c'est bon.

– Non vraiment, ne me fais plus la tête. »

Elle sourit et chuchota en claquant des dents :

« Dès que nous serons sortis. »

Lorsque nous regagnâmes la plage, elle était déserte, les patients avaient été emmenés pour le dîner, sans tenir compte du fait qu'ils auraient encore pu rester ici et se chauffer des heures au soleil avant le crépuscule, et les parasols blancs, désormais repliés et attachés, se dressaient là, majestueux et abandonnés avec leur longue pointe de métal, plantés çà et là dans le sable comme des baïonnettes ornementales qui auraient perdu leur régiment de soldats. Tremblante, Esther s'enroula dans son immense serviette avec force *brrrr* voluptueux et, avec un nouveau *brrrr*, elle me tendit également une serviette que je pris en secouant la tête :

« Enlève d'abord ton bikini, sinon tu vas attraper froid.

– Ah, non, ça ne va pas aussi vite, je n'ai plus cinq ans.

– Apparemment si. Allons, déshabille-toi », mais elle se contentait de regarder le sable à ses pieds, sans bouger, comme si elle pouvait y lire ce qu'elle devait faire, et j'enlevai mon maillot de bain en riant.

« Allez, vas-y, grande nigaude !

– Hum, mouais, bon... »

Elle se gratta le menton comme un vieux monsieur qui a du mal à avaler un argument difficilement réfutable, puis elle se déshabilla en toute hâte, se servant de sa serviette comme paravent avec une habileté inquiète, c'est seulement après avoir fini qu'elle leva à nouveau les yeux sur moi et observa interloquée l'immense cicatrice traversant ma poitrine que, bizarrement, elle venait juste de remarquer et elle me dit avec le regard en apparence désabusé du collectionneur et marchandeur incorruptible :

« Pas mal du tout, ton truc. Tu sais, un jour, quand je serai grande et que j'aurai fini mes études, j'écrirai un traité révolutionnaire en trois volumes intitulé *Le Caractère fétiche du fétiche.* »

Puis elle se mit à rire, et comme je ne comprenais pas trop ce qu'il y avait de drôle, je m'empressai d'ajouter mon rire au sien. Nous avons ri comme des hystériques, nous entraînant l'un l'autre toujours plus loin dans l'hilarité et lorsque notre rire finit par s'apaiser dans un soupir mêlé au ressac de la mer Noire, elle me regarda en souriant tristement et je me sentis percé à jour, je me creusai vite la tête pour y retrouver mon mantra, *et je crains mes secrètes défaillances, que tes yeux connaissent et que les miens ignorent* pour constater que ce poncif ne m'était pas d'un grand secours dans cette situation. Cette fois, je me sentais vraiment percé à jour car je constatai que je n'arrivais pas à me représenter ce qu'Esther voyait et, pendant que je me demandais si c'était une bonne ou une mauvaise chose ou si ça n'avait pas d'importance, elle rompit mon silence fiévreux d'un raclement de gorge :

« Je peux te poser une question personnelle ?

– Vas-y !

– Est-ce que parfois, tu n'as pas honte de te retrouver, comme ça, nu devant quelqu'un ?

– Si, parfois, bien sûr.

– Je n'en crois pas un mot.

– Oh, si, maintenant, par exemple, j'ai honte. »

Et c'était vrai, j'éprouvais une bonne grosse honte et, comme j'étais jeune et que je ne savais donc pas que j'étais jeune, ce sentiment quasi inconnu de moi et désagréable jusqu'à l'extase me donnait l'espoir incommensurable d'en finir avec mes dérobades sans fondement, oui, de me dérober aux recoins cachés de mon abîme sans fond. Car, si je voulais à la fois absolument me dissimuler et me montrer tout entier devant Esther, c'est bien qu'il y avait encore quelque chose à cacher et donc à dévoiler. Devant elle, en tout cas, devant elle il pourrait y avoir quelque chose, pensais-je et je dus la regarder avec beaucoup de sérieux car elle fut soudain effrayée, ce qui me fit rire, si bien que nous finîmes par rire tous les deux, soulagés. J'attachai la serviette autour de mes hanches et dis en riant toujours :

« Mais surtout, je meurs de faim. Je n'ai rien mangé depuis ce matin.

– Pas très élégant comme diversion !

– Qui parle de diversion – celui qui ne veut pas avoir honte, ne doit pas manger non plus, ou comment c'est déjà ? Donc donne-moi quelque chose à manger ! Tu n'as rien là, dans ton sac ? »

Elle s'accroupit, tenant d'une main sa serviette serrée contre sa poitrine et cherchant de l'autre dans son sac d'où elle tira un des sachets de noix et de fruits secs distribués par la clinique, et elle me le tendit avec un haussement d'épaules :

« C'est tout ce que j'ai.

– Ce n'est pas avec ça qu'on se cale l'estomac. Ça donne plutôt la nausée.

– Je sais. »

Je la tirai derrière moi jusqu'à un fauteuil-cabine abandonné par les patients au bord de l'eau, un abri qui resterait chaud et calme même après le coucher du soleil, et nous mangeâmes en silence jusqu'à ce que je jette le sachet vide dans le sable.

« Et ce n'est même pas vraiment bon, si ?

– Je sais », elle se renversa en arrière, plissa les yeux en direction du vif soleil couchant et bâilla. « Ce truc sent toujours le moisi, comme tout ce qu'ils mettent dans nos chambres, mais je suis incapable d'aller m'acheter autre chose, sans parler de faire un truc moi-même, je ne sais même pas me beurrer une tartine, c'est déjà trop pour moi. Mais si tu veux, je peux essayer d'aller chercher une pizza quelque part là-haut, ça, ce serait un véritable exploit.

– Non, reste là. »

L'air de rien, je lui embrassai l'épaule et, l'air de rien, elle se faufila hors du fauteuil-cabine.

« De toute façon, il faut que j'aille faire pipi. Je reviens tout de suite. »

Et elle était partie, pour réapparaître vingt minutes plus tard, un carton à pizza à la main, toujours en serviette de bain et pieds nus, je lui demandai, ahuri :

« Tu es montée là-haut comme ça, juste avec ta serviette, devant tout le monde ?

– Oui, pourquoi ?

– Tu n'as pas honte ?

– Non, pourquoi, ça m'est égal, tous ces connards se retrouvent chaque soir tout nus assis en cercle pour leur séance de renaissance, pourquoi est-ce que je devrais avoir honte ?

– Euh... oui, mais ce sont des patients, tu peux prendre un avertissement pour ça, et...

– J'en aurais un, de toute façon, ça fait deux heures que je devrais être rentrée – tiens, mange un peu ! » Elle me tendit le carton, radieuse. « Je l'ai achetée moi-même ! Et il ne fait même pas encore nuit, c'est fou, non ?

– Oui, et ce soir, après le coucher du soleil, nous devons juste attendre une bonne heure dans l'obscurité et ce sera l'été.

– Comment ?

– Eh bien, à minuit – à minuit, ce sera le début de l'été.

– Ah oui. Mais à cette heure-là, on ne devrait plus être ici », elle m'embrassa furtivement. « Il faudrait qu'on aille vite prendre le dernier bus. Depuis quand devrais-tu être rentré ?

– J'ai oublié, en tout cas depuis bien plus de deux heures.

– N'est-ce pas bizarre qu'ils ne viennent pas nous chercher – qu'ils n'appellent même pas ?

– N-non... oui, si, c'est bizarre, en effet. Mais oublions ça, parle-moi plutôt de toi.

– Tu n'es pas sérieux !

– Si, allez, vas-y ! » je posai ma tête sur ses genoux, ce qui m'obligea à quelques contorsions et à sortir mes pauvres jambes de l'étroit fauteuil-cabine. « Tu peux aussi mentir, il n'y a pas de problème.

– Oh, non, je trouve ça trop fatigant.

– Tu veux dire que je n'en vaux pas la peine ?

– C'est toi qui as dit ça », elle dégagea mes cheveux de mon front en le caressant. « As-tu vraiment les cheveux aussi noirs ou est-ce qu'ils sont teints ? »

– N'essaie pas de détourner la conversation ! Pizza, s'il vous plaît ! Allez, raconte !

– Bon, très bien, il n'y a pas grand-chose à dire – quelle merde !

– Pardon ?

– La pizza.

– Oh – oui, mais il fallait quand même avoir l'idée de découper des tcheboureki de la semaine dernière pour les mettre sur cette pâte à jamais surgelée, pourtant c'est quand même bon d'une certaine manière, non ?

– Oui, c'est vrai, d'une manière dégueu...

– Hum, et maintenant, cesse de faire diversion.

– Très bien : au point le plus profond, je mesure deux mille deux cent quarante-cinq mètres et au point le moins profond, cent mètres environ. Avec une profondeur moyenne de mille deux cent soixante et onze mètres, je suis certes une des personnes du monde médical aux eaux intérieures les plus profondes, cependant il y a très peu de vie en moi car les nappes qui me constituent communiquent à peine entre elles. À partir de deux cents mètres de profondeur, je deviens extrêmement sulfureuse et plus bas encore, je ne contiens quasiment plus d'oxygène si bien que toutes sortes de boues sapropéliques, allant du brun au noir, ont pu se concentrer en moi. Seuls les microbes, les bactéries surtout, peuvent survivre en bas.

– Je suis un microbe », je la pris par la nuque et l'attirai à moi pour l'embrasser. « Je suis l'unicellulaire par excellence, il n'y a pas plus unicellulaire que moi !

– Hum, oui, je parie qu'on ne peut même pas te voir au microscope et je suis sûre que tu n'as même pas de noyau, oui, tu es un procaryote inconsistant.

– Non, je suis un protiste tout à fait *convenable* – un protiste, certes, mais avec noyau, s'il vous plaît, un protozoaire. Et tu peux même me voir à l'œil nu. Je vis là, en toute innocence, dans mon bouillon de culture, et je passe mes journées à me tourner le noyau.

– Oui, tu es peut-être un bel infusoire aux longs cils mais tu es surtout un agent pathogène.

– Je pourrais être un symbiote, non ?

– Non, tu ne pourrais pas.

– Pourquoi pas, comment le saurais-tu ?

– Tu es un protiste, comme tu le dis toi-même, un protiste de haut rang, certes, quelques cellules de plus qui sont pourtant toujours la même, mais en tout cas un agamique, un célibataire auto-génératif, apparemment immortel, et pourtant pas tout à fait, car ta reproduction asexuée coïncide chaque fois avec ta mort. Même si la mort est d'une certaine façon masquée par cette reproduction puisque, à chaque division fusionnante, toute ta substance se transforme de nouveau en toi-même.

– Arrête, je ne trouve pas ça très drôle.

– Ah non ? Oui, peut-être que tu as raison, au fond c'est plutôt triste, car au bout du compte, après toutes ces duplications délicieuses, tu meurs toi aussi, nous connaissons tous la vieille histoire : le bel infusoire aux longs cils, laissé à lui-même, meurt d'une mort naturelle du fait d'une élimination imparfaite des produits de son propre métabolisme, il se peut qu'au fond, tous les animaux supérieurs meurent aussi d'une même incapacité à éliminer.

– Arrête ! »

J'avais élevé la voix et bondi sur mes jambes, je voulais partir et je ne voulais pas, les mains sur les hanches pour mieux respirer et cacher mon indécision, je faisais les cent pas devant le fauteuil et, dans le crépuscule, je ne distinguais plus le visage d'Esther, dont je voyais seulement la serviette rouge brillant comme un bouclier tandis qu'elle continuait de parler avec une joie mauvaise :

« Mais – mort ou pas mort – il n'en demeure pas moins que le seul fait de copuler rallonge son existence, et ce divertissement rafraîchit même son bouillon de culture et, ça, il n'y a pas beaucoup de gens qui peuvent en dire autant.

– Tu crois que c'est ce que je cherche ici, hein ? Un divertissement, c'est ça ?

– Bien sûr, quoi d'autre ? Ne me raconte pas de conneries, mon vieux ! Ce n'est pas parce que j'ai cinq ans de moins que toi et que je n'ai pas baisé la moitié du personnel sanitaire que je suis une imbécile !

– Eh ben, ça me serait pourtant facile, je n'aurais pas besoin de me –

– Ah, ferme-la, je sais bien comment vous faites ça... vous tous.

– Nous tous... ça ?

– Oui, vous les surclassés... les étudiants avec classement du sanatorium Livadia, vous... oui... »

Elle s'interrompit et je crus qu'elle allait pleurer, pourtant elle ne pleura pas mais se contenta de baisser la tête, et je me rassis à côté d'elle. Nous restâmes un moment à grelotter l'un à côté de l'autre, puis je poussai un profond soupir et lui pris la main :

« Tu sais, primo, dans ton boniment, tu m'as caché que tu ne contenais pas seulement toutes ces boues sapropéliques mais que, tout de même, dans ta couche supérieure vivaient aussi trois races de dauphins et, secundo, peut-être serait-il temps que tu remarques que, étant donné que nous sommes toujours assis là, ce qui, soit dit en passant, me semble assez peu divertissant, je mets en péril tout mon bouillon de culture, boîte de Petri comprise.

– Mouais...

– Pardon ?

– Excuse-moi, je ne voulais pas... vraiment pas.

– C'est bon, ce n'est pas le problème.

– Je ne te vois plus du tout », elle avait enfin tourné son visage vers moi. « Il fait si noir, tout à coup, on dirait que ce n'est pas seulement le soleil qui a disparu mais tout le ciel.

– Il n'a pas disparu, il s'est juste couché sur la mer.

– Mais peut-être s'est-il noyé.

– Non, pas du tout, c'est un excellent nageur. Viens ici !

– Franz ?

– Hein ?

– Tu ne le diras à personne, n'est-ce pas ? Je n'ai pas envie que ça réapparaisse dans un de tes rapports d'humeur ou ailleurs, d'accord ?

– Oui, c'est bon, et maintenant, enlève moi enfin cette fichue serviette, c'est ridicule.

– Jure-le !

– Je le jure. »

À peine avais-je prononcé ces mots que tu bondis sur tes jambes et jetas la serviette pour l'étendre proprement sur le sable à nos pieds, avec une étrange minutie, comme un névrosé qui cherche chaque dimanche à se prouver de nouveau sa normalité en faisant un pique-nique sur une pelouse bondée. Face à la difficile entreprise de l'étalage correct d'une serviette devant un fauteuil-cabine, tu semblais avoir totalement oublié ta nudité et surtout ma présence. Je te regardais faire un moment, déconcerté, jusqu'à ce que je ne me tienne plus de rire :

« C'est dommage que tu n'aies pas de mètre à ruban. Mais, bon, je suis sûr que tu vas y arriver. Tu me réveilles quand tu as fini !

– Ok, pas de problème », tu ris à ton tour pour t'étendre ensuite sur le côté, de tout ton long, sur ta stupide serviette, la tête lascivement posée sur ta main, et je compris que tu essayais maladroitement de gagner du temps pour cacher ton manque d'assurance ou plutôt pour t'en débarrasser. Pendant un moment, le silence régna, puis tu m'annonças d'un air pragmatique un peu crispé : « Bon, ce qui est bien, c'est que nous sommes à la fin du mois, donc je ne peux pas tomber enceinte. Le seul problème, c'est que je ne l'ai encore jamais fait et euh... peut-être que, du coup, tu devrais y aller un peu doucement, je suppose. »

Avant que j'aie pu te promettre toute la douceur du monde d'une voix crayeuse, tu m'attiras à toi d'une poigne de fer, tu m'entouras de tes maigres bras avec une jubilation silencieuse et tu m'embrassas avec une ardeur si dépourvue de réserve et d'arrière-pensée que j'en oubliais complètement toutes les chorégraphies de mon ambitieux répertoire d'asanas pornographiques, en proie à une sobre ivresse, je capitulai en silence et plongeai en toi sans un mouvement de trop.

27.

Je m'attendais au pire lorsque, le lendemain matin, à peine de retour dans ma chambre, je fus appelé chez mon médecin encadrant, le professeur Karg, et tandis que je parcourais les couloirs parés de marbre et montais et descendais les escaliers dans le plus grand silence grâce à mes sandales médicales en latex, tout en lissant le col de ma blouse et en boutonnant une chemise blanche propre de mes mains légèrement tremblantes, je tentais de minimiser les conséquences de mon exclusion ou de ma suspension ou de ce qui m'attendait désormais, quoi que ce fût, et je commençais à préparer les premières phrases de l'apologie que je devrais servir à mon père.

Le professeur Karg me reçut avec son habituel sourire amical, l'air un peu distrait, comme toujours il était au téléphone et, de sa main de taupe tordue par l'arthrose, il me fit signe de m'asseoir face à son énorme bureau encombré de papiers et de scanners de patients, tandis qu'il faisait les cent pas derrière, marmonnant pendant un moment *hmhmhm*, avant de conclure la conversation par son incontournable *Bon, très bien, mais il faut vraiment que nous reparlions de ça plus tard.*

« Bon, ça c'est fait, quel enquiquineur, ne montez jamais plus haut que médecin-assistant, je vous jure, enfin bref... Von Stern, mon cher, que puis-je faire pour vous ?

– Euh... je... Vous m'avez fait appeler, professeur.

– Ah, oui, bien sûr », il était toujours debout, il se pencha très bas sur son bureau en caressant son crâne chauve et bronzé, rond comme une bille, et de son index semblable à une griffe, il se mit à tapoter alternativement deux petites IRM posées l'une à côté de l'autre représentant une vertèbre lombaire. « Mais, pourquoi cet imbécile m'a-t-il encore envoyé ça, qu'est-ce que je... ?

– Professeur, je tiens à vous présenter mes plus plates excuses pour mon absence d'hier, j'avais...

– C'est bon, vous n'avez pas besoin de m'expliquer ça *à moi*, von Stern, je pars du principe que vous deviez avoir vos raisons », ce n'est qu'à ce moment-là qu'il leva le regard sur moi et rassembla sous mes yeux son sourire distrait en un chaleureux faisceau bleu clair. « Après tout vous êtes un adulte, même si ces idiots, là-haut, ne veulent pas le comprendre avec leur obsession du rapport. Mais il ne faut pas prendre ça trop au sérieux, envoyez-leur quelques lignes et vous aurez l'esprit en paix... non, non, à cause d'une broutille, quand même, je ne vous... Je voulais seulement vous dire en vitesse que la trachéotomie que vous avez pratiquée hier sur la dame bleue est une fameuse réussite, une incision bien nette, vraiment du beau travail. C'était votre première fois, non ?

– Ma... euh... ? Oh, oui.

– Très bien, mon garçon. Certes, je n'attendais pas autre chose de votre part, ce n'est pas pour rien que vous êtes un de mes meilleurs étudiants, oui, et puis je voulais juste vous dire que vous devez maintenir le rythme à ce niveau-là, il ne faut pas lever le pied avant d'atteindre le haut du classement, car, éventuellement, j'ai quelque chose en tête pour vous, ce n'est pas encore tout à fait mûr, mais en deux mots : il y a des projets, une nouvelle clinique, une transformation, du très haut niveau, je suis en pourparlers, disons qu'il faut encore régler les détails, le marchandage de tapis n'est rien à côté, je ne peux donc rien dire de plus précis..., mais vous comprenez, von Stern.

– Oh... merci, professeur Karg, je...

– Bien, voilà dans un premier temps, je vous souhaite bien des choses, transmettez mes salutations.

– Oui... merci, merci beaucoup. »

J'étais déjà dans la porte lorsqu'il me rappela :

« Ah, puisque vous êtes là... Rendez-moi un service et jetez un œil à cet article, juste le plus gros, j'ai dû bâcler ça en vitesse hier parce qu'ils le voulaient pour avant-hier, ils me rendront fou, vraiment fou, et tant que vous y êtes, traduisez-le aussi en vitesse, d'accord ?

– Bien sûr, d'accord.

– Très bien, je vous l'envoie, ça suffira pour demain matin, je vous remercie de tout cœur, von Stern, bonne journée. »

Et déjà, le téléphone recommençait à vibrer, et il me faisait gentiment signe de sortir tout en demandant dans l'appareil, d'un ton de bonhomie agacée :

« Bon, qu'y a-t-il encore ? »

Dans un silence total, non seulement extérieur mais aussi intérieur, je regagnais mon unité et je ne parviens pas à me rappeler ce que je fis pendant les heures qui suivirent. Je ne sais comment, j'ai dû échanger mes gardes avec je ne sais qui, car je n'étais pas en état de remplir mes obligations, ni ce matin-là, ni l'après-midi qui suivit.

Je me souviens seulement que le soir, assis devant mon ordinateur dans la fraîcheur de ma chambre, les yeux brûlants de fatigue, je lus l'article du professeur Karg, en effet méchamment bâclé, sur les risques hygiéniques d'une défloration non chirurgicale et je me demandai, justement parce que sa recherche brouillonne était si proche de mon cas et si loin de son sujet, s'il avait voulu me signifier un peu trop clairement son indulgence ou s'il n'y avait absolument rien à comprendre, l'affaire étant un hasard complet sans autre signification. Après quelques minutes de malaise, je me décidai pour cette dernière interprétation, car lorsque le sens de quelque chose se présente à moi doublement tordu et déformé, c'est très vraisemblablement qu'on ne veut rien me donner à comprendre, et je corrigeai donc rapidement les principales erreurs sans toucher à l'ineptie de l'ensemble, je traduisis le tout en vitesse et je l'oubliai plus vite encore.

28.

Je ne dus pas être si rapide car il était trois heures du matin lorsque je me mis enfin au lit et appelai Esther, mais comme elle était de garde pour la nuit, elle ne décrocha pas. Je m'endormis aussitôt et le réveil sonna trois heures plus tard, qui me parurent trois minutes, et encore ensommeillé, je me dis que trois fois trois font bien neuf et qu'Esther, mon amour flambant neuf, ma meuf neuf fois finaude n'est pas une Béatrice, pas une bonne femme qui vient d'on ne sait où, ou plutôt qui vient à passer par là, mais vraiment et véritablement... oui, d'ailleurs, quoi donc au juste ? Eh bien, toi, justement.

Plus frais que jamais mais moins que d'habitude, j'effectuai mon service du matin, je changeai le pansement sur la trachée de la dame autrefois bleue qui était désormais d'un blanc joyeux et caquetait sans discontinuer, je perçai un abcès sur le bord de la paupière d'un nourrisson indigène, hurlant dans les bras de sa mère désespérée, permettant à l'œil caché derrière de faire son heureuse réapparition, j'enseignai les postures du sage Marichi, grand-père du dieu-soleil, à un groupe de patients âgés souffrant de la hanche afin que la préparation thérapeutique précédant leur prochaine opération soit suffisante pour leur épargner, autant que possible, une longue rééducation puis, pleinement satisfait de moi-même, je montai pour une heure sur le tapis de course que je maintins à sa plus forte inclinaison sans faire de pause ni d'effort particulier.

Sur le chemin des douches, je rappelai Esther, mais son téléphone était toujours, ou de nouveau, éteint et, un peu exalté, je décidai de passer la voir en vitesse à Koreïz avant le déjeuner, au sanatorium du palais Dulber. Bien que nous autres, gens de Livadia, nous nous classions bien au-dessus des étudiants du palais Dulber, tous les bâtiments de notre établissement étaient en libre accès à toute heure, ainsi que les jardins et même la Salle Blanche où se tenaient chaque semaine nos très formels dîners informels, tandis que Dulber ne se contentait pas de dissimuler au monde, derrière un haut mur blanc, ses fantaisistes minarets blancs et or, les coupoles turquoise de ses mosquées sorties d'un conte, les fontaines entourées de palmiers de ses patios, mais ressemblait à une forteresse enchantée même à l'intérieur de l'enceinte, comme si les Romanov s'y retranchaient encore, ou plutôt y étaient toujours aux arrêts. Avant d'arriver à l'unité d'Esther, j'avais dû passer ma carte dans les lecteurs de sept portiques différents sans pouvoir finalement l'atteindre car elle était en pleine synthèse de protéines.

Il ne me restait donc plus qu'à guetter derrière le grand œil-de-bœuf de la porte rouge du laboratoire et à la regarder, de dos, au coude à coude avec ses camarades, la tête penchée sur le microscope, en pleine concentration, vraisemblablement occupée à introduire un gène de luciole dans une bactérie Escherichia coli, puisque nous commençons tous par là, et je me dis que tout en elle était concentré, que tout en elle parlait et que l'arrière de sa tête était un livre ouvert dans lequel je pouvais lire à quel point elle était malheureuse et vaillante. Un peu contrarié, mais surtout pris d'une inexplicable euphorie, j'étais là, debout, lançant des regards éperdus à ses cheveux attachés en chignon, conformément aux règles d'hygiène, et à sa nuque pâle qui semblait étrangement terne au-dessus du col de la blouse d'un blanc éclatant. Je voulais attendre la fin du cours sur les protéines, je voulais lui dire qu'il n'y avait aucune raison d'être malheureux, mais lorsqu'elle leva soudain la tête et la tourna légèrement sur le côté comme si un bruit gênant derrière elle lui faisait tendre l'oreille, je retins mon souffle en espérant et en redoutant qu'elle se tourne entièrement vers moi, et cette attitude légèrement différente de celle de ses camarades me fit prendre conscience que ces silhouettes pétrifiées devant, derrière et autour d'elle n'étaient pas de simples mannequins et que, de toute façon, je ne pourrais pas lui parler seul à seul ici. Et bien que je sache que c'était un minable prétexte mal bâti, je pris mes jambes à mon cou.

De retour dans mon couloir, je croisai mon voisin de chambre qui me demanda si je voulais aller un peu plus tard, avec lui et quelques autres, au centre hospitalier de Sébastopol pour une formation, et j'acceptai distraitement, au fond plutôt pour éviter une longue conversation et pouvoir refermer la porte sur moi le plus vite possible. Je lui écrirais une lettre, sur du papier, et je la lui donnerais en main propre, si bien que personne d'autre qu'elle ne pourrait la lire.

Je voulais lui écrire que j'étais peut-être bien un protiste et un agamique, d'une stérilité pour ainsi dire vicieusement fertile ou plutôt d'une fertilité vicieusement stérile, mais que le célibataire passionné était au fond le meilleur des symbiotes, le seul que l'on devrait épouser, le seul qui s'y entende vraiment en amour parce que l'agamique, les liens entre l'agamie et l'agape étant tout de même des plus étroits, était le seul à savoir que l'éros et la véritable agape – le divin amour de Dieu – étaient une seule et même chose, lui seul le savait car il ne souffrait pas de cette folie de la division et de la séparation qui s'était emparée des braves et ennuyeux symbiotes dans leurs activités de déplacement généalogique. Je voulais te dire tout cela, je poussai donc mon ordinateur de côté, je me penchai sur mon bureau au-dessus du papier et commençai à écrire d'une main inhabituellement gauche :

« Esther, méchante Nisovka, chère Temarunda, dangereux tourbillon clair, cara querida Karadeniz, Karaïte adorée, adorée, adorée, adorée, qui m'a rendu mon innocence, la virginité de mon cœur – »

Pris de frayeur, je m'arrêtai tout net, je pris conscience de ma médiocrité, chiffonnai la lettre et écrivis un court texto à la place : « Chère Esther, je vais faire un tour à Sébastopol avec quelques camarades, si tu as envie, viens avec nous, appelle moi, F. »

Bien sûr, elle ne répondit pas et toute la journée, au centre hospitalier de Sébastopol, je crevais de honte et de haine envers moi-même, pour me calmer, je me fis offrir une fellation approfondie par deux aides-soignantes jumelles, ou plutôt par deux jumelles à faire soigner et, l'humeur noire, je regagnai Yalta aux premières lueurs de l'aube.

29

Plus le temps de dormir, une brève douche froide, on ne pouvait pas faire plus mais elle suffit à me ramener à la raison et c'est ainsi que, pour la première fois ce jour-là, référent fit la tournée matinale à ma place. Ensuite, sur le chemin de Massandra pour ma séance de tutorat, je me répétais sans cesse *Moi-même, je n'aurais pas pu faire mieux* et j'abordai ainsi plutôt calme et confiant ma rencontre avec Esther. Seules mes mains tremblaient un peu mais je considérais que c'était également bon signe.

Comme toujours, ils étaient tous les trois arrivés avant moi, assis sur la pelouse en position du lotus, le dos droit, tout près les uns des autres, comme un triptyque aux proportions inversées, Esther, menue, au centre. Tous les trois gardaient sagement dans leur giron leurs travaux sur les images médicales de leurs patients et attendaient désormais que je valide leur interprétation de ces images afin de pouvoir insérer leur premier compte rendu dans les dossiers des malades concernés d'ici le lendemain. Avec le temps, les deux garçons répondaient à mon salut avec une familiarité un peu agaçante, tandis qu'Esther me fit un sourire amical et inexpressif, comme s'il n'y avait rien eu de privé entre nous. Durant un instant de folie, je caressai l'idée de sortir de mon portefeuille la radiographie de son thorax qu'elle m'avait offerte le lundi matin en guise d'adieu, de tapoter dessus et de te rappeler qu'en me la donnant, tu m'avais dit en riant *Lui, en tout cas, n'a pas de tête !* Et que j'avais répondu, *Oui, c'est vrai, il a l'air bien plus accommodant que toi.* C'est pourquoi je n'étais pas encore très attentif lorsqu'un des garçons entama la discussion en étalant ses documents sur le gazon et en introduisant son diagnostic avec éloquence par quelques phrases tirées du manuel :

« Le niveau inférieur des fonctions de notre système limbique est dominé par les processus qui nous maintiennent en vie. Des comportements élémentaires y sont liés, comme l'alimentation, les réflexes de défense ou d'attaque en cas de menace, l'accouplement –

– Comportement des plus élémentaires, en effet !

– Esther, je t'en prie ! » J'évitai son regard avec arrogance, ou plutôt avec anxiété. « Pourrais-tu laisser ton camarade finir, s'il te plaît ?

– Et pourrais-tu, s'il te plaît, empêcher mes imbéciles de camarades de recracher ces élucubrations ramollies du cerveau reptilien ? Je croyais que c'était une séance de tutorat ici, détecter les erreurs pour apprendre l'automonitoring et –

– Pour commencer, ces élucubrations sur le cerveau reptilien sont un bon point de départ. À condition de ne pas les prendre trop au pied de la lettre..., aucun de nous ne pense sérieusement que l'accouplement est un simple –

– Je ne *m'accouple* pas – et toi ?

– N-non, bien sûr que non, mais –

– Mais je suppose que ce n'est pas toi qui prends ton pied avec je ne sais quelles aides-soignantes mais ton hypothalamus. Et, au cas où il s'agirait quand même de toi, c'est ton hypothalamus qui a officiellement obtenu une autorisation spéciale du lobe frontal. »

Les garçons ricanaient, pourtant je répondis, tout à fait maître de moi :

« Je refuse de m'engager dans un débat de ce type. Tout ce que tu dis correspond à la réalité mais tu l'affirmes sans aucune bienveillance. »

Mon discours distancié et le regard ouvertement blessé de l'animal battu mais fier firent rougir Esther et elle baissa les paupières, effrayée, les garçons se turent avec inquiétude, et moi-même je mis un moment à retrouver ma voix :

« Bien, est-ce que nous pouvons continuer ? Passons sur les formules du manuel et venons-en à ton diagnostic. Comment lis-tu ces images ? Tu as là toute la panoplie, EEG et MEG, tomographie par émission de positons et imagerie par résonance magnétique fonctionnelle d'un patient, apparemment toute la documentation concernant l'étude de certains potentiels évoqués cérébraux, jolies courbes, belles coupes – allons-y, explique-nous de quoi il s'agit et ce que nous voyons là, s'il te plaît !

– Euh... oui, il faut préciser tout d'abord que, chez le patient au repos, l'examen électro-physiologique ne présente aucune anomalie, pas de courbes inhabituelles, donc pas de signe d'une variation cérébrale générale, pas de différences latérales constantes, pas de pics de potentiels, pas –

– Oui, oui, très bien, passons !

– Le groupe sous ma direction avait pour tâche, en combinant des procédés électro-physiologiques et d'imagerie en 3 D, de retrouver les représentations mentales des souvenirs teintés d'une mélancolie forte à très forte du patient, c'est-à-dire les représentations mentales de ses processus cognitifs relatifs au passé, donc *épisodiques,* qui, comparés au groupe témoin, présentent une réponse clairement négative du point de vue affectif comme l'attestent ces mesures de la conductivité de la peau et de la fréquence cardiaque. Et nous avons réussi.

– Vous auriez trouvé les corrélats neuronaux, non, plutôt les représentations mentales elles-mêmes de son activité mnésique mélancolique, c'est bien cela ?

– Exactement. Nous avons fait effectuer des tâches épisodiques à un groupe de patients, des tâches nécessitant une mobilisation de la mémoire, et le patient a donné des réponses cérébrales inhabituelles. Comme on le voit ici, son amygdale ou plus précisément son amygdale baso-latérale, c'est-à-dire le lieu de l'encodage des émotions, le point d'ancrage du *bon* et du *mauvais,* est en nette suractivité par rapport au groupe témoin, ce qui est évidemment mauvais pour le patient car l'amygdale envoie en priorité des signaux négatifs, c'est tout simplement son domaine de compétence, alors que tout ce qui est positif dans notre vie est plutôt du ressort du système mésolimbique. Nous avons donc cette suractivité de l'amygdale tandis que, par ailleurs, ses zones cérébrales frontales, en particulier les cortex préfrontal, orbitofrontal et cingulaire antérieur présentent clairement une sous-activité – toujours relativement au groupe témoin. De ce fait, les zones cérébrales dites frontales ne peuvent pas suffisamment agir cognitivement et émotionnellement sur l'amygdale et inhiber ses signaux suscitant la peur. L'amygdale a donc la partie facile avec cet homme car, pendant des années, elle a accumulé toutes ces expériences négatives, elle les a prudemment stockées, et ainsi de suite, et comme, au final, la question qui se pose est de savoir si l'amygdale peut oublier –

– *Moi,* je suis en train de m'oublier, la question ne se pose même pas !

– Esther, s'il te plaît ! » À m'entendre, les garçons ont pu croire que je la houspillai pour la remettre à sa place, en fait c'était un soupir de soulagement car elle était de nouveau normalement insupportable et je vis qu'elle l'avait parfaitement compris. « Peut-être pourrait-on au moins tomber d'accord sur le fait que, même pour toi, sans amygdale, les affects négatifs courants comme la peur et la colère –

– Mon amygdale peut aller se carrer où je pense !

– Je ne suis pas sûre qu'elle puisse arriver jusque-là. »

Elle rendit enfin les armes et explosa d'un rire enfantin plein de gloussements, je me tournai vers son camarade, un sourire aimable aux lèvres :

« Pourrais-tu continuer, s'il te plaît, et nous expliquer comment, par l'amygdale, vous en êtes arrivés aux souvenirs du vieil homme – à quoi ressemblait au juste le dispositif expérimental que votre médecin encadrant vous avait demandé de mettre en œuvre ?

– Nous devions d'abord relever l'activité cérébrale régionale les yeux ouverts puis les yeux fermés des sujets examinés, c'est-à-dire du patient et de son groupe témoin – on voit bien, ici, l'activité dans le cortex visuel primaire quand les yeux sont ouverts. Ensuite, les sujets devaient fixer des substantifs, juste les regarder. Des potentiels cérébraux relevés à cette occasion, nous avons soustrait l'activité neuronale liée à la simple vue les yeux ouverts, sans fixer le regard, et ainsi nous avons identifié les corrélats neuronaux de la vue d'un mot, donc d'un stimulus visuel complexe et –

– Un mot est un stimulus visuel complexe – un stimulus *visuellement* complexe, c'est une définition suffisante ?

– Euh... oui, bien sûr – pour commencer, enfin d'un point de vue heuristique, ou plutôt, du point de vue du processus de perception ou... pas ?

– Bon, d'accord, on peut le dire comme ça. Laisse-moi deviner, outre le cortex visuel, les centres du langage, les aires de Broca et de Wernicke s'allument gentiment, eux aussi, n'est-ce pas ?

– Euh, oui, exactement. L'interprétation du résultat correspond.

– Oui, c'est ce qu'il y a de bien avec lui – ou avec elle ? En tout cas, ces deux-là sont faits l'un pour l'autre. »

Au centre du triptyque, Esther se laissa tomber sur le dos, croisa les mains sous sa tête et ferma les yeux. Je donnai une petite tape sur ses genoux relevés :

« Quoi, tu ne participes même plus, maintenant ?

– Si, si », murmura-t-elle d'une voix ensommeillée, « je suis pleinement avec vous, allez-y, continuez. De mon côté, je retiens tous ces mots et je les trempe dans ma bile.

– Si ça peut t'aider. Bon, on pourrait doucement passer de ces pauvres malheureux qui fixent des mots à notre mélancolique manifestement plus malheureux encore.

– Oui, tout de suite », il se redressa, si bien que la fermeture Éclair d'un blanc éclatant de sa veste de survêtement se retendit en une ligne droite, il battit encore une fois les clichés comme un immense jeu de cartes avant de les répartir à nouveau sur le gazon, il soupira bruyamment comme s'il avait monté un escalier en courant trop vite et il me sourit, cherchant de l'aide. « Jusque-là, tout est correct, non ?

– Oui, bien sûr », je lui fis un sourire d'encouragement, « et ça va sûrement le rester jusqu'au bout.

– Bon, où en étais-je... ah, oui, grâce à nos jeux de mots, nous devions trouver une transition vers les tâches langagières épisodiques du cerveau, donc celles imposant aux sujets examinés de mobiliser leur mémoire. Après une série de nouveaux tests sémantiques d'un plus haut niveau, consistant par exemple à former des verbes à partir de substantifs ou à reconnaître des rimes, nous avons incité nos sujets à faire un pas dans le passé. En phase d'apprentissage, différents mots leur étaient présentés, puis en phase de test, des mots de la phase d'apprentissage leur étaient montrés mélangés à d'autres mots et ils devaient indiquer s'ils avaient déjà vu le mot lors de l'apprentissage ou s'il s'agissait d'un nouveau mot ajouté. Ils devaient donc décider entre « ancien » et « nouveau » et pour ce faire, mobiliser une partie de leur mémoire épisodique puisqu'il leur fallait remonter à la phase d'apprentissage antérieure.

Cette manœuvre nous a permis de nous immiscer au cœur de leur Moi autobiographique, car, comme nous l'avons appris : *La mémoire épisodique constitue le tissu décisif du Soi autobiographique.* En pressant sur un bouton, les sujets devaient indiquer s'ils reconnaissaient le mot, ils tapaient alors un R pour *Recollection* ou, s'il leur semblait nouveau, ils tapaient un N pour *New.* Par rapport aux mots N, les réponses cérébrales pour les mots R, donc pour la reconnaissance, présentent une plus forte activation des régions préfontale et pariétale du côté gauche ainsi que de la partie postérieure du cortex cingulaire. En revanche, les réponses N étaient associées à une forte activité des deux zones temporo-occipitales et – nous y voilà ! – *de l'amygdale*, comme on le voit bien ici, n'est-ce pas ?

– Oui, très bien, et ?

– En outre, comme l'a montré une autre série de tests, le fait que les sujets aient donné de bonnes ou de mauvaises réponses importe peu pour les représentations mentales, par conséquent les réponses cérébrales semblent avant tout déterminées par leur expérience subjective.

– Ah bon, c'est vrai ? Bon, continue.

– Euh... oui, venons-en maintenant à notre patient : les corrélats cérébraux de ses réponses R ne ressemblaient pas du tout à ceux du groupe témoin car comme je... euh, comme nous l'avons vu, il présentait en permanence une activité frontale nettement réduite et, par ailleurs, une suractivité de l'amygdale. Et, comme cela a été dit, le groupe témoin montrait au contraire une irrigation plus importante de l'amygdale uniquement pour les réponses N.

– Tu veux dire que les fonctions mnésiques de cet homme sont perturbées parce que ses potentiels cérébraux à la reconnaissance d'un mot ressemblent plutôt à ceux de quelqu'un qui voit un mot nouveau, et que, à cause d'un faux contact dans son système limbique, il perçoit certes le passé comme quelque chose de passé – il se *souvient* bien au final – mais qu'il le vit émotionnellement comme quelque chose de nouveau et que c'est là qu'il faut chercher l'origine de sa soi-disant mélancolie ?

– Oui, exactement. C'est la clé de la négativité de ses souvenirs : il fait littéralement du neuf avec du vieux ! Il souffre d'une sorte d'amnésie inversée – il abuse du souvenir. Car, comme nous l'avons appris, les souvenirs épisodiques ne sont pas seulement enregistrés, mais *vécus*. Nous réactivons des événements sous une forme épisodique pour nous rappeler comment nous les avons ressentis.

– Ah bon, c'est ce que nous faisons ?

– Oui, évidemment, pas toi ?

– Non, sûrement pas, je ne crois pas que je réactive quoi que ce soit », dis-je tout bas et lentement, ce qui fit tendre l'oreille à Esther, elle ouvrit enfin les yeux, me regarda et se rassit, si bien que je me sentis de nouveau en relation avec elle, même si elle me considérait toujours avec scepticisme, et je continuai donc plus fort : « Mais laissons là les formules du manuel et revenons-en à tes résultats. Du fait que je presse une touche après avoir vu le mot *maison* parce qu'on m'a déjà montré ce mot une demi-heure auparavant, tu conclus qu'il y a un souvenir épisodique ? À partir de l'activité neuronale corrélée à cette pression sur une touche, tu penses avoir une représentation mentale du souvenir, c'est bien ça ?

– Oui, exactement, après tout, il s'agit clairement d'un acte cognitif relatif au passé. En effet, comme nous l'avons appris, on peut classer temporellement les fonctions cognitives entre, premièrement, les processus qui se rapportent au présent, c'est-à-dire la perception et la représentation ; deuxièmement, les processus qui se rapportent au passé, c'est-à-dire les fonctions mnésiques, et troisièmement, les processus qui se rapportent au futur, c'est-à-dire les intentions et les actions, et –

– Et si je t'en colle une maintenant », demanda Esther très aimablement, « est-ce un acte cognitif relatif au futur ?

– Quoi, tu débloques ou –

– Tout ce que tu peux voir sur ces images », me hâtai-je de poursuivre en ne regardant que le garçon et non Esther, « et encore, tu ne peux le voir clairement que parce que tu le sais, est que cet homme est profondément dépressif. C'est le vieux Hoffmann, je me trompe ?

– Euh... oui, comment... ?

– Le pauvre sert toujours de cobaye aux débutants, moi aussi, il y a cinq ans, je l'ai malmené à coups de photos de bébés souriants et de chiens montrant les crocs. Peu importe qu'il reconnaisse des mots ou les considère comme nouveaux, la suractivité de son amygdale ou, plus précisément, sa bonne irrigation n'a rien à voir avec sa mémoire, en tout cas pas que nous sachions, mais avec le fait qu'il est tout simplement dépressif. Bizarrement, son statut de cobaye favori des étudiants et le fait d'être chaque jour câblé et passé par je ne sais quel scanner et de pouvoir appuyer sur je ne sais quel bouton n'ont même pas l'air de le dérider. Et même ces images ne pourraient pas nous indiquer clairement qu'il est dépressif s'il ne nous l'avait dit lui-même, les clichés de dépressifs sont bien trop contradictoires, nombreux sont ceux qui, contrairement à notre cas, ne révèlent pas de réduction mais un accroissement de l'activité orbitofrontale. Seulement, par chance, nous savons même sans ces images que depuis vingt ans, l'homme pleure et crie toutes les nuits, se griffe partout où il peut et a un taux de sérotonines catastrophique. En même temps, il est très accommodant, répond de bon gré et avec force larmes aux questionnaires standard d'inventaire des symptômes dépressifs, il se livre chaque année à un très honorable inventaire de lui-même et il a en magasin tout ce qui peut réjouir un cœur lourd.

– Mais... enfin », le garçon haussa le ton et son collègue, qui avait somnolé pendant tout ce temps, se réveilla d'un coup et émit quelques bâillements sonores, encore ensommeillé, « tu as pourtant dit que j'avais tout fait comme il fallait ! Qu'est-ce que tu cherches là, à me tendre un piège ?
– Non, pas du tout, calme toi, tu as tout fait comme il fallait, tu peux continuer comme ça jusqu'au bout... Il faut juste être plus précis, toujours plus précis, mais ça viendra avec le temps.
– Oui, bon, c'est vrai, il y a quelques imprécisions, mais ce n'est quand même pas une raison pour me –
– Non, vraiment pas, c'est tout à fait exact. As-tu déjà montré les résultats à votre médecin encadrant ?
– Oui, il y a déjà jeté un œil rapidement, dans l'absolu, il trouve le travail de mon groupe remarquable, mais il a dit qu'il fallait encore préciser les choses, de plus petites unités, des potentiels cérébraux plus complets et surtout des

corrélations plus précises...

– Précisément, toujours plus de précision. Bon, eh bien, dans ce cas, tout va bien. Continue comme ça !

– Dis donc, tu te fous de moi ?

– Non, pas du tout, tu es sur la bonne voie, pas la voie longue et sinueuse, mais la bonne, celle qui va tout droit », tous les trois me regardèrent sans comprendre et pour détourner leur attention de ma personne, je demandai à Esther : « Ton groupe s'est aussi attaqué à Hoffmann, non ?

– On peut dire ça comme ça, si on veut. J'ai fait les mêmes images de lui. Et j'ai aussi un peu parlé avec lui.

– Ah oui ? Je n'ai jamais eu le cran de faire autant de sentiment. Et dirais-tu qu'il présente une tendance aux souvenirs mélancoliques ?

– Oui et non. Je suis allée le voir plusieurs fois, le soir, alors qu'il était au lit, il s'arrachait un peu la peau des doigts, mais plutôt gentiment, presque tranquillement par rapport à ses habitudes, et il m'a raconté l'air rêveur comment il avait rencontré sa femme, quarante ans plus tôt, il n'avait pas l'air d'en souffrir, il semblait plutôt savourer ses souvenirs. Seulement...

– Quoi ? »

Elle se pencha vers moi et me regarda alternativement dans l'œil gauche et dans l'œil droit, comme si elle y cherchait une réponse :

« Seulement, c'est ballot, mais rien de ce qu'il m'a raconté ne s'est vraiment produit, ou du moins pas comme il le raconte.

– Il confabule ?

– Apparemment, en tout cas il n'a jamais été marié, comme son dossier croit le savoir. Sinon, il présente aussi les symptômes clairs d'un grave dysfonctionnement de la remémoration.

– Par exemple ?

– Je lui ai lu le conte de la pluie d'étoiles et je lui ai ensuite demandé de me le raconter. Et voilà ce qu'il m'a dit », elle sortit de sa poche un minuscule dictaphone, appuya sur *play* et, en entendant la voix fêlée de Hoffmann, l'image de ses phalanges en sang me revint à l'esprit :

« Oui, bien sûr, je me souviens, il était question d'une

grave crise de Millie. Nous étions mariés depuis trois ans et ma mère ne cessait de nous harceler à cause de l'appartement, nous n'avions toujours pas d'appartement à nous, ça lui était donc facile. Alors, un jour, sans plus réfléchir, Millie est allée à la banque et a expliqué notre situation à M. Bürgel, le gentil guichetier. M. Bürgel était très compréhensif, il n'était pas homme à prendre les choses à la légère, mais après mûre réflexion, il a dit : 'Voyez-vous, j'aimerais vraiment vous aider, je pourrais peut-être même le faire car la banque est le médecin et l'argent, le médicament. Mais le patient doit changer de vie. Et je ne sais pas si vous en êtes réellement capable. Millie était si désespérée qu'elle ne rentra pas à la maison, mais passa la nuit à errer en ville avec un simple corsage tout fin sur le dos. »

Esther appuya sur la touche *Stop* et me regarda, pleine d'espoir.

« Alors ? »

Je me mis à suer à grosses gouttes.

« Quoi, alors ?

– Euh, si je peux me... » le second garçon se frotta une nouvelle fois les yeux, se racla la gorge et parut ainsi s'être suffisamment libéré des sortilèges du marchand de sable. « Je ne suis pas sûr, peut-être que vous venez de..., mais il est intéressant de savoir que les corrélats neuronaux de la confabulation, donc de l'invention pathologique de souvenirs, ne sont pas différents de ceux relatifs à des contenus mnésiques effectivement vécus, exactement comme les hallucinations qui, du point de vue du cerveau, sont de la même nature que quelque chose que l'on voit vraiment et –

– *Et ça, nous le savions.* »

Je lui souris gentiment et, troublé, il me rendit mon sourire :

« Oui, exactement, avec des procédés d'imagerie médicale toujours nouveaux, nous essayons juste de confirmer ce que nous savons déjà.

– Pas question que j'écoute ça plus longtemps ! » Esther bondit sur ses pieds et quand je la retins par la cheville, elle se mit à me crier dessus : « Pourquoi est-ce que tu marches là-dedans ? Tu es vraiment un salaud ou juste un imbécile ?

– Rassieds-toi, je t'en prie. Je t'en prie ! Est-ce que je peux m'expliquer ? » Elle s'assit et, furieuse, évita mon regard. « Je marche là-dedans, comme tu dis, parce que je crois qu'il n'y a pas d'autre moyen de parvenir à de meilleures images de nous. Les problèmes que nous rencontrons avec les procédés d'imagerie médicale actuels sont des problèmes transitoires. Bien sûr, ce ne sont pas seulement des difficultés techniques mais bien des problèmes de transition. Il y aura d'autres images, des images qui ne seront pas seulement plus précises que celles-ci », du revers de la main, je frappai avec mépris les TEP et les IRMf, « qui seront toujours fausses, même si elles deviennent un jour plus exactes, car elles ne sont que les images d'images d'images. Mais un jour, quand les récifs paradisiaques des corrélats artificiels se seront décomposés dans nos océans cérébraux, il y aura d'autres images, des images qui ne nous donneront plus l'illusion de représenter quoi que ce soit mais des images qui seront si parfaitement abstraites qu'il faudra apprendre à les lire, des images parfaitement littérales, face auxquelles on ne pourra plus se cacher, dans aucun recoin de son âme déchue, alors il faudra enfin se livrer, il n'y aura plus de chuchotements ni de ricanements intérieurs, il n'y aura plus de double fond. *Et je serai moi-même, avec toi, puisque c'est toi qui m'as donné d'être* et tu ne m'en voudras plus...

– Tais-toi, tout va bien maintenant, Franz. »

Elle caressa mon front moite et me regarda avec anxiété, si bien que je me ressaisis un peu, j'eus de la peine à déglutir car mes amygdales avaient soudain gonflé. Et tandis que je m'étonnai vaguement de la disparition des deux garçons, je me souvins qu'enfant, j'essayais d'avaler entièrement mes amygdales douloureuses et je croyais qu'il suffisait de le vouloir pour y arriver. Ce n'est que lorsque Esther prit ma main que je retrouvais ma voix :

« Et qu'est-ce que tu écriras sur le vieux Hoffmann dans ton rapport ?

– J'écrirai : Patient crie sans relâche.

– Mais, ce n'est même pas vrai, il ne crie pas sans relâche.

– Oui, mais tout le reste ne regarde personne », elle haussa les épaules en souriant, puis se rembrunit et ajouta tout bas : « Et, de toute façon, je ne sais pas ce que je pourrais écrire d'autre. Tout le reste est faux.

– Mais, c'est aussi une façon de le laisser tomber.

– Je sais », elle hocha la tête l'air coupable, « je sais. »

30.

« Où suis-je ?

– Chez moi. »

Je levai la tête et m'aperçus aussitôt qu'elle pesait cinq kilos, je la reposai donc discrètement sur l'oreiller comme si, prêt à la voler dans un magasin, j'avais vu juste à temps le vigile arriver, je me contentais donc du petit panorama offert par le champ de plis blancs devant moi et je promenai mes yeux sur les rayures du couvre-lit de baptiste blanc, une rayure matte, une brillante, une matte, une brillante, et ainsi de suite, tout ce que j'aime...

« Reste un peu éveillé, essaie de revenir à toi quelques minutes. Et à moi. » Elle me cala un second coussin sous la tête. « Allez – lève ! »

– C'est ton lit ?

– Eh bien, comment t'expliquer », elle leva les sourcils et fit la moue, en hochant la tête, elle promena son regard dans la chambre, « c'est vrai qu'on sollicite intensément votre logique, à vous autres, les surclassés de Livadia, mais puisque nous sommes ici dans ma chambre, le lit qui s'y trouve est très vraisemblablement...

– Ah, arrête, c'est juste que je n'arrive pas à croire que je suis chez toi, dans ta chambre, dans ton lit – au palais Dulber. Comment as-tu fait pour me faire entrer ?

– Le chauffeur de taxi qui nous a ramenés de Massandra était très serviable et il m'a aidée à te transbahuter jusqu'ici. La fièvre te faisait plus tanguer que trois marins en permission.

– N-non, je veux dire, comment... comment as-tu fait pour m'amener jusqu'ici, pour passer tous les portiques ?

– Comment ça ? » Elle haussa les épaules, l'air de ne pas comprendre. « Je peux amener qui je veux, c'est mon affaire.

– Non ! Il se trouve que je sais que vous n'avez le droit d'amener personne.

– Ah oui ? » Elle eut une moue de mépris. « Tu as déjà essayé, c'est ça ?

– Non, ce n'est pas ce que tu penses, quelqu'un me l'a raconté. Je sais que vous n'avez le droit d'amener personne, que vous, les gens de Dulber, vous devez respecter un vœu et pour cette raison –

– Ah, ce ne sont que des rumeurs, ce n'est pas vraiment un vœu, nous devons prier nos corps de rester chastes et tout comme vous, nous devons travailler notre *pratyahara*, assimiler les yogasutras de Patañjali par la pratique, transcrire les cinq *yamas* et *niyamas* dans notre corps à l'aide des asanas, il nous faut juste travailler plus dur sur certains aspects que d'autres ici, mais de toute façon, en tant qu'indigène, on est obligé de travailler plus dur. Et quoi qu'il en soit, nous sommes les seuls à décider de l'orientation et de l'évaluation de ce processus, nous devons juger nous-mêmes à quel point nous avons progressé dans notre travail.

– Bon, eh bien, soit tu n'avais pas encore beaucoup progressé », je pris sa main, « soit dimanche dernier a été pour toi un sacré retour en arrière.

– Oui, c'est vrai, mais comme, au final, toutes les voies du yoga mènent fort heureusement au raja, je me suis dit que je pouvais mettre ce retour en arrière sur le compte de *niyama* trois, *Accepte les hasards de la vie*, et que si j'avais d'autres pertes à enregistrer, j'en userais comme saint Augustin et je prierais chaque soir mon corps : *Donne-moi la chasteté et la continence, mais ne me les donne pas tout de suite.* »

Elle rit gaiement, mais je gardais mon sérieux :

« Mais tu sais bien que saint Augustin a payé cher ce conflit à l'intérieur de sa maison, conflit qu'il a si violemment provoqué contre son âme, dans la plus secrète de ses chambres – *c'est pourquoi je luttais avec moi-même et j'étais déchiré.* »

Contrariée, elle haussa les épaules et tenta de me retirer sa main, mais je la tenais fermement et je m'assis pour parler avec plus d'assurance :

« Sérieusement, je ne devrais pas être ici, Esther, tu pourrais avoir de gros ennuis. »

Elle baissa la tête et murmura :

« Pas autant que toi, contrairement à nous, vous devez vraiment prononcer un vœu.

– Quoi ? De quoi parles-tu ?

– Eh bien de votre charte d'hygiène pour la lutte contre la visqueuse libido : *Une inertie, une viscosité de la libido qui refuse d'abandonner ses fixations nous sont nuisibles.*

– Ma foi, tu es *très* fluidifiante ! » Je ris de soulagement. « Tu m'as fait une de ces frousses ! Ces formules sur la purification en profondeur de toutes les traces de libido qui adhérent encore, quelque part en chacun de nous, et peuvent s'y incruster, ce n'est qu'un procédé imagé pour améliorer l'inhalation et l'exhalation de son *prana* et sa circulation dans le corps et, par ailleurs, de toute façon, cette règle d'hygiène ne vaut que pour le temps des études et comme j'ai presque...

– Mais seulement presque ! *Tu* es celui qui va se retrouver en lutte avec lui-même ! Tu l'es déjà, sinon tu n'aurais pas besoin d'aller à Sébastopol pour te faire purifier de moi en profondeur, avant de pouvoir paraître à nouveau sous les yeux du professeur Karg !

– N-on, ça ne s'est pas passé comme ça, je suis allé chez Karg avant de partir pour Sébastopol, mais... » j'avais le vertige et j'appuyai ma tête qui pesait à nouveau très lourd contre le mur et son crépis inconfortable, « comment le sais-tu au juste ?

– Un de tes aimables amis m'a fait un petit compte rendu amical. Et maintenant, tu vas me dire que ça n'a aucune importance...

– Et c'est le cas !

– Oui, je vais même jusqu'à te croire et c'est bien ce qui me fait peur ! » Elle se leva et fit deux pas par ci et autant par là, et c'est ainsi que je m'aperçus que la chambre faiblement éclairée par la lampe de chevet n'était en fait pas une chambre mais une simple pièce sans fenêtre aux murs lambrissés de bois noirci. « Non, Franz, tout ça ne me dit rien de bon, je n'en veux pas, je voudrais limiter notre relation...

– À un usage externe exclusivement ? À l'extériorité la plus extrême ?

– Peut-être oui, en tout cas c'est à ça que je veux revenir, à limiter mon auto-désinfection aux aspects extérieurs. Un nettoyage approfondi des surfaces ou...

– Ou bien au contraire aller jusqu'au bout ? N'est-ce pas plutôt ça que tu veux ?

– Non. Et un jour, tes jeux de mots t'étoufferont, ou ton érotomanie, ce qui revient peut-être au même.

– Je te dois les deux. Mais il existe des manies bien pires, tu ne crois pas ? »

Elle eut un bref éclat de rire puis s'arrêta brusquement, croisa les bras et, comme un robot pris de panique, elle se mit à réciter : « Nous ne pouvons saluer une libido visqueuse qui ne veut plus se remuer, ainsi fixé, on court le risque de s'inventer une vie intérieure correspondant à cette fixation, on s'empêtre dans de dangereuses confabulations, on se délecte de fantasmes sur les terribles changements de son moi intérieur avec lesquels on dissimule son roman et, par conséquent, on sape ses capacités d'automonitoring et ses compétences endocliniques, on se loupe à chaque regard, et on finit par s'avérer désespérément inaccessible à toute autocorrection salutologique et...

– Oui, oui, tiens ta langue maintenant, j'ai compris, viens plutôt ici !

– ... on se trouve finalement entièrement anéanti par ses propres yeux.

– Oui. Nous allons nous marier, Esther, d'accord ? Marions-nous avant de mourir ! Épouse-moi, Esther !

– N'aie pas peur, c'est seulement la fièvre, il faut juste que tu te rendormes.

– Je n'ai pas peur, aujourd'hui même je vais faire une demande d'autorisation spéciale.

– Tais-toi maintenant !

– Allonge-toi près de moi, s'il te plaît ! Tu dois m'épouser Esther, s'il te plaît, Esther, tu le dois, tu le dois !

– Dors ! »

C'est à la fraicheur de ses bras que je sentis ma fièvre et je me laissai retomber dans les coussins en frissonnant, je n'ouvris qu'une fois mes paupières collées et, au-dessus de la joue pâle d'Esther, je vis que référent était assis derrière elle, sur le bord du lit, et regardait mon visage radieux d'un air désapprobateur. Mais je fus le plus fort, je fermai les yeux sur lui et il avait déjà disparu lorsque je me mis à descendre par à-coups au fond de la fosse marine, comme un plongeur en apnée accro aux profondeurs, dans une antique cage de fil de fer, arrivé là, la chaude noirceur m'effaça jusqu'à ce que je sois ramené à la surface sur le dos d'un petit dauphin.

« Alors, de retour ?

– Mmh.

– Vous n'avez quand même pas dormi, von Stern ? »

Référent sursaute, multiplie les battements de paupières incontrôlés et jette son bras devant ses yeux, ébloui par le rayon gris clair de Dankevicz.

« N-non, bien sûr que non – Où donc allez-vous chercher ça ?

– Exact, où donc ? » Dankevicz a un rire bon enfant et me tapote l'épaule. « D'où ce sommeil vous viendrait-il, vous n'auriez quand même pas le cœur à ça, pas vrai ? On peut avoir le cœur à beaucoup de choses mais pas à dormir, n'est-ce pas ? »

31.

À la lumière du jour, les yeux de chat de Dankevicz paraissent aussi ternes et dénués de mystère que ceux d'une infirmière. Loin de la fluorescence bleutée de son dortoir, la magie de leur rayonnement toxique s'évanouit jusqu'au dernier miroitement. Dankevicz accueille cette pensée de référent d'un hochement de tête mélancolique témoignant d'une longue expérience. Il a sans doute déjà lu mille fois la surprise que son désenchantement suscite au matin dans l'esprit de son interlocuteur qui prend place devant la petite table de son bureau clair, comme moi maintenant, fraîchement douché, rasé avec un soin exagéré, mais malgré tout visiblement épuisé par la simulation de sommeil et qui attend avec anxiété le diagnostic du surdoué.

« Oh, plus de mille fois, largement plus ! Vous n'êtes encore jamais venu dans mon bureau, je me trompe, von Stern ?

– N-non… non, je vous amène toujours mes patients direc-tement au dortoir, à côté, oui, je crois qu'en effet, je ne vous ai encore jamais vu en dehors du –

– Eh oui », il pose ses bras massifs sur le bureau en pous-sant un soupir et se tient les mains d'un air un peu souffre-teux, formant ainsi un cercle qui ressemble à un serpent de mer noir aux reflets vert-violet camouflé en bouée de sauvetage. « Mon bureau a beau être mitoyen du dortoir, ces deux endroits semblent séparés par… comment dire… Enfin, nous n'allons pas nous plaindre – les choses sont comme elles sont ! Même si elles sont *comme* elles sont et non pas *ce qu*'elles sont, n'est-ce pas ?

– Euh… pardon ?

– D'ailleurs, en parlant de cela, venons-en plutôt à vos scanners. »

Il se penche brusquement à côté de son bureau pour ramasser une grosse liasse de scanners soigneusement empilés qui, parce qu'ils sont encore tout frais, collent les uns aux autres et ressemblent à un bloc de pierre gris foncé parcouru de veines rouges et blanches, ou plutôt à son imi-tation en polystyrène car, en voyant Dankevicz les poser avec tant de vivacité sur son bureau, on comprend qu'ils ne pèsent quasiment rien.

« Voyez par vous-même, cher collègue », il détache du bloc le premier scanner qui émet un claquement englué et provoque un léger élancement au niveau de mon plexus solaire si bien que ma main gauche tremble lorsque j'at-trape le feuillet. « Commençons par les bonnes nouvelles : votre structure fondamentale est tout à fait normale. Phases de MOR régulières, toutes les quatre-vingt-dix minutes, et pendant ces phases, le phallographe enregistre l'habituel tumulte tumescent, aucune anomalie, aucune tension verticale exorbitante, vraiment rien d'inquiétant chez vous, mon petit von Stern.

– Oui, d'accord », avec un sourire fatigué, je regarde la verdure à travers la vitre. « Mais peut-être pouvons-nous sauter cette partie pour aujourd'hui. N'oubliez pas que cela fait presque vingt ans que j'accomplis mes RS sans aucune défaillance, il n'y a jamais eu aucune plainte, ce n'est d'ail-leurs pas pour mesurer ma tumescence que l'on m'a envoyé vous voir, mais pour me passer en lecture à cause de la lésion de mon stortex et d'un soupçon de dysfonctionnement de mon médiateur. Je comprends tout à fait qu'en tant que spécialiste, vous vous intéressiez tout particulièrement à la phallographie, mais ce n'était pas le but de l'exercice.

– Cher docteur von Stern, distingué collègue », il m'adresse un sourire particulièrement aimable et je recule instinctivement ma chaise de quelques centimètres lorsque soudain, la colère fait gonfler les veines de son cou et de ses tempes et il se met à hurler :

« Je ne m'*intéresse* pas à la phallographie, je *suis* la phallographie !

– Veuillez m'excuser, docteur Dankevicz, ce n'est pas ce que je -

– *Spécialiste* ! Je ne suis pas un spécialiste, je suis un professionnel, et le seul ici !

– Oui, oui, bien sûr.

– Le *Clinical Journal* et le *National Pornographic* m'ont consacré des numéros spéciaux alors que vous étiez encore en Crimée à asperger de vieilles peaux obèses avec de la boue minérale, tout ça alors que j'ai à peine cinq ans de plus que vous !

– Oui, oui, bien sûr. Calmez-vous, Dankevicz, pensez à votre -

– Mon médiateur peut aller se faire voir ! *Spécialiste* ! Je suis le dernier phallographologue du monde médical, nom d'un chien ! Depuis le début, je suis non seulement le meilleur, comme l'a écrit le *Clinical Journal* il y a plus de vingt ans, mais aussi le dernier. Il a toujours fallu que je maîtrise davantage de domaines que vous tous réunis, bande de petits plaisantins ! Je m'y connais à fond dans tout, c'est dans la nature des choses, ça fait partie de la grandeur de ma mission, de la responsabilité que je dois porter. Et ce, jour après jour, année après année ! » Il répète les six derniers mots et les scande en tapant sur le bord de son bureau avec le plat de sa main, ce qui rend son visage plus rouge encore. « On dit toujours que Dieu est le grand distributeur, qu'il attribue à chacun la charge qu'il est capable de porter, mais Dieu sait qu'il s'est montré bien trop généreux envers moi. Le Seigneur châtie celui qu'il aime – oh oui ! Il doit beaucoup m'aimer alors, car il me frappe de ses dons comme un vieux chien ! Vous ne savez pas ce que c'est, von Stern, vous ne savez pas ! Des hommes en détresse viennent me voir, en ma qualité de phallographologue, je suis leur médecin mais aussi leur confesseur, leur frère, leur… Appelez ça comme vous voudrez ! Tous ces hommes sont les fils de quelqu'un, mais leurs pères ne se donnent même pas la peine de les accompagner lors du premier rendez-vous, et encore moins de les épauler tout au long de cette thérapie souvent fastidieuse et embarrassante. Et cela n'est pas dû au fait que les pères en question sont morts, même si c'est peut-être le cas pour nombre d'entre eux. Non, ils ne viennent pas, c'est tout, ils se contentent de dire qu'ils n'accompagneront plus leurs fils. Alors que moi, au contraire, moi qui aurais pu être le fils de plus d'un de mes patients, je représente un soutien pour ces hommes et -

– Dankevicz, calmez-vous maintenant !

– Ces hommes viennent me voir et -

– Dankevicz, ça suffit », je pose délicatement ma main sur son avant-bras. « Plus personne ne vient vous voir, et vous le savez très bien. Plus personne ne s'intéresse à la phallographie, pas même vous. »

Les yeux vitreux et la bouche entrouverte, il peine à reprendre sa respiration et me regarde sans me voir, puis il laisse soudain glisser son front dans la paume de sa main gauche et appuie son pouce et son majeur contre ses tempes tout en secouant la tête de temps à autre. Ma main se trouve toujours sur son bras et, l'espace de quelques secondes, je suis bêtement surpris que sa peau lisse d'un noir violacé soit aussi chaude que la mienne, pensée qui le fait soudain pouffer derrière sa main, sa bouche frémit d'un air mi-amusé, mi-tourmenté, et je m'empresse d'ajouter :

« Mais que plus personne ne s'y intéresse n'a aucune importance puisque vous êtes le meilleur lecteur de pensées du monde médical, pas seulement le meilleur, le seul !

– Ça va, von Stern », il se frotte une dernière fois le front et les yeux avant de reprendre le contrôle de lui-même, de lancer sa tresse par-dessus son épaule et de m'adresser son habituel sourire jovial. « Ne dites rien, je suis déjà au courant !

– Oui, bien sûr, je sais, je me disais juste que...

– Comment voulez-vous savoir ce que je sais ?

– Euh... ?

– Je vous en prie, von Stern, vous croyez peut-être que j'ignore que vous pouvez lire dans les pensées ? »

De ses grandes mains, il me tape sur les deux épaules en riant d'un air débonnaire et mon corps s'affaisse légèrement.

« Q-quoi ? Non, j'en suis incapable. Bien sûr que non...

– Laissez tomber, c'est un peu ridicule de le nier devant moi, vous ne croyez pas ? Je veux dire, vous savez très bien que je sais que vous savez que je...

– Mais j'en suis réellement incapable, Dankevicz, je vous le jure !

– Bien sûr que vous en êtes incapable ! Mais revenons plutôt à votre affaire – tenez, si nous allions sur la terrasse », il touche la paroi vitrée et, sans un bruit, elle glisse sur le côté. « Aujourd'hui encore, il fait aussi beau qu'à l'époque, en mai. »

Un peu raide, je m'assieds sur l'un des transats tandis qu'il retourne à son bureau pour y chercher les scanners.

« Mettez-vous donc à l'aise, von Stern, ne soyez pas si raide. Il ne vous arrivera rien chez moi. Même si vous avez vraiment un sérieux problème », il se laisse tomber sur le transat à côté du mien et tapote sur le bloc avec ses lunettes de soleil avant de les chausser. « Ce n'est pas à moi de procéder à l'évaluation de tout ça mais au docteur Tulp, l'anatomiste des tréfonds, mais comme nous sommes capables de lire ces trucs aussi bien que lui... »

Sans même tourner la tête de mon côté, il pose les clichés sur moi, comme si j'étais une table d'appoint, croise les bras et s'étire avec délectation.

« Ce n'est pas beau à voir, n'est-ce pas ?

– Non », je me contente de lancer un rapide coup d'œil au paquet posé sur mes genoux avant de regarder distraitement en direction des prairies jusqu'à ce qu'un mouvement de groupe accroche mon regard. « Qu'est-ce que les infirmières fabriquent, là-bas ? »

À une cinquantaine de mètres, près de la clôture de la première des huit prairies qui descendent les pentes de la montagne à partir de la clinique en une cascade d'un vert soutenu, dix infirmières se promènent en rang par deux le long de la barrière de bois basse et vétuste. Comme elles ont les mains croisées dans le dos et papotent à voix haute en agitant la tête, on dirait qu'elles sont en train de faire leur ronde de routine dans les unités à la seule différence que, aujourd'hui, elles portent des vestes orange sur leurs courtes blouses blanches. Comme d'habitude, un civil en service vêtu d'une combinaison bleu clair suit les infirmières à une distance respectable de cinq mètres sauf qu'aujourd'hui, l'homme est entraîné par un berger allemand rétif qui tire sur sa laisse.

J'interroge Dankevicz du regard, mais celui-ci se contente de lever rapidement la tête et ses lunettes de soleil avant de laisser retomber le tout en soupirant :

« Ah oui, ça ! Vous avez raté ça hier, c'est vrai, il paraît qu'il y a un peu d'agitation en bas, on ne sait rien de précis, les incidents habituels, j'imagine, mais d'où les patrouilles aujourd'hui, par mesure de sécurité, et cætera …

– Ah bon, où ça, en bas ? Tout en bas ?

– Comme je vous le disais, je n'en sais rien. Mais finissons-en plutôt rapidement avec l'analyse de vos scanners, comme ça, nous aurons le temps de nous reposer un peu avant que vous ne remontiez sur le tapis de course et que je ne redescende au charbon.

– Bof, il n'y a pas grand-chose à analyser, je vois bien que je dois être sacrément fêlé, même s'il ne s'agit que d'une très mince fissure au niveau de la couche VII, fissure que, soit dit en passant, ce cher O.W. a étonnamment bien colmatée. Bidouiller ainsi le stortex sans rien endommager à l'intérieur du cortex n'est pas un exercice facile, n'est-ce pas ? Mais dans mon cas, toutes les anciennes couches sont intactes, les six, y compris la strie interne de Massandra… euh de Baillarger.

– Le problème, ce n'est pas la lésion au niveau de la couche VII, von Stern, et vous le savez aussi bien que moi.

– Hum.

– Malgré la lésion, votre stortex déclenche un feu de barrage tout à fait normal et transmet tout ce qu'il doit à votre médiateur, mais c'est la réaction de ce dernier qui semble défectueuse, la traduction qu'il donne est erronée ou incomplète, il inverse les terminaisons, que sais-je encore, il contourne le stortex lors du retour d'informations et projette directement sur les anciennes couches. Et, bien entendu, cela entraîne des effets de feed-back assez déplaisants entre le système limbique et métalimbique, ce qui coupe parfois la transmission jusqu'à vous des impulsions en provenance du paralimbus. La plupart du temps, ces interruptions ne durent que quelques secondes, mais c'est suffisant, comme vous avez pu le constater. Cela vous renvoie très loin en arrière. Très, très loin.

– Hum.

– Il est grand temps d'écrire ce satané rapport, sinon vous ne reprendrez jamais le contrôle de la situation.

– Je sais, je sais.

– Non, mais regardez-moi ça, un peu ! » Il me reprend le bloc des mains, tape dessus du dos de la main, arrache les feuillets les uns après les autres puis les laisse tomber à terre, je ferme les yeux, pris de vertige, et revois devant moi le vieux Hoffmann en train de s'arracher les cuticules des ongles puis la chair des os. « Des saloperies ! Votre tête est remplie de saloperies, von Stern !

– Je sais, je sais.

– Coucou, mes mignons, je ne vous dérange pas, j'espère ? »

32.

Sa corde à sauter dans la main gauche, son paquet de tabac dans la main droite, le docteur Holm se tient sur le seuil de la terrasse et jamais encore référent n'a été aussi soulagé de le voir.

« Mais jamais de la vie, je vous en prie, docteur Holm !

– Non, je *vous* en prie, mon cher docteur von Stern !

– Non, vraiment, je *vous* en prie, docteur Holm. »

Nous rions bêtement avant de prendre une profonde inspiration dans notre côte meurtrie tandis que Dankevicz nous observe en secouant la tête d'un air légèrement agacé :

« Dans ce cas, faites-le comme il faut, inspirez par l'ischion droit, puis expirez par la clavicule gauche, retenez un instant votre respiration au niveau du pubis, le coccyx triomphe, puis dans l'autre sens, par l'ischion gauche –

– Ah, retenez-vous, Dankevicz », Holm nous rejoint sur la terrasse et ramasse mes scanners. « Oh là là, vous êtes sacrément atteint, von Stern, c'est nettement plus grave que je ne le pensais.

– Eh oui, j'aurais pu lui analyser un petit phallogramme anodin, mais il a refusé », Dankevicz attrape un haltère sous le transat en poussant un gémissement, il commence à travailler avec calme et précision tout en contemplant son biceps d'un air à la fois radieux et concentré, telle une mère qui regarde son nourrisson téter. « Et maintenant, il va devoir se taper toutes ces cochonneries. Expliquez-lui, Holm.

– Allons bon, on peut aussi présenter les choses autrement », Holm me lance son paquet de tabac, ôte tous ses vêtements, hormis son slip de sport blanc et or, et commence à sauter à la corde en la faisant claquer mollement contre le sol. « Il faut juste qu'il admette que ses souvenirs relèvent de la fabulation, puis qu'il les efface, fabula rasa, et ensuite tout rentrera dans l'ordre. Mais il en est lui-même conscient, n'est-ce pas, cher collègue ? »

Il se penche vers moi pour que je lui glisse une cigarette allumée entre les lèvres puis il se remet à sauter, tendant et croisant la corde et, à chaque saut, il lève les genoux de plus en plus haut sur sa poitrine tout en recrachant bruyamment la fumée. Sa cigarette est consumée avant même que j'aie eu le temps d'en rouler une pour Dankevicz et moi, et après qu'il ait craché son mégot, il ralentit le rythme et s'adresse à moi avec insistance, sans son habituelle lassitude décontractée :

« Dans votre cas, les traces de souvenirs sont réparties sur l'ensemble du cortex cérébral et, et comme vous les avez joyeusement laissé mariner dans le liquide cérébro-spinal, vous avez des souvenirs partout dans le cerveau désormais. En soi, cela ne pose aucun problème. Les souvenirs se sont installés partout là où ils ont trouvé de la place, ce sont de simples contaminations, on ne peut pas vous en rendre responsable. Mais, nom d'un chien, vous devez les laisser là où ils sont, et arrêter de les tripoter.

– Vous me prenez pour un idiot ou quoi ?

– Non, bien sûr que non, j'ai conscience que vous ne le savez que trop bien, mais il semblerait qu'en ce moment, ce savoir vous échappe. Excusez-moi si je m'emporte, mais vous devez à tout prix comprendre que ces choses que vous prenez pour des souvenirs vécus n'en sont pas, il s'agit de matériel de stimulation iconique à durée ultracourte, rien de plus. Et oui, malheureusement, dans le lot, il se peut qu'il y ait une ou plusieurs traces neuronales d'un degré supérieur plus profondément ancrées, une connexion entre le Moi et le monde qui relie entre elles deux représentations, à savoir un état de votre Moi et des événements qui se sont produits, et cette trace se révèle à votre conscience à chaque fois que la connexion est réactivée. Mais il s'agit là d'une ancienne connexion qui ne fonctionne plus, rien d'autre. Vous pouvez de vous-même activer la connexion mais pas la représentation, il y a toujours la chimère d'une main tendue mais jamais deux mains qui se touchent vraiment – il n'y a rien car il n'y a jamais rien eu, vous comprenez ? Ces traces ne sont pas les vôtres, vous m'entendez ?

– Sacredieu, Holm, je le sais bien !

– Non, malheureusement, pas tout à fait. Et c'est pour ça que je vous le répète : ces traces sont de simples adhérences qui ressemblent à des souvenirs et sont, hélas, passées avec le reste lors du transfert. Elles n'ont rien à voir avec vous car – ne détournez pas la tête, docteur von Stern – il ne s'est jamais rien passé, jamais ! Mais, comme vous êtes incapable de ne plus y toucher, il va falloir retransférer dans le présent ce vieux bric-à-brac grâce à une transformation yogique et cesser de croire qu'il y a eu autre chose dans votre vie que le moment que vous êtes en train de vivre là, maintenant, vous me comprenez ? »

Haletant, il arrête de sauter, vient s'asseoir au bout de mon transat, esquisse de nouveau son habituel sourire de fauve fatigué et me fixe de ses grands yeux de braise verts :

« Je sais, je sais, tout ceci est absurde, bien sûr, mais vous devez en passer par là maintenant, comme nous tous avant vous. Couchez votre rapport sur le papier, faites marcher votre médiateur à la baguette et traduisez vos pseudo-souvenirs en ce qu'ils sont réellement, à savoir un tas de fausses pistes, et, une fois tout cela accompli, le temps se fluidifiera de nouveau et vous ramènera avec lui dans le *flow*.

– Oui, oui. Mais dites-moi, docteur Holm, vous faites un nouvel exercice pour vos pectoraux ?

– Comment ? Ah oui », il baisse les yeux, la lèvre inférieure légèrement avancée. « Depuis quelques semaines, je fais une variante du *chaturanga* flottant, un peu comme une traction sur un seul bras, mais avec les deux jambes en l'air.

– Vous voulez dire que vous faites le paon, le *mayurasana* ?

– Mmh, oui, ça y ressemble, mais avec un seul bras, comme je vous le disais. Très efficace. Je peux vous montrer si vous voulez.

– Oui, avec plaisir », je hoche la tête d'un air admiratif. « Le résultat est vraiment impressionnant.

– Merci, cher collègue. »

Un sourire condescendant sur les lèvres, Dankevicz observe le torse de Holm avant de faire passer l'haltère dans son autre main pour allaiter son second biceps et, tandis que je continue à rouler des cigarettes, je réalise que c'est déjà la troisième fois que la patrouille d'infirmières passe devant nous. Ada et Ardeur, les jumeaux gymnastes, volètent maintenant autour d'elles, papillonnant tantôt devant, tantôt derrière le groupe, la jeune fille fait une roue après l'autre pendant qu'Ardeur, comme à son habitude, marche sur les mains, et j'ai l'impression que les barrettes dorées de leurs têtes brunes et bouclées scintillent jusqu'à moi. Je tends le menton dans leur direction en demandant au docteur Holm :

« Vous en savez plus ?

– Non, seulement ce que l'infirmière Ananké m'a raconté.

Il semblerait qu'il y ait eu une nouvelle émeute en bas, l'agitation habituelle apparemment, mais peut-être un peu plus violente que de coutume. Des rumeurs au sujet d'une patiente ambulatoire auraient fait le tour de la ville et semé le trouble...

– Et maintenant, ils veulent tous monter jusqu'ici ! »

Dankevicz secoue la tête d'un air amer et méprisant, mais Holm éclate de rire, amusé, et ronronne :

« Et alors ? On ne peut tout de même pas leur en vouloir de trouver l'herbe plus verte de notre côté de la clôture, non ? Ils n'y connaissent rien, c'est tout. D'autant plus que chez eux, il n'y a même pas d'herbe. »

Dankevicz part alors d'un rire sonore et décontracté, comme s'il ne se trouvait pas dans la lumière crue du mois de mai, sous les yeux du père soleil, mais dans le sinistre royaume de son dortoir, cependant Holm plisse soudain le front et pose sur moi un regard inquiet :

« Ça va se calmer d'ici un jour ou deux, comme d'habitude. Le problème, c'est que certaines personnes ici vous tiennent pour responsable de cet incident.

– Mais ce n'est pas quand même pas ma faute si on m'a envoyé une patiente ambulatoire !

– Je sais bien », il pose sa main sur la mienne en signe d'apaisement, en profite pour prendre ma cigarette et tire une longue bouffée en plissant l'œil gauche. « Mais Dänemark et Darmstätter font courir le bruit dans les couloirs que vous auriez vous-même provoqué l'apparition de cette femme.

– Les salauds ! » J'attrape la corde de Holm et, furieux, je me mets à sauter. « Les maudits salauds ! »

Prenant ma place sur le transat, Holm s'étire en bâillant et souffle négligemment sur son épaule pour disperser un minuscule tas de cendres.

« Ne vous énervez pas, von Stern, ça vous affaiblit pour rien. Et Dieu sait si vous avez besoin de toutes vos forces en ce moment.

– Oui, exactement. Réfléchissons plutôt à ce que nous allons faire... Ah, je sais », Dankevicz laisse brusquement retomber son haltère, se glisse dans son bureau et en ressort aussitôt avec le dossier rouge de la veille, il s'assied à cheval sur son transat, ouvre le dossier, faisant apparaître une feuille unique et vierge, appuie plusieurs fois avec agacement sur un Critérium avant que la mine ne sorte de son antre à reculons, puis nous regarde tour à tour, le docteur Holm et moi, avec l'air méditatif et concentré de quelqu'un qui attend une pensée claire, ou plutôt une dictée. « Bon, voyons si nous pouvons au moins trouver un début...

– Vous êtes devenu complètement fou ? » Holm lui arrache le dossier des mains. « Vous vous êtes planté votre aiguille de tatouage directement dans le cerveau, ou quoi ?

– Hé, hé, hé, du calme, du calme ! » Je laisse tomber la corde pour m'interposer car Dankevicz, le plus tranquillement du monde, a saisi la tête de Holm entre ses grosses paluches et semble prêt à la cueillir telle une citrouille. « C'est bon, Dankevicz, lâchez-le immédiatement ! Ce n'est pas ce qu'il a voulu dire.

– Et comment que j'ai voulu le dire », aboie Holm, « misérable bouffeur de fer !

– Sale pédale de danseur !

– Ça suffit maintenant, tous les deux ! Dankevicz, lâchez-le, nom d'un chien !

– Vous avez des ennuis, là-haut ? » L'infirmière menant la patrouille a fait stopper ses collègues et gravit la colline jusqu'à nous, probablement pour ne pas avoir à crier encore plus fort, légèrement hors d'haleine et les poings sur les hanches, elle se tient à présent juste en-dessous de la terrasse de Dankevicz, sa jambe droite revêtue d'un collant blanc en appui sur la pente abrupte de la colline, elle souffle sur son front afin de repousser une longue mèche de cheveux qui s'était échappée de sa coiffe et agite légèrement les épaules. « On peut vous aider, docteur von Stern ?

– Oh... non, non, merci beaucoup, infirmière, tout va bien. Simple plaisanterie entre collègues, rien de plus. »

Dankevicz a aussitôt lâché la tête de Holm et lui remet les cheveux en ordre tandis que Holm ronronne à l'attention de l'infirmière :

« Oui, tout va bien, merci, infirmière, bon travail, continuez comme ça ! »

Elle hausse l'épaule droite d'un air à la fois indolent et dégoûté, mais, le dos cambré pour compenser l'inclinaison, elle redescend malgré tout la pente à petits pas en tortillant consciencieusement le derrière tandis que nous inspirons de soulagement jusqu'au larynx, impossible d'aller plus loin.

33.

Référents continuent de défaillir sur leurs transats, mais les deux autres semblent déjà avoir repris plus que moi le contrôle d'eux-mêmes, ils se présentent tour à tour leurs excuses dans un canon agaçant jusqu'à ce que je laisse échapper un soupir d'exaspération et que Dankevicz, d'un raclement de gorge, mette fin à cette traditionnelle *copa di culpa* sur un match nul. Ce qui permet à Holm de passer au procès-verbal destiné à l'enregistrement qui est fait derrière notre dos :

« Nous arrivons donc à la conclusion suivante : la tentative du docteur Dankevicz de trouver ensemble un début au rapport du docteur von Stern s'est révélée une faute désastreuse – non, je vous en prie, laissez-moi finir, cher collègue – une faute désastreuse même s'il faut admettre que cela partait d'une bonne intention, de la meilleure de toutes les intentions. Pour cette raison, je ne soupçonne pas plus longtemps le docteur Dankevicz d'avoir voulu causer du tort au docteur von Stern en lui offrant cette aide contraire au règlement. En contrepartie, le docteur Dankevicz reconnaît de son côté que si j'ai tenté de l'empêcher d'enfreindre les règles de rédaction et de porter ainsi atteinte au sens même dudit rapport, ce n'est pas par lâcheté mais dans l'unique but de nous protéger, et surtout le docteur von Stern, de dommages plus conséquents. Est-ce correct ? »

Les yeux mi-clos, Dankevicz hoche la tête plusieurs fois en claquant la langue et Holm pousse un soupir de fatigue, ou plutôt de satisfaction, avant de conclure le procès-verbal :

« Bien, nous voici donc revenus au *status ante tumoris :* le docteur von Stern doit s'atteler au plus vite à la rédaction de son rapport et...

– Et ça, nous le savions.

– Oh, je vous en prie, von Stern, ressaisissez-vous ! Ce soir, lorsque vous aurez fini votre première séance de soins avec la patiente ambulatoire – son premier rendez-vous est bien prévu cet après-midi, n'est-ce pas ? – bien, ce soir donc, vous vous coucherez bien gentiment en *savasana* et vous commencerez à faire vos comptes avec vous-même. Faites quelques anamnèses bien poussées et laissez votre média-teur se souvenir des vérités qu'il a regardées avant de s'unir à votre corps.

– Hum.

– Et ensuite, souvenez-vous de la raison pour laquelle vous êtes devenu médecin. Pensez simplement à ce qui vous a conduit ici à l'époque, cela vous mettra un bon coup de pression, vous verrez. Et après ça, tout ira comme sur des roulettes, il faut juste tordre le cou aux vingt dernières années, on ferme les yeux et on fonce, Dieu soit loué, Tris-titia est aveugle.

– Au fait, pourquoi êtes-*vous* devenu médecin, Holm ? » Dankevicz paraît soudain plus éveillé qu'à son habitude, il n'y a pas de moquerie dans sa voix, juste une curiosité étonnée. « Je crois que je ne le sais même pas, c'est étrange, je consulte pourtant tout le dossier du candidat pour faire le contrôle phallographique au moment de l'embauche. Je suis même presque sûr d'avoir eu votre dossier entre les mains à l'époque, oui, je le vois devant moi, une chemise à rabats d'un jaune éclatant, mais je n'arrive pas à me rappe-ler s'il y avait quelque chose à l'intérieur...

– Aucune idée », Holm hausse les épaules avec désinvol-ture. « Je ne me suis jamais soucié de mon dossier, je n'ai fait aucune correction au cours de toutes ces années, je ne l'ai même pas lu au début quand je suis arrivé ici, enfin si, peut-être les tout premiers mois, mais après, j'ai arrêté, c'est d'un ennui.

– Peut-être, mais on est bien obligé de rester à la page à son propre sujet, ou du moins de se tenir au courant. Enfin, peu importe, alors pourquoi ? Pourquoi êtes-vous devenu médecin ?

– Je n'avais pas le choix. »

Dankevicz et moi nous regardons, interloqués, avant d'éclater de rire. Un rictus aux lèvres, Holm hoche la tête en regardant tour à tour son nombril puis nous jusqu'à ce que Dankevicz mette fin à notre hilarité par un petit applaudissement.

« Très drôle, Holm, ça ne manque pas de profondeur. Car il est vrai que, même si personne n'a de choix, on n'a pas le choix. Enfin, personne à part moi, cela va sans dire... » Holm et moi levons les yeux au ciel, mais Dankevicz insiste : « Oui, même si vous refusez toujours de le croire, *je* suis réellement devenu médecin de mon propre gré. Je suis le seul ici à avoir un background médical, je viens de la vieille noblesse ostéopathe, les branches de mon arbre généalogique s'étendent à travers toute l'Europe, ma famille a donné naissance au garde du corps de Bhagwan, ne l'oubliez pas... mais peu importe, laissons tout cela de côté, alors pourquoi..., non, plutôt dans quelle mesure n'aviez-vous pas le choix, Holm, pourquoi êtes-vous... ?

– Pourquoi je suis devenu médecin ? Mais parce que je m'aimais, parce je m'idolâtrais, pour quelle autre raison ? Qu'aurais-je bien pu devenir d'autre, avec une passion pareille ? »

Dankevicz et moi nous taisons d'un air gêné, le regard de Holm, à la fois craintif et furieux, papillonne entre nous, puis le battement désemparé de ses paupières se calme enfin et il ajoute à voix basse :

« J'avais tout juste quinze ans quand je me suis brisé le cœur. »

Dankevicz déglutit plusieurs fois bruyamment avant de murmurer d'une voix enrouée :

« Ça, c'est dur !

– Oui », Holm lui adresse un sourire forcé, « j'imagine. » Puis il baisse les yeux et se lance dans une glossolalie ronronnante d'une voix rêveuse et pourtant parfaitement distincte, comme s'il s'apprêtait à raconter une histoire aux veinures irrégulières des lattes de la terrasse afin de les aider à s'endormir :

« Du plus loin que je me souvienne, je n'ai jamais su quoi faire de moi. Qu'aurais-bien pu entreprendre ? À qui aurais-je pu me confier ? À un médecin ? *Docteur, je me suis brisé le cœur !* Sûrement pas, non. Les hommes n'ont aucune sympathie pour ceux qui s'aiment eux-mêmes, on ne peut d'ailleurs pas leur en tenir rigueur, ils sont incapables de comprendre ce que ces gens vivent, il n'y a pas de place dans leurs existences auto-satisfaites et bien rangées pour la monstruosité d'un tel désir manqué. Ils ne peuvent pas s'imaginer ce que cela signifie d'être méprisé par la seule personne qui compte à vos yeux, profondément méprisé, méprisé du plus profond de soi, pas seulement repoussé, non, rejeté pour toujours et à jamais, et ensuite, le menton dans la poussière, se consoler jusqu'à la prochaine fois, et de brasser ainsi sans cesse du vent sans pouvoir opposer aucune résistance à l'envoûtement illusoire de ce jeu humiliant et prévisible. Pendant des années, j'ai hurlé pour couvrir les sirènes de ma propre voix, j'ai poussé le volume à fond, *Kill your idols, kill your idols, kill your idols, let's go !* Mais tout cela n'a servi à rien car je ne souhaitais qu'une seule chose, je voulais me coucher une fois sur moi-même, me protéger, être enfin seul avec ma propre personne, mais même s'il m'est arrivé de m'adresser un sourire aimable, de me passer la main dans les cheveux d'un air compatissant ou de me murmurer à l'oreille : *quel étrange délire*, je n'ai jamais réussi, de près ou de loin, à m'atteindre, et c'est ainsi qu'à mes yeux et à ceux des autres je suis devenu de plus en plus faible sans pouvoir me confier à qui que ce soit. Avouer mon amour, oui, cela aurait été un véritable aveu, un aveu de criminel, mais pas d'un grand criminel, non, juste un minable petit malfrat dénué à la fois de scrupules et d'imagination, un de ceux qui se font coffrer dès leur premier cambriolage.

« Cela s'est passé à l'époque où la banque a versé à mes parents leur prime salutologique, *En bonne santé, on vous rembourse*, et en plus cette année-là, mon père a touché le bonus fidélité car, après tout, il s'en était tenu à une stéréogamie irréprochable pendant vingt ans, se contentant de labourer ma mère et sa secrétaire. Je ne me souviens plus avec quelle prime cette mesure allait de pair, en tout cas, un lundi matin, cette offre a atterri chez nous : *Mille billets d'avion gratuits pour les enfants*. Mes parents semblaient ravis de pouvoir se débarrasser de moi tout en me sachant entre de bonnes mains. Ma mère a pris mon menton dans sa main délicate, a baissé vers moi son candide regard brun de biche pour le planter dans les lacs verdis par la honte de mes yeux et m'a dit : *La maladie, mon garçon, c'est la vie non-vécue. Elle réclame à présent son droit et tu dois te livrer à elle.* Pendant ce temps, mon père, bien placé pour savoir que la seule idée d'une vie non-vécue constituait une maladie, et une maladie grave qui plus est, regardait par la fenêtre, ses mains d'une propreté méticuleuse croisées dans le dos, il faisait mine d'attendre l'un de ses fournisseurs, mais je vis clairement son sang battre au niveau de ses tempes tandis que son deuxième front, le front arrière situé entre le lobe pariétal et le lobe occipital, me fixait l'air coupable. Oui, voilà comment je me suis retrouvé en Crimée, et à partir de ce moment-là… », Holm revient à lui en prenant une profonde inspiration, ramène son regard sur nous et sourit d'un air à la fois radieux et amer, « à partir de ce moment-là, tout s'est emballé. »

Référents observent un silence embarrassé, puis je demande d'une voix légèrement enrouée :

« Vous aussi, vous étiez en Crimée ? »

Holm a la présence d'esprit de poser sa main sur mon plexus solaire, captant ainsi les vibrations les plus fortes et me permettant de poursuivre plus calmement :

« Vous aussi, c'est le professeur Karg qui vous a envoyé ici ?

– Non, j'ai été recruté par le professeur Frauenfeld en personne. Une nature poétique, sensible à l'esthétique, à l'époque il était déjà frustré qu'on ait refusé de lui confier la gestion stratégique exclusive de l'ensemble du projet « Crimée » de la clinique. Deux fois par semaine, je versais de l'huile chaude sur son large front et, le lendemain de mon examen, il a attrapé mon poignet et m'a fait une offre que je ne pouvais refuser, un poste alléchant de médecin, référent inclus, tout en m'adressant un sourire salace : *Cela signifie que dès le mois prochain, vous allez pouvoir voyager tous les deux, Holm.* Et c'est ainsi que le soir même, je me suis coupé une mèche de cheveux, je l'ai portée sur mon cœur en guise de souvenir, jusqu'à ce qu'il tombe bien bas et, à peine sorti de l'anesthésie, je me suis retrouvé à bord d'un avion, puis dans un taxi et, pour finir, de retour ici, à la chaîne », il rit de nouveau avec ce ronronnement gai et sombre à la fois et nous essayons de l'imiter, encore un peu timidement. « Je ne cesse de me répéter que c'est mieux que de passer ma vie assis dans la cave à lécher mon reflet dans le miroir, au moins ici, je peux, eh bien... je peux me rendre utile. »

Soulagés, nous rions tous les trois et prenons ensuite une inspiration qui descend bien plus bas que notre larynx, nos clavicules s'étirent en souriant vers l'extérieur, et Dankevicz retrouve sa voix de stentor :

« C'est comme ça, et pas autrement, bien joué, Holm ! Et puis, n'oubliez pas les privilèges dont vous jouissez ici. Au moins, étant donné la gravité de votre cas, vous êtes d'office dispensé de rapports sexuels.

– Mouais, je ne sais pas si j'appellerais ça être privilégié », Holm me tend de nouveau son paquet de tabac d'un air impérieux et je me hâte de lui rouler une mince cigarette avec les miettes restantes. « Devoir jour après jour jouer les danseurs mondains et les super héros, voir ces yeux de femmes révulsés qui s'accumulent en milliers d'exemplaires et finissent par polluer le stortex visuel, et passer chaque après-midi assis dans le hammam en compagnie de toutes ces célibataires, tout cela est loin d'être une partie de plaisir, croyez-moi...

– Hum, bien sûr, je comprends », référent parfaitement détendu, sent soudain le médiateur se remettre à vibrer avec insistance contre ses côtes, ce qui lui permet de laisser son discours s'écouler librement par ma bouche, et je l'écoute d'un air songeur. « Pour ma part, je trouve cela très agréable d'être dispensé de rapports sexuels pendant quelques semaines. Mais peu importe, en tout cas, ici, tout est une véritable partie de plaisir, et rien d'autre. Chers collègues, pensez donc à ce que nous serions devenus si nous étions restés en bas, jamais nous n'aurions trouvé de *shanti, shanti, shanti*, c'est inimaginable !

– Vous avez raison, von Stern », Holm me fait un clin d'œil en trompant l'attention de nos référents. « Nous pouvons vraiment dire que nous avons tiré le gros lot. »

Je hoche la tête bêtement, nous nous étirons de nouveau

de tout notre long, du moins autant que cela est possible, à deux sur ce transat étroit, et sourions en direction du père soleil. Dankevicz secoue la tête, tel un grand-père réprimant ses petits-enfants, avant de nous imiter et de grommeler tout en faisant glisser les lunettes de soleil de sa raie argentée sur son nez :

« Que la direction de la clinique vous entende, Holm. Il ne nous reste plus qu'à espérer que tous ceux d'en bas ne montent pas jusqu'...

– Ah, arrêtez vos sornettes, Dankevicz, vieil oiseau de malheur, il n'est jamais rien arrivé, donc il n'arrivera rien. Ce n'est pas parce que, de temps à autre, un fumiste réussit à se faufiler par la clôture de la première prairie que...

– Cette fois-ci, c'est différent, Holm, je vous le dis, ça bouillonne en bas. Une rumeur de patiente ambulatoire, c'est d'un tout autre calibre, les gens ne vont pas gober ça aussi facilement. Et puis, je ne serais pas étonné, von Stern, que la rumeur répandue par Dänemark et Darmstätter à votre sujet soit finalement vraie et que vous ayez réellement provoqué l'apparition de cette femme ici, vous ou votre médiateur défectueux, ce qui pour le moment semble revenir au même.

– Regardez, Dankevicz, je suis tout à fait calme », pour le lui prouver, je tends vers lui mes mains qui ne tremblent pas le moins du monde. « Et la meilleure chose que je puisse faire pour vous, c'est de faire comme si vous n'aviez pas exprimé ces reproches abscons.

– Comme vous voudrez, mais vous savez que je sais tout de vous », il se penche juste au-dessus de moi et j'observe avec étonnement mes yeux d'un bleu profond dans le reflet de ses lunettes de soleil. « Vous êtes en confidences avec la mer, avec la mer vous êtes...

– Malgré toute la compassion dont je suis censé, en tant que médecin, faire preuve à l'égard de votre anadiplose, Dankevicz, vous vous répétez...

– ... et malgré toute la compassion dont je suis censé, en tant que médecin, faire preuve à l'égard de votre agraphie, von Stern, vous allez tous nous mettre dans une...

– Bon, ça suffit maintenant », Holm n'a pas besoin d'élever sa voix dilatée par le soleil car, par gratitude pour son intervention discrète, nous nous taisons sur-le-champ. « Mettons-nous plutôt un moment en *savasana* tous ensemble, avant de devoir reprendre le cours de nos activités. »

Référents ferment donc les yeux et, avec un léger bourdonnement, laissent circuler leur *prana* dans une communauté d'esprit dynamique. Mais la magie ne nous porte qu'un court instant car, surgi de quelque part derrière nous, un gémissement vient se mêler à notre bourdonnement. Surpris, nous faisons pivoter nos têtes et apercevons dans l'encadrement de la porte de la terrasse mon fils de cœur Evelyn, que tient par la main l'infirmière Ariane dont les yeux me lancent des éclairs de reproche. Il est toujours en pyjama, tel que je l'avais laissé au dortoir, et c'est seulement en le voyant que je réalise que, une nouvelle fois, je l'avais complètement oublié.

34.

« Vous ne trouvez pas que ce garçon est un peu trop vieux pour que vous continuiez à lui donner son bain, docteur ? Il a dix-neuf ans – dix-neuf ans ! Normalement, à cet âge-là, on est adulte depuis longtemps, vous ne croyez pas, docteur ? »

Comme toujours lorsque l'infirmière Ariane souhaite manquer de respect à référent, elle a les mains enfoncées dans les poches de sa blouse au niveau des hanches et non pas croisées dans le dos, comme l'exige le règlement, ce qui l'oblige automatiquement à hausser non seulement les sourcils mais aussi les épaules d'un air réprobateur. Cette attitude puérile m'aide à ignorer Ariane tant que faire se peut, ce qui est loin d'être évident mais me permet néanmoins de ne pas avoir à répondre à ses questions tout de suite.

« … on est adulte depuis longtemps, vous ne croyez pas, docteur ?

– Si, si, c'est aussi ce que je pense, on l'est, mais il aime tellement ça, et puis j'ai de nouveau quelque chose à me faire pardonner aujourd'hui – et, hop là, allez, il est temps de sortir de la baignoire, mon garçon ! »

Mais Evelyn se contente de hocher de la tête et d'onduler de la croupe en me souriant joyeusement et j'essore une dernière fois l'éponge géante au-dessus de lui sans prêter attention à Ariane qui prend une profonde inspiration.

« Bon, c'est vrai qu'il est un peu attardé, et nous essayons tous d'en tenir compte, docteur mais –

– Il n'est absolument pas attardé, infirmière, mais de toute façon, vous êtes incapable de comprendre cela.

– Oh, bien sûr, pardonnez-moi, docteur », d'un air méchamment doucereux, elle pointe en avant ses lèvres de souris. « Je ne suis qu'une simple infirmière, je n'ai pas de cœur et je ne suis donc pas en mesure de comprendre –

– Exactement. Soyez gentille, donnez-moi cette grande serviette, là – merci. Pour un garçon qui a été déposé par sa mère dans une boîte à lettres et qui, pour cette raison, refuse de venir au monde ou du moins ne cesse de repousser sa naissance, il a atteint un stade de développement étonnamment élevé, vous ne trouvez pas, Ariane ?

– Peut-être, mais écoutez-moi, docteur », elle vient se placer juste derrière moi, presse doucement son genou dans mon creux poplité et laisse perler sa voix soudain chaleureuse à l'intérieur de mon oreille irritée et, par précaution, référent bloque l'ensemble de mes accès métalimbiques et paralimbiques. « Vous ne pouvez quand même pas en faire toute une histoire, la plupart des patients de cette clinique ont eux aussi été abandonnés par quelqu'un, quelque part, à un moment donné de leur vie, puis transférés ici, mais j'ai bien peur que vous n'ayez dès le début trop gâté cet enfant, et que vous ne continuiez de le faire, or nous ne pouvons pas approuver ce genre de comportement ici, n'est-ce pas, docteur ?

– Ah, balivernes, vous ne pouvez pas comprendre ! »

Je l'envoie promener sans plus de cérémonies et, étrangement, elle n'entreprend pas de nouvelle tentative de persuasion mais elle se réfugie, effrayée, dans l'un des coins de la salle de bains et se plaque contre la paroi vitrée, les doigts écartés. Mises à part ces mains pathétiques, les contours de sa silhouette recouvrent presque parfaitement ceux de la vieille patiente curieuse de la chambre voisine qui passe son temps collée à la vitre dès qu'il y a un rituel aquatique à observer. Je me détourne de cette importune ombre blanche dédoublée pour me consacrer de nouveau au garçon qui grelotte légèrement :

« Allez, Evelyn, sortez de là !

– Mais-mais non, mais-mais non, mais-mais non, non, non !

– Si, si, si ! Et hop ! Hop, hop là ! » Je l'attrape par les aisselles, le tire vers le haut et commence à le sécher. « Ou bien vos lèvres vont encore une fois être toutes noires, et puis, vous devez aussi vous raser, mon garçon.

– Mais-mais non…

– Mais si, et arrêtez avec ces stupides mais-mais !

– Je ne peux pas, le fait de prononcer une seule fois *mais* ne me protège pas suffisamment aujourd'hui face aux ingérences hostiles dans mes affaires intérieures, il faut que je le répète, tu comprends ?

– Hum-hum, bref, bref », j'ai réussi à le tirer jusqu'au miroir et je lui frictionne les cheveux avec la serviette, il garde les yeux et la bouche fermés, mais sa respiration haletante laisse présager une humeur extrêmement bavarde, ce qui risque d'empirer lorsque nous nous retrouverons seuls puisque Ariane pousse aujourd'hui la comédie jusqu'à avancer, comme dans une cage, en se tractant vers la sortie le long des parois vitrées à la seule force de ses bras. « Nous allons nous dépêcher, d'accord ?

– Oui, papa, mais-mais je veux juste t'expliquer en vitesse pourquoi la répétition du mot *mais* est ma principale formule magique pour combattre le mal et …

– Mais-mais je le sais bien, allez, on se rase maintenant, s'il vous plaît ! J'ai d'autres…

– Oui, mais-mais ce que tu ignores, c'est d'où je tiens ce mot, je l'ai formé à partir des premières lettres de toutes les prières curatives et les jours de grande détresse j'y ajoute même un *amen* – mais-mais amen ! Comme ça, il ne peut vraiment rien m'arriver. Non pas que j'y croie – je ne suis pas superstitieux, juste super-superstitieux – mais-mais ça aide », il éclate de rire comme si quelqu'un d'autre avait raconté une blague et je le laisse poursuivre son bavardage puisque, après tout, il se savonne les joues bien sagement.

« Mais-mais en réalité, cela a une tout autre signification, car – je vais te confier un secret, papa – *mais-mais* est en réalité un dérivé de *maîtrise*, il ne s'agit donc pas tant d'un anathème contre les forces du Mal que d'une formule pour maîtriser et empêcher la guérison.

– Ah, je vous en prie, Evelyn, vous n'allez pas recommencer avec ces idioties !

– Mais-mais pourquoi ? Laisse-moi finir, c'est pourtant une bonne explication grâce à laquelle je pourrai un jour affirmer comme les anciens : *et ainsi tout peut être traduit d'une façon qui fait sens.* Car en fait, c'est une langue obsessionnelle belle et ancienne que je parle, crois-moi, papa, il s'agit d'un dialecte hystérique aujourd'hui disparu. Et même si je ne suis pas mort, je ne suis pas en vie pour autant, car que puis-je vouloir dire d'autre, papa, sinon cela, que j'ignore d'où je suis venu avant d'arriver dans – dois-je dire cette vie mortelle ou plutôt cette vivante mort ? Qu'en penses-tu, papa ? Que dois-je dire, hein ? Dis-le moi, mon pauvre, pauvre père qui, par ma faute, ma très grande faute… »

Je cesse d'écouter la mélopée étrangement gaie de son discours et me contente de l'observer dans le miroir pendant qu'il se rase avec rapidité et habileté, usant exactement des mêmes gestes que moi, ce qui en soi n'a rien d'étonnant puisque c'est moi qui le lui ai appris, et son visage a beau ressembler comme deux gouttes d'eau au mien, ou plutôt à une vieille photographie de moi, ce n'est pas moi que je vois en lui mais toi alors qu'il babille sans retenue, ponctuant son bavardage d'éclats de rire gargouillant à chacune de ses blagues défensives puériles. Je te vois dans le miroir, penchée au-dessus d'un autre lavabo, babillant, rigolant et gesticulant sans arrêt avec à la main, non pas un rasoir comme Evelyn, mais une brosse à dents, si bien que cette salle de bains, l'autre salle de bains, est elle aussi souillée d'éclaboussures. Soudain, les parois vitrées autour de moi disparaissent et je me retrouve libre entre les quatre murs d'une pièce, je ne suis pas dans le palais de Livadia, ni dans celui de Dulber, encore moins à Yalta, non, je suis là-haut, à Kertch, dans notre petite salle de bains aux carreaux bleu turquoise avec sa fenêtre mal isolée et sa porte gauchie qui, bien que cent fois huilée, émet un grincement exaspérant à chaque ouverture et fermeture et me réveille toutes les nuits car tu te glisses sans cesse hors du lit pour te rendre à la salle de bains puis en revenir, sans pouvoir rester en place, et je n'arrive pas à comprendre pourquoi. C'est un mensonge, bien sûr, car je sais bien que si tu erres la nuit dans le couloir, agitée par une humeur automnale, ce n'est pas à cause d'une envie pressante mais pour me barrer la route, pour bloquer mes visites nocturnes à l'énorme penderie rectangulaire située près de la porte d'entrée, ce monstre qui nous a tant fait rire lors de notre emménagement et dans lequel j'ai très vite commencé à m'enfermer secrètement la nuit afin de me coller au miroir piqué de noir sous la lumière crue du petit néon horizontal fixé à hauteur des tempes sur le sapin abimé pour écouter les instructions chuchotées par mon référent.

Réprimant un gémissement, je plaque mes mains devant mes yeux pour me faire fuir et te faire fuir ainsi que toutes les anciennes images funestes de notre vie, et je vois réapparaître le garçon devant moi et, peu à peu, le clapotis de son bavardage se fraie de nouveau un chemin jusqu'à mes oreilles :

« … certaines choses sont bonnes, d'autres mauvaises, parce que, écoute, papa, ça dépend des voix que l'on entend. À la limite, on peut accepter l'ordre commandant de choisir la première date d'examen possible dans le semestre. Mais-mais, imagine que l'ordre soit de te trancher la gorge avec le rasoir ? Oh là là ! Oh non ! Ça y est, je l'ai dit… je l'ai fait, hop et là…

– Pour l'amour du ciel, Evelyn ! »

Je parviens *in extremis* à écarter le rasoir de son cou mais, pour lui éviter ce coupe-gorge, je dois l'attraper par le bras et saisir le coupe-chou, et je me fais une profonde entaille au niveau de la crique paradisiaque située entre le pouce et l'index. J'applique rapidement une serviette sur la plaie tout en tirant de mon autre main Evelyn vers moi. Il n'oppose aucune résistance lorsque, haletant, je me laisse tomber avec lui sur le sol carrelé, il se contente de m'insulter d'une toute petite voix :

« Espèce de lampe, espèce de serviette, espèce d'assiette… !

– Oui, c'est fini, Evelyn, je vais arranger ça, je te promets que je vais tout arranger, mon garçon.

– Tu saignes comme un porc, papa.

– Comment sais-tu comment les porcs saignent, hein ? » J'essuie ses larmes en lui souriant, il me rend mon sourire, sorte d'écho de faible intensité, et je me demande bêtement si je n'aurais pas pu appliquer plus proprement les deux traînées de sang que je lui ai peintes sous les yeux en essuyant ses larmes. « Bon, je vais aller me faire recoudre la main par le docteur Bulgenow et ensuite, nous irons déjeuner, et ce, non pas au réfectoire mais sur la terrasse, d'accord ?

– Pourquoi par le docteur Bulgenow plutôt que par le docteur Tulp, l'anatomiste des profondeurs ?

– Eh bien, parce que, à tous les coups, le docteur Tulp m'interrogera sur les enregistrements de mon sommeil, peut-être même qu'il jettera un œil à mon médiateur, alors que le docteur Bulgenow, lui, ne veut jamais rien savoir, il va même jusqu'à soigner les pires blessures par balle sans dire un mot, sans même soulever la cigarette coincée au coin de sa bouche.

– C'est bien d'avoir un médecin comme ça, n'est-ce pas, papa ? Un médecin à qui l'on peut simplement dire : Voilà mes blessures, je ne les cache pas : tu es le médecin, je suis le malade ; tu es miséricordieux, je suis misérable. Guéris-moi de tous mes maux, car ceux-ci sont grands et nombreux.

– Pas si vite, Evelyn, vous savez bien qu'il faut être en excellente santé pour pouvoir se permettre de minauder ainsi avec le haut-mal, n'est-ce pas ? Et malheureusement, on ne peut pas dire que ce soit votre… »

Je m'interromps en voyant la peur assombrir son visage et lève le bras pour lui donner son biberon, mais il me retient :

« Entends ma prière, papa, au nom du médecin de nos blessures suspendu au bois infâme !

– Calme-toi, je t'entends, je t'entends ! Je t'emmène à l'extérieur, c'est déjà pas mal, non ?

– Oui, peut-être », il semble réfléchir à mes paroles, hoche la tête lentement puis me regarde l'air rayonnant. « Oui, c'est vrai, c'est un début ! »

35

Avec un pansement tout neuf et flanqué de patient-enfant, référent réapparaît à la porte de la terrasse et s'immobilise sur le seuil, interloqué, car Mme von Hadern et le professeur sont assis à une seule et même table et l'infirmier O.W., penché silencieusement sur son assiette, ne fait nullement office de conciliateur mais de simple figurant, vulgaire objet de décoration à l'instar du vase en porcelaine blanche orné de lilas mauve posé devant lui, tandis que patient et patiente mangent en bavardant cordialement.

Ébloui par le soleil, référent observe leurs profils en ombre chinoise et caresse un instant l'idée, au vu des difficultés grandissantes qui l'attendent aujourd'hui à sa table, de rejoindre le réfectoire réservé par ce temps aux cas les plus lourds, d'autant que patient-enfant l'encourage à agir dans ce sens en tirant sur la manche de sa blouse. Mais au même moment, O.W. lève la tête, son regard voilé flottant au-dessus du lilas s'éclaire lorsqu'il me voit, il hausse les épaules avec un sourire minimaliste et, avant même que Evelyn ne réalise ce qui lui arrive, je l'installe à la table à côté de moi.

O.W. se contente de nous marmonner un discret *Bonjour, docteur, Bonjour, Evelyn* et lisse sa cravate en cuir blanc avant de se replonger dans sa soupe aux orties tandis que les deux autres convives nous saluent avec euphorie, remerciant la direction de la clinique et le père soleil pour le délicieux repas, le beau temps et la sage décision d'avoir récemment renoncé à l'accompagnement musical pendant le déjeuner. Car grâce à la *basse dominante du silence* devenue ainsi audible, nous explique Mme von Hadern, fière du petit paradoxe de la journée, en adressant un clin d'œil à Evelyn qui l'observe sans comprendre l'air apeuré, le contact fortifiant avec la nature du mois de mai s'établit automatiquement au cours du repas, sans efforts pranayamiques – et sans tétée de biberon, ajoute le professeur en pointant lui aussi vers Evelyn un index tremblotant en signe de réprimande. Quoi qu'il en soit, le caquetage hautement spiritueux de nos convives ne semblant pas s'adresser à nos fonctions de réponse, je cesse de les écouter et, penché sur la table, les paupières impudemment mi-closes et, j'en ai peur, légèrement papillonnantes, je hume le lilas qui répand sans façon ni regret son parfum fraîchement suave. Tandis que je m'efforce de synchroniser ma respiration avec celle du lilas, je l'entends soudain sous les bavardages des patients, la fameuse basse dominante du silence, du moins, je perçois un étrange bourdonnement à la modulation faussement glissante, un méchant *basso con tenerezza*. Le voici donc, me dis-je, il est là, il vient me chercher, le *flot du chant*, il va m'emmener avec lui sans aucun retour possible.

Mais rien de tout cela ne se produit car référent m'ouvre les yeux en me faisant remarquer qu'il s'agit simplement de mon bon vieil acouphène qui revient me hanter, après avoir gardé le silence sur tout ce qui s'est passé ici pendant près de vingt ans. Je ne demande pas à mon acouphène ce qu'il me veut, ni pourquoi il a choisi ce moment précis pour réapparaître, mais je reporte mon attention inutile sur mes voisins de table. Et c'est ainsi que le monde diurne me reprend, ou plutôt celui de l'éternel midi, et pour une fois, je suis reconnaissant à Evelyn qui, la bouche tordue en une moue de dégoût, essaie de faire disparaître la soupe d'orties à coups de cuiller et, à sa propre surprise, je l'en dispense sans les atermoiements habituels.

« Vous savez ce que j'étais en train de me dire, très chère ? » Tandis qu'on débarrasse sa soupe et qu'on lui sert le plat principal, le professeur tamponne avec sa serviette le pourtour de sa bouche pincée en cul-de-poule et, avec un geste discret de panique contenue qu'il remarque sans doute à peine lui-même, il tâte la poche extérieure de son veston pour vérifier que son biberon y est toujours alors que ce dernier dépasse de sa poche, bien visible aux yeux de tous. Mais peut-être ce geste rapide n'a-t-il plus depuis longtemps pour fonction de le rassurer, car au cours des dernières décennies, le biberon a toujours été là, à sa place, il n'a jamais manqué, pas une seule fois. S'il touche cet objet, dont la présence lui semble sans doute plus tangible que celle de sa propre personne, c'est peut-être davantage dans l'intention magique que le biberon bénisse la prochaine demi-heure de sa vie, ou même, plus magique encore, sans aucune intention particulière. « J'étais en train de me dire : manger est mon repas préféré. C'est très profond, quasiment grec, vous ne trouvez pas ?

– Si », elle hoche la tête en mastiquant énergiquement, « moi aussi, je trouve ça très bien qu'ils nous servent chaque jour un peu de notre dernier repas préféré. Mais, n'exagérons rien, ce n'est pas aussi bon que vous semblez vouloir le dire. La glande pinéale est un mets largement surestimé, si vous voulez mon avis.

– C'est exactement ce que je voulais dire -

– Oui, oui, je sais bien, professeur, mais la cuisine grecque ne m'intéresse pas particulièrement. Elle est toujours splendide, il faut lui rendre cette justice, mais à la fin de la journée, elle devient légèrement crue. Même si elle offre au cerveau suffisamment d'occasions de se récompenser avec un grand nombre d'opiacés endogènes, bien entendu.

– Ah oui, c'est vrai, quel sacré petit plaisantin, ce cerveau ! Il passe ses journées à jouer avec son système de récompenses, à se récompenser pour Dieu sait quoi…

– Vieux blagueur ! » Elle part d'un éclat de rire pétillant tout en secouant sa monstrueuse chevelure laquée de noir et pince la joue du professeur entre l'index et le majeur recourbés de sa main poudrée, le faisant sursauter d'effroi. « Mais laissez-moi vous dire une chose, vous non plus, cher convive, vous ne pouvez pas renoncer à l'appel de la récompense, vous aussi, vous devez, d'une manière ou d'une autre, dépenser vos montants de libido disponibles, vous non plus, vous ne pouvez pas vivre sans aucun rendement.

– Je ne comprends rien à ces salades », il se redresse avec fierté, s'agrippe aux rebords de ses deux assiettes et ajoute avec une dignité guindée : « Je n'y connais rien en affaires.

– C'est pourtant simple. Écoutez – docteur, s'il vous plaît, dites à ce garçon de cesser de dodeliner de la tête, et il va me rendre folle à fredonner ainsi – alors, voici comment mon mari et moi procédions par le passé, d'abord pour la banque et ensuite pour nous. Reverser systématiquement tous les excédents. Après tout, nous avons mené une vie de couple des plus saines, et le montant de libido ainsi libéré, nous le liquidions avec la plus grande prudence dès qu'il était échu, non, bien avant même, en réalité nous vendions l'option que nous avions dessus.

– Euh, comment dois-je… ? Vous investissiez le montant libéré ? En achetant quoi exactement ?

– Non, je n'achetais rien, espèce de nigaud, je vendais l'option que j'avais sur le montant libéré ou plutôt qui allait se libérer, *Croissance en devenir*, c'est beaucoup plus rentable que d'investir dans quelque chose que l'on ne connaît pas, logique, non ?

– Donc vous avez vendu quelque chose qui en réalité ne…

– Oui, quoi d'autre ? Écoutez-moi, mon petit professeur, je vous vends l'option qui vous permettra d'acquérir la libido qui se libérera chez moi tôt ou tard – le montant finira bien par se débloquer un jour. Et si ce n'est pas le cas, tant pis, l'important, c'est que vous ayez l'option, n'est-ce pas ? En fait, vous auriez même intérêt à ce que la somme ne se libère pas, comme ça, vous pourriez vendre votre option puis la racheter plus tard à un moment plus opportun, et vous faites ça plusieurs fois pour qu'elle revienne toujours vers vous comme un bon toutou, mais de moins en moins chère.

– Un peu comme avec le génie de la lampe merveilleuse, ou à l'opposé, ou au fond exactement pareil ? On a le droit de revendre la lampe merveilleuse, mais seulement pour la moitié du prix auquel on l'a achetée et, à la fin, j'essaie désespérément de faire ces cinquante pour cent de perte car celui qui n'arrive pas à se débarrasser de la lampe pour la moitié de son prix devra donner son âme au diable ?

– Oui, mais comme vous le savez, non seulement il existe des montants inférieurs à un cent, pas besoin d'aller en France pour refiler la lampe contre un centime à un pauvre pochard qui de toute façon ira au diable le sourire aux lèvres – non, vous pouvez aussi croître en négatif et à l'infini…

– Et pendant ce temps, vous vous enrichissez, car il n'y a jamais rien qui se libère chez vous !

– Oh, mon Dieu, riche, non, pas avec un peu de spéculation sur la libido, à peu près solvable peut-être, mais pas plus. Et vous ne devez jamais oublier que le risque réel, c'est moi qui le prends, pas vous, car à la fin, je ne pourrai jamais m'échanger, même pas contre un centime, je ne vois jamais la couleur de la marchandise, comment puis-je – comment pouvais-je devenir riche ? Mon Dieu, tout cela appartient au passé, et voilà que je suis vieille, plus vieille que vous tous ne le serez jamais... »

Sa voix chancelle soudain de façon menaçante au bord de l'abîme sans fond de sa pleurnicherie, mais heureusement, Raffaele, le plus professionnel de tous les serveurs de la clinique, vient débarrasser le plat principal et servir le dessert, insérant ainsi un bref hiatus dans cette scène, ce qui aide référent impuissant à ouvrir enfin la bouche :

« Tout à fait, cela remonte à des temps anciens, très anciens, vous n'êtes donc pas obligée de nous jouer cette comédie indigne au sujet de l'argent à rembourser, n'est-ce pas, très chère ?

– Oui, oui », sur la défensive, elle tressaille, les épaules légèrement en avant à la manière d'une petite fille entêtée, et trifouille dans son assiette à dessert. « Tout ce que je veux, c'est que, rien qu'une fois, vous fassiez preuve d'un peu de compréhension à *mon* égard, docteur, à l'égard de *ma* tragédie, écoutez, je ne suis certes bonne à rien dans la vie, mais je peux tout faire dans cette unité. Je suis la Romy Schneider du monde de la clinique ! Mais comme je suis vieille et desséchée, plus personne ne s'intéresse à moi, personne !

– Mais, mais, qui donc... », le professeur lui tapote affectueusement la main. « Vous n'êtes absolument pas vieille, très chère, une femme telle que vous se situe au-delà...

– Papa, je n'en peux plus ! » Evelyn a mis les mains sur ses oreilles et me demande presque en hurlant : « Est-ce qu'on peut aller sur la pelouse, s'il te plaît ?

– Vous ne devriez pas autoriser le garçon à vous appeler papa tout le temps, cathéter de Satan, ce n'est pas bon pour lui – et pour nous non plus d'ailleurs, pour aucun d'entre nous. »

Je fais un signe de tête à O.W. qui se réveille en sursaut de sa léthargie digestive et repasse en mode garde. Sans prendre congé ni du professeur ni de Mme von Hadern et ignorant leurs cris d'indignation, je traverse la terrasse en bois à grandes enjambées comme si je glissais sur une patinoire, Evelyn suspendu à ma blouse. Arrivé au bord de la terrasse, une image noire passe devant mes yeux, cela ne dure qu'une demi-seconde, mais cela suffit à transformer le pas vers la pelouse en un saut chancelant dans le vide.

36.

Respirant difficilement à cause de pincements au cœur au niveau de l'estomac, je dévale la pelouse en compagnie de ma pauvre sangsue presque jusqu'à la première barrière, et nous nous installons à l'ombre d'un jeune chêne, devant l'un des massifs de roses. Mon âme trouve enfin le repos, j'étends mes jambes et Evelyn, visiblement satisfait, s'assied en tête de vache, *gomukhasana*, il tète son biberon l'air songeur et, sans prendre la peine de retirer la tétine de sa bouche, comme ensommeillé, il me désigne du menton notre amnésique de compétition dont je n'avais une nouvelle fois pas remarqué la présence. Cela n'a rien d'étonnant, il se tient toujours immobile et silencieux au milieu de ses roses et, la plupart du temps, on ne le voit pas ou plutôt, non, on le voit très nettement, enfin, on voit surtout sa veste de feutre jaune pastel avec de gros boutons ronds qu'il refuse d'enlever même en plein été et qui est pleine d'accrocs à cause des épines de roses, on ne peut pas ne pas la voir, tout comme ses longs cheveux argentés, mais ce sont des éléments du décor sans importance – et il en est ainsi de l'homme dans son ensemble. Pourtant lorsqu'on finit par le voir, on a toujours un instant d'effroi. En hiver, quand il n'est pas au milieu des roses en fleur, on ignore où il se trouve, mais il ne manque à personne et, à la fin du mois d'avril ou au début de mois de mai, lorsque les premières roses se mettent à éclore, on réalise que cela fait plusieurs mois qu'on l'avait totalement oublié. Les médecins pensent tous qu'il s'agit d'un patient d'une des deux autres unités.

Cela fait donc deux semaines qu'il a entamé sa nouvelle saison et, tandis que la brise du mois de mai caresse nos joues, nous le regardons se pencher, les yeux fermés, au-dessus de la toute première rose de l'année, toujours comme s'il s'agissait de la toute première rose de sa vie, et ses mains mollement croisées dans son dos expriment un renoncement joyeux.

« Tu sais, papa », Evelyn lâche sa tétine dans un bruit de succion sonore et lève de nouveau le menton en direction de l'amnésique de compétition. « Pour être franc, je crois qu'il se fiche de nous.

– Comment ça ? »

Déconcerté, je regarde tour à tour le garçon et le vieil homme, mais avant qu'Evelyn ait eu le temps de me répondre, un croassement caractéristique nous fait tourner la tête. Empêtré dans O.W., le professeur descend la colline en trébuchant et, tel un chien rétif voulant se libérer de son collier, il essaie d'échapper à l'emprise de l'infirmier, il est certes loin de parvenir à ses fins, mais il est déjà assez effrayant de constater qu'O.W. a perdu le contrôle de son patient au point de se laisser entraîner jusqu'en bas de la colline, ce qui ne s'était encore jamais produit.

« ...me lâcher, rien qu'une seconde, Pampelune, Pampelune ! Je veux juste dire quelque chose au cathéter de Satan... rien qu'une toute petite chose... une seule phrase !

– C'est bon, O.W., laissez-le, je le ramènerai moi-même dans un instant. »

Infirmier lâche immédiatement patient qui s'étale de tout son long sur le flanc, mais sa colère le remet aussitôt sur pieds. Manifestement un peu sous le choc du fait de sa perte de pouvoir, O.W. fixe référent sans le voir, la bouche ouverte et la respiration haletante et, par un réflexe parfaitement conditionné, il replace sous sa coiffe noire d'infirmier les cheveux blonds tombés sur son œil droit. Je le secoue prudemment en le prenant par l'épaule :

« Tout va bien, O.W., il ne s'est rien passé, presque rien, cela peut nous arriver à tous...

– Non, docteur, cela ne peut pas et ne doit pas nous...

– Allons, ne soyez donc pas si sévère envers vous-même, et – vos cheveux sont en ordre à présent, arrêtez avec ça, je vous en supplie ! – le vieux a une force monstrueuse en ce moment, Dieu seul sait pourquoi...

– Parce que je jouis de droits plus anciens, pardi ! Que la procédure me bénisse, et *de jure*, c'était là une flagrante manifestation de liberté, ce que je...

– Asseyez-vous à côté du garçon, professeur, et fermez-la ! »

Il obéit séance tenante, ce qui me fait perdre le fil de mon propos, fil que j'essaie de retrouver sur le visage plein d'espoir de O.W. « Euh... où en étais-je ?

– ... force monstrueuse, docteur.

– Tout à fait, c'est incroyable la force que ce vieil homme peut avoir quand la situation l'exige.

– Quelle situation, docteur ?

– Pardon ?

– Quand quelle situation l'exige, docteur von Stern ?

– Euh... je disais juste ça comme... je ne sais pas quelle...

– Non ? Vous en êtes vraiment sûr, docteur ? » Il s'est remis de son léger choc grâce à la posture de la montagne, *tadasana*, il se tient à présent droit comme un i et ses yeux bleu clair s'assombrissent soudain au point de sembler presque noirs, mais il poursuit avec une angoisse candide : « Vous savez, docteur, si vous saviez dans quelle... si vous saviez où il veut en venir, si vous pouviez faire quelque chose, écrire quelque chose ou au moins vous en tenir à votre emploi du temps, ou si déjà vous fermiez les portes comme il faut... Vous voyez, si je perds mon emploi, vous savez ce que je...

– Ne vous inquiétez pas, O.W. », je rajuste son nœud de cravate dans un geste de réconfort. « Vous n'allez pas perdre votre emploi.

– Vous savez que je serais prêt à tout pour vous, docteur, tout, je vous suis attaché comme un fil de soie, mais je ne dois en aucun cas perdre mon...

– Du calme, du calme, O.W., je vous promets qu'il ne vous arrivera rien, et à présent, retournez travailler, je remonte avec les deux patients d'ici un instant. »

Il hoche la tête en souriant l'air modérément soulagé, puis toute trace de pollution expressive disparaît de son visage et il s'éloigne rapidement d'un pas discret et régulier. Pour gagner du temps, je le suis des yeux et le regarde disparaître lentement derrière les hauts lilas situés à l'extrémité sud de la terrasse et, alors même que sa silhouette s'est évanouie depuis longtemps, je continue de fixer les lilas touffus dont je n'arrive cependant pas à distinguer en détail les grappes de fleurs depuis l'endroit où je me trouve, mais justement, le fait de ne les voir que comme des taches de couleur me fait soudain réaliser qu'ils sont déjà presque tous fanés. Partout à l'intérieur de ces taches, le gris à la gaieté énigmatique qui, en brisant leur pureté vulgaire, confère au rose, au violet et au blanc leur éclat frais et blême de voile de rosée, a déjà cédé la place au marron débonnaire de la décomposition, un marron à la fois clair et foncé, comme celui du sable mouillé par la pluie qui sèche à la chaleur d'un soleil capricieux, il est encore grumeleux et lourd dans la pelle mais n'ira pas pour autant gâcher la bonne humeur d'un enfant en train de jouer – l'été, c'est l'été, advienne que pourra –, seulement celle des adultes qui se sentent au bord du gouffre à chaque jour de pluie, y voyant toujours un signe annonciateur.

« Il va bien falloir que vous vous décidiez, cathéter de Satan !

– Quoi ? »

Je fais volte-face, mais le professeur ne me regarde pas. Me tournant le dos, Evelyn et lui sont assis côte à côte dans l'herbe sous le chêne et tètent leur biberon respectif dans une entente cordiale. Je m'assieds près du professeur, mais ils continuent de s'accrocher stoïquement à leur tétine et observent avec fascination le spectacle immobile de l'amnésique de compétition. Je me joins à eux avec un haussement d'épaules et pose à mon tour le regard sur l'homme aux roses, c'est alors que le professeur se remet à parler :

« Choisissez-vous la veille ou le sommeil, docteur, telle est la question !

– Voilà une question franchement idiote pour un homme de votre intelligence, professeur !

– Oui, pour une fois, vous avez raison, mais en même temps, cette question idiote est pour une fois justifiée, et donc pas si idiote que cela, il s'agit d'une véritable question à laquelle vous devez répondre.

– Je ne comprends pas…

– Vous devez vous décider, docteur », il tourne lentement la tête vers moi, toute trace de folie a soudain disparu de son visage, ses traits ont retrouvé leur place et sont à présent aussi méconnaissables qu'un portrait-robot. « Vous devez prendre une décision !

– Mais je ne peux pas, cela n'est pas en mon…

– Oh si, il faut aussi prendre des décisions au sujet de choses qui ne sont pas en notre pouvoir, ce sont même sans doute les seules que nous ayons à prendre. Je vais vous montrer quelque chose. »

De la poche intérieure de son veston, il sort une petite boule de papier luisante de graisse qu'il déplie avec minutie jusqu'à ce qu'une feuille de parchemin très fin soit étalée sur l'herbe devant nous.

« Voici quelque chose que personne ne peut posséder, quelque chose qui en réalité n'existe pas », il lisse le parchemin avec précaution. « Et pourtant, c'est en ma possession. »

Avec fierté, il lève le menton et, sur son visage, la folie revient déposer sa valise dans le filet à bagages, elle s'installe dans tous les recoins, croise toutes ses jambes et me sourit à travers la fenêtre. Quand Evelyn tend la main pour toucher la feuille, il reçoit aussitôt un coup sur les doigts, ce qui m'évite de commettre la même erreur, je me contente donc de pencher timidement la tête au-dessus du parchemin et d'examiner d'un air perplexe le minutieux dessin bleu pâle.

« Qu'est-ce que c'est ?

– Vous ne reconnaissez même pas, misérable charogne ?

– N-Non.

– Ceci, cher docteur Je-sais-tout... », il marque une pause théâtrale exagérément longue, gonfle le torse et brandit l'index en tremblant tandis qu'Evelyn lève les yeux au ciel avec ennui. « Ceci est un plan de la clinique.

– Pardon ?

– Tout à fait, un plan de la clinique, de toute la clinique, des trois unités. »

Evelyn en laisse tomber son biberon :

« Il y a trois unités ? »

J'étudie de plus près le dessin, on y voit quelques cercles et demi-lunes mais surtout un tas de carrés de taille égale bêtement alignés et tracés en lignes pleines et en pointillés, comme si ce travail avait été réalisé au cours d'une séance d'art-thérapie sous médication trop généreuse. Les lignes ne se chevauchent et ne se croisent qu'en de rares endroits dans une explosion de créativité péniblement simulée.

Référent trouve tout cela décidément trop bête.

« Un patron ! Très drôle, professeur ! D'autant plus qu'il s'agit du patron d'une robe dont le motif à damier est tout aussi ridicule qu'irrégulier !

– Comme vous voudrez, espèce de pelle à tarte », vexé, le professeur replie le plan. « Mais vous le regretterez ! Laissez-moi vous dire une chose : si vous ne tentez pas votre chance cette nuit, il sera trop tard, trop tard pour nous tous. Cette vieille salope oxydée est au courant depuis longtemps, même un imbécile comme vous a bien dû finir par s'en rendre compte, Dänemark a des contacts en bas ou en hauts lieux, je n'en sais rien, de toute façon, je serai bientôt bon pour le centre de distribution des récompenses, et ce garçon...

– Ça suffit, professeur », je tiens fermement ses épaules tremblantes, « calmez-vous !

– *Que* va-t-il m'arriver, à moi ? » Paniqué, Evelyn tire sur la manche du professeur. « Qu'allais-tu dire ?

– Rien, mon garçon, ce cher docteur nous muselle et -

– Ça suffit pour aujourd'hui, professeur », référent me fait lever avec un calme extrême. « Votre compagnie a beau être des plus plaisantes, je n'ai pas de temps à perdre avec nos petites plaisanteries maintenant, je dois me rendre en salle de *pranayama* où ma patiente m'attend sans doute depuis un bon moment et...

– L'ambulatoire, c'est ça ? Dans ce cas, faites en sorte, au moins pour cette fois, de ne pas baisser votre pantalon, maudit flexigym !

– Oui, oui. On peut y aller maintenant, s'il vous plaît ?

– Tu n'as qu'à y aller, papa, je me charge de le raccompagner, tu peux me faire confiance.

– Vraiment ?

– Bien sûr, vas-y. Nous restons encore assis un instant à regarder le renifleur de roses et ensuite nous rentrons, n'est-ce pas, grand-père ?

– Tout à fait, mon garçon.

– Écoutez, Professeur, vous ne devriez pas laisser ce garçon vous appeler grand-père tout le temps, ce n'est pas bon pour lui, et pour vous non plus d'ailleurs, pas plus que pour...

– Allez, il est grand temps que tu y ailles, mon grand. »

Je tourne les talons sans dire un mot et me laisse porter par mes jambes. Voir référent laisser ainsi patients livrés à eux-mêmes, sans défense, me semble tellement inconcevable que j'ai du mal à y croire et donc à y changer quelque chose. Je badigeonne à la hâte une couche de pensée automatique sur cet incident en me disant que les choses seraient nettement plus faciles si les patients étaient mieux équipés, s'ils avaient eux aussi un médiateur et un stortex et que c'est une charge très lourde pour les médecins que d'être les seuls à pouvoir différencier ce qui est bon et mauvais.

Référent regarde l'heure, déjà trois heures et demie, patiente doit attendre depuis une demie heure dans la salle de *pranayama*, pourtant je n'y vais pas directement, je contourne à la hâte le bâtiment afin de récupérer les scanners que j'ai laissés sur la terrasse de Dankevicz ce qui, je ne sais pas pourquoi, me semble indispensable pour surmonter le traitement de l'ambulatoire.

Je trouve la terrasse déserte, la porte vitrée est restée ouverte, je glisse un œil à l'intérieur du bureau de Dankevicz, par chance, aucune trace du surdoué, il semblerait qu'il se soit une nouvelle fois éclipsé au royaume des ombres.

Je me penche entre les transats pour prendre mes scanners mais je constate avec effroi que le paquet initial est devenu tout mince. Je m'essuie le front avec ma blouse, ramasse les quelques résidus qui subsistent de moi, porte ces maigres restes à bout de bras, tel un malheureux employé de bureau qui ne saurait toujours pas où se trouve le casier du courrier, et fixe le feuillet supérieur qui, déjà à moitié détaché du bloc, se gonfle contre le vent à la manière d'une voile impatiente. Référent ne peut pas attendre de moi que je surmonte cette épreuve, déplumé comme je le suis... Il est tout à fait naturel de redouter une personne qui n'avait pas le cœur de perdre son cœur, une personne qui continue avec arrogance de porter cet organe si haut entre ses côtes qu'il, ou plutôt elle, ne peut en aucun cas comprendre la responsabilité qui incombe à un médecin, le poids qui pèse sur mes...

« Ce sont vos scanners, docteur von Stern ? Vous les avez perdus ? »

C'est Ada qui crie dans ma direction depuis la prairie et agite des deux mains mes scanners au-dessus de sa tête, tel un contrôleur aérien ses petits drapeaux, tandis que son frère jumeau Ardeur ramasse les pages fugueuses qui s'envolent sur la pelouse à l'approche de ses pieds trébuchants. Je l'observe en silence d'un air résigné, puis ils montent vers moi en souriant et, tout aussi souriant, je saisis le paquet que me tendent leurs petites mains de gymnastes comme s'il s'agissait d'une décision arbitrale olympique.

« Tout est bien là, docteur von Stern ? Nous avons fait du bon travail ?

– Oui, vous avez fait du bon travail, comme toujours », confiant, je fais rapidement défiler les images à l'aide de mon pouce, comme une liasse de billets qu'il serait inutile de recompter. « Tout est là. Je vous remercie de tout cœur, les enfants. En échange, vous aurez droit la semaine prochaine à deux heures d'entraînement à la barre fixe ou sur glace, au choix, ou même aux deux, si vous voulez.

– Voulez-vous qu'on les classe ? » Ardeur, dont le zèle ne connaît aucune limite, veut me reprendre les feuilles des mains. Comme à chaque fois qu'on leur fait un compliment et qu'on leur promet une récompense, il tient à montrer que leur complaisance n'a pas pour but méprisable d'atteindre les lignes droites des récompenses, mais qu'elle repose bien sur leur propre désir, un désir absolument désintéressé et infini ou plutôt un désir qui leur est infiniment propre. Ada tire elle aussi sur le paquet en criant gaiement : « Nous ne les avons pas encore remis dans le bon ordre !

– C'est très gentil de votre part, Ada, mais l'ordre n'a pas grande importance, on peut les lire dans le sens qu'on veut. Je dois à présent me dépêcher, je suis déjà très en retard, adieu, les enfants ! »

Référent traverse ensuite le bureau de Dankevicz, passe devant la porte de l'infirmier de garde étonné, court dans les couloirs d'une manière non conforme à sa position, direction sud-est, passe devant les infirmières, tout aussi étonnées, et rejoint la salle de *pranayama* dont il ouvre la porte à la volée en criant, hors d'haleine :

« Bon, allez, finissons-en ! »

37.

Patiente sursaute, effrayée, vacille un instant, puis se fige de nouveau droite comme un bâton au milieu de la petite salle ronde avant de se tourner vers moi avec raideur, d'abord les pieds et enfin les épaules et la tête, en gardant les bras inertes le long du corps au lieu de s'en couvrir au moins un peu. Référent bredouille, pris de panique :

« Pourquoi êtes-vous toute nue ?

– L'infirmière m'a pris mes vêtements », elle parle d'une voix atone et regarde à travers référent l'air apathique. « Elle a dit que je ne pourrais pas bien respirer si je les gardais et que, si j'étais ici, c'était pour respirer.

– Oui, bien sûr. » Sans quitter le sol des yeux, référent s'approche d'elle d'un pas rapide, puis retire sa blouse. « Tenez, enfilez ça le temps que… attendez, prenez aussi ma ceinture… voilà, comme ça, c'est presque comme une robe… ça ira ?

– L'infirmière a dit qu'elle allait tout de suite m'apporter une tenue de traitement mais elle n'est jamais revenue et ça fait une heure que je suis debout dans cette salle vitrée vide, nue comme un ver, et il y a tout le temps des gens qui passent devant et me reluquent.

– Je suis désolé, je suis absolument désolé, ce genre de choses ne devrait pas arriver.

– Non, ça ne devrait pas », elle parle toujours d'une voix légèrement traînante, mais son sourire apathique se transforme peu à peu en un sourire las et sarcastique. « Et est-il normal que, avant le traitement, l'infirmière examine tous les orifices corporels du patient ?

– Euh… comment ? Non, bien sûr que non, mon dieu, je suis absolument… je vais de suite me…

– S'agit-il de mesures de sécurité renforcées parce que je viens d'en bas et qu'hier, il y a eu ce – ?

– Non, non, non, nous n'avons reçu aucune directive en ce sens…, je n'arrive pas à comprendre ce qui a pu se passer.

– Bon, n'en parlons plus », patiente serre encore un peu plus la ceinture autour de sa taille. « Pouvons-nous enfin commencer, docteur, je n'ai pas envie en plus de passer la nuit ici.

– Non, je vous comprends. Venez, asseyons-nous, oui, sur le tapis là, nous allons commencer en position du lotus ou bien en tailleur, si vous trouvez ça plus confortable. On tire vers l'arrière le peu de chair du popotin pour être bien assis directement sur les ischions... oui, comme ça. Aujourd'hui, nous allons faire ensemble quelques flexions arrière et quelques mouvements d'ouverture des hanches. Vous savez que les mouvements d'ouverture des hanches sont de merveilleux libérateurs d'émotions ?

– Non.

– Si, si. Les os des hanches sont le siège de nombreuses émotions de premier plan, ou plutôt l'espace de projection situé entre les os des hanches et le système limbique, et le fait d'ouvrir le bassin aide à pardonner à autrui. De toute façon, c'est du passé, alors pourquoi ne pas essayer. Ce ne serait pas une bonne chose de pouvoir pardonner ?

– Non.

– Bien, donnez-moi vos mains ! La couronne s'élève vers le ciel, le sternum et les côtes fondent, et nous inspirons profondément de mon ischion gauche à votre clavicule droite puis...

– ... et je suis censée pouvoir mieux respirer dans votre blouse que dans mes propres vêtements, c'est ça ?

– C'est pourtant une très jolie blouse, vous ne trouvez pas ? Vous avez déjà porté quelque chose dans ce genre ? »

Je lui fais un large sourire, elle rit en secouant la tête et en soupirant par le nez, elle essaie sans conviction d'ôter ses mains des miennes en regardant par la vitre derrière laquelle un nouveau groupe de patients passe. Ils viennent de finir leur deuxième séance de course à pied et tiennent avec une fermeté décontractée les extrémités de la serviette blanche nonchalamment jetée autour de leur cou, comme un joug moelleux, et papotent en déambulant vers leurs salles de bain.

« Vous ne me dites rien concernant les résultats de mes examens, docteur ?

– Ah, vous voulez vraiment les connaître ? Le diagnostic n'a pas plus d'importance que ça, le principal, c'est qu'on ait défini les modalités du traitement, non ? Et dans ce but, avant-hier – oui en effet, votre première visite remonte à deux jours, ça me semble une petite éternité – nous avons signé ce beau petit contrat. Vous vous souvenez ? Vous me faites part de tout ce que vous savez à votre sujet, vous le jouez ou vous le simulez, à vous de choisir. Vous agissez, je reprends le contrôle de votre histoire, nous respirons ensemble, nous courrons ensemble et ainsi, vous retrouverez très vite la pleine conscience de votre santé.

– Pourriez-vous lâcher mes mains un instant, s'il vous plaît ?

– Non, je regrette, c'est impossible en raison du transfert. Est-ce l'infirmière qui a détaché vos cheveux ou êtes-vous montée comme ça ? »

Elle ne sourcille pas et fait même mine de devoir réprimer un bâillement en parlant :

« Bon, très bien, je vous raconte mon histoire ou je la joue ou que sais-je encore. Et dès que je joue avec vous, je vous transfère les droits que j'ai sur moi, jusque-là, tout est clair, c'est d'ailleurs tout simplement le premier principe de la thermonarcistique : le jeu souverain est un jeu de la perte, très bien. Et que faites-vous pendant ce temps-là ? Je suppose que vous m'écoutez en confesseur indulgent. Je ne sais pas trop à quoi ça sert...

– Oui, nous pouvons en effet donner l'impression de ne prétendre qu'au rôle de confesseur séculier. Mais la différence est de taille, car nous ne souhaitons pas seulement entendre ce que vous savez et que vous cachez à autrui, vous devez aussi nous faire part de ce que vous ignorez. Dans ce but, j'aimerais vous donner une définition plus précise de ce que nous entendons par sincérité. Vous êtes tenue de respecter cette règle thérapeutique de base qui doit à l'avenir déterminer votre comportement à notre égard : vous ne devez pas seulement nous faire part de ce que vous dites volontairement et volontiers, de ce qui vous soulage comme lors d'une confession, non, vous devez également nous communiquer tout ce que vous apprend l'observation de vous-même, tout ce qui vous vient à l'esprit, même si c'est désagréable à dire, même si cela vous semble sans importance ou bien absurde. Tout est susceptible de nous aider », je me rapproche d'elle et nos genoux se touchent mais elle n'esquisse aucun mouvement de recul. « Tout peut avoir son importance, vous comprenez ?

– En soi, oui, mais pour être honnête, je ne crois pas qu'il y ait des choses que j'ignore à mon sujet ou dont il me serait désagréable de parler, ni même qu'il y ait des choses qui me semblent sans importance ou absurdes – c'est surtout ce dernier cas que je ne peux pas m'imaginer. C'est bien là mon problème, je croyais que c'était pour cette raison que j'étais ici.

– Comment ça ?

– Eh bien, comment vous expliquer, docteur, vous voyez : tout me rappelle tout. Je ne sais pas si vous comprenez ce que je veux dire... »

Elle hausse les épaules l'air interrogateur, en regardant à travers moi comme si elle était justement en train de se souvenir de toute autre chose et qu'il lui était totalement égal que je la comprenne.

« Bien sûr, je vous comprends parfaitement. *Souvent me souvient* comme on disait si bien à...

– Mais non », elle éclate d'un rire méprisant. « Ce n'est certainement pas ce que je voulais dire, je ne suis quand même pas un vieux divan sentimental. Je ne voulais pas dire que j'étais encline à la mélancolie des flexions arrière, au contraire j'ai plutôt tendance aux flexions avant, je garde constamment mon corps bien tendu, le front sur les genoux, ce qui bien sûr n'est pas optimal pour quelqu'un qui semble gravement paradéficitaire, c'est certes bon pour la lymphe, mais à la longue, il y a trop de sang dans le cerveau, enfin, au moins, ce n'est pas un comportement lâche. Alors que les flexions arrière sont tout de même une affaire de lâcheté, vous ne croyez pas ?

– Non, je ne crois pas. »

En réalité, je partage son avis et elle le voit bien, ce qui emplit soudain son regard sur moi d'une tristesse si candide que mes douleurs dans le plexus solaire se rappellent toutes ensemble à mon bon souvenir. Mais la voilà qui éclate de rire à la vue de deux enfants en maillots de bain et flotteurs qui tapent contre la vitre en nous faisant des grimaces jusqu'à ce que leur infirmier ne vienne les déloger, et j'ajuste rapidement à mes traits le masque de tristesse qu'elle vient d'abandonner en prononçant lentement :

« Eh oui, c'est comme ça. Vous allez devoir m'aider à vous aider, vous allez devoir m'apprendre à ne pas être lâche et alors, j'espère que je comprendrai ce que vous voulez dire quand vous affirmez que tout vous rappelle tout. Il va falloir vous montrer patiente avec moi, mais je serai votre fidèle référent, je ferai tout mon possible pour sauver le présent, je serai le charmeur chuchotant à l'oreille du présent, je suis médecin, ne l'oubliez pas. Rien de ce que vous me raconterez n'échappera à mon rapport et c'est ainsi que nous travaillerons en bons termes. »

Patiente se noie dans sa peur, mais elle sourit fièrement :

« Bon, alors finissons-en.

– C'est ce que je vous disais. Bon, comme je l'ai également déjà signalé, tout peut s'avérer important », je me lève et vais chercher ma pile de scanners que, dans un mouvement d'effroi, référent a laissé tomber en entrant, je me rassois en *padmasana* près de patiente, je prends le premier cliché et je le lui tends :

« Connaissez-vous cet homme ?

– N-non, jamais vu.

– Vous n'avez même pas regardé. »

Avec un soupir d'agacement, elle m'arrache le cliché des mains, regarde un moment les lignes grossièrement entremêlées, me le tend de nouveau d'une main molle et me regarde droit dans les yeux sans ciller :

« Non, j'en suis absolument sûre, je ne l'ai jamais vu. Que lui est-il arrivé, il est mort ?

– C'est ce que nous supposons, oui, mais j'aimerais l'entendre de votre bouche.

– Eh bien, où qu'il en soit, mort ou vivant, c'est son problème et non le mien. »

Elle saute sur ses jambes mais je suis aussi rapide qu'elle, je l'attrape par le coude, lui colle l'image sur la poitrine et, désespéré, je lui hurle au visage l'ancienne formule d'anathème :

« *Prends et lis ! Prends et lis !* »

Mais elle plaque à son tour l'image contre mon torse et chuchote :

« *Prends – ce – qui – t'appartient.*

– Cette formule n'a plus cours ici. Tu ne peux pas divorcer aussi facilement. »

Elle me caresse la joue tendrement :

« Nous sommes divorcés depuis longtemps, Franz.

– Alors, que fais-tu ici ?

– Je viens chercher le gamin.

– Pour ça, il faudra passer sur mon cadavre ! »

J'ai à peine prononcé le dernier mot que je réalise à quel point cette menace est ridicule dans ma bouche. Esther se contente de lever un sourcil en signe de compassion, au point où j'en suis, autant aggraver mon cas :

« Je préfèrerais encore que le diable l'emporte !

– Oui, tu préfèrerais… c'est ce que tu *as préféré*, n'est-ce pas ? » Elle ne pose pas cette question avec colère mais avec un étonnement empreint de tristesse, comme si tout cela s'était produit la veille et qu'elle n'arrivait toujours pas à y croire. « Tu as préféré que le diable l'emporte plutôt que de me le laisser.

– Je n'ai laissé personne l'emporter, et certainement pas le diable, ce satané vieil imbécile, tu le sais très bien. C'est *toi* qui n'en voulais pas, si je peux me permettre de te le rappeler, tu avais des projets plus importants dans la vie que de t'occuper de ton enfant !

– J'avais des projets dans la vie ! Vraiment, tu es toujours aussi drôle, il faut le reconnaître ! J'ai été expulsée, mais…

– Tu aurais pu rester, tu n'aurais pas dû nous laisser tomber, Evelyn et moi, tu n'avais qu'à…

– … vivre avec un homme mort.

– À moitié mort ! Pas mort, et pas non plus mort-vivant, mais à moitié mort, j'insiste sur ce…

– Je t'en prie, Franz, restons-en là.

– Mais c'est justement ce que j'essaie de faire ! » Je tombe à genoux en gémissant, référent tente tant bien que mal de transformer mon faux pas en une posture du héros, *virasana*, à peu près présentable mais rien à faire, il ne parvient pas à me décoller le menton du sternum. « Alors dis-moi comment je dois m'y prendre ! Je sais que je n'aurais jamais dû accepter ce poste là-haut, à Kertch, je n'aurais pas dû me faire muter dans une clinique frontalière, je n'aurais pas dû me laisser avoir par la Frontalière ni dispenser des soins spéciaux aux Organes Intérieurs. Rien que le premier serment *Toujours plus doux à l'intérieur, toujours plus léger à l'extérieur...*

– C'est bon maintenant Franz, arrête », elle s'agenouille à mes côtés. « C'est notre faute à tous les deux, un point c'est tout. La Crimée n'existe plus, nous n'existons plus, tu es ici en haut, je suis en bas, c'est comme ça, il ne nous reste plus qu'à essayer de trouver la meilleure solution pour Evelyn...

– Tu ne pourrais pas être montée pour nous chercher tous les deux, le gamin et moi ? Ce serait au moins possible qu'il en soit allé... enfin qu'il en *aille* ainsi, non ? Si le présent n'est qu'une ombre du passé...

– Mais ce n'est pas le cas, et la raison pour laquelle je suis venue ou pour laquelle ils m'ont envoyée n'a plus d'importance », elle repousse mes cheveux de mon front en le caressant comme sur la plage à Gourzouf et sourit. « Ce qui est sûr, c'est que je ne peux pas t'emmener, il faudrait que tu le fasses tout seul.

– Peux-tu enlever ma blouse, s'il te plaît, et venir t'asseoir sur moi ?

– Non.

– Et pourquoi pas ?

– Eh bien », elle tourne la tête à droite et à gauche, étonnée, « parce qu'il y a plein de gens qui se promènent là dehors.

– Oui, mais ici, personne ne regarde quand il se passe quelque chose de vraiment important, je t'assure, ce n'est pas qu'ils manquent de discernement, au contraire, c'est du bon sens pur, voilà comment ça se passe ici.

– Ah oui, et la caméra qui se trouve là-haut, derrière ta tête ?

– Ah, elle ne sert qu'à moi, pour m'aider à corriger mes postures, même après toutes ces années, mes postures du sage ne sont pas encore parfaites.

– Mouais, et le vieil homme, là, qui repasse devant nous pour la centième fois au moins.

– Oh, c'est juste M. Asperger, un homme beaucoup trop poli et discret pour épier les autres. »

Je fais pivoter ma tête au-dessus de mon épaule droite puis de la gauche pour suivre le maximum du cercle que Asperger trace autour de nous en fredonnant, comme toujours ses mains, dont il semble avoir peur, sont profondément enfoncées dans les poches de son pantalon de velours bleu élimé, pantalon que chaque nouvelle infirmière tente au début de lui confisquer avant de devoir reconnaître qu'il est, sur ce point, bien plus fort que nous tous réunis, il adresse au sol des hochements de tête saccadés au rythme de ses pas et de son fredonnement, et ses cheveux courts teints en noir, rasés sur les côtés et au niveau de la nuque, ressemblent à une briquette de charbon menaçant à tout instant de glisser sur son front. En le suivant des yeux, je laisse tourner mon regard autour de nous dans le sens des aiguilles d'une montre, de telle sorte que je ne nous vois pas et que je peux faire mine d'ignorer que je nous déshabille, moi d'abord et toi ensuite. Ce n'est qu'en passant midi que mes yeux survolent gaiment ce sourire moqueur que j'aime tant chez toi jusqu'à ce que tu attrapes soudain mon menton et que tu t'assieds enfin sur moi, nous rions ou plutôt pleurons doucement, et plus rien ne peut nous atteindre, pas même cet horrible refrain de notre jeunesse que M. Asperger s'est mis à chanter à gorge déployée :

Boulot, boulot, tu ne me lâches pas
Boulot, boulot, je ne te hais même pas ?

38.

Une fois déjà, j'ai couru ainsi dans les couloirs en boutonnant une chemise blanche propre de mes mains qui tremblaient tout autant et en lissant le col de ma blouse comme je suis en train de le faire, mais à l'époque dans le palais de marbre de Livadia il fallait monter et descendre des escaliers pour se rendre chez le professeur Karg alors qu'ici tout est au même niveau et en outre, je ne crains plus aujourd'hui une éventuelle exclusion ou suspension ou que sais-je encore, mais je m'inquiète uniquement pour Evelyn que, pour une raison incompréhensible, j'ai laissé en bas sur la pelouse livré à lui-même, ou ce qui est peut-être pire encore, au professeur.

Le garçon n'est pas dans sa chambre, et il ne s'est présenté ni à la deuxième, ni à la troisième séance de course à pied comme me l'apprend la très serviable infirmière Amentia, également inquiète. Elle court à mes côtés sur une centaine de mètres afin de me faire son rapport, ses sandales couinent bruyamment car son empathie surtonique à l'égard des patients et des référents la fait transpirer en permanence. Sans la regarder et tout en marchant, je tapote son épaule humide en signe de réconfort, puis je fouille à la hâte dans un des petits ordinateurs mais bien sûr, le système de monitoring ne fonctionne pas, une fois de plus, et il refuse même de m'indiquer la position exacte de O. W., je poursuis donc ma course jusqu'à la chambre du professeur, même si je sais que je n'ai aucun espoir d'y trouver Evelyn, car jamais de la vie le professeur ne serait retourné dans l'enceinte du bâtiment de son plein gré.

J'atteins mon but le souffle court, je lève bien haut les bras tel le vainqueur d'une course à pied, ou plutôt tel un criminel capitulant devant les forces de l'ordre, je colle mes mains à la vitre comme si elles étaient pourvues de ventouses et contemple incrédule le tableau idyllique qui s'offre à mes yeux : Evelyn et le professeur, tous deux impeccablement vêtus de leur tenue de soirée pour le dîner, sont assis face à face à mon bureau, plongés dans une partie d'échec. À l'arrière-plan, O. W. repasse les chemises du professeur, il a de nouveau sa musique en tête, au rythme de laquelle il remue sans bruit lèvres et hanches et tous les trois ne lèvent le nez sur moi que lorsque j'entre dans la pièce. Evelyn jubile :

« C'est déjà la troisième fois que je gagne, papa !

– Pas si vite, mon garçon, rien n'est encore joué...

– C'est vous qui avez ramené nos deux compères ici, O. W. ?

– Comment ça ? » O. W. s'arrête un instant de repasser, déconcerté. « Euh... non, docteur von Stern, ils sont revenus d'eux même et se sont laissés bien gentiment laver et habiller.

– Mais papa, je t'avais bien dit que nous voulions juste regarder encore un peu le type aux roses et puis rentrer, et c'est exactement...

– Oui, c'est exactement ce que nous avons fait, petit. Mais ton père est bien trop bête pour comprendre ça.

– Oui, on dirait. » Je me traîne jusqu'au lit, m'assois sur le bord et, par réflexe, j'attrape le biberon posé sur la table de nuit, pour avoir quelque chose dans les mains, et sans réaliser ce que je suis en train de faire, je me mets à téter, je recrache aussitôt le liquide visqueux. « Beurk, Dieu que ce truc est sucré ! C'est dégueulasse !

– Ah, ce n'est jamais assez sucré pour moi, comme ça au moins, ça servira à quelque chose que la semaine prochaine, ils me réparent la mâchoire pour la troisième fois », Evelyn me tourne le dos et tient son cavalier à hauteur de l'oreille. « Tu sais, papa, je voulais encore te dire une chose, je crois vraiment qu'il se fiche de nous, je veux parler du type des roses, parce que, une fois, à la fin de l'été dernier – échec et mat – je l'ai...

– Tu es diabolique, petit, ton père tout craché ! À vrai dire, un enfant innocent, mais à dire vrai, un cathéter de Satan...

– Allez, laisse tomber avec tes veilles injures, grand-père. Donc... » Evelyn tourne son buste dans ma direction et pose tranquillement ses mains l'une sur l'autre sur le dossier de la chaise, « un soir, à la fin de l'été dernier, je l'ai raccompagné jusqu'au bâtiment, l'infirmière Absenta nous suivait en chantonnant, il m'a pris par le bras et je lui ai dit quelque chose du genre *La rose rouge, en bas près de la grille, sent toujours bon bien qu'on soit presque en automne, n'est-ce pas ?* Après quoi il m'a fait un clin d'œil et chuchoté *Oui, elle sent divinement bon, ma rose nouvelle, ma neuve rose, ma névrose, divinement !* Et la manière dont il m'a lancé son clin d'œil ne m'a pas plu du tout.

– Tu veux dire qu'il nous trompe ? Ce n'est pas un amnésique de compétition ?

– Je n'en sais rien », il hausse les épaules et pose le menton sur ses mains l'air endormi. « En tout cas, qui qu'il soit, il veut apparemment te faire savoir qu'il n'est pas ce qu'il a l'air d'être. Pourquoi m'enverrait-il de tels signaux sinon ? Il peut être sûr que je vais te le raconter, tôt ou tard, papa.

– Mouais, plutôt tard... Nous sommes mi-mai, il t'a donc fallu neuf mois...

– Oui, pardon, père, c'est parce que je suis un peu attardé.

– Oui, bien sûr. » Je me lève, je m'approche de lui et prends son menton dans ma main. « Ouvre un peu la bouche ! Fais voir... Elles ont l'air en bon état, tes dents, en très bon état même.

– Oui les dents ça va, mais... » il incline un peu la tête en arrière et parle indistinctement en tâtant son palais avec son index. « Mais la mâchoire supérieure est complètement pourrie, tu vois le trou, là ?

– Enlève ton doigt, comme ça je ne peux rien... » Je me penche et éclaire l'intérieur de sa bouche. « En effet, tu as un sacré trou dans le palais.

– Mmh, mais tu n'as encore rien vu, papa, regarde un peu ça », des deux mains, il rabat sa lèvre supérieure vers le haut comme celle d'un cheval puis la tire du côté gauche au-dessus de la commissure des lèvres, dévoilant sa gencive jusqu'à l'os zygomatique, et finit par renverser complètement la tête en arrière. « Regarde un peu ici, c'est plein de trous, on peut voir jusqu'à l'œil, voir à travers d'ici jusqu'au bout...

– Grand Dieu, Evelyn !

– Non, s'il te plaît, juste petit dieu, bébé dieu ! Papa dieu, papa dieu, *padieu*, *padieu*, *pa*-

– Chchchch, c'est bon, tout va bien, n'aie pas peur, Evelyn, nous allons nous en débarrasser, je vais tout arranger...

– Ah oui, et comment compte-t-il procéder, notre élégant docteur ? » Le professeur, jusque-là profondément penché sur l'échiquier pour reconstituer la partie coup pour coup jusqu'à sa capitulation qui, comme d'habitude, lui semble inconcevable, m'observe par-dessus les verres de ses lunettes, pour une fois, son sourire exprime moins la moquerie que la compassion. « Alors, comment allez-vous vous y prendre, hein ?

– J'allais justement vous en parler. Je vais avoir besoin de votre aide, je voulais vous demander si...

– Holà, pas si vite, cathéter de Satan, n'allez pas nourrir de faux espoirs. Dans la vie, tout vous est plus ou moins offert, jeté à la figure, que vous le vouliez ou non. Achètes-en un ou n'achète rien et prends-en un gratis, et un autre, et un autre... Mais on ne vous accorde jamais de seconde chance, jamais de la vie, et encore moins ici », il tape avec son index sur l'échiquier. « Vous croyez peut-être que vous pouvez donner le pion du pion, vous faire passer pour une pièce qui n'existe pas dans le jeu, traverser sans vous faire remarquer pour finalement gagner la partie ? Faites une croix là-dessus, visage pâle ! D'autres gibiers de potence ont essayé avant vous, y compris le roi des Choucas, ils s'y sont cassé les dents. Même Judy Garland ou Loup Terrible n'ont pas eu droit à une seconde chance.

– Mais je veux quand même essayer. Nous allons tenter le coup cette nuit et j'aimerais que vous vous teniez prêt avec votre plan, professeur.

– Avec le patron, hein ?

– N-oui.

– De quoi parlez-vous ?

– De rien, petit, il semble que ton père a définitivement baissé son pantalon devant l'ambulatoire et il croit à présent qu'il peut encore...

– C'est quoi, une ambulatoire ?

– Je t'expliquerai ça quand tu seras grand, mon garçon, si tu te décides à le devenir un jour, bien sûr.

– Bien sûr, bien sûr, bien sûr ! » Evelyn bondit de sa chaise et frappe dans ses mains. « Nous partons en voiture voir le monstrueux monstre du Loch Sûr –

– Evelyn ! » Je l'attrape par le coude et le fais rasseoir sur sa chaise. « Nous n'allons nulle part, tu as compris ? Tu n'as rien entendu, c'est clair ? Je vais aller voir le docteur Tulp pour lui montrer mon médiateur et ma bonne volonté et ensuite, nous irons manger, et pendant tout ce temps, vous allez tous les deux rester bien sages, compris ? »

Ils hochent simultanément la tête en direction du sol tandis que, depuis sa table à repasser, O.W. pose sur moi son clair regard marin et, avant que quelqu'un ne change d'avis, je me tourne vers la sortie en esquissant une pirouette sur la plante du pied gauche.

39.

Je ne me presse plus. Ces temps-là appartiennent au passé. Quoi qu'il advienne ce soir, l'ancienne course à travers les couloirs, référent à mes trousses et moi aux trousses de référent, c'est déjà du passé pour moi. Référent peut bien tenter de me rappeler à sa raison en me flattant de ma voix la plus douce, la plus grave, je continue de flâner. Me voilà même qui déboutonne largement et voluptueusement ma chemise parce que la double cicatrice en forme de croix sur ma poitrine recommence soudain à me démanger, une démangeaison infernale, ce que je considère comme un symptôme ou plutôt un fantôme positif. Je la gratouille sans gêne, ce qui ne fait qu'empirer donc améliorer les choses. Je gratte de plus en plus furieusement, dans l'espoir idiot que quelque chose pourrait se mettre à saigner si seulement j'enfonçais mes ongles assez profond dans la chair.

Bien sûr, il faut justement qu'aujourd'hui quelqu'un soit arrivé avant moi et attende dans le couloir devant le cabinet du docteur Tulp, la tête humblement penchée sur les mains croisées sur ses genoux. Et il faut que ce soit justement cette enquiquineuse de Mme Schneider, je songe à l'ignorer, tout simplement, et à m'introduire dans le bureau du docteur Tulp en passant devant elle, ce qui ne serait pas si grave. Après tout, les souffrances d'un médecin pèsent plus lourd, lui qui porte déjà toute la douleur des patients sur ses épaules, dans cette esthétique déséquilibrée de la douleur, il constitue une figure si instable qu'il s'effondrerait sur place sous n'importe quel chapiteau au monde, pourtant ici... Mais la voilà qui lève la tête en me souriant, à la fois lasse et ravie, et je m'assois bien gentiment sur le siège à côté d'elle.

« Eh bien, madame Schneider, qu'est ce qui ne tourne pas rond aujourd'hui.

– Ah, docteur von Stern, quel plaisir de vous rencontrer ! Vous me comprendrez sans doute mieux que le docteur Holm, il est toujours pressé, pressé. On arrive à peine à l'attraper par la blouse qu'il est déjà…

– Hum, certainement.

– Et personne ne veut m'écouter.

– Hum, oui.

– Et c'est pourquoi je veux que le docteur Tulp tire ça au clair, il faut toujours demander un second diagnostic…

– Au bas mot, au mieux, encore un troisième et un quatrième, ce n'est que lorsque le nid grouille de serpents qu'on peut être sûr que ces sales bêtes trouveront vraiment le point sensible.

– Vous voyez », elle rayonne, « c'est aussi ce que je pense ! Figurez-vous que j'aimerais tant voir Gênes, en Italie.

– Hum, oui, j'en ai entendu parler.

– Comprenez-moi bien, docteur, je voudrais tant voir *Gênes, Italie…* » elle jette un regard plus qu'explicite à mon entrejambe puis au sien. « *Gênes, Italie,* vous comprenez, Ge-ni-tal-

– Oui, oui, c'est bon, madame Schneider.

– Mais voilà qu'ils veulent m'envoyer en Italie, me transférer à Florence, alors que mes désirs sont sans ambigüité –

– Écoutez-moi bien, madame Schneider », je prends ses mains dans les miennes, je les serre fermement et la regarde plus fermement encore, droit dans ses yeux couleur violette, que toutes ces années de souffrance ont rendu pâles et ternes. « Maintenant, vous allez laisser tomber les bavardages sur vos envies de voyage, compris ? Au lieu de vous faire ouvrir par le docteur Tulp, vous allez retourner bien gentiment dans votre chambre, et tout ira bien. Vous pouvez y aller toute seule ou dois-je appeler votre infirmier ou peut-être vous accompagner moi-même ?

– Mais je préfèrerais…

– Oui, je sais, mais arrêtez avec ça. Cessez de raconter vos âneries à qui veut les entendre. Après tout vous êtes encore jeune. Quel âge avez-vous madame Schneider, quarante, quarante-cinq ans ?

– Cinquante-deux, docteur.

– Bon alors, à cet âge-là on n'a pas encore envie de voyager.

Nous allons essayer de reprendre le contrôle de cette tension, je vais vous prescrire quelques RS supplémentaires et...

– Mais non », elle secoue la tête désespérée. « Vous ne me comprenez pas, c'est inconsciemment que j'aimerais voyager, j'aimerais vouloir quelque chose *inconsciemment*, impérativement inconsciemment !

– Oui, c'est ce que nous voulons tous », je chuchote presque et lui tends mon mouchoir dans lequel elle ne se mouche pourtant pas mais qu'elle utilise de manière purement décorative pour tout aspirer afin d'attraper une nouvelle sinusite. « Mais c'est impossible. Je vous en prie, madame Schneider, regagnez votre chambre au plus vite et essayez de vous calmer. »

Avant qu'elle puisse répondre, si tant est qu'elle ait voulu répondre, le bras courageux du docteur Tulp ouvre la porte et comme le strabisme qui surmonte son charmant sourire nous embrasse tous les deux du regard sans regarder clairement aucun de nous deux, et qu'il s'exclame joyeusement, *Suivant ou Suivante !* je me précipite dans son bureau. C'est la première fois que, en toute conscience, je passe devant quelqu'un de manière illégitime.

« Eh bien cher collègue, voyons un peu ce que vous avez, *full house*, je suppose ? » Il rit gentiment et, me tenant par la nuque et le poignet, il me mène à sa table d'auscultation comme un vieux cheval fidèle à la prairie. « Allons, allongez-vous ici, ouvrez votre chemise encore une fois s'il-vous-plaît, je vous promets que ce sera la dernière.

– Vous avez déjà reçu mes scanners et le rapport de Dankevicz sur mon relevé nocturne ?

– Oh oui, j'ai reçu les deux », il se penche sur moi en fronçant les sourcils. « Ce n'est pas beau à voir !

– Oui, Dankevicz m'a dit qu'il y avait de mauvais effets de feed-back quelque part...

– Non, non, je ne parle pas encore de votre vie intérieure qui est effectivement désolante, je veux dire ça là », il se redresse brusquement en montrant ma poitrine de son bras tendu et me regarde de haut avec étonnement et peut-être un peu de dégoût. « Comment vous êtes-vous débrouillé ? C'est vous qui vous êtes arrangé comme ça ?

– Hein ? » les commissures des lèvres tendues vers le menton et le menton collé aux clavicules, je louche vers ma poitrine et ce n'est qu'à ce moment-là que je m'en rends compte. « Ah oui, ça... La cicatrice s'est mise à me démanger, c'était si infernal, j'ai dû un peu m'oublier.

– Un peu ? Vous vous êtes complètement oublié, oui, von Stern ! Ce qui est certes du goût du créateur mais il ne faut tout de même pas pousser l'oubli de soi au point de porter la main sur la croix de sa cicatrice. Et, avec vos ongles, vous avez déchiqueté la peau tout autour, vous l'avez même arrachée, si bien que le motif est devenu méconnaissable. Je peux vous arranger ça, la question est juste de savoir si c'est un service que je vous rends, cher collègue. Ça, c'est à *vous* de me le dire. »

J'opine du chef en silence sous la lumière chaleureusement orange de la lampe d'auscultation et j'aimerais être allongé sous les mains du docteur Bulgenow qui raccommoderait le tout sans un mot et point à la ligne.

« Je sais bien à quoi vous ressemblez à l'intérieur, von Stern », il me prend par l'épaule et insère son regard louche, doublement empathique, entre la lampe et moi. « C'est aussi un chemin de croix que de trouver la bonne mesure – s'oublier sans s'oublier, ça tiraille tout un chacun un jour ou l'autre, bien sûr. Mais ça aussi, ça fait partie des problèmes transitoires dont je vous parlai récemment.

– Hum. Peut-être qu'il vaudrait tout de même mieux commencer par m'ouvrir et que vous regardiez un peu ce que vous pensez de mon cas, maintenant, je veux dire au vu des relevés du labo-dortoir, si vous croyez que sur le plan opérationnel, il est possible...

– Vous savez... » Il penche la tête sur le côté comme un oiseau à l'écoute, regarde pensivement le plafond pendant un instant puis se laisse choir avec un soupir dans le fauteuil de cuir bas à côté de la table d'auscultation. « Quand parfois j'ai l'impression que je n'y tiens plus, je me remémore la phrase imprimée sur ce feuillet jaune pâle, sur la lettre de bienvenue que nous avons reçue lors de notre admission avec notre dossier : *Nous sommes arrivés à la clinique avec une belle cicatrice, c'était tout ce que nous apportions.* Vous vous en souvenez ?

– O-Oui, mais je crois que ce n'était écrit nulle part, ils nous l'ont fait dire lors de l'appel à la confession.

– Ah oui ? Ah bon, peut-être, ça fait déjà une éternité. Écrit ou pas, ça me réconforte dans les moments sombres.

– Hum.

– Oui, oui, c'est bête, mais moi ça m'aide », il rit, à nouveau de bonne humeur. « Une petite cigarette ? Non, non, restez allongé, je vous la passe... ah, ça fait du bien, pas vrai ? Je plains vraiment tous ceux qui doivent vivre sans cette délicieuse prothèse ! Les pauvres patients, à quoi ça leur sert de pouvoir respirer jusqu'au fond des poumons sans ça ! »

Je souffle paresseusement quelques ronds de fumée dans la lumière orange en écoutant le clapotis régulier des mots de Tulp, et soudain me revient à l'esprit l'écoulement cristallin des eaux du petit ruisseau de montagne à Massandra près duquel nous avions fait une pause pendant notre randonnée jusqu'au rocher de la croix, Stavri Kaya, juste après mon dernier examen, je voulais fêter ça et, comme j'ajoutai en riant, le fait que nous étions ensemble depuis plus d'un an sans nous être entretués, c'est là que le plus sérieusement du monde tu m'as confronté au choix, soit de fuir avec toi vers l'intérieur, à Bakhtchyssaraï, ou mieux encore dans une des grottes de Çufut Qale, soit de poursuivre seul mon chemin de gloire le long de la côte. Sans hésiter, j'ai accepté d'aller avec toi vers l'intérieur.

Les eaux du ruisseau clapotent toujours, me bercent et, dans un supplice réconfortant, tentent de me convaincre que tout aurait pu rester en l'état, oui, que tout aurait encore pu s'arranger si nous étions restés à Bakhtchyssaraï. Ils auraient fait une croix sur moi, rien de plus, et personne ne se serait plus soucié de nous. Au final, nous n'avons même pas été obligés de fuir, mot ridicule, nous sommes tout simplement partis. Sans faire d'histoire, ils nous ont soudain envoyé l'autorisation de mariage en même temps que mon attestation de réussite à l'examen et, sans histoire non plus, la zone d'administration « Grand-Yalta » de la clinique a répondu favorablement à ma demande de me retirer pendant un temps au sanatorium du palais de Bakhtchyssaraï pour approfondir ma pratique du *pranayama* et du *pratyahara* avant de prendre un poste de médecin assistant dans la région frontalière de la clinique. Que ma femme pourrait poursuivre ses études thérapeutiques à mes côtés, cela allait de soi.

Certes, le professeur Karg se montra un peu surpris de mon revirement mais fut comme toujours aimable et, pour nos adieux, il m'invita même à *La toison d'or*, un bateau-restaurant inepte censé représenter l'Argo et amarré à un brise-lames sur la promenade de Yalta. En bas, la mer se clapotait paisiblement sur le béton, la voile de nylon de l'Argo brillait dans le rougeoiement du soleil de ce soir d'août, nous buvions du faux vin d'Alouchta hors de prix, et en trinquant à ma santé, le professeur Karg se moquait des patients cinq étoiles aux tatouages clinquants qui s'imaginaient que le rouge bon marché dans les bouteilles nobles les aiderait à combattre le rayonnement de leur karma.

Il se faisait tard, même mauvais le nectar avait rempli sa juste mission, et quand nos chemins titubants se séparèrent jusqu'à nouvel ordre devant l'hôtel Oreanda, où le professeur Karg habitait une suite vraiment modeste au vu de sa position, il me tapota encore une fois chaleureusement l'épaule de ses griffes de taupe arthritique :

« Eh bien, von Stern, vous voulez vraiment vous retirer, hein ? Vous voulez aller dans un village Potemkine, quelqu'un comme vous, avec un avenir aussi brillant qui l'attend ? Dans un lieu qui n'existe même pas pour les gens comme nous, qui n'est même pas indiqué sur nos cartes ? Vous voulez vous mettre hors de portée de la réussite, c'est ça ? Respect, mon garçon, c'est aussi ce que j'aurais dû faire à l'époque, si, si, c'est vraiment ce que je me dis parfois – que serait-il arrivé, pas tombé dans les soins-frontière, peut-être même médecin de campagne. Enfin, bavardage sentimental. Mais sérieusement, j'admire votre attitude – non, vraiment, beaucoup ! Pourtant, je vais vous dire quelque chose entre nous, mon garçon, vous reviendrez ! Avant qu'un an soit passé, vous reviendrez. Vous ne supporterez pas. Adieu, mon cher von Stern ! »

Et je n'ai pas supporté et toi non plus, tu ne m'as pas supporté. Comment aurais-tu fait ? À Bakhtchyssaraï déjà, si douces qu'aient été nos journées, et même parce qu'elles étaient si douces, je m'esquivais presque toutes les nuits devant le miroir, et au bout de quelques mois, je ne prenais même plus la peine de vérifier si tu dormais ou pas, ou bien si tu te tenais derrière moi, penchée sur le côté, dans l'encadrement de la porte, tandis que je chuchotais fébrilement en direction de la vitre ébréchée. Non, pire encore, ça ne m'était pas seulement égal, en secret je jouissais de la pensée abjecte de te savoir debout derrière moi, paralysée par l'impuissance, je jouissais de me mépriser sans vergogne et de te torturer ainsi plus encore, car *mon mal n'avait pas d'autre raison que le mal lui-même. Mal abject, et je l'ai aimé, j'ai aimé ma propre perte, j'ai aimé mon péché et non ce que je saisissais en le commettant* – je ne saisissais rien, nulle part – *mais mon péché lui-même.* Le pire fut encore que, plus tard, lorsque j'acceptai le poste à Kertch dans l'espoir sincère que référent se tiendrait tranquille, me, nous laisserait en paix si je suivais cette seule consigne de sa part, à l'époque tu as dit que tout était de ta faute parce que, sur le chemin de Stavri Kaya, tu m'avais obligé à choisir inconditionnellement, aussi inconditionnellement que tu me suivais désormais à Kertch, et qu'il aurait pu y avoir une troisième voie si tu m'avais seulement permis d'hésiter. Mais ce n'est pas vrai, car si tu m'avais permis d'hésiter même un seul jour, je t'aurais laissée tomber.

« Non, tu ne l'aurais pas fait.

– Si, je l'aurais fait.

– Tu ne l'aurais pas fait.

– Si. Quand on me permet de douter, je laisse tout tomber, tout ! Si tu m'avais donné ne serait-ce qu'un jour de réflexion…

– Non, tu ne l'aurais pas fait, je le sais mieux que toi.

– Il faut toujours que tu aies le dernier mot, toujours ! Promets-le moi, Esther ! »

Mais avant que tu puisses répondre, les clapotis du ruisseau de montagne redeviennent les mots du docteur Tulp :

« Je cherche toujours à ne voir nos éléments de différenciation concurrentielle ni comme des tares, ni comme une richesse particulière, von Stern, mais simplement à les considérer comme des faits donnés et comme une mesure de justice compensatrice, homéostasie – quelle différence ça peut faire d'avoir une couche de cortex cérébral de plus ou un cœur en moins – tout finit par se stabiliser... ou par s'immobiliser ? Et puis, au moins, nous avons cette belle cicatrice. Personne ne peut nous l'enlever.

– Oui », j'écrase mon mégot dans un coton imbibé de lavande sur la desserte, je prends le miroir de poche et j'examine ma poitrine en effet salement amochée. « Mais ne devrions-nous pas enfin m'ouvrir, il est tard et...

– Comme vous voulez », il se lève pesamment et, sans conviction, il me frictionne le thorax avec du désinfectant, mais au lieu de m'ouvrir, il commence à me raccommoder en marmonnant. « La première cicatrice n'est pas seulement la plus profonde mais également la plus belle des deux, vous ne trouvez pas ? De la partie supérieure gauche à la partie inférieure droite, c'est tout de même plus gracieux que le contraire, et son tracé s'insère plus harmonieusement dans l'ensemble, il est plus léger, si vous voulez mon avis. Quand avez-vous reçu votre première cicatrice, von Stern, quand vous étiez enfant ?

– Non, à 19 ans.

– Vous aussi, vous vous êtes brisé le cœur, comme Holm ?

– Non, non, malformation congénitale. J'ai eu une enfance tout à fait normale et, peu avant que l'engin ne lâche complètement, j'ai pu avoir un remplacement grâce à une transplantation particulièrement réussie, jusque-là je n'étais pas franchement exceptionnel, ce n'est qu'après que j'ai fourni des performances au-dessus de la moyenne.

– Vous connaissiez le donneur ou la donneuse ?

– Non.

– Ça ne vous intéressait pas ?

– Non. Et votre première cicatrice, docteur Tulp ? Une transplantation aussi ?

– Oh non, j'ai toujours vécu pour mon propre compte – infarctus. Trop bu, trop fumé, trop opéré. En somme, j'ai eu du bon temps, si on fait abstraction de la patronne qui me faisait une vie dès que je rentrais un peu tard », il secoue la tête en riant et une goutte d'enduit tombée de sa pipette vient me brûler l'œil. « Six pontages, tous plus rudes les uns que les autres, mais ils ont bien tenu le coup jusqu'à la fin. Ah oui, on peut dire qu'ils ont fait le bon choix ici, en prenant des gens comme nous, que des gens qui en avaient déjà gros de secrets sur le cœur. Durs au mal, voilà ce que nous sommes, des pauvres bougres transitoires, mais durs au mal, n'est-ce pas ?

– Hum, je ne sais pas », je me frotte l'œil qui me brûle toujours. « Est-ce que vous ne pourriez pas, tout de même, m'ouvrir, comparer avec les scanners et…

– Psst, vous entendez ça ? » Tendant l'oreille, il tourne la tête de tout côté au-dessus de moi. « Vous entendez vous aussi, ce bruit ?

– N-non, je n'entends rien.

– Si, si, ça recommence », il pose sa tête sur moi, l'oreille directement au-dessus du médiateur. « Le courant ne passe plus, ça grésille. C'est clair, un vrai cas d'école : *Parfois un grésillement, quand tu es brisé.*

– Comment ça ? Tulp, vous êtes sûr !

– Bien sûr que j'en suis sûr, je suis quand même le meilleur anatomiste des profondeurs du monde médical !

– Oui, oui, mais ce n'est tout de même pas… Je veux dire, avez-vous déjà vu un cas semblable ici ?

– J'ai eu un patient qui présentait le même symptôme, oui, il y a longtemps.

– Et ? Que… que lui est-il arrivé ?

– Eh bien, tout s'est déroulé comme dans un livre : *un abandon entra en lui, une perte de ses derniers droits, il fit front en silence, bruyamment elle perdait son sang.* » Il me regarde gravement et droit dans les deux yeux, ce qui est particulièrement troublant. « Vous pouvez vous rhabiller, docteur von Stern.

– Mais », je me rassois sur la table, pris de vertige, « vous ne voulez même pas essayer d'opérer ?

– Non », il se remet à sourire et son regard aussi se dédouble à nouveau gentiment. « Non, je n'opèrerai pas votre média-teur. Je vais vous laisser partir. »

Toujours en proie au vertige et la chemise ouverte, car mes mains tremblent trop pour que je puisse la rebouton-ner, je me laisse conduire à la porte, ma blouse sur le bras. Je suis déjà dans le couloir lorsque, en guise d'adieu, il agite soudain l'index d'un air malicieux :

« Vous saviez bien qu'il vous suffisait de le réclamer avec assez d'insistance pour que je ne vous ouvre pas. Renard que vous êtes, c'était un sacré coup de poker !

– Non, c'est faux, vraiment…

– Je vous souhaite bonne chance, vraiment bonne chance, docteur von Stern, que le ciel soit avec vous ! »

Je le remercie en silence, me retourne rapidement avant qu'il ne change d'avis, mais je sursaute au bout de quelques mètres de liberté car sa voix résonne encore une fois dans mon dos. Pourtant il ne s'adresse plus à moi :

« Eh bien, voyez qui nous avons là ? Madame Schneider, pauvre de vous, vous avez dû attendre bien longtemps ! »

40.

Encore un dernier rasage *beyond perfection*, encore une dernière soirée en smoking et j'effectuerai réellement pour la toute dernière fois les gestes du repas de tous les soirs, et ces derniers gestes seront le couronnement de ma carrière médicale. Car après tout, le dernier repas est le roi des séries d'asanas, plus important encore que la salutation au soleil, et c'est aussi la raison pour laquelle Jésus a pratiqué exclusivement cette forme la plus élevée des *vinyasa*.

Dès le tout début de son histoire, lorsqu'il s'est retiré pour quarante jours dans le désert, son seul objectif était de s'entraîner intensément et en toute tranquillité pour son dernier repas. Il le répétait encore et encore afin de pouvoir exécuter sans aucun effort et jusqu'au moindre mouvement du petit doigt tout le *vinyasa* d'un seul geste ininterrompu. Grâce à cette ascèse maniaque, il réussit lors de son *last sitting* à faire abstraction des autres autour de lui, juste assez pour maintenir durablement son équilibre autohypnotique tout en attirant les regards et l'adoration de tous sur son *deep play*.

Même lorsque Judas, malhabile, s'approcha de lui timidement pour lui demander d'où diable lui venait ce *flow* surhumain mais ne parvint qu'à émettre un bredouillement amoureux, Jésus n'a pas flanché, il a furtivement embrassé la joue de son disciple ébloui en lui faisant un clin d'œil : *La pratique, la pratique, la pratique !* Et bien que Judas n'ait jamais pu se débarrasser complètement du sentiment idiot que Jésus s'était moqué de lui, il a pourtant fidèlement colporté cette phrase, il l'a traînée derrière lui tantôt fier, tantôt malheureux, et a ainsi garanti jusqu'à aujourd'hui l'autorité de la pratique de son seigneur adoré, même si le professeur affirme que Jésus aurait en fait chuchoté bien autre chose à l'oreille de Judas : *Celui qui toujours fait effort et cherche, je ne le délivrerai pas.*

Au final, le professeur sait toujours tout mieux que les autres, et je ne peux m'empêcher de rire en arrivant devant sa chambre car je constate en regardant par la vitre qu'il est toujours assis exactement là où je l'ai laissé il y a près de deux heures : penché sur l'échiquier, il se gratte la tête, incrédule, et ne parvient toujours pas à comprendre comment Evelyn a pu le battre encore une fois. Pendant ce temps, le garçon assis en position du lotus sur le lit du professeur semble tuer le temps depuis un bon moment à respirer en *kapalabhati*, car on dirait qu'il peut perdre conscience d'un instant à l'autre. Bien que je le lui aie déjà interdit un millier de fois, dès que l'on tourne le dos quelques minutes, il se bouche simultanément les deux narines pendant la respiration purificatrice et, depuis que le docteur Holm a fait une mauvaise blague en appelant cette manière idiote de retenir son souffle *pranayama en apnée ou encore pranayama inversé,* le gamin n'en a jamais assez. O. W. interrompt son repassage en poussant un gémissement, arrache la main que Evelyn a mis devant son nez et lui donne une gifle de routine, à peu près la dixième de la journée, Evelyn se frotte la joue en geignant avec un plaisir apathique.

L'envie de rire m'est passée et je pénètre dans la chambre raide comme un piquet, tous les trois me regardent la bouche ouverte et je m'en tiens à une concision respectable, ou plutôt je me raccroche à ce qui me reste de respectabilité.

« Bien, allons manger.

– Non, non, non », le professeur agite énergiquement l'index. « Aujourd'hui, nous faisons l'impasse sur cet exercice, nous sautons le dîner, de toute façon c'est malsain, ce gavage tardif. Et puis une fois pour toutes, je ne veux plus voir les êtres qui me sont chers, Dieu ait leur âme, se faire dévorer chaque soir à la table ronde juste pour les besoins de ces 360 degrés stupides et m'endormir ensuite avec des crampes à l'intestin. Non, vieille charogne, laissons le dîner aux hyènes à front plat. Nous partons donc de suite !

– Mais… mais », j'essuie les sueurs froides sur mon front, ne faudrait-il pas suivre le plus longtemps possible l'ordre de… nous montrer et… et je dois bien faire manger le petit.

– Non, vous ne devez pas », le professeur se lève et me tapote le bras l'air compatissant. « Vous devez seulement le faire partir d'ici, et rien d'autre.

– Mais est-ce qu'on ne devrait pas au moins attendre qu'il fasse nuit, dans ce genre de situations il vaut mieux partir quand il fait le plus sombre possible, non ?

– Non, Loup Terrible part quand il est temps. Il connaît son heure comme sa poche. Et de toute façon vous êtes un homme mort et Homme Mort marche quand ça lui plaît. Plus rien ne peut alors le retenir. Et en outre », il tapote l'échiquier de son index gauche en glissant nonchalamment son pouce droit dans le gousset de sa veste, et il gonfle le torse en se penchant crânement en arrière, « j'ai étudié cette partie encore et encore pendant que vous vous amusiez chez Tulp, l'anatomiste des profondeurs, et aucun doute possible quant à son interprétation. Le garçon a tracé si clairement sa ligne, regardez, il a tout de suite fait avancer sa tour, tout de suite, sans hésiter et, plein d'hardiesse, il a aussi envoyé ses fous à l'avant dès les premiers coups, et pas seulement quand je lui ai mis le cavalier en travers. Nous partons donc maintenant, pas de discussion. »

J'opine bêtement du chef en regardant l'échiquier et tout s'assombrit devant mes yeux, ce qui n'a pas d'importance car, de toute façon, je ne comprends rien à la disposition des pièces. Juste avant que le noir total ne se fasse, Evelyn prend ma main :

« Il ne faut pas avoir peur, papa, tout va bien se passer.

– Hum.

– En avant, cathéter de Satan, tous les feux sont au vert ! »

Le professeur me pousse hors de la pièce, dans le couloir, je regarde avec indifférence Evelyn et le professeur remplir eux-mêmes leur biberon de rhubarbe à l'opium en ricanant, ce qui est bien sûr formellement interdit aux patients. Lentement, je tourne une dernière fois la tête en direction de la chambre où O. W. me lance un petit clin d'œil bleu pâle en signe d'adieu, je lui souris en retour en agitant une main lourde. Puis je me ressaisis enfin. Bien que référent soit introuvable, je réussis tout de même à reprendre sa démarche médicale et les patients ont du mal à suivre mon allure.

Il faut désormais trouver la sortie au plus vite... la sortie ? Pour ça, il faudrait d'abord savoir où elle est ! Il semble en effet que pendant près de vingt ans je n'ai jamais remarqué que je ne savais pas où était la sortie. Mais enfin, pourquoi est-ce que ça m'aurait intéressé ? Naturellement, je savais très bien où était la sortie ou plutôt les sorties : on sort par la terrasse de la salle à manger ou par celle du bureau de Dankevicz. Une fois dehors sur la pelouse, on passe ses doigts dans l'herbe tendre en plissant les yeux de bonheur, et puis on rentre, personne ne veut aller plus loin, pour quoi faire ? Une autre sortie, l'autre sortie n'existe évidemment pas, même les départs se règlent en interne. Les entrées des personnels, des patients et des fournitures sont toutes les trois des portiques à sens unique depuis qu'il n'y a plus de patients ambulatoires, et je ne comprends vraiment pas par quelle voie, deux fois au moins, Esther est entrée et sortie d'ici comme si elle n'était rien. Mais ça n'a plus d'importance, je ne trouverai jamais la chatière d'Esther, je dois donc décider ce qui est le plus risqué entre traverser aux yeux de tous la terrasse de la salle à manger ou bien forcer le bureau de Dankevicz, vraisemblablement fermé à cette heure, et peut-être même devoir assommer son infirmier de garde. Les deux options semblent sans issue évidemment, donc elles se valent. Pour nous dissimuler mon désarroi à tous les trois, je me précipite avec assurance dans le couloir vide le plus proche, mais Evelyn devine la poltronnerie derrière la rapidité du lièvre :

« Où est la sortie, papa ? Comment sort-on d'ici ? »

Avant que je puisse ou plutôt que je doive lui répondre, nous nous arrêtons net, quelqu'un tourne au coin presqu'au bout du couloir et se dirige vers nous à toute vitesse. À son approche, je reconnais l'infirmier Pflüger. La main entre mes omoplates, le professeur me pousse durement et siffle tout bas entre ses dents :

« Continuez d'avancer, ne restez pas planté là, ne ralentissez pas le pas, avancez... »

Mes jambes reprennent un trot plutôt convenable et bien que je ne porte pas ma blouse mais seulement mon costume, je réussis même à éviter le regard de l'infirmier avec une certaine arrogance, nous allons le dépasser, c'est presque fait, mais le voilà qui nous arrête et se met impudemment en travers de mon chemin avec sa bosse :

« Ah, docteur von Stern, je vous ai cherché partout.

– Ah oui, que se passe-t-il, je suis pressé, donc...

– Excusez-moi docteur, c'est juste parce que, ce soir, j'assure le service d'hygiène à votre place dans votre couloir, du fait de votre dispense de tous... euh...

– Oui, et après ?

– Je me demandais juste...euh...

– Quoi donc, grand dieu ! » Evelyn m'effleure rapidement le coude et je répète donc avec plus de contenance, presque avec amabilité : « Qu'y a-t-il, Pflüger ?

– Oh, euh... c'est juste... M. Lewandowski, qu'est-ce qu'on lui fait, une réflexologie plantaire ou une fellation ?

– Mais les deux, bien sûr, et prenez garde à passer de l'un à l'autre sans interruption, les transitions doivent être imperceptibles, vous comprenez ? En même temps, il faut que ce soit bien fait, sinon je vais encore devoir lui envoyer quelqu'un deux heures après, dans ce cas, je préfère encore le faire moi-même, compris ?

– Oui, docteur, je m'appliquerai.

– Bien. »

Nous avons passé la première épreuve. Evelyn perçoit mon soulagement et demande à nouveau, mais cette fois d'un ton exagérément enjoué :

« Maintenant, où *est* la sortie, papa ? Nous y sommes bientôt ?

– Euh... oui, pas tout à fait encore. Nous devons encore faire un petit tour, nous n'avons pas encore reçu d'autorisation d'excursion.

– Ah, c'est vrai, grand curateur ?

– Je vais vous remettre au lit, professeur, je peux encore le faire. Venez, venez, du nerf, vous deux ! Nous devons nous enfoncer encore un peu vers l'intérieur.

– Mais pourquoi donc ? » Evelyn s'arrête, troublé. « Pourquoi toujours aller vers l'intérieur quand nous voulons gagner l'extérieur ?

– Oui, tu… euh… Un jour ou l'autre, tu comprendras. »

Le professeur desserre sa cravate en soufflant bruyamment, s'appuie contre la paroi vitrée du couloir et marmonne à Evelyn en secouant la tête :

« Ton imbécile de père espère que quelque part là-dedans, au cœur de l'unité, il y a une autre sortie, une véritable sortie alors que ce n'est pas le cas, même les enfants le savent ! »

Evelyn s'adosse au mur à côté du professeur, il ouvre la bouche en respirant difficilement et renverse sa tête loin sur sa nuque comme s'il voulait plonger sa tête dans la paroi de verre comme dans une résine liquide. Puis il fléchit les genoux, très peu mais dangereusement. Juste avant qu'il ne se laisse glisser contre le mur pour se retrouver accroupi, je claque deux fois dans mes mains :

« Allez, les gars, tout va bien, il s'agit de ne pas se laisser aller maintenant. Qui s'assoit ici ne se relèvera plus, alors continuons, s'il-vous-plaît ! »

Patients opinent mollement du chef, je les prends par la main et les entraîne derrière moi vers l'intérieur du bâtiment. D'une voix insupportablement enjouée, je déverse sur eux un bavardage ininterrompu :

« A gauche puis à droite, ah mais c'est… En suivant une ligne en dent de scie comme un escalier, nous allons avancer vers l'intérieur, regardez professeur, ce bel éclairage vespéral dans tous les couloirs, nous pouvons voir à travers toute l'unité comme dans un lustre de cristal !

– Oui exactement, c'est une réfraction à l'infini, espèce de serpent à lunettes, regardez, mesdames et messieurs, regardez, vous ne voyez rien !

– Eh bien, si vous connaissez un meilleur chemin, allez-y ! Et tant qu'on y est, vous pourriez enfin sortir votre plan, professeur.

– Non, ce n'est pas nécessaire », il retire sa main de la

mienne avec irritation et se tapote le front en prenant de grands airs. « Tout est là, depuis le début des temps jusqu'à leur triste fin. Et c'est pourquoi je sais qu'il nous faut désormais tourner une seconde fois à gauche, et non pas à droite comme le prévoit votre diagonale en dent de scie, sans quoi nous manquerons notre cible. Nous n'avons qu'à tourner ici, au coin, et nous aurons déjà atteint le fondement, je veux dire le cœur des profondeurs médicales. Vous permettez, enculé ! »

Il me passe devant en sautillant et prend le commandement d'un pas dansant, il tourne sur la gauche au prochain embranchement en jetant le buste de côté dans le virage comme s'il chevauchait une moto. Je le suis avec un peu d'hésitation, en tirant derrière moi Evelyn qui continue de pleurnicher de façon presque inaudible. Effectivement, au bout de quelques mètres, le couloir étroit abouti à l'un des puits de lumière circulaires qui sont au nombre de sept ou huit dans l'unité. Certes, à cette heure, les puits de lumière sont plutôt des puits d'obscurité, le soir et la nuit, on ne peut y puiser que de l'obscurité. Lieux d'adoration du père soleil, complètement dédiés à la grâce changeante de sa lumière, ils s'emplissent donc de sa puissante absence et tout exercice de respiration nocturne y revient automatiquement à prier humblement pour son retour. La nuit, certains patients traînent pendant des heures en *tadasana* dans ces patios. Les yeux et les bras au ciel, ils se lamentent tout bas mais avec véhémence pour que, pitié, le père soleil se révèle juste un instant, même une seule seconde, dans une des étoiles du sombre firmament, et leur offre ainsi l'espoir d'un jour nouveau le lendemain. Il semble qu'il exhausse leurs prières avec une belle régularité, conformément au règlement intérieur, *Aucun de nos exercices n'est une peine perdue*, car le murmure inquiet est interrompu à intervalle régulier par de petits soupirs de joie. On peut dédaigner ce besoin passionné et archaïque de signes comme une bigoterie de peu de foi ou plutôt de peu d'esprit de la part des patients, et le professeur dirait que, de toute façon, la participation du père soleil au conseil d'administration de la fondation de la clinique est *de iure* hautement problématique, mais dans les nuits vraiment difficiles, il n'y a rien d'autre à faire que d'utiliser ses yeux pour s'échapper vers le haut, dans le ciel étoilé que l'on ne peut voir librement que dans ces patios car ce sont les seuls endroits de la clinique à ne pas être recouverts par un toit de verre qui reflète toujours un peu l'éclairage de secours nocturne.

Mes yeux ont besoin d'un moment pour s'adapter à l'obscurité de cette étrange clairière au milieu de la forêt de verre et je me demande dans lequel des patios nous nous trouvons. Mais c'est alors que je reconnais soudain, au centre de l'espace, le luxueux divan à trois volets, large et capitonné du cuir blanc le plus fin et le plus souple, doucement éclairé par une petite lampe de chevet, parfaitement ergonomique, prêt à accueillir la tête, le tronc et le bas d'un corps, une invitation discrète mais irrésistible à s'allonger sur le ventre et à se débarrasser du poids du monde, à enfoncer son visage fatigué profondément dans l'ouverture ovale de l'appui-tête comme dans un cadre moelleux dans lequel ton portrait se replonge à la source de ton être et tu peux maintenant abandonner aux mains chaudes de ton médecin ta nuque enfin soulagée et détendue.

Je n'en crois toujours pas mes yeux qui, inexpressifs, fixent la couchette lisse et froide mais, avec un léger sentiment de honte, je dois tout de même m'avouer où nous avons atterri :

« Mais, bon sang, c'est juste le centre de distribution de récompenses !

– Mais oui, quoi d'autre ! Il n'y a pas d'autre centre que celui de distribution de récompenses. Vous touchez au but, docteur Je-sais-tout.

– Très bien », c'est mon tour désormais de m'adosser au mur mais cela ne manque pas suffisamment de dignité et je me laisse lâchement tomber sur le petit banc de sapin qui fait le tour du patio. « Eh bien, c'est fini. Reposons nous un instant et puis rebroussons chemin, nous partirons tout simplement par la terrasse de la salle à manger, en descendant la pelouse, directement sous le feu des snipers, qu'est-ce que ça peut faire, je n'ai pas d'autre… je ne sais plus.

– Mon dieu, quelle mauviette vous faites ! Les snipers ! Vous rêvez, docteur, vous rêvez ! Quand je pense aux RGM, autrefois…

– Je ne tiens plus debout, papa, je n'en peux plus. »

Chancelant mais déterminé, Evelyn titube vers le centre en direction de la couchette, et ce n'est qu'au dernier moment et en unissant toutes nos forces que le professeur et moi réussissons à l'empêcher de s'affaler sur le cuir car il se défend avec toute la force de son inertie. Nous parvenons avec peine à le tirer loin de la couchette tandis qu'il pleure et implore pitoyablement :

« Laissez-moi, juste une seconde, je vous en prie ! Je veux juste m'allonger un instant, juste un instant !

– Eh bien, que se passe-t-il ici ? »

Effrayé par le ronronnement sombre de cette voix dans notre dos, nous laissons presque Evelyn tomber à terre, nous le rattrapons juste avant qu'il touche le marbre, mais le garçon se ressaisit, il arrête aussitôt de sangloter si bien que nous tournons tous les trois en même temps nos visages ahuris vers l'entrée, comme un dragon gâteux à trois têtes. Là se dressent le docteur Holm, dans la blouse lamée d'or du médecin dispensateur de récompenses, et à son bras désinvolte, Mme Schneider, la grande passionnée des voyages en Italie, vêtue d'un peignoir éponge blanc, qui semble dormir debout, les yeux fermés et la bouche ouverte.

« Qu'est-ce que vous faites là, mes petits choux ? Je me serais trompé de service ? »

41.

Comme abêtis, nous entourons tous les trois la couchette sur laquelle Mme Schneider a déjà pris place, et ici, quand les patients *veulent déjà bien se donner la peine de prendre place*, on sait qu'ils sont tirés d'affaire, et comme prévu, voilà que patiente se met à bâiller voluptueusement. Une heure auparavant, elle en a fini avec la séance conclusive de sa thérapie de conversion, elle laisse désormais pendre mollement ses bras de part et d'autre de son tronc pour se débarrasser des dernières crispations qui tentent encore désespérément de s'accrocher à ses épaules. Pendant ce temps, les mains papillonnantes du docteur Holm disposent habilement les ustensiles et les fioles d'huile à sa convenance sur la desserte et, sans regarder la patiente, il murmure :

« Eh bien, madame Schneider, voilà où nous voulions en venir, n'est-ce pas ? *Circle and reach out, and reach out and circle, all the way, my lady...* Une dernière conversion *and here we are...*

– Oui, docteur Holm.

– Vous êtes toujours sûre de vous, oui ?

– Oui, tout à fait sûre, docteur.

– Très bien, quand le jour touche à sa fin, c'est à vous d'en décider.

– Oui, docteur Holm, je dois le faire et je peux le faire ! »

Souriante, elle fait un signe de tête à chacun de nous comme s'il s'agissait de nous donner confiance et ses yeux n'ont plus la pâleur terne d'un bouquet de violettes desséchées dans un livre oublié mais brillent étrangement dans la semi-obscurité. Puis, avec un soupir déterminé, elle enlève son peignoir laissant apparaître une chemise de nuit sans manche d'un blanc éclatant, brodée de minuscules fleurs. Je m'approche et, les yeux plissées, me penche sur son thorax pour mieux distinguer les broderies sous le faible éclairage. Mme Schneider louche vers son torse en posant fièrement le menton sur son décolleté, et dit d'une voix de ce fait un peu étranglée :

« Des fleurs de pavot, docteur von Stern ! Il s'agit uniquement de petites fleurs de pavot ! Ne sont-elles pas magnifiques ?

– Oui, en effet, elles sont magnifiques, madame Schneider. Et justement, est-ce que ça ne vaudrait pas le coup de porter cette chemise de nuit quelques fois encore ?

– Non, je l'ai gardée toutes ces années pour cette occasion précisément. Je sais que vous désapprouvez mes désirs de départ, mais...

– Je ne les désapprouve en aucun cas, je crois juste que vous faites fausse route. Et même le docteur Holm ici présent vous aura certainement dit que vous faites fausse route, pas vrai ? »

Holm hausse les épaules jusqu'aux oreilles et les laisse retomber en signe d'épuisement, *un millier de fois, peine perdue*, tandis qu'il réchauffe dans ses mains la première fiole d'huile pour la porter à température du corps et Mme Schneider nous sourit à tour de rôle, à lui et à moi, avec l'air de s'excuser :

« J'ai tout de même droit à ma récompense et au combat final avec traitement High-Touch... Après tout, la conclusion de la thérapie au centre de distribution de récompenses est prise en charge par ma mutuelle...

– Bien sûr, bien sûr, et personne ne veut vous priver de ce droit, c'est seulement...

– Non, laissez-moi finir, docteur Holm, vous et votre collègue dites que ce n'est pas une bonne décision de partir en voyage, mais comme vous ne le savez que trop bien, mon capital salutologique est épuisé – non s'il-vous-plaît, n'essayez plus de me ménager, parlons franchement : je suis en bout de course. Pendant de longues années, je me suis voilée la face en me disant : *Je ne suis pas malade du tout, je suis juste prise dans un cercle vicieux qui n'a pas d'issue.* Mais la vérité, c'est que je n'ai jamais cherché cette issue car, depuis le début, la conscience que j'avais de ma santé était déficiente, et maintenant je paie la note, compétences autothérapeutiques quasi nulles, résultats catastrophiques, bon enfin, je ne m'en offusque pas car l'examen du docteur Tulp n'a fait que confirmer ce que je savais depuis longtemps, depuis longtemps, vous pouvez me croire. Et depuis que je le sais, je ne veux plus qu'une chose, partir en voyage, je ne veux plus rien d'autre. Et surtout, je ne veux plus savoir ce que je veux, c'est ce que je veux impérativement. Et c'est pourquoi j'aimerais aller à *Gênes, Italie*. Vous comprenez, *Gé-ni-*

– Oui, oui, oui », le même cri de panique sort de nos quatre bouches simultanément. Mme Schneider hausse les épaules l'air vexé, et passe un peu laborieusement sa chemise de nuit par-dessus sa tête. Comme ça coince au niveau des épaules, je lui viens en aide :

– Les bras en l'air !

– Merci beaucoup, docteur von Stern, vous avez toujours été très bon pour moi, vous tous. Nous y sommes, docteur Holm ?

– J'y suis dès que vous y êtes. »

Elle s'allonge sur le ventre, pose sa tête dans le cadre prévu pour elle depuis le premier jour, et s'étire en soupirant. Le docteur Holm laisse goutter l'huile d'or chaude sur sa nuque et tout le long de la colonne vertébrale et commence lentement à masser ses omoplates. Pendant ce temps, le professeur détache les cheveux de la patiente et lui caresse doucement mais fermement l'arrière de la tête comme à un petit chien. Ce faisant, il murmure doucement pour lui-même, sa voix se fait étrangement immatérielle comme l'eau qui coule dans les rigoles lisses du massif schisteux artificiel ornant le mur du hall devant la salle à manger :

« Elle plie ses gaules, la bonne dame. Ce serait pourtant chouette d'aller en Italie, tout simplement, en train. Ah oui, c'était la grande époque, dans toutes les gares de quelque importance, on pouvait faire des séances d'électrochocs comme on aurait fait cirer ses chaussures, seulement, après on se sentait bien plus détendu et surtout inspiré, stimulé d'une façon toute hellénique. Voyager, oui, de gare en gare, un choc chassant le précédent. C'est certainement ce que les anciens appelaient la conversion permanente... Pampelune, Pampelune...

– Moui », en fronçant les sourcils, le docteur Holm lève les yeux de sa patiente sans interrompre le massage, « ces conversions prêtes à l'emploi ne respectaient pas vraiment les règles de l'art. C'est aussi cet amateurisme qui a contribué à stigmatiser cette malheureuse thérapie pendant des décennies, sombre époque où il fallait se cacher pour traiter les patients par électrochocs, presque sous le manteau.

– Excusez-moi mais pourrais-je prétendre à un peu plus de tranquillité », Mme Schneider ôte la tête de son trou et la tourne vers le docteur Holm, si bien que ses cheveux détachés lui tombent sur le visage comme du varech. « Je sais bien : ce n'est pas le rêve mais l'électrochoc qui est l'accomplissement d'un désir. Mais maintenant je suis passée par toutes les conversions, j'en ai terminé, et la seule chose que je souhaite désormais est de voyager en paix. Est-ce trop demander ?

– Non, bien sûr que non, pardon, madame Schneider »,
d'un geste apaisant, il fait disparaître de sa colonne
vertébrale la crispation du chat qui fait le gros dos, elle
lui présente à nouveau sa nuque détendue et pose ses bras
décontractés le long de son corps, les paumes ouvertes tour-
nées vers nous en toute confiance, comme si elle voulait se
transformer en sauterelle, *salhabasana*, à la prochaine inspiration. « Très bien, madame Schneider, le pubis descend
profondément, les côtes fondent. »

Comme un courant paisible, ses mains glissent désormais sur tout le corps de la patiente, il décharge ainsi son
chakra racine, juste au-dessus du coccyx, et coupe son rac-
cordement à la terre, d'un bref signe de tête il me prie de
l'assister. Je tourne prudemment vers le haut l'intérieur de
l'avant-bras de la patiente à partir du dos de sa main pour
pouvoir lui poser le cathéter, elle a un léger sursaut, le pansement de maintien luit dans l'obscurité, le docteur Holm
a déjà accroché et ouvert la pochette de perfusion. Je règle
le débit et tandis que le liquide doré coule dans ses artères,
nous posons nos mains sur sa tête, ses omoplates et son
coccyx, et le docteur Holm donne ses dernières instructions à la patiente :

« La première chose que nous faisons à la naissance est
d'inspirer profondément et, dans le meilleur des cas, la
dernière chose que nous pouvons faire est d'expirer profondément en rendant grâce pour chacun de nos souffles
entre ces deux respirations. Rend grâce pour ce cadeau du
souffle que l'on nomme la vie.

– Mouais, il ne faut pas manquer d'air pour voir les choses
ainsi… » siffle le professeur entre ses dents, mais un regard
furieux du référent de Holm le réduit au silence. Patiente
passe lentement en respiration *ujjayi*, elle allonge et appro-
fondit son souffle avec un léger râle et achève l'exercice
avec un *Hhaa* de surprise moqueuse. Nous la lâchons et
mes mains que l'effort fait légèrement trembler ne savent
pas trop où se mettre. Derrière mon dos, Evelyn tente
encore un fois de poser ses fesses sur la couchette, comme
un cadeau que, discrètement, il voudrait laisser en vitesse
sur la table de nuit de Mme Schneider mais je le relève fissa
en le tirant par l'oreille.

« Partons », le docteur Holm se passe au ralenti la main sur le front et les yeux. « Les infirmiers se chargeront du reste demain matin. Peu importe le nombre de fois qu'on l'ait déjà fait, c'est toujours horrible. »

Je l'approuve d'un hochement de tête silencieux, j'entraîne derrière moi mes deux enfants aux biberons hors du patio, dans lequel la nuit est enfin tranquille. Pendant un bon moment nous longeons les couloirs à la suite du docteur Holm comme si nous traversions de la ouate, nous semblons avoir oublié tous les trois d'un commun accord où nous voulions aller, comme si nous étions également d'accord sur le fait que c'est là le seul moyen d'atteindre notre but. Nous nous retrouvons subitement aux abords de la terrasse de la salle à manger. Le docteur Holm s'arrête brutalement, se racle la gorge et me demande d'une voix malgré tout enrouée :

« Vous voulez vraiment tenter le coup, von Stern, c'est donc vrai ?

– Oui, je veux ramener le gamin en bas et moi aussi, si possible. Et le vieux aussi. Et vous, Holm ? Vous ne voulez pas venir ?

– Moi ? » Il rit fatigué mais amusé. « Mais ça fait déjà des années que j'ai rendu mon rapport sur moi et une fois qu'on l'a fait, ça signifie vraiment : *Un train roule vers nulle part*. Je ne peux plus partir d'ici.

– Mais votre rapport ne vous a même pas encore été retourné pour la première réécriture. Et tant que la direction ne s'est pas manifestée, tant que vous attendez encore l'examen…

– Non, non », il secoue la tête avec douceur, « j'ai répondu à toutes les questions, j'ai tout envoyé, je leur ai tout donné, un point c'est tout. Vous le savez bien : une fois qu'on a commencé à écrire, on ne peut plus revenir en arrière.

– Oui… mais… je ne veux pas y croire.

– Ce qui signifie que vous y croyez. Et à juste titre. Mais à quoi ça rime ? » Il sourit avec un air de gaité forcée et dégaine une fois encore sa flamme verte vacillante. « Et surtout, qu'est-ce que je ferais en bas ? Ici au moins, on peut fumer. C'est déjà si extraordinaire qu'on pourrait se suicider rien que pour ça.

– Oui, c'est vrai. »

Mon sourire coince un peu au niveau de la mâchoire, mais je ne m'y arrête pas et, incrédule, je jette un œil en avant : la terrasse devrait être vide car l'heure du coucher est passée depuis longtemps et toutes les lumières sont éteintes à l'extérieur, pourtant les trois pans de l'immense porte vitrée qui y mène sont grand ouverts. Tout à coup, le couloir s'étale devant nous comme un corridor aérien conduisant à l'opacité infinie de la nuit mais peut-être s'arrête-t-il seulement devant un écran noir infranchissable. En tout cas, le calme inhabituel du décor me semble bienvenu quand, soudain, une silhouette étincelante de blancheur apparaît du côté gauche de la porte. Retenant notre souffle, nous continuons d'avancer tandis que le professeur et Evelyn se cachent derrière Holm et moi. C'est l'infirmière Ananké, elle semble nous avoir attendus et, tandis que je réfléchis fiévreusement à la manière dont je vais pouvoir expliquer notre absence, elle s'avance vers moi et, sans un mot, elle me tend une lampe de poche et un panier avec une couverture et à manger pour Evelyn, elle me lance un sourire d'encouragement, pince la joue du docteur Holm avec un clin d'œil et poursuit tranquillement sa route le long du couloir. Je la suis des yeux, interdit mais plein de gratitude, et le professeur semble soudain se débarrasser de la peur et la fatigue comme d'un lourd habit de pénitence :

« Morbleu, cette Ananké est tout de même une sacrée femelle ! Un vrai boulevard ! Toute sa vie, on voudrait pouvoir y...

– Oui, oui, fermez-la maintenant, professeur, venez plutôt ! »

Holm et moi nous serrons la main encore une fois, pour la dernière fois, nous nous attachons l'un à l'autre par le demi-point de croix que forment nos bras, sans nous regarder dans les yeux comme à l'accoutumée mais en fixant mutuellement nos revers. Je n'arrive pas à lâcher sa main mais il finit par me l'enlever d'un coup, il se retourne brutalement et part d'un pas pressé. Je le regarde s'éloigner gravement, jusqu'à ce que sa blouse blanche disparaisse dans l'obscurité du couloir. Puis, tous les trois, nous patinons pour la première fois de nuit sur les lattes glissantes de la terrasse et Evelyn glousse, à la fois surexcité et nerveux :

« D'abord assister à l'administration d'une récompense et maintenant faire une promenade nocturne, une vraie promenade nocturne ! Si je survis à tout ça, j'aurais tout de même atteint la connaissance du monde d'un enfant de sept ans, ce serait déjà pas mal, Papa, tu ne crois pas ?
– Oui, ce ne serait pas si mal, mon garçon, ce serait plus que je n'ai jamais espéré pour toi. »

42.

Comme nous ne pouvons pas la voir, l'herbe nocturne semble encore plus fraiche, plus humide et plus glissante qu'elle ne l'est en réalité. J'ai fait enlever leurs chaussures à mes deux compagnons car, dehors, on ne va pas très loin en souliers vernis à semelle lisse, mais ils n'ont pas l'habitude de marcher pieds nus comme moi, qui ne porte plus de chaussures depuis près de vingt ans, et ils peinent donc à poser fermement et tout de même rapidement un pied devant l'autre pour descendre la pente herbue dans l'obscurité.

Plein d'assurance, je passe devant, le faisceau de ma lampe de poche cherche le chemin comme un chien policier et malgré la domination de l'obscurité, il zigzague gaiement devant moi car ici, le chien ne fait enfin qu'un avec sa laisse. Sous nos pieds, l'herbe crisse avec un bruit exagéré, certainement pour nous dissimuler le silence de cette nuit, qui semble pour le moins surnaturel. On devrait pourtant entendre autre chose que ces crissements entêtants qui rendent le silence plus oppressant encore et rythment notre descente saccadée, formant un canon avec les halètements d'Evelyn qui respire avec une concentration angoissée ou plutôt avec une angoisse concentrée. Mais, par chance, nous arrivons bientôt au bout de la première prairie et, pour remonter le moral de la troupe, nous sautons tous les trois sans effort par-dessus la clôture de bois, sans l'aide des mains, même le professeur qui ignore vaillamment sa hernie, un peu trop vaillamment je le crains.

Une fois de l'autre côté, nous sommes un instant pris de vertige sur le sol subitement redevenu plat, nos corps habitués à la descente n'ont pas compris assez vite que, ici, la terre se repose de sa chute pendant quelques mètres. Dans le noir, nous avions oublié que les huit prairies s'étagent sur le flanc de la montagne en une cascade doucement scandée, séparées les unes des autres par de petits plateaux formant des sortes de terrasse, et pas uniquement par des barrières de bois remplacées plus bas par de hautes palissades d'acier, c'est en tout cas ce qui se dit mais ma vue n'a jamais porté aussi loin.

L'association harmonieuse de la pente molle et ronde et de ses courtes interruptions raffinées par des paliers incitant à s'attarder et à regarder autour de soi, invitation à un petit bilan inutile *T'observes-tu en permanence, as-tu fait bon usage de ton temps ?* me semblait des plus naturelles, aussi longtemps, ou plutôt si tant est que j'aie pu y réfléchir. Pourtant, maintenant que je ne porte plus seulement mon regard limité sur les prairies, mais que je me tiens pour la première fois, au-delà de la barrière intérieure, debout sur mes deux jambes et pieds nus, l'extraordinaire fraîcheur et le velouté de la terre recouverte d'herbe me semblent particulièrement étranges, et le toutou lampe de poche renifle aussi le sol trop plat avec perplexité.

« J'ai froid, papa, mes pieds sont glacés !
– Tu vas bientôt te réchauffer, il faut juste que nous ne restions pas immobiles plus longtemps. Venez, les gars, poursuivons la descente, nous avons déjà franchi la première prairie et ce n'était pas si difficile, encore sept fois autant et nous aurons...
– Oui, cathéter de Satan, ça vous ressemble bien, ce genre de calculs diaboliques dignes de Perrette et de son pot au lait. Ces théories fumeuses à la deux et deux font quatre ne vont pas seulement nous conduire en bas de la montagne mais directement sous terre...
– Mais je voulais juste donner au gamin...
– De faux espoirs et à vous aussi, extrapoler la suite à partir de conditions de laboratoire sans tenir compte des phénomènes d'épuisement, des changements de dénivelé, des égarements, ni de la faim, de la soif, oh non, huit fois

un font huit, en effet, si on veut directement courir à sa perte !

– Professeur, vous savez aussi bien que moi qu'un calcul réaliste des efforts qui nous attendent et des forces dont nous disposons nous ferait aussitôt mettre un genou à terre. Donc laissez-nous maquiller un peu les comptes en espérant que les choses finissent bien pour nous.

– Ah, *parole, parole, parole* ! » Une fois de plus il me tape sur la poitrine avec son index tel un pic vert ce qui, dans l'obscurité, est assez insupportable. « Vous êtes con comme un manche mal dégrossi, vous l'avais-je déjà dit ? Vous êtes une casserole à traîner, un dépravé, rien d'autre que…

– Donc vous me donnez raison ?

– Moui… mais c'est tout même un procédé stupide et indigne !

– Ce n'est pas une objection valable. Et par ailleurs, je ne suis pas sûr que ça va vraiment nous avancer à quelque chose si vous me forez un trou dans la poitrine.

– Bon, comme vous voulez, allons-y. Mais faisons vite, et partons du principe que les étendues qui nous restent à traverser d'une prairie à l'autre seront de plus en plus courtes et plates, disons : encore une fois la même distance, et nous y serons ! »

Lancé dans le silence engourdi, son croassement semble encore plus strident que d'habitude et son visage crispé de colère est encore plus déformé par les ombres que projette le faisceau de la lampe de poche. Je prends une profonde inspiration en essuyant de mes yeux les postillons du professeur, je lui tourne le dos et dis d'une voix atone :

« Allons-y.

– Papa », Evelyn sautille jusqu'à moi et s'accroche à mon bras, « est-ce qu'on ne pourrait pas tout simplement se laisser rouler jusqu'en bas des prairies ? Le risque de se casser la cheville en courant dans le noir est bien plus grand que celui de s'écraser contre l'un des quelques tilleuls qui y poussent, non ?

– Euh, et les clôtures ?

– Oui, sept fracassements, mais nous devrions y survivre – ou bien dit-on fracassages ?

– Non, je ne crois pas.

– Qu'est-ce que tu ne crois pas, qu'on dit fracassages ou qu'on puisse survivre à sept...

– Les deux, et si le mot *fracassage* ne t'est pas familier, c'est pour une bonne raison. Continuons notre chemin. Ça va, professeur ?

– Mais oui, bien sûr, vieille charogne, pourquoi ? »

Nous devons avancer, toujours avancer, surtout ne pas s'arrêter, par pitié. Evelyn et moi prenons le professeur entre nous et nous passons le bras sous ses coudes pointus, il peste tout bas pour lui-même et pour nous, ce qui m'arrange bien, une fois n'est pas coutume, car cela distrait Evelyn de sa peur et réussit même à la juguler.

Pas à pas, juste répéter ce que nous avons déjà fait, pour que, au bout de la nuit, ce qui nous est inconnu nous devienne familier. *Allez viens, un pied devant l'autre, c'est pas plus difficile que ça, mon garçon.* Nouveau chemin, ancien chemin, cela rend la chose plus facile mais en même temps plus difficile, la force de l'habitude est aussi synonyme d'affaiblissement par l'accoutumance, recul de la peur agréable mais dangereux. *Sois vigilant !, prends garde où tu mets les pieds même si tu ne vois rien, Evelyn !* L'épuisement vient au-devant de nous car, pour ne pas être obligés de fixer l'abîme de l'inconnu ou plutôt le néant nocturne, nous devons regarder très loin dans le désert éternellement identique à lui-même.

Nous avons à peine parcouru cent, au plus cent cinquante mètres de ce deuxième cercle de prairie, et je sens déjà contre moi que le professeur laisse pendre un de ses pieds anarchiquement dans les airs tandis qu'il pose l'autre, tremblant de crampes, sur l'herbe glissante, et le fait que l'homme tout entier soit secoué d'un tremblement anarchique, comme Evelyn et moi-même je le crains, et que notre tentative de fuir par les montagnes tombe ainsi à l'eau à cause de l'anarchie des tremblements laisse difficilement espérer que la toute puissante homéostasie yogique suffira à rééquilibrer notre situation.

Non, cette répétition d'un unique petit pas ne mène en aucun cas sur la voie d'une démarche équilibrée. En effet, pour nous autres, créatures déficientes, toute répétition est encore un numéro d'équilibrisme thermodynamique car, dans notre triste cas, la réduction des frottements liée à la répétition de nos actes signifie un gain mais également une perte simultanée d'énergie. Et tandis que, à la fois mous et exaltés, nous posons un pied devant l'autre, l'expression *déperdition d'énergie par frottement* déploie en ricanant toute la perfidie de sa duplicité. La seule chance de dépasser en nous le paradoxe énergétique de la répétition, troisième principe de la thermodynamique, est de transformer la répétition en un exercice, *une opération qui stabilise ou améliore la qualification de celui qui la réalise.* C'est ainsi qu'on peut porter la perte d'énergie par friction à notre crédit, porter toute perte à notre crédit. *Keep breathing, boys, just keeeeep breathing !* Et lentement nous trouvons nos repères dans l'obscurité.

Evelyn, qui semble à nouveau lire dans mes pensées, me demande si seuls les bâtons de randonnée existent ou bien si l'on trouve aussi des bâtons d'exercice gymnique et si ces derniers, outre l'appui confortable qu'ils offrent, peuvent également permettre de joliment se flageller en route sans se faire mal. Comme je ne sais pas s'il existe de tels bâtons, je garde le silence, mais les étoiles brillent soudain plus vivement au-dessus de nous.

Comme pour se moquer du professeur, ou plutôt de moi, la deuxième prairie est effectivement beaucoup plus plate que la première, en revanche elle s'étire en longueur ou plutôt dans le lointain et j'ai la terrible impression que le sol s'allonge sous nos pieds comme une pâte à tarte toujours plus fine. Mais voilà que cette étape touche elle aussi à sa fin et, avant même d'en prendre conscience, nous sautons par-dessus la barrière suivante, à peine plus haute que la précédente, certes en nous aidant des mains cette fois, puis nous franchissons le petit plateau sans effort. À partir de là, la providence nous rend insensibles sans nous endormir et nous porte ainsi au bas de la troisième puis de la quatrième prairies, dont la déclivité s'affaiblit progressivement, et même si la distance s'allonge d'autant, la pente aux rondeurs confortables amortit les pas tout en souplesse, avec une régularité qui ne nécessite pas d'effort, jusqu'à ce qu'Evelyn s'effondre au milieu de la cinquième prairie.

43.

Pour faire comprendre au garçon que sa chute n'est pas due à une sentence hostile du père soleil mais seulement à l'épuisement et à la perte de son biberon quelque part en chemin, je pose le panier par terre à côté de lui et déclare incidemment :

« Bon, restons-en là, je propose de bivouaquer ici pour la nuit. »

Pour une fois, ce qui confirme la gravité de la situation, le professeur ne me tombe pas dessus à bras raccourcis mais s'assoit prestement à côté d'Evelyn qui ne bouge plus, recroquevillé à terre.

« Oui, excellent, docteur, brillante idée, elle aurait pu être de moi. »

Nous redressons Evelyn pour le mettre plus ou moins en position assise entre nous, nous l'enveloppons dans la couverture et tentons de lui faire ingurgiter de l'eau qui ne fait que dégouliner à la commissure de ses lèvres pour former une rigole sous son menton. Finalement, il se met à avaler plus ou moins docilement, si bien que nous pouvons tour à tour lui donner de l'eau et lui enfoncer dans la bouche des petits morceaux du gâteau de l'infirmière Ananké, pourtant c'est seulement lorsque le professeur lui cède son biberon, dans un instant de surhumanité, que le garçon ouvre les yeux et tète avidement jusqu'à ce que la tétine lui soit à nouveau arrachée de la bouche d'un coup par une main trop humaine. Puis, les yeux vitreux, il regarde à travers moi en murmurant :

« Papa ?

– Mmh ?

– Pourquoi jettent-ils le soldat de plomb qui n'a qu'une jambe au feu ? Je trouve ça horrible.

– Oui, je sais, mais ils le font pour que tu l'aimes. Ils le jettent au feu pour que tu voies qu'il a bon cœur, qu'au fond il n'est fait que de son bon cœur. Puisqu'il fond pour ne laisser qu'un petit cœur de plomb.

– Mais c'est méchant !

– Oui et non. Dors un peu maintenant.

– Qu'est-ce qu'il resterait de toi si on te jetait au feu, papa ?

– Ah, rien qu'un fumeux bavardage ! » Le dos de la main du professeur, brandie dans un ample geste de dédain, passe heureusement au-dessus d'Evelyn pour atterrir dans ma figure. « Regardez plutôt le ciel, espèce d'ignorants ! Admirez un peu les étoiles, nom de Dieu ! A-t-on si souvent l'occasion de les voir ? Ces maudites bestioles !

– Les étoiles sont des animaux, n'est-ce pas, grand-père ?

– Non, les étoiles sont des étoiles, gros bêta d'enfant du diable !

– Oui, je le sais bien, je voulais dire, pas les étoiles mais les constellations, ce sont bien des animaux, en tout cas, la plupart ou au moins certaines d'entre elles, n'est-ce pas ? Je veux dire pas de véritables animaux, bien sûr, mais tout de même de véritables représentations d'animaux, que je peux collectionner dans ma tête, et quand j'en ai suffisamment, elles peuvent m'aider à m'orienter. Elles me disent où je suis.

– Oui, mais elles te disent où tu es seulement si tu ne les prends pas pour des animaux. Tu dois identifier les structures zoomorphes sinon tu ne t'y retrouveras pas dans le ciel, mais tu ne dois pas les considérer comme des animaux sinon elles t'induiront en erreur, ces sales bestioles. Elles n'y peuvent rien, c'est une race hautement bipolaire, mais il faudrait s'en méfier comme...

– Mais je le sais bien.

– J'ai du mal à le croire, petit, tu es beaucoup trop bête pour ça, exactement comme ton père. Attends un peu : dites-moi docteur, êtes-vous vraiment scorpion ?

– Oui, évidemment, sinon je n'aurais jamais pu devenir médecin.

– Tu vois, petit, quelle bécasse de père tu as ? »

Evelyn ricane d'abord sous cape puis se laisse finalement déborder par une crise de rire d'une démence épuisante et, si reconnaissant que je sois au professeur pour ses traits d'humour, je commence à craindre que le garçon ne soit victime d'un second collapsus, cette fois fatal. Je l'enveloppe donc plus étroitement dans sa couverture, je le secoue légèrement en le tirant vers moi :

« Allons, c'est bon maintenant, dors maintenant Evelyn, fais-moi plaisir ! »

Il émet quelques hoquets indécis puis s'allonge docilement dans mon giron. La joue contre ses deux mains posées sur mon genou, sa respiration s'apaise peu à peu. Le professeur s'approche furtivement, pose la tête sur mon épaule et s'endort sur le champ. Enfin tranquille, Dieu merci ! Mais Evelyn redresse la tête vers moi et me chuchote inquiet :

« Papa, le but, ce n'est quand même pas le chemin, pas vrai ?

– Non, n'aie pas peur, ce n'est pas le chemin, je te le promets, comme j'ai promis à ta mère de t'emmener en bas.

– La patiente ambulatoire est ma mère ?

– Oui, naturellement, je ne te l'ai pas dit ?

– Non, tu ne me l'as pas dit, tu ne me dis jamais rien.

– Bon d'accord, mais là, je viens de te le dire, non ? Donc maintenant tu le sais.

– Et elle te fait confiance ? Pourquoi ?

– Je ne sais pas non plus, apparemment elle ne peut rien faire d'autre que de toujours commettre la même erreur.

– Mais peut-être aussi qu'elle ne te fait pas assez confiance.

– C'est possible aussi, mais ça n'a pas d'importance car, à la fin, ça revient au même. Dors maintenant !

– Papa, si tu revenais vers moi, je ferais tuer un veau pour toi quelle que soit l'heure. Un pauvre petit veau.

– C'est très gentil mon garçon, mais dans un premier temps, ce qui m'aiderait le plus, c'est que tu dormes.

– Regarde, le dauphin ! »

Passant son bras sous mon nez, il le tend vers le ciel et je penche la tête en arrière en le suivant des yeux :

« Où ?

– Eh bien là, sous le petit renard, tu vois le petit renard, là, sous le cygne ?

– Euh, non.

– Là avec le long museau.

– Ah oui, en effet.

– Oui et maintenant, en dessous, au niveau du museau du renard, vers le bas, le dauphin est là, tout en bas il y a la nageoire, de biais au-dessus de l'aigle, tu la vois, papa ?

– Ah là, oui, en effet ! C'est le dauphin. Même si au fond, ce n'est qu'un trapèze avec une queue, ça pourrait être n'importe quel poisson, une raie ou…

– Non, papa, il ne faut pas dire ça, s'il te plaît ! C'est le dauphin, personne d'autre, elle… Je veux dire, il est en train de bondir hors de l'eau, tu ne vois donc pas ?

– Pardon, bien sûr, je le reconnais maintenant, c'est bien le dauphin, personne d'autre, dors maintenant ! »

Il murmure encore plusieurs fois *personne d'autre*, puis, enfin son souffle s'allonge nettement et alterne avec le ronflement bruissant de mucus du professeur et, de nouveau, on n'entend plus rien en dehors de leurs respirations, pas de cigales ou d'autre bourdonnement, pas de bruit de lézard et pas la moindre petite brise dans les herbes bien qu'elles semblent pourtant se balancer légèrement en cachette et même les sphères cristallines au-dessus de nous restent parfaitement muettes.

Comme cette nuit recouverte d'un tapis d'étoiles est différente des nuits d'été que nous avons passées dehors, dans les hautes herbes qui brillaient de reflets argentés même dans l'obscurité, sur les versants rocailleux au sud des anciennes fortifications de la ville troglodyte de Çufut Qale, les dernières nuits avant que je donne mon accord définitif à référent pour aller à Kertch, pour prendre le poste à l'hôpital frontalier, pour tout accepter, ces nuits aux doux bruissements pendant lesquelles tu dormais paisiblement dans mon giron, et une fois tu as cru mourir de peur à cause d'une couleuvre léopard qui t'est passée sur la cheville dans ton sommeil. Et, bien que tu aies tout de suite compris qu'elle était totalement inoffensive, tu n'as pu te calmer de toute la nuit.

Durant presque tout le mois d'août, le second mois d'août que nous passions loin de la côte, nous quittions chaque soir notre unité du sanatorium du palais du khan de Bakhtchyssaraï pour monter là-haut, sur le plateau montagneux de la ville troglodyte. Par un accord tacite, nous gardions le silence sur le fait que passer la nuit ensemble dans l'étroitesse de notre cellule nous était devenu tout bonnement insupportable, et surtout nous ne parlions plus de mon espoir que chaque nuit passée loin de mon référent l'affaiblirait, il fallait que je réussisse à y renoncer pendant une série de nuits consécutives, *il suffit que j'y arrive*, *plusieurs nuits de suite sans interruption et ce sevrage le mettra à genoux, crois-moi !* Surtout, nous n'en parlions plus parce que je craignais – et fort justement, mais comment se fait-il que je m'en souvienne – que tu ne partages plus mes espoirs depuis longtemps, que tu les considères comme une échappatoire, car éviter n'est pas renoncer, et que tu puisses exiger de moi que je me confronte à lui, face au miroir, autant de fois que nécessaire pour le vaincre, *devant mon propre visage afin que je voie combien j'étais laid, contrefait, misérable, avec mes taches et mes ulcères. Je le voyais, oui, et avec quel effroi, mais impossible de me fuir ! Si j'essayais de détourner de moi mon regard : Tu m'opposais de nouveau à moi-même, et tu me crevais les yeux, pour que je reconnaisse et haïsse ma faute.* Au fond, je sais et je savais déjà à l'époque que tu n'aurais jamais exigé de moi quelque chose d'aussi naïvement destructeur, peut-être même pas naïf, mais simplement possible. Pourtant, nous n'en parlions pas, nous préférerions faire semblant de dormir là-haut, à l'air libre, au plus près des étoiles, pour satisfaire une tendance au désespoir romantique et non pour échapper à notre situation désespérée dans la presque intériorité de cette presqu'île. Mais, parce que nous faisions comme ça et que nous le faisions bien, c'était effectivement le cas.

44.

Tard le soir, lorsque les patients externes avaient repris leur bus pour Yalta, Simféropol ou Sébastopol et qu'Esther avait conclu sa journée au sanatorium du palais du khan avec les autres apprentis thérapeutes par trois *om* collectifs, elle venait me chercher au fond de mon trou. Puis, au lieu d'aller dormir dans notre cellule du bâtiment principal, nous sortions discrètement par la porte des ambassadeurs.

Les femmes du pays vêtues de blouses colorées qui vendaient aux patients externes des baklavas figés dans le sucre et dégoulinant de graisse sur leurs petits stands devant le sanatorium avaient fermé boutique depuis longtemps, mais s'il restait une retardataire, tu lui achetais un de ces machins puant l'huile bon marché qui émergeait alors de son sac en papier jaunâtre tel les tentacules d'un poulpe asphyxié dans la graisse. Tu essayais par tous les moyens de manger cette saloperie et finissais par la jeter à la poubelle avant même que nous ayons quitté les quelques ruelles de la vieille ville pour entamer la montée vers les gorges de la Vierge, ce qui me faisait chaque fois hocher la tête d'un air de reproche gentiment condescendant car je n'avais pas compris que c'était une tentative, même ridicule, de te laver de la propreté de notre univers médical au moyen de cette saloperie.

Mais le truc était à la poubelle, oublié et, avec lui, ton irritation face à ton incapacité à le manger et, en général, face à ta capacité cruellement réduite de manger quoi que ce soit sans effort, et nous courions, essoufflés et ravis, jusqu'à l'Uspenskij Monastyr, le monastère de l'Assomption de la Vierge, où jusque tard dans la nuit, des patients remplissaient des bouteilles en plastique avec l'eau curative jaillissant d'un petit robinet de cuivre directement fiché dans le mur extérieur du monastère et qui semblait attendre son tuyau d'arrosage. Certains avaient là plusieurs bidons de cinq litres, avec des tendeurs, il s'en fixaient autant sur le dos qu'ils pouvaient en porter, et, ainsi surchargés, ils redescendaient en titubant l'escalier raide taillé dans le roc, avec l'air de béatitude radieuse de ceux qui ont fait une bonne affaire tandis que, le dos et les flancs appuyés à la paroi rocheuse, le monastère, bonhomme, semblait hocher la tête de sa coupole dorée surmontée d'une croix en regardant les pauvres porteurs d'eau avec indulgence. Parfois, toi aussi tu montais les marches en courant, tu t'agenouillais sous le robinet pour boire l'eau sacrée qui gargouillait et dégoulinait sur ton menton, et tu t'écriais, les yeux au ciel, que toi aussi tu n'allais sûrement pas tarder à vivre une assomption salutaire, ce que je ne trouvais pas particulièrement drôle.

C'est pourquoi, souvent, je ne te laissais même pas monter, au contraire, comme s'il s'agissait de mon rôle dans cet absurde badinage, je te retenais en bas des escaliers malgré la résistance que m'opposaient tes coups de pieds rieurs et, contournant les marches du monastère et la falaise, je te traînais vers l'escalier secret situé derrière qui menait aux anciens pâturages du monastère sur le plateau, encombré dans la journée d'adeptes de la salutation au soleil qui le gravissaient ou le descendaient en hâte, mais déserté à cette heure. Quand tu finissais par monter ces marches en baillant, blottie contre mon dos que tu enserrais de tes bras comme si nous chevauchions une drôle de moto, je comptais presque chaque fois les marches à voix haute tout en battant sur tes mains chaudes croisées sous mon torse le rythme de ce décompte et de nos pas, de nos pas comptés. Ici, on pouvait compter librement, puisque le fait de compter les marches n'a rien à voir avec l'arithmomanie quand il s'agit d'un bel escalier dans un bel endroit, et non du banal escalier du lieu de travail ou de résidence. Aussi, je comptais chaque fois les marches car je n'arrivais pas à croire qu'un escalier secret puisse manquer de mystère au point d'avoir tout bêtement quatre-vingt-quatre marches. En même temps, je me demandais si quatre-vingt-quatre n'était pas la quintessence du nombre cryptique. Avec le huit, le chiffre de l'infini, il convoque l'éternité et met encore à la disposition de cette éternité une moitié d'éternité avec le quatre, mais comme on sait bien qu'on peut toujours additionner à l'éternité un chiffre, et encore un, et puis un autre, mais justement pas une moitié d'éternité puisque, une fois pour toute, l'éternité n'a pas de moitié mais est le grand tout par excellence, à laquelle, une fois pour toute, on ne peut plus rien ajouter, on se demande bien ce que ce pauvre quatre vient faire là, à coller aux fesses du huit, et comment l'éternité peut tolérer une telle demi-portion à ses côtés. Donc, s'il est carrément impossible d'accoler le quatre au huit, cela signifie que le huit doit constamment être réduit de moitié afin que l'éternité puisse se manifester, et donc, que l'éternité ne peut jamais se montrer en entier que sous les apparences de la demi-mesure. Oui, ce doit bien être cela, car on n'est pas plus avancé quand on fait la somme des chiffres du nombre, puisque le douze ne fait que nous ramener à cette unique année, que jusqu'au bout nous demandions, nous avons demandé à prolonger, cette unique année à Bakhtchyssaraï qui fut notre plus belle année et qui, au final, ne nous a servi à rien.

Par chance, en haut, il n'y avait pour ainsi dire personne sur les pâturages du plateau, qui entretemps était plongé dans le noir, à l'exception parfois de l'ombre d'un guide de patients qui arpentait les lieux d'un pas nerveux mais souple en faisant la morale à Dieu sait qui au téléphone, le suppliant avec un désespoir de routine de s'occuper de Dieu sait quoi au plus vite car, une fois de plus, il y avait dans l'organisation Dieu sait quoi qui ne fonctionnait *absolument* pas, *ab-so-lu-ment pas, vous comprenez !* Que nous soyons ou non seuls, de toute façon, nous ne restions que quelques minutes et seulement parce que, dans ce recoin à moitié dissimulé par les rochers, j'arrivais particulièrement bien à respirer, puis nous passions par l'ancien jardin du cloître et, de là, nous suivions l'étroit sentier menant à Çufut Qale. Là, nous nous allongions presque toujours au même endroit, sur le versant rocheux sud au pied du mur couvert de mousse entourant la ville troglodyte qui, déjà à cette époque, était complètement abandonnée.

Bien que Çufut Qale ait été la raison pour laquelle Esther avait voulu aller vers l'intérieur avec moi, l'unique raison pour laquelle elle croyait que l'on put aller vers l'intérieur, lorsque nous y fûmes, elle ne visita même pas la vieille forteresse. Une seule fois, nous y allâmes en journée, une semaine après notre arrivée à Bakhtchyssaraï et elle ne voulut même pas voir les célèbres grottes de Hammam-Koba et Sakyz-Koba, ni les kenessot et la mosquée, ni le vieux puits à seau, ni les cachots souterrains, rien de rien. Malgré le fait, ou justement à cause du fait que l'on pouvait y flâner librement, après avoir jeté un œil à l'intérieur de la cahute en bois abandonnée où l'on payait autrefois son entrée, Esther voulut aussitôt retourner à Bakhtchyssaraï. À travers les vitres sales et brisées sur un côté, on voyait sur la table les carnets de billets d'un rose fané couverts de poussière, à côté d'une tasse de café à fleurs dont la sous-tasse était maculée de taches desséchées, posée sur un vieux journal jauni, au bas duquel une fille blond cendré, d'après la légende la reine de l'Ukraine, était agenouillée sur une peau de mouton et ouvrait grand la bouche, comme si elle ne revenait pas de sa surprise d'être photographiée nue.

À la différence du palais du khan et du monastère de l'Assomption, Çufut Qale n'avait pas été repris par l'administration de la clinique mais par les indigènes, et donc laissé à l'abandon car, sans l'appui de l'administration de la clinique, ce village en ruine ne leur servait à rien. Que devaient-ils faire d'un site où l'on ne leur envoyait pas de patients ? Ainsi, plus personne ne vivait dans les maisons comme dans les grottes qui, au clair de lune, ressemblaient aux orbites d'un crâne aux yeux multiples, même les gens de la fondation ethnographique avaient disparu et tout tombait lentement en décrépitude. Certes, nous ne savions rien de tout cela lorsque nous étions partis de Yalta pour gagner l'intérieur, nous commençâmes seulement à le comprendre en observant la reine de l'Ukraine à travers la vitre.

« Mais qu'est-ce que je m'étais imaginé ? » Esther lui tourna le dos, abattue. « Quelle pauvre imbécile, comment ai-je pu penser… Nous rentrons, nous rentrons tout de suite à Yalta, tu vas aller à Kertch et je vais recommencer…
– Tais-toi, maintenant, nous sommes là et nous allons y rester. »

Hésitante, elle alternait entre hochements de tête et haussements d'épaules jusqu'à ce que je la prenne par la main et que je l'éloigne de la cahute comme un animal malade. Je l'assis au soleil dans l'herbe sur le versant devant le mur d'enceinte.

« Tu attends ici pendant que je vais jeter un œil à la ville, ça ne durera pas longtemps, je crois qu'elle fait moins d'un kilomètre de long, je vais juste la traverser en vitesse, d'accord ? »

Esther opina du chef en direction du harmal qu'elle se mit à arracher mécaniquement, je l'embrassai fermement sur la tête et je partis en courant.

Je ne sais pas pourquoi au juste je tenais encore absolument à traverser cet inutile Çufut Qale au pas de course. Ce que nous en avions vu, à savoir rien en dehors d'une cahute où l'on ne pouvait plus payer son ticket, suffisait largement pour comprendre que ce n'était pas un endroit pour nous. La seule raison, vraisemblablement, pour laquelle je tenais à voir les lieux était que nous l'avions prévu, tout simple-

ment, et que sinon je me serais trouvé face à un vide dangereux. Traverser la ville au pas de course pour que nous puis-
sions définitivement classer ce projet, l'enterrer dans l'un
des cimetières que l'on rencontrait encore à l'époque en
quantité déplaisante dans la région, à chaque pas, presque
aussi nombreux que les chiens errants, souvent enragés.
Oui, il s'agissait de s'en séparer dans les formes.

Empruntant celle du milieu parmi les trois rues principales, je traversai donc au pas de course la partie ouest, la
plus ancienne de la ville troglodyte abandonnée de tous les
bons esprits, comme un régisseur à l'air affairé mais que
l'hébétude a en fait rendu presque aveugle et qui, en réalité, se contrefiche des intérêts du propriétaire du domaine,
j'adressai un signe de tête et un sourire de reconnaissance
ignorant aux édifices religieux qui s'effondraient sur eux-
mêmes comme si leur présence seule était déjà louable,
puis je montai sur le plateau où se trouvait autrefois la
place du marché. Là, je fis le tour du mausolée, entièrement recouvert d'un curieux mycélium, en pensant que
c'était vraiment une honte qu'une ville qui avait tout de
même été capitale du khan de Crimée au quinzième siècle
soit dans un état pareil. Mais en même temps, et sans que
cela me semble contradictoire, je me disais que ça m'était
égal que le mycélium recouvre ainsi le mausolée et m'empêche même de localiser l'inscription qui devait se trouver
là quelque part pour m'indiquer que la fille du khan repo-
sait ici car, de toute façon, je n'aurais pas pu déchiffrer les
caractères arabes. Et même si j'en avais été capable, cela
m'aurait été égal car les inscriptions ne m'intéressent pas,
que ce soit sur les linteaux de porte ou de portail ou sur
les tombes, nulle part, pas le moins du monde, et toi non
plus, tu ne t'y intéresses pas ! Même si tu tentes toujours
de faire comme si elles t'intéressaient car tu sais mieux les
déchiffrer, elles te sont aussi égales qu'à moi, car il n'y est
jamais écrit que ce que nous savons déjà. Et chaque fois que
tu m'as lu une de ces inscriptions, lentement, avec hésitation, et pourtant aussi clairement qu'un medium en transe
aligne une série incohérente de mots fièrement indomptés,
chaque fois que tu ordonnais ensuite en une phrase sen-
sée avec cette habituelle expression de soulagement et de

satisfaction futile, je me contentais de hausser les épaules l'air borné, *mais qui diable cela...* et tu te moquais de moi tout en acquiesçant. Oui, qu'est-ce qu'on en a à faire de ces vieilles histoires ! Ils ne se seraient jamais intéressés à nous non plus.

Au fond, tu crois aussi peu que moi à l'archéologie, pas plus qu'à cette stupide restauration interne à laquelle nous devions nous soumettre chaque semestre à Yalta et durant laquelle, tandis que nous essayions de plonger en nous-mêmes et de redémarrer notre propre système limbique par un exercice de monitoring requérant une grande concentration, ils nous répétaient sans cesse pour nous encourager que rien de ce qui était à l'intérieur de nous ne se perdait jamais. Nous devions nous imaginer comment, en nous, la Rome antique était conservée *en totalité* et se mêlait harmonieusement à la Rome actuelle, la nouvelle installée bien confortablement sur l'antique cité bienveillante. Ou bien nous devions nous imaginer que nous étions un fond d'archives, dans lequel rien n'était jamais perdu, pas le moindre dossier. Il était difficile de croire à une telle absurdité, pour la simple et bonne raison que nous devions évoquer en nous ces architectures grotesques et ces armoires débordantes uniquement dans le but de trier régulièrement le bon grain de l'ivraie, de conserver nos cellules gliales, de jeter les déchets et de faire place au neuf. Nous devions procéder à un tri constant et en même temps, garder en tête que, *en principe*, rien ne se perdait dans l'opération. Nous passions donc notre temps à faire le vide sans pour autant devoir craindre que quelque chose de précieux ne disparaisse dans le broyeur à cette occasion car, en réalité, il n'était même pas en notre pouvoir de détruire ne serait-ce qu'un seul de nos dossiers – heureusement, car on ne sait jamais comment on peut les réutiliser contre soi-même.

Toute cette saleté en moi se mêlait confusément à la poussière de Çufut Qale et lorsque je fis le tour du mausolée et, de là, continuai ma course, en dépassant le tas de gravats qui avait un jour été la maison de Dieu sait quel important érudit karaïte, la colère me prit. Je n'avais pas envie de m'arrêter là non plus, de chercher une satanée inscription sur Dieu sait quelle poutre transversale effondrée et moisie, oh non, et je te maudis tout haut et moi plus haut encore, de me faire courir à travers une satanée ville en ruine au lieu d'avoir fait une coupure nette et d'être là-bas, près du détroit de Kertch, à me promener, en ma qualité de médecin assistant, dans les couloirs blancs de la clinique frontalière, plus blancs que l'hiver de Pouchkine, *tout est clair, tout est blanc alentour*, pour grimper pas à pas les échelons, hors de cette vie de merde, de cette boucherie absurde.

Ce n'est que lorsque j'atteignis la porte orientale plus récente, épuisé, que j'arrêtai ma course folle. À bout de souffle, la main sur ma hanche droite, je regardais au bas des versants rocheux, les lumineuses prairies ondoyant sous le soleil de l'après-midi et, dans un instant d'extrême lucidité et de calme, je décidai de t'abandonner là-bas, sur l'autre versant. Pas seulement pour moi, pour toi aussi, ce serait le mieux à faire, c'était le seul moyen de te laisser encore une chance à toi aussi, j'allais disparaître, tout simplement, et nous pourrions tous les deux repartir à zéro.

J'ai dû passer un certain temps à opiner du chef, comme ça, sourd et résolu. Mais lorsque lentement, l'idée de m'éloigner de toi eut pris forme en moi, la forme approximative d'une image réelle si bien que le paysage se dissipa sous mes yeux en un néant vert-rougeâtre, je revins à moi et partis en courant, pris de panique à l'idée que tu pourrais avoir disparu.

45.

Esther n'avait pas changé de place, cependant elle n'était plus assise mais debout, les mains sagement croisées dans le dos qu'elle me tournait, opinant du chef avec empressement face à une vieille femme qui s'appuyait d'une main sur une canne à laquelle était pendu un sac plastique à motifs rouges et blancs. Au bout de son bras tendu, sa main libre tremblante dessinait de larges mouvements circulaires au-dessus des prairies et, indiquant tantôt l'une, tantôt l'autre direction, elle expliquait visiblement Dieu et le monde à ma pauvre Esther qui suivait des yeux ce poteau indicateur mobile en dodelinant de la tête. Debout près du mur à vingt mètres de là, penché en avant les mains sur les cuisses, je haletais de soulagement et de douleur à cause des points de côté en observant les deux femmes.

La vieille était coiffée du traditionnel foulard à motifs colorés que même les plus âgées ne nouaient pas sous le menton mais plus joliment derrière la tête, à la manière des paysannes, avec ça elle portait une salopette en jean délavé, trop étroite et tachée, où son gros ventre était pelotonné en sécurité comme un petit de kangourou dans sa poche. Tandis qu'elle déversait un flot de paroles sur Esther, qui devait constituer pour elle une curiosité en tant qu'étrangère appartenant à la clinique et pourtant indigène, ou au moins à moitié indigène, la femme sortait régulièrement des herbes de son sac plastique, en proposait à Esther qui naturellement acceptait, comme elle acceptait toujours tout et notamment ce qui était d'une propreté douteuse – plutôt vomir trois jours durant que de dire une fois non –, puis elle s'en fourrait un peu dans la bouche et mâchait un moment avant de cracher au sol comme un footballeur déçu. Ce crachat de colère, ou plutôt de dégoût, face au triste fatum contredisait étrangement la douce expression de son visage et la gaité de son babil qui se déversait en un mélange de russe étonnamment doux et de kiptchak-tatare, comme Esther me l'expliqua ensuite.

La vieille finit par me découvrir là-haut, derrière Esther, qui se tourna alors vers moi pleine d'allant et me sourit l'air soulagée. Je les rejoignis et posai avec bonheur ma main sur la nuque d'Esther en adressant un signe de tête à la vieille. Esther me présenta comme son mari et la vieille ouvrit des yeux théâtralement ronds, me toisa avec mépris et, toute excitée, se remit à parler à Esther en me désignant régulièrement du menton. Esther se contenta de sourire, l'air mi ironique, mi gêné. Face à ce sourire et ce silence si opiniâtres, la vieille finit par faire un geste de résignation dédaigneuse et, nous considérant avec un hochement de tête en soupirant *Mes enfants, mes enfants !*, elle tapota une dernière fois l'épaule d'Esther puis, les jambes arquées et le pas lourd, descendit la colline en continuant son hochement de tête.

« Qu'est-ce qu'elle a dit ? Je n'ai compris que des bribes…
– Bah, comme d'habitude. Que ce n'est pas sain de se marier. Que je suis trop maigre, mais surtout que toi aussi tu es trop maigre, ce qui est bien plus grave, aussi maigre que les hommes autrefois en Sibérie, où elle a été déportée encore enfant avec sa mère, dans un wagon à bestiaux, en tant que soi-disant traîtres à la patrie alors que son père se battait encore pour cette patrie, et d'où elle a pu revenir il y a trente ans seulement. Que lorsqu'elle est rentrée, il y avait encore la guerre sur l'autre côte en Abkhazie et en Géorgie, là-bas et dans plein d'autres endroits, tout le temps, que tantôt les Russes s'occupaient des frontières sans vraiment s'en occuper, et tantôt d'autres gens, ceux de Kiev qui n'avaient jamais le temps parce qu'ils passaient leurs journées à se bagarrer dans leur parlement, puis ceux de Bruxelles qui, pour les mêmes raisons, n'avaient pas plus de temps. Qu'il y avait tout le temps des Jeux Olympiques partout, grâce auxquels les frontières étaient certes bien entretenues mais qui provoquaient aussi un terrible chaos car, peu après, des tas de gens venus de très loin au sud arrivaient en passant le Bosphore. Que c'est bien que tout ça soit fini depuis que l'administration de la clinique a repris la Crimée et s'occupe pacifiquement de toutes les frontières et que c'est bien que les gens de cliniques vivent ici et apprennent à tous les enfants la respiration *ujjayi* et que les vieux puissent réactiver leur *mula-bandha*, mais que nous autres, gens de cliniques, nous sommes vraiment trop maigres et sans raison, et que ce n'est pas bon. Bref, comme d'habitude. »

Nous ne pûmes nous empêcher de rire et, en sautillant, tu m'entraînas à ta suite vers Bakhtchyssaraï, chemin faisant, nous riions encore et encore au sujet de notre maigreur mais, après avoir dépassé le cimetière militaire si parfaitement entretenu que cela nous fit également rire, tu devins soudain sérieuse. Non seulement le rire mais également les restes de ce sourire délicieusement crispé au cours de la conversation, dont tu n'avais pas réussi à te défaire tout de suite après ton dialogue avec la vieille, quittèrent ton visage lorsque tu me dis :

– Je voudrais que tu ailles à Kertch.

– Je n'irai pas, je ne veux pas y aller.

– Je t'en prie. Je ne veux pas que tu pourrisses dans ce trou à cause de moi.

– Je préfère pourrir dans ce trou plutôt que...

– Je suis sérieuse, Franz.

– Moi aussi, et je ne suis pas ici à cause de toi, aussi peu que tu l'es à cause de moi. Nous sommes ici à cause de nous et c'est pourquoi nous allons...

– Mais tu veux aller à Kertch et...

– Ne me dis pas ce que je veux, tu entends, ne me dis surtout pas ce que je veux ! »

Je réussis à ne pas crier mais à prendre le ton de la prière instante et tu m'as compris et, à partir de là, tout alla pour le mieux. Pendant un bon moment, tout alla pour le mieux. Même si à cette époque déjà, référent me disait presque chaque nuit ce que je voulais et ce que je ne voulais pas, je n'étais pas obligé de l'écouter, je pouvais encore lui lancer de grands mots, *Il ne s'agissait de rien de moins que de ne plus vouloir ce que je voulais et de vouloir ce que tu voulais*, et si la situation n'avait pas changé à Bakhtchyssaraï au cours de notre année là-bas, j'aurais peut-être réussi... allons bon, ne te fais pas d'illusion – ce ne sont que des mots, mon cher, rien de solide, des mots !

46.

L'arrivée des faisans dorés n'eut rien d'officiel, ils se firent simplement de plus en plus nombreux au cours de l'année. Certains arrivèrent au palais du khan à la fin de l'été, à peine un mois après nous, mais nous ne leur prêtâmes pas vraiment attention. Ils venaient en tant que patients et médecins à la fois, des médecins qui récupéraient après leurs actes héroïques aux frontières et trouvaient en même temps la tranquillité nécessaire pour exploiter l'expérience accumulée dans cette pratique et reprendre une activité de recherche négligée pendant les mois voire les années durant lesquels ils avaient travaillé dix-huit heures par jour en clinique. Ils flânaient dans les cours du palais, vêtus de leurs scintillants joggings brun doré, une serviette blanche autour de leur nuque musclée, tenant à la main une pêche ou quelques cerises jaunes de Crimée qu'ils croquaient nonchalamment, restant en arrêt ici ou là pour admirer, à l'étage du palais en surplomb, une rangée particulièrement belle de fenêtres à petits carreaux à l'encadrement peint de couleurs vives ou les toits plats dépassant généreusement la façade qui, avec leurs coins arrondis et leurs bords ouvragés, ressemblaient à des coussins brodés posés sur les bâtiments où les minarets étaient plantés comme des bougies d'anniversaire.

Avec la même nonchalance qu'ils mettaient à croquer leurs cerises et à présenter au père soleil leur nez au bronzage parfait en prenant une profonde et voluptueuse inspiration, le soir au réfectoire ils partageaient la table du directeur du sanatorium, le docteur van Gischten. A l'opposé du bavardage empressé de leur hôte, ils se montraient d'un laconisme décontracté mais d'une politesse raffinée, pleins d'une discrète prévenance et de gentillesse, même à l'égard des serveuses et du personnel de ménage indigènes. Le matin et le soir, lorsqu'ils participaient au *vinyasa flow* collectif dans la cour, ils déroulaient modestement leur natte sur les côtés, seules leur poitrine toujours un peu trop bombée et leur réticence ou leur incapacité à laisser fondre complètement les côtes et le sternum vers l'intérieur, comme il convient à une bonne pratique de la plupart des asanas, déparaient légèrement leur parfaite apparence.

Pendant longtemps, je ne remarquai pas leur présence pour la bonne raison que, tandis qu'Esther s'occupait de ses patients en consultation externe, je quittai seulement ma jolie cellule au plafond de bois sculptée orné de peintures, où je faisais le poirier en essayant de faire circuler calmement mon *prana*, pour traverser la cour jusqu'à la piscine ou monter sur le tapis de course dans l'ancien harem. Mais l'hiver venu, même moi je ne parvins plus à ignorer leur présence, ils arrivaient de toutes les cliniques frontalières, de Kertch, Sébastopol, du cap Tarkhankut et de Krasnoperekopsk jusqu'ici, dans les frimas inhospitaliers de l'intérieur des terres. Et lorsque, après l'analyse d'un scanner, Esther avait demandé incidemment au docteur Ribot, son professeur et médecin encadrant au palais du khan, que venaient donc faire ici tous ces faisans-... euh tous ces médecins-chefs des frontières, pourquoi soudain tant d'entre eux venaient à Bakhtchyssaraï pour leur réhabilitation ... euh leur rétablissement, il avait répondu avec cette élégance maniaque inimitable par un tapotement négligent sur l'épaule, allons vous voyez des fantômes, mon enfant, pardon, madame von Stern et cette phrase : *They'll just blend into the corpse, you'll see*, mais rien que la perfection de leur apparence corporelle laissait difficilement penser que ces gens étaient ici pour se fondre dans une foule de gens blancs comme le lin, composée de simples mortels, médecins praticiens et étudiants, sans compter un homme marié effectuant une retraite.

Pourtant, ils n'étaient pas venus pour autre chose, en tout cas ils ne faisaient rien d'autre que d'être là, ils étaient juste toujours plus nombreux, et logiquement les blancs étaient toujours moins nombreux. Personne ne se voyait dans l'obligation de partir, mais pour chaque blanc qui partait en suivant sa propension naturelle au changement, un doré arrivait. Les blancs restant commençaient à se sentir mal à l'aise et bien que les dorés les traitent toujours avec gentillesse et modestie – oh, pardon, c'était ta place ? Non, je t'en prie, j'allais partir ! – leur propension au changement s'accentua très naturellement et c'est ainsi que le quotidien thérapeutique du lieu changea irrésistiblement. En raison du manque de personnel soignant, les blancs eurent soudain deux voire trois fois plus de travail, puis leur activité retomba tout aussi soudainement à son niveau habituel car, lorsque même avec la meilleure volonté euphémistique du monde, on ne put plus parler de manque puisqu'il ne restait plus qu'une petite douzaine de blancs pour s'occuper des patients dorés, les patients en consultation externe furent envoyés vers une clinique des environs de la ville troglodyte d'Eski-Kermen. Cela leur était égal car, même si l'énorme bâtiment flambant neuf du sanatorium ne pouvait concurrencer le charme du palais du khan, Eski-Kermen offrait pour flâner ses hautes et larges voûtes troglodytes d'une lumineuse couleur ivoire plutôt que la décharge de Çufut Qale.

Au printemps, tu commenças à t'inquiéter, mais je restai calme, traîtreusement calme et cela augmenta ton inquiétude. Lorsque nous étions assis face à ces gens, par exemple au hammam et que, absolument indifférent, j'observais leurs corps minces sans être maigres, des corps qui, sans doute à force de sublimation des protéines, de respiration sang et lumière, etc. étaient devenus pour ainsi dire « haute définition », rayonnants, d'une façon quasi irréelle, tu les fixais avec cette haine enfantine car tu savais que, dans la nuit suivante, mon référent me presserait avec encore plus d'insistance d'aller à Kertch et de devenir l'un d'eux. *Que fais-tu encore ici ? Combien de temps encore veux-tu te tromper toi-même !*

En avril, la veille de ton vingt-et-unième anniversaire, je me promenai en fin d'après-midi dans les jardins du palais à la recherche d'une rose que je pourrais t'offrir, elles étaient toutes belles et pourtant elles me paraissaient toutes étrangement chétives et pâles. Contrarié, je longeai le mur de pierres blanc et, soudain, je ne trouvais plus que t'offrir une rose pour ton anniversaire était joliment banal, mais seulement banal, niais, minable, complètement hypocrite, oui absolument malsain... j'entendis alors quelqu'un rire tout bas près de moi. Avec un agacement paranoïaque, je levai la tête et vis un visage doré esquissant un sourire d'excuse :

« Oh, désolé, je t'ai dérangé dans ta méditation ?

– Non, je ne médite pas, ni verticalement, ni horizontalement, ni transcendentalement. »

J'étais toujours d'une humeur massacrante mais il éclata de rire :

« Oui, cela vaut peut-être mieux, de toute façon, ça ne sert à rien.

– Mouais... »

Je voulais passer mon chemin mais je restais là, hésitant, et il désigna du menton la double rangée de fenêtre à l'étage d'une partie du bâtiment en saillie qui ressemblait à une véranda, on aurait dit que, par provocation, elle avait fait un pas en avant hors de l'alignement du palais pour qu'un chef d'État paradant lui remette personnellement sa décoration en forme de toit-coussin carré.

« Ça fait un moment que je me demande si là-haut, sous ce toit, l'Orient ne se mélange pas avec quelque chose de la Forêt noire ou alors du Valais suisse. Mais c'est sans doute absurde. » Il se remit à rire. « Ce sont ces volets qui sont troublants. Et juste au moment où tu es passé, j'ai trouvé : c'est de l'oriental *bavarois,* bien sûr !

– Hein ? »

Je m'approchai de lui et penchai la tête en arrière un peu troublé, mais je compris alors ce qu'il voulait dire :

« À cause du bleu-gris bavarois dont est peint l'encadrement des fenêtres du haut ?

– Oui, et aussi ce jaune. Mais il n'y a pas que les couleurs, regarde un peu ces motifs, les frises que forment les blasons tatars ont quelque chose de bavarois, pas de méandres, encore moins d'arabesques dans l'ornementation, c'est une peinture paysanne orientalo-bavaroise. Je l'ai toujours su, ce sont les architectes du khan qui ont inventé le baroque bavarois au seizième siècle !

– Oui, c'est ça », je souris, « le seul problème, c'est que le style tatar de Crimée n'a jamais comporté d'arabesques et que, même dans le style arabe, il n'y a pas d'arabesques au seizième, et que cette partie du palais a été détruite dans l'incendie de 1736 et reconstruite seulement en 1759 et que ces peintures ont été effacées par trois fois de ce magnifique calcaire neuf avant que, au dix-neuvième siècle, quelques Français plein de zèle...

– C'est bon, c'est bon. Mais ma version serait plus drôle, non ?

– Possible...

– Une cerise ?

– Merci.

– Merci oui ou merci non ?

– Non merci. »

Mais je ne pus m'empêcher de rire et j'en pris quand même une, puis une autre. Pendant un moment, nous avons alterné crachats de noyaux de cerises et propos avertis sur l'architecture et la peinture, auxquels nous ne connaissions rien, ni l'un ni l'autre, comme je finis par le comprendre. Il hocha la tête en souriant :

« C'est vrai, oui. Mais c'est une belle distraction quand on a passé dix-huit mois sans interruption à Kertch à opérer jour et nuit. »

Il cracha soudain ses noyaux de cerise avec colère et se tut, ce qui me mit mal à l'aise et je demandai maladroitement :

« C'est dur là-bas... je veux dire... c'est sûrement très pesant... ? »

Il haussa les épaules en souriant et m'observa :

« Tes cheveux sont vraiment d'un noir si sombre, à l'irlandaise, hein ? Ou alors ils sont teints ?

– N'essaie pas de détourner la conversation ! » J'eus un rictus de lassitude. « Si tu ne veux rien raconter, ce n'est pas grave...

– Mon dieu, non, il n'y a rien à ne pas raconter, là-bas », il haussa de nouveau les épaules, mais se renfrogna en continuant, les yeux fixés sur le sol : « on pense que, là-bas, dans le détroit de Kertch, on va voir les pires choses qui existent, des blessures horribles ou sans cesse des gens à moitié noyés, et c'est vrai, mais en même temps on ne voit jamais vraiment ces gens, même si en fait nous les voyons tous les jours, enfin, comment dire... On les rafistole et, donc, on les aide à y retourner, ils ne peuvent quand même pas rester, que peut-on faire d'autre quand on a tant d'autres choses à faire. Nos propres patients se font plus nombreux de jour en jour, après tout la vie doit être salutologiquement soutenue de l'intérieur dans ses fragiles frontières, et qu'on ampute un bras qui est resté quelque part là-bas dans l'hélice d'un navire ou bien qu'on verse ensuite de l'huile sur la tête des nôtres... ça peut paraître étrange, mais au bout d'un moment, on ne voit plus la différence – je m'embrouille ?

– Non, pas du tout.

– Au fait, je suis le docteur Neethling – Christian, si tu préfères. »

Il me tendit sa main droite en souriant. Je me sentis légèrement bousculé par cette sincérité agressive, mais juste très légèrement, du fait même de sa sincérité. Pendant les sept semaines que dura encore son séjour avant son retour à Kertch, nous nous retrouvions chaque jour, à l'improviste mais de façon fort prévisible, pour papoter une petite heure ou nager quelques longueurs ensemble, et je constatais avec le sentiment vague mais d'autant plus désagréable de commettre une trahison combien j'étais soulagé de pouvoir discuter avec une autre personne qu'Esther et de pouvoir être assis à côté de quelqu'un en silence sans que ce soit pesant – quel soulagement c'était de ne pas devoir aimer quelqu'un ! À quel point on se comprend bien, quand on n'est pas vraiment attentif au fait d'avoir ou non compris l'autre. Dans cette absence de pesanteur, dont je savais bien qu'elle n'était qu'un dangereux leurre qui me rendait encore moins libre, j'étais d'autant plus certain de ne pouvoir être libre qu'avec Esther, qu'en étant enchaîné à elle. J'aurais voulu lui dire tout cela, mais je n'y arrivais pas, justement parce que, contre toute attente, elle ne fut pas horrifiée en apprenant que je m'étais lié d'amitié, précisément avec un faisan doré, et elle ne montra pas le moindre signe de jalousie.

Deux semaines avant le départ de Christian, nous nous rencontrâmes par hasard dans les jardins du khan tous les trois et, sous un prétexte quelconque, il s'éclipsa très vite. D'un air gentiment moqueur, Esther le suivit du regard et me dit :

« Ce n'est pas une trahison. C'est bien que tu passes du temps avec quelqu'un d'autre, et c'est peut-être même une bonne chose que ce soit l'un d'entre eux.

– Que veux-tu dire ? »

Mais tu n'as pas répondu, tu as seulement secoué la tête avec un sourire forcé, et j'ai compris que toi aussi tu étais pour ainsi dire soulagée que je fréquente quelqu'un d'autre, je pris conscience avec une pointe de dégoût que tu avais secrètement renoncé, que c'était *toi* qui voulais aller à Kertch. Au bout d'un moment, quand on ne sait plus quel médicament donner, on est heureux de pouvoir trancher dans le vif.

Fin juin, l'été avait réussi à gagner l'intérieur des terres et à nous atteindre et les faisans dorés disparurent aussi brusquement qu'ils étaient arrivés subrepticement, comme s'ils avaient été rappelés tous ensemble sur les côtes. Nous les observions bouche bée monter dans leurs rangées de taxis, sans qu'aucun trou ne se forme, à peine avions nous repris notre souffle que des blancs caquetant gaiment affluèrent dans les chambres restées vides, et dès le mois de juillet, les bus chargés de patients en consultation externe recommencèrent à manœuvrer difficilement dans la vieille ville comme s'ils ne l'avaient jamais quittée. La boucle était bouclée et il était temps pour nous de partir. Tous ce qui nous restait était un second mois d'août, un mois d'août offert, dont nous passions chaque nuit en plein air là-haut, à Çufut Qale.

47.

Les débuts sont toujours paisibles et le début de la fin est sans doute l'ancêtre de tous les exercices d'apaisement car, lorsqu'on croit déjà ne plus pouvoir bouger, il n'y a rien de plus salutaire que de faire enfin un pas, un pas dans la mauvaise direction, *fais donc quelque chose, bon Dieu !*

Et en effet, dès notre arrivée à Kertch, nous nous sentîmes mieux. Je pouvais de nouveau travailler, et j'étais ainsi libéré de moi-même le plus clair de la journée et, pour couronner le tout, au bout d'une semaine à peine, un appartement nous fut attribué. Cet appartement était tout de même notre premier véritable appartement après les chambrettes d'étudiants à Yalta et notre cellule de Bakhtchyssaraï. Certes, le mobilier était horrible, mais cela nous faisait rire car nous étions heureux de ne pas devoir posséder de meubles, oui de ne rien devoir posséder en propre. Ainsi délivrés de l'obligation de personnaliser notre intérieur et de traîner notre histoire, si courte soit-elle, d'une pièce à l'autre comme un fardeau, nous pouvions respirer librement, nous épanouir, nous déployer mutuellement sans nous mettre en pièce et, même si ma façon de t'aimer était devenue totalement maniaque et nous laissait souvent sans voix tous les deux, au point que tu prenais parfois mon visage entre tes mains et me regardais avec l'étonnement que suscite un animal certes pas antipathique mais des plus exotiques, nous fûmes donc tout de même heureux pendant les deux premiers mois.

Grâce à l'intervention du professeur Karg d'une gentillesse toujours inaltérable, *de retour mon garçon, très bien, très bien, transmettez mes salutations !* l'administration de la clinique m'avait certes remis sans faire de difficulté sur les rails de la carrière de médecin-chef frontalier mais, en raison de ma retraite volontaire d'une année à Bakhtchyssaraï, il m'avait été *conseillé de tout cœur* d'effectuer sur ces mêmes rails un petit tour de plus, tout aussi volontaire, sous forme d'une nouvelle année de mise à l'épreuve de ma motivation. À la différence des autres médecins avec classement, je n'avais pas le droit durant cette année d'opérer des extérieurs mais je devais me consacrer uniquement aux soins des nôtres, c'est-à-dire des patients de l'intérieur. Et les besoins étaient effectivement très importants, ceux de l'intérieur étaient chaque jour plus nombreux car, officieusement, la Crimée était le dernier lieu de fuite sûr, et officiellement le dernier endroit du monde de la clinique apte à se développer ou plutôt, comme il ne s'agissait pas d'un projet d'extension mais d'un projet de densification, le seul endroit apte à la prolifération. L'aéroport de Simféropol s'agrandissait nuit et jour et, dans les trois premiers mois, je ne sais pas combien de litres d'huile chaude j'ai versés sur combien de fronts, combien de mes mains j'ai posées sur les coccyx, sternums et autres jambes et os de je ne sais combien de patients en position de chiens tête en haut ou tête en bas, *c'est là que tu dois aller, ici, est-ce que tu le sens ?* et combien de fois j'ai encouragé ces pauvres chiens dans leur édification intérieure :

« Gardez les yeux fermés encore un instant, et si vous les ouvrez tout de suite, maintenez votre regard tourné vers l'intérieur, vous ne percevez plus les perturbations sonores venues du dehors, vous êtes attentifs à vous-mêmes, adressez-vous des remerciements, prosternez-vous devant vous-mêmes ! »

Oui, on aurait pu tenir comme ça, si tant est qu'il restât encore quelque chose à tenir, mais après trois mois de vaillance Esther n'y tint tout simplement plus et rendit son tablier. À l'aube d'un jour de décembre pluvieux, au lieu de m'accompagner au travail, elle sortit sur la terrasse et s'assit sur une chaise en bois gorgée d'eau, la tête rentrée dans les épaules, elle serra plus étroitement contre elle son gilet de laine gris et me dit en frissonnant :

« Je ne viens pas. Je t'expliquerai ce soir. Vas-y toi, vas-y ! »

Mais lorsque je rentrai le soir à la maison, elle n'était pas là. Je fis les cent pas dans l'appartement, tentai de contenir ma peur par ma colère et lorsque, au matin, elle tituba ivre morte jusqu'à la chambre, je fis semblant de dormir tant je craignais de ne pouvoir m'empêcher de la cogner. Ce n'est que le soir suivant qu'elle m'annonça en quelques phrases tranchantes qu'elle ne finirait pas ses études et qu'elle s'était déjà faite radier. Quand je lui demandai si elle arrêtait parce que, en tant que femme, en outre à moitié indigène, elle ne pouvait pas travailler comme médecin dans un secteur de clinique frontalière, elle se contenta de répondre avec un sourire las que c'était au contraire le seul avantage là-dedans. Et à la question de ce qu'elle allait faire désormais, puisque nous ne pouvions rien être d'autre que soigneur, toujours lasse, elle a haussé les épaules et marmonné, *on verra* – sans que je sache ce qu'il y avait encore à y voir.

Le problème, ce n'était pas qu'elle interrompe ainsi son chemin vers le salut, même si cela pouvait avoir des conséquences désagréables pour moi, mais qu'elle m'annonce cette décision sans que nous en ayons discuté ensemble, sans parler du fait qu'elle ne me pensait même pas digne de sortir des rails avec elle. Le problème, ce n'était pas qu'elle m'ait dit *Je ne viens pas* mais *Vas-y toi, vas-y !* Bien sûr, elle faisait ce qu'il fallait en renonçant à moi, mais peut-être pas. Peut-être voulais-tu seulement qu'il me soit plus facile de renoncer à toi.

Quelque chose aurait dû se produire après ça, mais rien ne se produisit. Les six mois suivants, nous avons vécu et dormi pacifiquement l'un à côté de l'autre, nous voyant à peine, car généralement Esther dormait encore quand je me réveillais et que je dormais déjà quand elle rentrait, la nuit je discutais tranquillement avec mon référent dans l'armoire à glace aussi longtemps que je, c'est-à-dire qu'il le voulait, c'était comme si Esther ne se sentait plus concernée, et quand en passant je lui demandais lors de nos rares rencontres ce qu'elle avait fait toute la journée, elle répondait toujours l'air de rien, *Ah, je suis allée nager.* Et effectivement, elle allait bien nager dans je ne sais quelle piscine, étant mon épouse, elle avait encore accès aux équipements et serait encore protégée pendant un moment, même si on ne pouvait pas exactement savoir pour combien de temps. Avec sa manie d'aller nager, elle était devenue si maigre qu'il m'était vraiment aisé de faire comme si elle était transparente, cependant grâce aux délicates allusions de mes collègues, je savais qu'elle n'allait pas seulement à la piscine mais traînait aussi sur le port avec je ne sais quels individus. Pourtant, même ça, ce n'était plus un problème entre nous et nous contournions sans peine cette difficulté car, contre toute attente, nous étions devenus deux êtres polis et pleins de prévenance, par amour pour moi, je te priais de ne pas picoler, par amour pour toi, tu me priais de ne pas baiser à gauche à droite bien que, avec la meilleure volonté du monde, je n'en aie ni le temps ni l'énergie, ainsi nous nous en tenions tous les deux à nos arrangements et nous étions donc devenus un bon petit ménage.

Heureusement, début juillet, nous avons craqué. Le hasard fit que nous ne nous croisâmes pas assez vite dans le couloir, aucune manifestation de gêne si adroite soit-elle ne nous permit de nous éviter, nos regards se rencontrèrent une seconde de trop et sans mot dire, je fondis en larmes devant toi. Tu m'attiras à toi et nous ne tînmes pas nos arrangements mais nos mains l'une dans l'autre. Il n'y avait rien de réconfortant à dire mais nous nous sommes réconfortés en silence.

Nous ne savions plus que faire de nous-mêmes, nous pouvions donc toujours faire une escapade de quelques jours. Je voulais absolument retourner encore une fois à Yalta et Esther accepta à contrecœur. Mais une fois arrivé, en ce samedi matin rayonnant, je compris qu'il n'y aurait rien de pire ni de plus idiot que de retourner sur les lieux où nous avions fait connaissance. En suivant la côte, nous avons donc effectivement longé la plage de Gourzouf, le parc Massandra et le palais de Livadia, et riant les cheveux au vent, tu me montrais chaque arbre et chaque maison dans la joie des retrouvailles mais nous ne fîmes halte nulle part, et nous ne poussâmes même pas jusqu'à Koreïz car tu ne voulais pas approcher du palais Dulber, nous avons laissé la voiture à Kurpaty, bien avant le cap Ai-Todor, sans un regard pour le nid d'hirondelles sous lequel, jadis, je t'avais cherchée en vain sur la plage. Nous avons passé la nuit au château Kitchkine, Notre Petit, situé non loin de là, que nous n'avions encore jamais vu puis nous sommes rentrés le lendemain soir en prenant maints détours.

Six semaines plus tard, le dernier jour de notre vie commune, je rentrai très tard de la clinique plus épuisé encore que d'habitude mais d'une humeur étrangement excellente, plein de confiance, je voulais parler avec Esther, et apparemment, elle aussi voulait me parler. Elle m'avait attendu, nerveuse, faisant les cent pas dans la cuisine et, à peine l'avais-je prise dans mes bras pour lui dire bonsoir, heureux qu'elle ne soit pas encore couchée, qu'elle me lança à brûle pourpoint :

« Je dois te dire quelque chose.
– Oui ? Quoi donc ?
– Je... »

Elle s'interrompit, cherchant son souffle et ses mots, son regard vacillant allait de mon œil droit à mon œil gauche, cela dura un instant de trop et je ne pus retenir un impatient :

« Oui, quoi *je* ? Quoi toi ? Parle !
– C'est bon. Rien de très important.
– Ah, par pitié, épargne-moi avec ton hypersensibilité ! Excuse-moi, mais je suis vraiment fatigué, ça fait seize heures que je...
– Oui, oui.
– Quoi, *oui, oui* ?
– Ne me parle pas sur ce ton !
– Allez, dis-moi enfin ce que tu voulais me dire !
– Je ne te dirais rien si tu me parles comme ça !
– Très bien, eh bien alors, ne dis rien. Ça m'est égal. Je ne peux pas m'infliger ce genre de scène, je dois être de retour à la clinique dans quatre heures et...
– Sauver des vies, monsieur le docteur !
– Ah, va te faire foutre ! »

J'avais crié si fort que ma tête déjà atrocement endolorie en résonnait encore lorsque, doublant Esther, je me précipitai dans la chambre pour arracher ma couette et mon oreiller du lit. Elle avait fait quelques pas hésitants hors de la cuisine pour me suivre et restait les bras ballants dans le couloir, où je lui passai une nouvelle fois sous le nez en paradant. J'espérais que tu mettrais à profit ce geste grotesque pour transformer ce drame absurde en comédie mais tu ne semblais pas en avoir l'intention, absolument immobile debout au milieu du couloir à regarder le sol comme assommée, et je claquai donc la porte du salon derrière moi puis me jetai sans me déshabiller sur l'horrible canapé rouille beaucoup trop court, écumant, jurant entre mes dents et tremblant comme une feuille.

Je savais bien sûr à quel point mon comportement était ridicule sans pourtant réussir à me rendre maître de ma fureur, parce qu'elle m'était nécessaire pour me rendre maître de ma panique, remplacer un maître par un autre, ça au moins je savais faire, et sous couvert de fureur, je paniquais en me demandant ce que tu avais pu vouloir me dire. Non, je ne m'interrogeais pas, j'étais sûr que tu avais voulu me dire que tu allais partir, cette fois pour de bon, *je suis sérieuse Franz, c'est pour de bon cette fois, ce n'est plus possible*. Et quand je compris, *pour de bon cette fois*, je me calmai d'un seul coup, je repris le contrôle de moi-même et de mes membres qui devinrent agréablement lourds et légers en même temps.

48.

Ce dont je me souviens ensuite, c'est de m'être agenouillé à côté du cadavre dans le couloir. Oui, quand quelqu'un est mort, c'est bien un cadavre, je pense, quel mot étrange, ça ne veut rien dire, *cadavre*... Je le regarde et je ne sais plus ce que j'ai fait, enfin je sais *ce que* j'ai fait, *que* je l'ai fait, mais je ne sais pas comment je l'ai fait, je regarde étonné tout le sang, je tourne ma main gauche dans tous les sens, elle aussi pleine de sang, et dans un réflexe d'hygiène borné, je l'essuie mollement à mon pantalon, sur mon genou à terre, c'est alors que derrière moi quelqu'un m'interpelle d'une voix rauque :

« Stop, ne touchez à rien, n'essuyez rien ! »

Pris de vertige, je lève la tête vers l'homme debout devant moi jusqu'à ce que j'aperçoive vaguement au-dessus de sa blouse blanche un visage qui me regarde l'air circonspect tout en disant poliment dans son téléphone :

« Oui, excusez-moi de vous déranger en pleine nuit, professeur, nous avons là une situation délicate. »

Je laisse lourdement retomber ma tête, je voudrais pouvoir m'étendre auprès de la silhouette sans vie, juste m'étendre sur elle et dormir, mais cela me semble un peu inapproprié tant que cet homme reste planté là et je reste donc, en équilibre sur un genou, accroupi près du cadavre. Ainsi, au moins, je peux poser mon menton sur ma poitrine, car je… mais je constate alors que mon torse aussi est tout ensanglanté et que ce sang s'écoule de quelque part en moi, de ce corps blanc comme un linge, de quelque part là sous le cœur, ou non, plutôt du bas ventre. Cherchant de l'aide, je lève une main vers l'homme, je veux dire quelque chose, lui demander l'heure bêtement, mais ma bouche est muette, en outre, il y a soudain du mouvement derrière lui. Un bruit atroce, une lumière crue, des gens, plein de gens m'entourent et après une éternité qui n'a sûrement duré que trois secondes, je reconnais le visage soucieux du professeur Karg en plissant les yeux :

« Eh bien mon garçon, c'est une belle cochonnerie que vous avez faite là, mais ne craignez rien, nous allons… »

Avec l'index et le majeur de sa main de taupe, il prend mon pouls sur la carotide et, de son autre main, cherche celui du cadavre qui n'en est peut-être pas encore un, en levant lentement la tête au plafond, les lèvres serrées, tandis que je bredouille :

« Il… il est mort ?

– Non pas tout à fait, dieu merci. Apparemment, vous n'avez pas complètement réussi votre coup. J'ai bien l'impression qu'il en reste assez de vous deux pour vous raccommoder bon an mal an, fifty-fifty, si j'ose dire, je ne pourrais pas vous donner plus. Mais vite, il n'y a pas une seconde à perdre vu tout le sang que vous perdez. »

Des deux mains, il donne des instructions en tout sens, tel un chef d'orchestre au milieu de la fosse, et sur un signe de son index rabougri, le personnel blanc se lève, alors qu'il était resté jusque-là accroupi dans une posture simiesque à épandre du talc sur chaque tache et dans chaque coin. Deux soigneurs portant une civière se fraient rapidement un passage jusqu'à moi dans l'étroit couloir sans même en effleurer deux autres qui traînent dans la direction opposée l'armoire à glace dégoulinante de sang et dépourvue de portes, comme je le constate non sans en éprouver une honte diffuse. Alors que je suis emmené sur la civière avec l'autre demi-cadavre, un soigneur se penche sur le professeur Karg et lui agite sous le nez un scalpel ensanglanté dans un sachet de plastique transparent puis lui fait signer un papier sur un porte-bloc. Je lève péniblement la tête et tente de la tourner vers la chambre mais sans y parvenir, au lieu de quoi j'entends ma voix éteinte appeler :

« Où... où est ma femme ?

– Ne vous inquiétez pas, nous nous en occupons.

– Où est-elle ?

– Doucement, doucement, von Stern, vous n'êtes vraiment pas en situation de poser des questions pour le moment.

– Mais je...s'il-vous-plaît, professeur Karg, est ce que je peux rapidement la... juste pour...

– Écoutez-moi bien, von Stern, que vous compreniez la gravité de votre situation : ce n'est que parce que votre référent vous est subordonné à vous et à vous seul...

– Subordonné ! » Je ne peux m'empêcher de rire, et en même temps de tousser et de cracher un caillot de sang que je n'arrive pas à essuyer car je n'arrive pas à lever le bras.

« Fermez-là, von Stern. Si vous ne savez pas gérer votre vie privée, c'est votre problème, à vous et à vous seul. Donc je répète, pour que votre cerveau en prenne bonne note : le fait que votre référent ne dépende que de vous ne vous donne pas le droit de disposer de la vie et de la mort de ce subordonné. Vous savez que, en tant que simple référent, il ne peut être soumis au code de l'honneur de la corporation. Vous n'auriez pas dû le provoquer et encore moins le saigner, de surcroît avec un instrument propriété de la clinique. Au sens strict, c'est un motif de poursuite pénale et

c'est pourquoi, dans un premier temps, je suis dans l'obligation formelle de vous mettre en état d'arrestation. Soyez
donc un peu plus coopératif, arrêtez de vous voiler la face.
– La face... pile ou face...
– Bon, nous allons – vous m'entendez ? – nous allons
d'abord vous opérer, ce qui va durer un certain temps car
ce n'est pas franchement un cas de routine, et puis vous
serez évacué vers la clinique dont je vous avais parlé autrefois à Yalta, et les gens sur place décideront si vous devez
y entrer comme médecin ou plutôt comme patient. Dans
tous les cas, vous pourrez vous rendre utile là-bas, vous
m'avez compris ?
– Oui... oui, bien sûr... utile... bien sûr...
– Très bien, mon garçon – entre nous, vous pouvez vous
estimer heureux de partir, ce n'est qu'une question de
temps avant que tout ne parte en fumée ici. Allez, bonne
chance, adieu, von Stern ! »

Ensuite, il paraît que j'ai perdu connaissance, mais je me
souviens précisément qu'ils m'ont porté hors de l'appartement et que, lorsqu'ils ont roulé la civière jusqu'à l'ambu-
lance, j'ai été surpris qu'il n'y ait pas un seul curieux alors
que le jour était désormais levé, personne sur le trottoir,
en dehors du concierge qui arrachait déjà les mauvaises
herbes entre les dalles et me salua en silence de son habituel signe de tête.

Les quatre semaines suivantes sont plongées dans
l'éther, et à peine référent fut-il de nouveau conscient, que
je vis disparaître la Crimée loin en-dessous de moi, tâche
brun-vert perdue sous des traînées de brume, puis nous
survolâmes la mer et je cessais de regarder à l'extérieur.
Je voulais regarder vers l'avant, seulement vers l'avant,
au moins pour atténuer ma nausée, mais j'étais si faible
que je baissai les yeux sur moi et, abasourdi, me demandai pourquoi on m'avait habillé d'une tenue de tennis. Je
finis par comprendre au bout d'un moment. Comme on ne
savait pas encore si j'allais devenir médecin ou patient, on
m'avait provisoirement vêtu du seul uniforme blanc qui
me préparait aux deux. Je ne pus m'empêcher de rire mais
la douleur dans ma poitrine mit rapidement un terme à
ma gaité.

Puis tout replongea dans le brouillard, je ne me rappelle que vaguement l'aéroport, non, ce n'était pas un aéroport, plutôt une piste d'atterrissage, aucune clôture devant le taxi gris-bleu, comme dans un désert, mais trop humide pour un désert. La course aussi s'est perdue dans l'obscurité. Pourtant, dès que j'arrivai devant la clinique, tout devint soudain très clair. Et les vingt années suivantes non plus n'ont pas disparu dans la brume, mais sont bien précises, nettes comme la même journée toujours identique, de la première à la dernière, jusqu'à aujourd'hui, jusqu'à cette nuit, ici, en haut, dans la prairie sans vie, sous la clarté de verre du ciel étoilé, où mon fils dort paisiblement sur mes genoux et rêve de dauphins et de sa mère, rêve que le dauphin du firmament, cette constellation abstraite de six étoiles, est sa mère, *personne d'autre* – rêve et croit que je peux le sauver.

« Tu pleures, papa ?

– Non, bien sûr que non. Pourquoi tu ne dors pas, Evelyn ?

– Le professeur ronfle trop fort, tu ne peux rien y faire ?

– Eh bien…

– Oui, faites donc quelque chose, vieil enculé ! Ce bruit de crécelle me rend fou moi aussi. Ah et puis levons nous, laissons tomber cette histoire de sommeil et avançons !

– Oui, vous avez peut-être raison, professeur, de toute façon, il devrait bientôt faire jour et il vaudrait mieux que nous soyons descendus encore un peu. Tu crois que tu peux continuer Evelyn ? »

En réponse, il se lève et nous le suivons sans un mot.

49.

Nous sentons tous les trois que le plus dur arrive. L'euphorie et la peur, qui n'ont cessé de se serrer la main depuis notre départ, *Mes félicitations, chère collègue !* se sont fait la malle, elles se sont retirées les membres las. Et malgré tout, nous devons continuer. Comme il fallait s'y attendre, la prairie se prolonge par les difficultés de la plaine et, secrètement, on se prend à espérer le retour des dangers de la pente plutôt que cette surface plane perfidement soporifique.

« Pampelune, Pampelune...

– Oui, professeur, quand vous avez raison, vous avez raison.

– Pampelune, Pampelune...

– Oui, c'est bien. Continuez comme ça.

– Pampampam...

– Mmh.

– Papa, tu crois que c'est une nouvelle clôture ? C'est possible ?

– Hum... c'est un peu bas, à peine bon pour un enclos à moutons, mais ça se pourrait... ça devrait être... »

Oui, cette petite barrière risible doit annoncer la prochaine, la sixième étape, car ensuite il n'y a quasiment plus de pente et la pairie se fait soudain bien plus clairsemée, comme nous le constatons avec la venue de l'aube. Le sol sablonneux apparaît entre les herbes souffreteuses. Mais, jouant les costauds, nous continuons notre marche et nous enjambons finalement, sans ciller, une clôture de nain pour nous engager sur la septième prairie qu'on ne peut plus vraiment qualifier de prairie, même en affichant un optimisme à toute épreuve, car seuls quelques touffes d'herbes sèches se dressent çà et là sur le sable.

À mesure que les heures nous poussent vers midi, notre rythme ralentit de plus en plus. Nous couvrons tant bien que mal nos têtes avec les pochettes de soie blanche de nos costumes, à cause de la soif, Evelyn commence à respirer bizarrement par à-coups, il jette son veston ce que je laisse passer par faiblesse, le professeur titube entre nous en balbutiant je ne sais quoi au sujet de l'observation du ciel, honneur et malédiction de l'humanité, pourtant peu après que le soleil ait atteint son zénith, nous finissons vraiment par arriver au huitième cercle qui n'est plus signalé que par un trait de chaux blanc déjà un peu effacé, ce qui n'est pas franchement encourageant.

L'horizon obstinément rectiligne s'étend devant nous à une distance inaccessible, et seule la fournaise de ce midi le fait légèrement vibrer. Il est inutile d'avancer, mais plus encore de rebrousser chemin, nous continuons donc de nous traîner dans le sable sous le soleil incandescent, nous nous brûlons la plante des pieds mais, grâce à nos nerfs anesthésiés, nous le sentons à peine et le professeur murmure derrière moi, *des déserts de sable, avec des genêts partout*, bien que partout où l'on regarde, non seulement il n'y a pas de genêts mais pas la moindre trace de verdure quelle qu'elle soit, si ce n'est çà et là quelques herbes desséchées au parfum pourtant enivrant comme je le constate avec étonnement et même un léger vertige de ravissement, un peu comme du miel de pin, il y a aussi une touche de sauge, la sauge devant notre fenêtre à Kitchkine, la jeune pousse se divise à peine en deux feuilles, elles forment encore un calice à peine ouvert, un écrin d'un vert poudreux dans lequel la goute de rosée luit comme un diamant dans le soleil du matin, j'ai envie de fermer les yeux pour suivre ce parfum, je devrais arriver à la mer... oui, là-bas,... garde les yeux ouverts, ouverts, paupières lourdes, lourd parfum, lourd, plus lourd, aussi lourd que les jambes,... de drôles de trucs, les jambes... jam...

« Tu vis et me laisses en paix ! »

Ce cri impérieux me rattrape à temps et je me tourne vers le professeur, effrayé. Soudain fièrement dressé, il tend son index tel un pistolet au bout de son bras légèrement courbé pour désigner le sable devant lui qui ondule lentement dans sa direction. Evelyn pousse un haut cri et s'agrippe à mon bras, et le souffle me manque en constatant la longueur de la bestiole. La reptation ralentit, le ruban recouvert de sable ondule de gauche à droite en larges méandres lascifs, sans cesser d'avancer vers le professeur dont le teint a pris la blancheur de la craie, pourtant sa voix ne tremble pas le moins du monde lorsqu'il répète sa formule d'anathème :

« Tu vis et me laisse en paix !

– Tout doux, professeur, elle va vraiment vous laisser en paix ! » Ce n'est qu'au moment où elle lève la tête que je reconnais cette chère petite bestiole. « C'est une couleuvre d'Esculape, *Elaphe longissima*, elle n'est pas venimeuse.

– C'est ça, vous êtes gentil avec votre latin, satané charlatan ! »

Tout son corps tressaille à partir de son ventre rentré comme après un coup de poing, la couleuvre a atteint son pied. Toute langue dehors, elle fait le tour de sa cheville puis se glisse sous son pantalon pour monter le long de sa jambe et le professeur se transforme docilement en un parfait stalagmite.

« Tout doux, il ne se passera rien ! » je tombe à genoux devant lui, réussis de justesse à attraper la queue de la couleuvre et la tire hors de sa jambe de pantalon. D'humeur facétieuse, elle s'enroule autour de mon bras du poignet jusqu'à l'épaule et je tapote et caresse sa petite tête. « Mais oui, mais oui, petite criminelle, hein, petite... tu ne ferais de mal à personne, pas vrai ? Tu n'es utile à personne non plus, on ne pourrait même pas te transformer en une belle paire de chaussures, mais tu ne fais de tort à personne... »

Evelyn tend une main hésitante en direction de la couleuvre, mais la retire avec dégoût avant d'avoir effectivement touché la peau lisse, pourtant même ce geste a un effet apaisant. Le professeur au contraire, se laisse tomber à terre :

« Elle m'a mordu... Oh, mon dieu ! Si tu dois venir, alors viens vite, douce mort !

– Ah, arrêtez ces fadaises, levez-vous, professeur ! » J'arrache la couleuvre ahurie de mon bras et je la jette au loin. « C'est dangereux de rester allongé là – aide-moi, Evelyn – Debout ! »

Le coup de la couleuvre nous a redonné un peu de force, et les mulets qui nous servent de jambes recommencent à porter bravement leur fardeau. Ils continuent de nous traîner avec indifférence, sans qu'on sache si le raffermissement du sol sablonneux jusqu'alors trop mou représente pour eux un soulagement ou une difficulté supplémentaire. Des pierres de plus en plus grosses entravent notre chemin jusqu'à ce que le sable ne soit plus qu'une poussière voletant sur un désert quasi infini de dalles de pierre dont les profonds sillons de ravinement veulent nous faire croire qu'ici aussi, un jour, il y a eu de l'eau. Pendant ce temps-là, le soleil descend sans effort vers l'horizon, ils se saluent en se versant leur premier cocktail. Mais ils ne nous laissent pas approcher d'un pas, quel que soit le nombre de lieues que nous ayons parcourues aujourd'hui.

Sans un mot, nous avançons dans la nuit qui tombe sur nous ou plutôt qui s'insinue en nous et, chaque pas en avant semble se répercuter affreusement à l'intérieur. Pour ne pas se perdre et nous perdre les uns les autres dans la nuit, nous nous tenons de nouveau la main. Evelyn avance bien docilement à mes côtés mais, à la diminution de la pression de ses doigts, je sens qu'il appelle dangereusement la fin de ses vœux, toute fin, quelle qu'elle soit, et il commence même à fredonner gaiement. Qu'est-ce que je dois... comment puis-je encore... Heureusement le professeur fait entendre une de ses voix pleines de sagesse :

« Compagniiiie, halte ! C'est de la folie de tâtonner dans l'obscurité, j'en sais quelque chose, que personne ne vienne me raconter de sornettes sur ce que les ténèbres ont d'obscur. Nous devons attendre le matin, le guetter, ce vieux renard. D'ailleurs, le gamin va crever d'épuisement si nous ne le laissons pas dormir au plus vite.

– Mais ce n'est plus que le fantôme de lui-même qui avance. Si je le couche maintenant, il ne se relèvera....

– Laissez-le au moins s'asseoir, docteur, ou faut-il d'abord que je vous en colle une ? »

Nous nous laissons prudemment glisser à terre en tenant de nouveau Evelyn entre nous, et comme le panier et la couverture ont disparu on ne sait où en chemin, il ne me reste qu'à envelopper dans ma veste le garçon qui claque des dents, je retire le foulard de sa tête pour tenter au moins de sécher ses cheveux tout collés de sueur froide en les frottant avec mes mains, sinon je ne peux rien... que dois-je donc... Soudain, Evelyn émet de faibles bruits de succion, dans sa détresse il se livre à une tétée fantomatique ou plutôt, il tète un fantôme. Mais non, je constate effaré que, dans sa mansuétude divine, mieux encore, dans sa mansuétude de demi-dieu, le professeur lui a laissé la dernière ration de son biberon. Le jus de rhubarbe à l'opium redonne suffisamment vie à Evelyn pour qu'il réussisse seul à s'allonger sur mes genoux, épuisé. Avec un soupir de reconnaissance, j'ose laisser tomber mes épaules un instant et, à côté de moi, le professeur soupire aussi :

« Eh oui, si le grand docteur Je-sais-tout n'avait pas cru bon de se rappeler au dernier moment qu'il avait un fils, nous serions en train de dîner tous les trois bien confortablement là-haut. Je pourrais m'entretenir agréablement avec mon bon ami Zimmermann, Evelyn pourrait admirer les dernières excroissances protéiques de Hugo Rapin et nous pourrions tous ensemble écouter la musique en regardant rêveusement le fond de la vallée !

– Excusez-moi, professeur, mais je ne suis pas vraiment d'humeur à écouter vos

– Mon dieu, êtes-vous débile à ce point ou faites-vous seulement semblant ? Je disais, nous pourrions être assis là-haut et regarder *le fond de la vallée* – alors ?

– Euh, oui, et ?

– Essayez de réfléchir, vieille charogne, mieux vaut tard que jamais, quoique je trouve généralement qu'il vaut mieux jamais que trop tard, mais passons. Donc réfléchissez et dites-moi si vous avez jamais vu le fond de la vallée ?

– Oui, bien sûr, chaque soir, ou au moins chaque soir d'été, je regarde en bas…

– Vous regardez vers le bas, d'accord, mais avez-vous jamais vu le fond ?

– Ou-non, le regard ne porte pas aussi loin.

– Justement.

– Et donc ? »

Evelyn commence à gémir et à tressaillir comme un chien qui rêve, nous autres, nous tenons notre langue à l'unisson. Il se réveille malgré tout et demande d'une voix blanche :

« Pourquoi n'y a-t-il aucune étoile ici, Papa ?

– Eh bien, le ciel est un peu couvert aujourd'hui, ce n'est pas très grave, dors maintenant.

– Un jubilé, c'est au bout de combien de temps ?

– Euh, tous les vingt-cinq ans, je crois.

– Absurde, docteur, ça ne vaut que pour ces chancres de catholiques, normalement c'est au bout de cinquante ans. Mais pour vous, blouse blanche, le chofar ne retentirait même pas tous les cent ans parce que vous avez tout faux, depuis le début, c'est pour ça que nous sommes perdus ici pour l'éternité…

– Très bien, j'en rirai dans ma prochaine vie, professeur.

– Encore une ? Vous êtes insatiable, docteur.

– Vous n'allez pas me croire, professeur, mais je suis fatigué, réellement fatigué. Comme si je pouvais dormir – dormir comme toi et moi. »

Je ris bêtement pour moi-même et voilà qu'il arrive vraiment, l'ange du sommeil pour ouvrir ses ailes douces et ébouriffées sur nous trois, oui sur moi aussi, il vient également pour moi.

50.

La lumière est si claire qu'il n'est même pas nécessaire d'ouvrir les yeux, de ce côté-ci de la paupière ou de l'autre, c'est la même chose. Je ne crois pas que je verrais les choses sous un jour différent les yeux ouverts. Allez, ouvre les, froussard, n'aie pas peur : yeux bleus et bleu du ciel sont si proches !

Oh oui, effectivement, si proches que c'est à peine si on peut glisser une feuille entre eux. Le monde entier est bleu ciel. L'horizon a disparu. Le chemin a disparu. Partout une lasure bleue, transparente, humide et scintillante et pourtant épaisse et aveuglante comme une paroi de verre peinte, de nombreuses parois, des couches et des couches de verre bleu.

J'essaie de respirer calmement, je me redresse dans la position du lotus, je croise fermement les mains au-dessus du nombril pour riposter à une attaque parasympathique sur le cœur-estomac, j'ouvre et je ferme plusieurs fois les yeux et lentement, le monde réapparaît, ou du moins ce qu'il en reste.

Le sol est encore là, sous moi, mais deux ou trois mètres plus loin, il s'arrête soudain, le désert de pierre qui semblait encore infini hier à la tombée de la nuit s'interrompt purement et simplement, et le chemin vers le ciel commence. L'horizon n'a donc pas disparu, nous l'avons seulement atteint, ou bien c'est lui qui est venu jusqu'à nous. Il s'est couché à nos pieds en bon chien enragé. Et le professeur s'est assis directement sur son rebord, plus loin sur ma gauche. La silhouette arrondie de son dos, les contours blancs de sa chemise et de sa tête blanche se détachent précisément sur le ciel immaculé.

Il est assis là et laisse pendre ses jambes au bord de l'horizon, non, au bord de la dalle de grès jaune pâle, de part et d'autre de l'arrière de sa tête, ses cheveux longs jusqu'aux épaules volettent autour de ses oreilles vers l'avant, en direction du grand vide, comme les nuées de sable qui balaient la roche avant de se répandre par-dessus bord dans le bleu transparent. Il est là, le buste légèrement penché en avant, les épaules un peu courbées et les mains repliées sous les cuisses et, lorsqu'on cligne des yeux et que son contour blanc se fond dans l'éclat mouillé du bleu, on ne sait plus si l'on est face à un instantané de farniente estival ou de désespoir absolu, vu de derrière, ils se ressemblent trait pour trait. Oui, si la chemise blanche n'était pas sale et déchirée, on pourrait penser qu'il s'agit là de n'importe quel patient qui laisse son esprit divaguer au bord de la piscine de n'importe quel sanatorium en regardant ses pieds patauger gaiement dans l'eau, un sourire ensommeillé aux lèvres.

Je soulève délicatement de mes genoux le torse d'Evelyn lourd de sommeil et le repose doucement sur le sol puis j'avance à quatre pattes jusqu'au professeur. Sans se retourner, il marmonne :

« Tout doucement, docteur. Laissez-moi vous expliquer avant de regarder de vos propres yeux. Car, dans la vie, il se peut bien que l'abîme du désespoir se révèle sans fond, mais un abîme désespérant peut se révéler à nous plus brutalement que notre plexus solaire ne le souhaite. Et il ne faudrait tout de même pas que le choc vous précipite directement dans le vide, espèce de fiotte. Car, ici, aucun voile nuageux n'épargne la vue, l'œil dégringole en une chute libre, s'écrase directement sur le sol rocheux désertique et, automatiquement, le corps, ce lemming sans volonté, veut suivre.

– C'est très profond ?

– Je pourrais vous dire trois mille cinq cents, peut-être même quatre mille mètres, disons simplement que cela dépasse votre imagination.

– Est-ce que… Est-ce qu'il y a une passe pour descendre ?

– Non, c'est un mur lisse comme un miroir, une coupe nette, pas la moindre aspérité nulle part. Tout doucement, asseyez-vous sur votre derrière, ne vous penchez pas si loin en avant – restez calme, je vous tiens, docteur ! Ça fout un coup, pas vrai ! Et encore, je ne vous dis pas à quelle altitude au-dessus du niveau de la mer nous sommes. Regardez-moi, ne regardez plus en bas, docteur !

– Mais où est... pourtant, en bas il y a... où se trouve la ville ? »

Sans me lâcher l'épaule et le poignet, il a un sourire de pitié. Puis il promène son regard en demi-cercle autour de lui en dodelinant du chef comme pour marquer le rythme d'un vieux reggae, oui, il regarde le ciel tout autour de lui la tête frémissante, car il n'y a rien d'autre à voir, pas de chaîne de montagnes face à nous, pas un seul sommet, pas même une colline quelque part au loin, juste le ciel au-dessus du vide.

« Eh oui, pagode, pagode...

– Le souffle me...

– Ne regardez pas devant vous, regardez derrière, retournez-vous, docteur.

– Non, je ne veux pas, je dois bien...

– Fixer l'abîme ? Regarder les choses telles qu'elles sont ? Ne soyez pas ridicule, vieille charogne ! Allons – je crains que le gamin ne se soit réveillé. Tenez le bien car il pourrait tomber du lit bien plus rudement que d'habitude. »

Je me traîne jusqu'à Evelyn, qui bâille en essayant de s'asseoir. Je l'attrape et je le fais tourner tel un tourniquet sur son fond de culotte dans la direction dont nous venons. Il émet quelques borborygmes en clignant des yeux et je contemple, apathique, le désert de pierre qui s'étire avec délice sous nos yeux, désert de pierre qui s'avère rétrospectivement être un immense plateau rocheux. Mais au loin, tout là-bas, il s'élève doucement, se colore d'un jaune verdâtre, et se bombe finalement en une coupole verdoyante. J'ai presque l'impression de pouvoir distinguer les terrasses que forment les différents cercles de prairies et, tout en haut sur la coupole, telle une cerise de cristal, le scintillement du verre de la clinique dans les rayons du soleil.

« Oui, jetez un dernier regard en arrière, voyez, docteur, nous avons vécu là-haut, nous autres, hyperboréens, dans la solitude de l'azur, à des altitudes que nul oiseau n'a jamais atteintes, sur le toit du monde de la clinique, pour nous délivrer du dégoût. N'est-ce pas magnifique que ce toit ait en fait été toute la maison, pardon, le monde entier ?

– Mais en bas, au pied de la falaise, il devait bien y avoir quelque chose, une ville, tous ces gens qui essayaient de monter jusqu'à nous...

– Oui, voilà de cela vingt ans environ, il y avait encore quelque chose en bas, et les gens essayaient de monter. Jusqu'à ce que, d'en bas, on nous pousse toujours plus vers le haut. Après cela, en fait de tentatives d'ascension, il ne resta plus que la rumeur.

– Je ne comprends pas... c'est impossible, il doit... Vous savez aussi bien que moi que ma femme, je veux dire l'ambulatoire, est montée jusqu'ici...

– Oui, c'est vrai, vous avez réussi à la faire apparaître, espèce de cathéter de Satan, il faut vous reconnaître ça.

– Papa, il y a des gens qui viennent là-bas !

– Ne t'inquiète pas, c'est seulement un mirage. »

Mais il a raison, quelque chose bouge là-bas sur la ligne verte au pied de la coupole herbeuse.

« Que faut-il faire, professeur, sauter ?

– Pouah, quel manque d'originalité », il se tourne vers nous en bâillant. « Vous savez pourtant qu'il faut laisser le suicide aux amateurs.

– Alors que faire, nous ne pouvons ni avancer, ni reculer.

– Oui, oui, je sais bien. Mais hélas, je ne vais pas pouvoir participer à cette représentation. Si vous voulez bien m'excusez, docteur, je dois mourir maintenant. » Il s'étend sur le dos, ôte ses lunettes aux verres épais et les range bien proprement dans sa poche de poitrine déchirée, il croise confortablement les bras sous sa tête et ferme les yeux en souriant. « Le vieux serpent réclame son tribut de sang.

– Ah, s'il-vous-plaît, professeur, le moment est mal choisi pour les blagues de mauvais goût. » Je me penche sur lui et le secoue par l'épaule avec énervement. « Une malheureuse couleuvre d'Esculape vous a un peu tripoté, vous n'allez pas en mourir pour autant.

– Allons, docteur », il me fait un clin d'œil, « ne soyez pas si sévère avec moi. Dieu sait que j'ai rempli ma mission, je vous ai martyrisé pendant près de vingt ans comme un fils. Mais maintenant, vous devez continuer tout seul, combattre seul l'éparpillement de vos pensées dépravées, la dissolution de votre nature dissolue...

– Ma quoi ?

– Vous êtes un morceau de sucre sans tenue, docteur, à peine vous tourne-t-on le dos que vous vous jetez dans les bras de la première tasse de thé venue. Grâce à un travail minutieux, j'ai chaque fois réussi à repêcher chacun de vos minables petits cristaux et à refaire de vous ce tas poisseux.

– Je ne sais pas si vous êtes en train de parler de moi ou de vous-même, mais ça n'a aucune importance car là-bas...

– Papa ! Il y a vraiment des gens qui arrivent ! Ce sont vraiment des personnes et pas des spectres !

– Oui, je vois bien, Evelyn, reste calme. Garde gentiment la tête de ce côté... non, ne te retourne pas, je ne veux pas que tu voies l'abîme », je le tiens à nouveau fermement, je coince son menton dans ma main comme dans un étau tout en prenant la pose du sage, *marichyasana III*, et en tournant ma tête loin en arrière vers le professeur qui est toujours étendu sur le dos, les jambes pendant dans le vide, et sourit au père soleil. « Professeur, vous allez me faire le plaisir d'arrêter avec cette agonie absurde !

– Vous n'avez pas besoin de crier », au moins, il rouvre les yeux. « Un peu de respect pour ces adieux, s'il-vous-plaît, car que ce soit vous ou moi que j'ai recollé, en tout cas, j'ai pleinement accompli mon devoir, je me suis chaque jour extirpé de ma misère, matin après matin, j'étais là, debout sur le tapis de la salle de bain et je me suis chaque fois sorti de la mouise à la force du poignet, je me suis arraché à toute cette saleté, et on ne peut pas en dire autant de vous.

– Oui, je sais, je n'en ai pas la force.

– Ah, la force, c'est un truc de mauviettes.

– Vous pouvez me répéter ça, s'il-vous-plaît.

– Je disais, la force, c'est un truc de...

– ...de mauviettes. Ça me rappelle... qu'est-ce que c'était... ça ne me revient pas. Ce n'est peut-être rien. Juste une impression, parce que tout est si horriblement enchevêtré. Souvent, je ne sais tout simplement plus qui parle.

– Oui, docteur, tout vous rappelle tout.

– Oui, exactement, c'était ça !

– Oui, et ça devrait vous donner à réfléchir. Mais on peut

vous donner à réfléchir autant qu'on veut, de toute façon, vous vous contentez toujours de prendre les choses en main l'esprit ailleurs et de les reposer n'importe où toujours aussi distraitement.

– Oui, c'est vrai, j'oublie tout.

– Non, vous n'oubliez rien. Et c'est pourquoi vous ne savez plus distinguer le bas du haut. Au fait », il se redresse et fixe à nouveau l'abîme en hochant la tête, l'air songeur, ou plutôt sénile, « c'est tout de même chouette de revoir tout ça, même si ça n'existe plus. Au moins on se souvient où c'était. »

Evelyn profite du soudain engourdissement de mes mains pour s'échapper et s'assoit agilement près du professeur au bord du plateau :

« Où était quoi ? »

Pour le retenir, je n'ai plus d'autre choix que de m'asseoir moi aussi sur le bord pendant que le professeur lui fait aimablement admirer les environs :

« Regarde un peu, petit, là en bas se trouvait le plateau vert, avec ici le premier plateau, là le second plateau, et là-bas, le plateau de service », il agite les bras à droite et à gauche, mais j'ai trop le vertige pour suivre des yeux ce qu'il montre du doigt, « et là devant, tout au sud se trouvait mon cher petit Walpi où vivait ma tendre katchina, ma douce Katchinkitchka, je l'ai sculptée moi-même, et là, loin vers l'ouest, la grande ville la plus proche, Flagstaff, en plus, autrefois il y avait aussi quatre coins qui se rencontraient, tout au fond là-bas, où plutôt tout devant ici, à l'est. Il s'y passait toujours quelque chose. Des gens venus de tous les pays dominants y faisaient leur salutation au soleil sur une grande plaque de laiton. Et avant que la clinique soit promue à l'échelon supérieur, le bus nous y emmenait aussi en excursion le dimanche, pour acheter des ballons et ainsi de suite, et retour à l'unité le soir. Pampelune, Pampelune… oh, là, là, je me sens mal… Jusqu'ici peut-être… »

Il chancelle dangereusement vers l'avant, mais par chance, Evelyn a de meilleurs réflexes que moi et, ensemble, nous le tirons loin du bord, nous l'allongeons sur le dos avec précaution et calons sa tête sur mon veston. Le souffle rauque, il attrape mon poignet puis ouvre et ferme plusieurs fois la bouche.

« Ne vous agitez pas, professeur, c'est un petit malaise, ça va passer.

– Cette satanée bestiole ! » Son visage a perdu toutes ses couleurs, même la veine éternellement bleue crispée sur sa tempe droite gît sur sa peau comme un inutile tuyau transparent, mais au lieu de couleurs, la douleur lui peint sur le visage un sourire étrangement aimable. « Mais, c'est bien d'être venu jusqu'ici. Loup terrible est venu jusqu'ici. »

Evelyn commence à pleurer et tiraille vainement la chaine de montre sans montre que le professeur a attachée à son pantalon parce qu'il a jeté sa veste je ne sais quand. Bêtement, mon regard se promène entre eux deux et le groupe de silhouettes qui approche rapidement et le professeur demande doucement :

« Combien sont-ils ?

– Trois », je plisse les yeux, « non, quatre. »

Dans une angoisse mêlée d'impatience, j'observe comment la petite chaîne de silhouettes qui avance vers nous en tremblotant se disloque en maillons distincts. Ils sont maintenant si près qu'on peut les distinguer des ombres démesurées, couleur de mûre, qui se dressent derrière eux. Ils n'avancent pas en rang bien ordonné car le premier d'entre eux tire à sa suite un trio brouillon de marcheurs, ils approchent donc sous la forme d'un triangle mal taillé ce que, pour une raison absurde, je trouve vexant, sans doute uniquement parce que je n'arrive toujours pas à voir de qui il s'agit.

« Quatre, dites-vous ? Les lamentables restes de la horde de verre », le professeur imite faiblement son rire sarcastique. « Je pense qu'ils ne m'en voudront pas d'avoir arrachée la tête de cette vieille salope oxydée.

– D'avoir quoi ?

– Si je n'avais pas décapitée cette Méduse desséchée, nous ne serions même pas sortis de la maison. Je l'ai donc liquidée en vitesse, pendant que vous preniez vos aises chez le docteur Tulp.

– C'est vrai, papa, j'y étais. Un coup sec, et hop, la tête en moins, c'était super ! » Evelyn éclate d'un rire enthousiaste au milieu de son flot de larmes. « Et elle était toute vide à l'intérieur ! comme un père Noël ! Je n'aurais jamais cru ça d'elle ! »

Je ne parviens pas à leur demander de quoi ils parlent, le souffle coupé je fixe cet attelage à quatre débridé et je reconnais dans le trio Dänemark, Darmstätter et… oui, c'est bien lui, un peu à la traîne à cause de son dandinement mal adapté au trot, le bon Dankevicz. Mais, bien que je l'aie tout de suite reconnu, je ne vois toujours pas qui est celui qui marche loin devant les trois autres, car je n'en crois pas mes yeux. Les longs cheveux d'argent et la veste jaune pastel avec de gros boutons ronds se balancent de ci de là à chacun de ses pas hâtifs, je ne l'ai encore jamais vu bouger, toujours debout, muet et immobile devant ses roses, mais ma bouche comprend avant moi et bredouille :

« L'amnésique de compétition !
– Mais oui, chère vieille charogne, l'amnésique de compétition ou le professeur Frauenfeld, comme il s'appelait du temps de la Crimée. Il est venu se cacher chez nous, là-haut, dans les airs, et il a passé vingt ans à renifler sa lourde rose neuve dans son joli petit manteau.
– Ils sont tous de mèche ?
– Allons bon, ils sont bien trop puérils pour se partager ne serait-ce qu'une mèche. Non, ils ne font pas cause commune mais ils dépendent les uns des autres, ce qui est déjà assez fâcheux car, vous le savez, nous aussi, nous dépendons d'eux, et si un seul dans le rang met un genou à terre… »

Il s'interrompt et regarde à travers moi, le visage tordu par la douleur ou plutôt empreint d'une expression douloureuse, je le redresse un peu en l'appuyant sur mon bras, son buste semble étrangement petit, ou court comme un accordéon hésitant, je l'invite à se taire par un doux *chch-chuuuut*, mais il chuchote :

« J'ai vraiment tout fait pour vous aider, imbécile de petit docteur, vous me croyez, n'est-ce pas ?
– Oui, bien sûr, professeur, ne parlez plus maintenant, vous vous épuisez…
– Oui, juste encore… n'oubliez pas, à la force du poignet, vous devez… Vous savez bien ce que nous disait toujours le

vieux Ruskof : même si on n'a pas fait beaucoup de bonnes actions dans sa vie, même si on s'est contenté une fois de donner un petit oignon à un mendiant, même si ce n'était *rien d'autre qu'un petit oignon* qu'on a donné dans toute sa vie, on peut encore s'en sortir, même en se raccrochant à un pauvre petit oignon que l'on nous tendra peut-être d'en-haut. »

Il pointe encore une fois son doigt vers le ciel en tremblant, puis sa tête blanche ébouriffée retombe sur mon bras et il ne nous reste plus qu'à fermer ses yeux au sourire brisé.

« Eh bien, regardez-moi ça, la sainte famille en pleine crise, mon petit von Stern, vous êtes vraiment trop drôle ! »

Je ne regarde pas Dankevicz mais je repose le professeur à terre avec précaution, comme si la pierre dure pouvait encore lui faire du mal. Alors seulement, je lève la tête.

Les quatre compères n'ont pas l'air très glorieux, surtout parce que leur leader, dans sa veste jaune, nous regarde la bouche à moitié ouverte d'un air absolument stupéfait. Mais c'est toujours mieux que nous, qui sommes à genoux devant le mort comme deux geishas abandonnées, avec seulement un mètre de terre ferme derrière ou plutôt, selon toute vraisemblance, devant nous. C'est alors que le masque d'un immobilisme catatonique de notre amnésique de compétition s'anime soudain et il pose tout à coup sur nous un sourire indulgent, comme s'il était penché sur ses roses, puis il déplie son bras droit vers le ciel et, au bout, sa main d'une douceur toute cléricale se rabat mollement vers l'arrière. À ce signal, Dänemark qui était posté derrière lui, fait un pas en avant, il laisse lourdement tomber tout le poids de ses mains dans les poches de sa blouse et demande en esquissant un sourire d'encouragement :

« Eh bien, von Stern, racontez-nous un peu quelles sont vos intentions maintenant, qu'aviez-vous prévu ?

– Ce que je… ?

– Oui, que voulez-vous faire ?

– Euh… je ne sais pas… je ne peux rien faire. Avec mon fils, nous ne pouvons plus ni avancer, ni reculer.

– C'est exact, ni avancer, ni reculer, ni descendre, ni monter. Il semble que vous ne puissiez plus vous esquiver.

– Oui... non, il n'y a vraiment plus aucune issue.

– Oui... non. »

Il fait quelques hochements de tête l'air pensif, se mordille un peu la lèvre supérieure et, pris de vertige, j'éclate de rire :

« Eh bien voilà, c'est fini ! » Et parce que je le comprends à cet instant sans encore m'en rendre vraiment compte, je répète : « c'est fini ! »

Le majeur et l'index tendus, Dänemark frotte son front plissé :

« Hum, oui, c'est également notre avis. Il semble que vous soyez vraiment arrivé au bout de vos ennuis. Honnêtement, il me paraît impossible d'avoir recours à des prothèses proleptiques qui pourraient vous permettre de faire encore quelques petits sauts, ça ne fait que pousser de tous côtés, ce ne serait que prolifération inutile et douloureuse. Il vaut mieux couper court. Vous avez fait ce que vous pouviez pour vous et nous aussi. Allons, von Stern, nous voulons voir votre show d'adieu. Prenez la position *tadasana*, vous et votre fils, inspirez par la plante des pieds et puis *full range of motion*, s'il vous plaît.

– Pardon ?

– Jump, you fuckers ! »

Darmstätter se précipite sur nous en hurlant mais c'est un jeu d'enfant pour Dankevicz de l'arrêter d'un de ses puissants bras de serpent noir-violet et Evelyn, qui a sauté sur mes genoux, tremblant de tous ses membres, mouille son pantalon. Cependant, les collègues reprennent contenance et avancent enfin vers nous en rang ordonné, le professeur Frauenfeld sourit toujours, et Dankevicz hausse les épaules l'air conciliant :

« Allons, von Stern, ne vous et ne nous compliquez pas la tâche inutilement. »

Je me relève et redresse Evelyn, devenu étrangement souple, je cache son visage dans ma poitrine et je me détends enfin. Nous ne sauterons pas. Que le diable nous emporte, nous ne ferons rien du tout et, aussi gai que le ruisseau de montagne à Massandra, je murmure :

« N'aie pas peur Evelyn, il est vrai que nous sommes dans une situation désespérée mais nous sommes encore dans une situation. Et pense toujours à quel point tu es attardé, quel retard incroyable est le tien, quel retard infini tu as, personne ne peut te le retirer tant que je suis devant toi, ils ne te rattraperont jamais. »

Hésitants, ils s'approchent de nous, aucun ne veut commettre le geste fatal, ils le font donc comme en passant avec une belle unité. Le monde de verre et moi, nous sommes projetés l'un contre l'autre, et déjà nous disparaissons tous les deux, tout ce bleu misérable chute, chuter, chanter, chanter à plein voix, complètement nouée et pourtant claire, monte par la pensée quand tu veux descendre, je continue à tenir Evelyn vers le haut, je le porte vers le haut, je l'élève très haut, tant que je tombe, je peux le tenir, air de verre liquide, ne déchiquète plus rien, tout est déjà en lambeaux, quelque part, mais il doit aller vers le haut, vers le haut, tout en haut, prends-le, prends-le donc avant que je n'arrive en bas, je vais trop vite, allez, plus haut, va, va…

« Réveille-toi !

– En haut, là-haut…

– Reviens à toi, Franz ! Allez, réveille-toi ! »

51.

Étouffer et respirer peuvent se dire en prenant une seule inspiration, quand c'est une grande inspiration, la première après une plongée en apnée dans les profondeurs, bien trop grande pour sa brièveté, et que tout l'air entre dans le poumon comprimé d'un seul coup, douloureux, douloureusement d'un seul coup, que tout l'air est aspiré par le poumon, ou plutôt que quelqu'un décide finalement d'ôter son pied du gonfleur, quelqu'un qui pourrait presque être soi, si seulement on,… si seulement on savait où l'on…

« Tout doux, Franz, bien calme, continue de respirer, comme ça, c'est bien.

– Esther !

– Ne dis rien, respire !

– Esther !

– Ccchhhchhhuuut… »

Comment se fait-il qu'elle soit assise en débardeur sur ma bière ? Mon brancard ? Non, sur mon lit d'hôpital. Non, c'est notre salon à Kertch. Mais ce sang partout, tout ce sang sous moi, desséché, durci. Non, c'est juste l'affreuse housse couleur rouille du canapé, la blouse, elle, est toute blanche, juste trempée, oui, c'est ça, je suis allongé dans notre salon, simplement je n'arrive pas à voir les murs dans cette semi-obscurité, la lumière trouble de l'horrible lampadaire marron, il n'y avait donc pas de fenêtre ici, il y avait pourtant, on se sent comme…

« … dans une boîte à chaussures, Esther ! Je manque…

– Du calme, je vais ouvrir la fenêtre », elle disparaît derrière moi et tout recommence à se nouer, mais elle réapparaît aussitôt. Elle est vraiment assise là, devant moi. Je peux toucher son visage, les commissures de ses lèvres qui esquissent un sourire timide sous la pointe de mes doigts engourdis et fourmillants, des deux mains, je peux toucher ses joues pâles, ses pommettes saillantes en apparence hautaines mais en réalité pleines de bienveillance à mon égard, je peux me redresser et l'embrasser, Esther, pas son fantôme, c'est vraiment elle, et donc il faut croire que c'est vraiment moi. Ce sont bien là mes larmes. Et ce sont bien les tiennes. Oui, toi aussi, tu pleures, admets-le, Esther, ce sont nos larmes, une eau d'un bleu vert trouble, certes sa salinité est faible, quatorze à dix-huit grammes par litre au maximum, car dans nos toutes petites eaux intérieures se déversent en permanence le Dniepr et le Danube qui sont bien plus puissants que nous, mais ce sont malgré tout nos larmes, admets-le enfin, même si, bien sûr, tu détournes à nouveau la tête, l'air récalcitrant, et tente de rire :

« Ne me regarde pas avec ce drôle d'air, Franz !

– Comment est-ce que je te regarde ?

– Sais pas… bizarrement, comme si tu étais très loin, comme si tu regardais à la surface et en même temps à travers moi, comme si j'étais derrière un sous-verre.

– Non, ce n'est pas le cas, au contraire. Tu es toute proche. Et moi aussi.

– Oui, évidemment, tu es tout proche.

– Me revoilà, après toutes ces années…

– Oui », en souriant, elle chasse ses larmes en toute hâte

et les cheveux qui me collent au front, « après ces trois longues heures. Depuis notre dispute, je suis restée allongée sans dormir, là, de l'autre côté, en te maudissant et j'étais sûre que toi aussi, tu étais allongé là, sans dormir, à me maudire. Jusqu'à ce que je t'entende crier. »

Trois heures... Pour elle, cela faisait seulement trois heures.

« Ne recommence pas à prendre ce drôle d'air, Franz, enlève plutôt ce truc, tu es complètement trempé. Mon dieu – dans cette saloperie de blouse ! On dirait qu'elle est tombée dans l'eau. De toute façon, tu as l'air de t'être à moitié noyé en rêve. Tu t'es noyé ?

– Non, pas du tout, pas d'eau, il n'y avait pas une goutte d'eau, nulle part. J'ai tellement soif !

– Je vais te chercher quelque chose.

– Non, attends », elle est déjà sur ses jambes, mais je la retiens par le poignet. « Après. Dis-moi d'abord... qu'est-ce que tu voulais me dire, Esther, il y a vingt ans, enfin, tout à l'heure ?

– Ce n'est pas très urgent. Enlève ce truc, sinon tu vas prendre froid avec ce courant d'air qui souffle.

– Oui, d'un seul souffle si tu veux, mais d'abord, dis-le moi.

– Très bien, il faut juste que j'aille pisser avant.

– Non, s'il te plaît, reste-là. Tu dois me faire confiance, Esther, à partir de maintenant, il faut que tu me fasses davantage confiance, que tu me fasses plus confiance et que tu attendes moins de moi. Sinon, je ne vais pas y arriver.

– Oui, je sais, et je vais essayer, mais il faut – il *faut* vraiment ! »

En riant, elle dégage son poignet de ma main, m'embrasse et dit doucement :

« Il n'y a absolument rien derrière tout ça, vraiment.

– C'est bon. Alors vas-y vite ! »

Elle s'éloigne du canapé en sautillant et je devrais la laisser partir tranquillement mais je n'y arrive pas. Si je me contente de rester allongé là à l'attendre, elle va sûrement disparaître de nouveau, disparaître complètement. Comme si elle n'avait jamais existé. Donc je me lève, fourbu, j'attends que le vertige se calme un peu et je titube à sa suite en direction de la salle de bain. Je dois me tenir aux murs du couloir, juste un instant, ça va aller... Pampelune, Pampelune, ça tire dans tous les sens... Mais heureusement, la porte de la salle de bains s'ouvre et elle est de retour.

« Oh, mon dieu, tu n'es pas encore tout à fait de retour sur terre, non ? Viens, rallonge-toi.

– Non, attends, je veux te montrer quelque chose. »

C'est un fait, j'arrive à respirer en profondeur, jusqu'au plus profond, personne ne me retient, et plein d'audace, je me poste donc devant la monstrueuse armoire. Ses portes effrayantes au placage sombre sont de nouveau là, j'attrape les deux petits boutons de portes et je tourne lentement ma tête vers Esther :

« Viens !

– Non ! » Sa voix soudain glaciale tremble dans son propre écho puis grimpe dans les aigus comme un chat à un arbre : « je ne veux pas !

– S'il te plaît ! »

Et soudain, sans aucune hésitation, Esther vient se placer près de moi, prend ma main et me fait un petit signe de tête résolu. Retenant mon souffle, j'ouvre la grande gueule verticale du monstre et – oh mon Dieu ! Nous rions tous les deux d'effroi et de soulagement – de quoi avons-nous l'air ! Moi, les cheveux dressés sur la tête, dans ma blouse essorée et fripée mais toujours sagement boutonnée jusqu'en haut, et toi dans un débardeur noir qui laisse voir ton nombril et, comme toujours, sans culotte, mais avec mes pantoufles à carreaux bleus et verts toutes usées aux pieds. Nous sommes plantés là tels que Dieu ou je ne sais qui nous a faits, à nous tenir mutuellement les côtes de rire. Il n'y a là rien d'autre qu'un vieux miroir ridicule au fond de l'armoire, partout piqueté de taches noires aveugles. Il n'y a personne là-dedans, personne à part nous. Notre rire s'éteint dans un soupir d'épuisement, je ferme une fois pour toutes cette vilaine caisse. Nous nous en détournons pour nous tourner l'un vers l'autre.

« A l'époque... Tout à l'heure, tu ne voulais pas me dire que tu me quittes mais que tu es enceinte, c'est ça ?

– Euh oui,... comment... ?

– Et pourquoi est-ce que tu ne l'as pas dit ?

– Je voulais, mais tu ne m'as pas laissée en placer... Non, je n'ai pas osé, parce que... C'est bête mais je voudrais bien le garder et comme je sais que tu ne te décideras jamais à avoir un enfant et que, en principe, je n'en veux pas non plus, je voulais te le dire et puis je ne voulais pas.

– C'est vrai, je ne déciderai jamais d'avoir un enfant, mais si l'enfant se décide à ma place, c'est autre chose, non ? Je veux dire, puisqu'il est là...

– Euh... Jusque-là, il n'y a rien, juste un embryon accroché à une muqueuse parce qu'il y a six semaines, une fois de plus, on n'a...

– Non, non, il est là depuis longtemps, il est déjà presque adulte, c'est juste qu'il ne parvient pas encore à venir au monde. Donc il commence à être grand temps.

– Oh là, tu as vraiment de la fièvre, et tes yeux aussi brillent bizarrement et ton front est...

– Tu veux le garder, oui ou non ?

– Oui, je veux le garder.

– Bien. Comment veux-tu l'appeler ?

– Eh bien, je ne me suis pas encore trop...

– Si, tu l'as déjà fait !

– Comment... ? Bon, d'accord, si c'est une fille, j'aimerais bien l'appeler Evelyn et si c'est...

– ...Un garçon, ce dont nous pouvons être sûrs, alors nous l'appellerons aussi Evelyn, d'accord ?

– Euh... ?

– D'accord ?

– Oui... oui ! » Son front se déride enfin et elle sourit. « Regarde, il fait jour depuis longtemps dehors ! »

À sa suite, elle me tire hors de l'obscurité du couloir vers la terrasse dans le radieux soleil matinal de ce mois d'août, j'enlève ma blouse, je m'étire en bâillant, j'attrape avec soulagement une bouteille d'eau à demi pleine qui est restée là depuis la veille, et avec délectation, j'engloutis d'un trait l'eau fade tandis qu'Esther décroche une culotte du fil à linge et l'enfile car notre imbécile de voisin, le docteur Erleking, s'est déjà mis en faction à son poste d'observation. Un peu raide, je fais quelques salutations au soleil tremblotantes, puis je m'affale sur la chaise longue en espérant qu'Esther vienne auprès de moi mais elle reste plantée devant mon repose-pied, les bras croisés, à me regarder en soupirant l'air abattu pour finalement me demander tout bas :

« Qu'est qu'on... Que veux-tu faire, maintenant ?

– Comment ça ?

– Eh bien, tu devrais aller travailler à cette heure, tu veux... Est-ce que je dois appeler pour dire que tu es malade... ?

– Non, je n'y retournerai plus. Nous allons partir aujourd'hui même.

– Partir ?

– Oui, s'il-te-plaît, tu me caches le soleil, est-ce que... Viens plutôt près de moi ! »

Elle s'écarte mécaniquement, mais sans venir s'allonger à mes côtés, elle secoue la tête l'air hésitant ou plutôt incrédule :

« Comment ça partir, pour aller où ?

– Eh bien, dehors, hors du monde de la clinique. Tout à l'heure, nous irons à Yalta et, de là, nous prendrons un bateau en direction du Bosphore et une fois que nous aurons quitté la mer Noire, nous verrons bien. Allez, viens enfin près de moi ! »

Je déboutonne ma chemise et je croise les bras sous ma tête en clignant joyeusement les yeux face au soleil.

« Oh mon dieu ! » Esther fixe ma poitrine horrifiée. « Qu'est-ce que c'est que ça ?

– Quoi ? » Mais je n'ose même pas regarder tant j'ai peur et je préfère jeter mes bras en croix devant ma poitrine comme une cocotte coquette ou comme un valet asiatique imaginaire qui aurait pris trop d'élan pour sa révérence ou comme un prêtre russe peu orthodoxe en train de bénir la dépouille puante d'un starets apostat ou comme Cléopâtre tenant fièrement croisés ses sceptres entourés de serpent ou comme la momie plus fière encore de Toutankhamon... ou comme... comme... comment lui dire... ? Mais Esther écarte mes bras de toutes ses forces, et comme elles ne suffisent pas, avec une violence assortie de moult combines destinées à me tordre les doigts, elle écarte mes bras, mes pauvres bras, mes braves bras qui protègent ma culpabilité et porte la main à sa bouche :

« Je suis tellement désolée ! » Elle glapit comme un chien battu. « C'est ma faute si tu as recommencé à faire ça !

– Non, ce n'est pas ta faute. Ça n'a rien à voir avec toi. Il n'y avait pas d'autre moyen d'en finir avec moi-même.

– Tu viens de faire ça, là, dans ton sommeil ?

– O-oui, je suppose.

– La croute de sang est si étrange... comme du goudron mou... Oh mon dieu, on voit vraiment que tu as enfoncé les ongles, c'est si profond, ce ne sont plus des griffures, ce sont... celle-là qui croise ta cicatrice entaille la chair en profondeur, exactement...

– Exact, exact, exact – c'est bon maintenant, n'en fais pas toute une histoire...

– Mais... » à son effroi se mêle soudain une incompréhension pleine de méfiance, « ça a bien dû te réveiller, tu n'as pu t'arranger comme ça sans –

– Quoi qu'il en soit, c'est fini », je cherche à me reboutonner avec maladresse et je ris nerveusement, « et c'est pourquoi nous allons discrètement passer tout ça sous la chemise du silence...

– Non, certainement pas », de là-haut, elle me regarde avec un sérieux impitoyable et, de surcroît, elle croise à nouveau les bras pour me faire comprendre de manière claire et nette qu'il n'y a pas de négociation possible. « Si nous voulons vraiment partir, il n'y aura plus de belles chemises blanches.

– Mmh. »

Avec la meilleure volonté du monde, il n'y a rien de plus à tirer de moi, et je m'efforce donc au moins de hocher la tête énergiquement, mais il semble que ça me donne l'air plutôt pitoyable car elle s'allonge près de moi sur l'étroite chaise longue avec un sourire de compassion moqueur et passe sa jambe anguleuse par-dessus ma cuisse, je prends son genou avec un profond soupir de soulagement et le tire vers le haut jusqu'à ma hanche droite, je m'y accroche et je rassemble tout mon maigre courage pour dire :

« Esther, j'ai quelque chose à te dire. Quelque chose de grave. Je n'ai plus de cœur, en tout cas plus de vrai... »

Nous sommes allongés là, sourcil contre sourcil, je retiens mon souffle avec anxiété, mais tout à coup un rayon vert se diffuse doucement sur son visage, un rayon clair comme je n'en ai plus vu depuis une éternité.

« Tu n'en as jamais eu, Franz », elle m'embrasse sur le coin des lèvres, « et ça ne fait rien. Les choses se font quand même malgré tout. »

52.

Comme c'est bon de ne pas avoir de bagage ! Seul un petit sac pend à mon épaule, le même que nous avions emporté lors de notre excursion de deux jours à Yalta, il y a six semaines, nous étions alors certains d'y venir pour la dernière fois. Et voilà que nous y sommes de nouveau, non pour un tout dernier *sentimental journey* mais plutôt pour un premier vrai voyage. Oui, nous serons de véritables passagers, et Esther ne porte donc rien d'autre sur les épaules que les bretelles de sa robe d'été vert émeraude et, alors que nous atteignons la gare routière et qu'elle descend du trolleybus devant moi, c'est très important pour moi car je veux *impérativement* qu'elle ait l'esprit *absolument* léger, ce qui, bien que je n'aie encore rien dit à ce sujet, lui porte déjà tellement sur les nerfs au bout de quelques pas qu'elle s'arrête d'un seul coup et se met à souffler comme un taureau. Mais finalement, le taureau change d'avis, il se contente de me prendre le sac en riant et ne le rend que lorsque je promets de ne plus terroriser Esther avec mon obsession de la légèreté. La tension que nous avons accumulée chacun de notre côté pendant le voyage en bus silencieux se dissipe. Et, désormais, l'esprit effectivement léger, nous descendons l'ulitsa Moskovskaya en direction du port en flânant main dans la main. Nous avons tout notre temps, le ferry ne part que dans trois heures et nous pouvons donc encore laisser un peu le soleil de midi décider du cours des choses.

Cela ne fait que quelques heures, mais j'ai l'impression que cela fait déjà plusieurs jours que nous avons quitté notre appartement pour prendre la route d'Alouchta où nous avons laissé la voiture, jeté les clés dans une poubelle et pris le bus pour Yalta. En roulant vers Alouchta, Esther avait proposé, pour éviter un éventuel état de choc, que nous quittions petit à petit le monde de la clinique au lieu de nous esquiver d'un seul coup. Selon elle, nous pourrions prendre à Yalta un des petits bateaux d'excursion servant aux patients pour gagner Sébastopol, et de là, avancer doucement vers l'ouest le long de la côte de la mer Noire pour nous éclipser en direction du Bosphore en traçant un arc de cercle avec arrêts à Odessa, Constanta, Varna, car il était fort probable qu'un bateau côtier cabotant à proximité de la rive serait moins sujet aux éventuels contrôles de la flotte blanche qui arpentait la mer de long en large.

Je me suis contenté de faire quelques hochements de tête hésitants et d'émettre un *hmhm* en continuant de fixer la route tandis qu'elle observait mon profil l'air interrogateur, car je ne voulais pas lui dire ma certitude que cette fuite par étape était une mesure de précaution totalement superflue, peut-être même dangereuse, car si l'on devait nous *contrôler*, cela ne prendrait sûrement pas la forme ridicule d'un contrôle en pleine mer, je ne voulais pas lui dire que la veille, c'est-à-dire la veille il y a vingt ans, j'avais reçu un message de l'administration me priant très instamment de préciser le statut de la personne vivant avec moi en communauté maritale, et que je n'avais donc aucun doute sur le fait qu'on nous laisserait partir et c'était justement pourquoi je ne pouvais lui expliquer ce que je redoutais réellement.

Mais comme un timide *hmhm* d'approbation est la plus efficace des contre-argumentations, Esther se laissa aussitôt convaincre par mon grognement dubitatif, par chance sans que j'aie eu à prononcer le moindre mot, ce qui n'aurait fait que nous décourager tous les deux :

« Oui, tu as raison, ce n'est pas une très bonne idée, ça pourrait être encore plus risqué en faisant des étapes. Rien qu'à l'idée de rester coincée à Odessa… non, descendons directement dans la fosse…, je veux dire, prenons simplement le ferry vers le Bosphore. »

Nous ne sommes donc pas obligés, avec tous les patients qui se pressent autour de nous, leurs rabanes roulées sous leurs coudes énergiques, de nous précipiter tout en bas de la Moskovskaya empestant la sueur et les gaz d'échappement dans la chaleur de midi, malgré la fraîcheur du filet d'eau de la Bistraya qui la borde, *vite, vite, coule vers moi, petite Bistraya*, ni de traverser à toute vitesse l'endroit le plus encombré de la promenade longeant la mer pour atteindre le quai d'embarquement des ferrys côtiers mais nous nous détachons du flot de patients au niveau de la place Lénine, déjà pavoisée de blanc pour la *Prana-Convention* annuelle, et nous flânons jusqu'au port, avec toute la tranquillité d'esprit de ceux qui ont choisi le chemin le plus direct.

En abordant la façade arrière sans fenêtre du bâtiment portuaire flambant neuf et tout en longueur, tout devient calme car même si, à l'ombre du bâtiment, l'ulitsa Roosevelta reste le large boulevard qu'elle est depuis des siècles, elle ne fait plus office de promenade à cet endroit. Contrairement à la façade donnant sur le port, l'arrière n'est pas bordé de cafés, d'aires de salutation au soleil ou de thalasso, seuls quelques patients isolés errent ici, et on ne voit même pas d'employés du port. Instinctivement, nous accélérons un peu le pas pour traverser la zone d'ombre silencieuse puis nous longeons de nouveau gaiement le quai ensoleillé en contournant le bâtiment gris clair et, arrivés sur la place qui élargit la promenade, Esther nous guide avec détermination vers le vaste hall que nous pouvons voir entièrement à travers ses généreuses baies vitrées. Arrivé devant la porte à tambour, je dis l'air dégagé :

« Nous n'avons pas besoin de faire la queue tous les deux. Attends plutôt ici et regarde les bateaux pendant que je prends les tickets.

– Je n'ai pas l'impression qu'il faut vraiment faire la queue », elle tend le cou pour regarder dans le hall par-dessus mon épaule. « Je peux aussi le faire.

– Non, non », surtout ne pas élever la voix, « je vais le faire, attends ici.

– Bon, d'accord. Alors je passe en vitesse au McDonald's, pour faire pipi.

– Très bien, mais reviens le plus rapidement possible. N'y reste pas trop longtemps, ok ?

– Non, bien sûr que non. Qu'est-ce qu'il y a ?

– Rien, seulement je ne veux pas que tu ailles trop loin, je ne veux pas être obligé de t'appeler, il se pourrait que la ligne ne fonctionne plus tout à coup », elle me regarde effrayée et j'essaie de sourire. « Je raconte des bêtises, oublie ça. À tout de suite ! »

Et je passe la porte à tambour pour entrer dans le hall discrètement climatisé à l'atmosphère étrangement feutrée malgré un sol nu en ardoises mates d'un noir tirant sur le vert. Ah d'accord, des pierres artificielles, d'où cette acoustique agréable. Seuls trois de la bonne vingtaine de guichets sont ouverts, effectivement, il n'y a pas foule ici. Je choisis le guichet du milieu et je dois à peine attendre cinq minutes car il y a une seule personne devant moi.

Pris dans sa routine, le guichetier ne lève pas les yeux sur moi en grommelant une réponse à mon salut et semble finir de traiter la commande du client précédent sur son ordinateur pendant qu'il écoute ma requête à travers le hublot ovale serti de verre et de baguettes de bouleau clair de son guichet, c'est un homme d'âge moyen mais déjà singulièrement voûté aux épais cheveux bruns rebelles, et de ce fait peignés avec beaucoup de soin, d'après la plaque dorée sur la poche de poitrine de sa chemise blanche à manches courtes, il s'agit d'un certain « Dr Tomari ». Ce n'est que lorsque j'ai fini de prononcer ma petite phrase qu'il relève brutalement la tête en la rejetant légèrement en arrière, ôte ses lunettes qui cachent les cernes profondément imprimées sous ses yeux et me regarde incrédule :

– Que voulez-vous dire, un ticket pour deux personnes sur le ferry à destination d'Istanbul ?

– Eh bien... exactement ça : je voudrais un ticket pour deux personnes sur...

– Vous voulez sortir ? Sortir, pas entrer ?

– Oui, exactement.

– Votre statut ? » Il examine ma chemise bleu ciel l'air troublé. « Médecin ou patient ?

– Médecin.

– Et le statut de l'autre personne ?

– Ni l'un ni l'autre. Je veux dire : *non clinique*.

– Je comprends. Donc sortir.

– Exactement.

– Je vais voir où je peux vous trouver ça. » Il remet ses lunettes, se penche sur l'ordinateur et marmonne en faisant la moue, plutôt pour lui-même que pour moi. « Hum, je n'ai pas de requête correspondante, je ne sais jamais comment les collègues..., bon nous allons improviser... hum, hum. »

Je ne vais pas tambouriner sur le comptoir avec mes doigts, je ne le ferai pas, quel que soit le temps qu'il y mette et je ne vais pas non plus pousser de soupir d'impatience... Mais déjà, il me fait un signe de tête aimable :

– Eh bien, nous avons là ce qu'il vous faut, après tout, le médecin est roi. » Il pousse vers moi deux grands billets verts, « deux tickets pour le ferry à destination d'Istanbul.

– Merci bien. Combien je vous dois ?

– Non, non », le docteur Tomari lève les mains en signe de protestation et soudain deux fossettes rieuses se creusent dans ses joues aux reflets bleus. « Pour la sortie, c'est gratuit ! »

– Oh, merci mille fois.

– De rien. Chaque départ est le bienvenu. »

Tout en souplesse, le sol d'ardoises artificielles absorbe le martellement ferme de mon pas ni trop rapide ni trop affairé. Et déjà, la porte à tambour me recrache à l'extérieur, je prends une grande bouffée d'air chaud et sec, plein de gratitude. Grâce à Dieu, Esther aussi est déjà revenue de son arrêt pipi et me tourne le dos en regardant l'eau, soulagé, je me faufile près d'elle et lui mord les fesses pour rigoler.

Pour la première fois depuis notre départ de Kertch, notre rire est détendu et, le bras passé sur l'épaule de l'autre, heureux de notre allure bancale, nous titubons sans but sur la large place comme si nous voulions nous préparer au mal de mer qui nous attend et Esther demande incidemment :

« Ça a marché ? Tu as pu prendre les tickets ?

– Oui mon capitaine, opération réussie », je m'arrête et tape deux fois sur la poche gauche de ma chemise au niveau de la poitrine comme si je voulais imiter le bon vieux battement de mon cœur. « Je les ai là-dedans avec la belle radio sale de ton thorax transparent.

– La radio ? Tu l'as encore ? » Elle sourit à la fois amusée et gênée d'être émue, puis elle fronce soudain les sourcils et demande tout bas : « Tu ne préfères pas la jeter, Franz ?

– Non, je ne veux pas. Pourquoi devrais-je jeter le début de notre histoire ?

– Je n'ai pas dit que tu devais jeter le début, seulement l'image du début.

– Pourquoi ?

– Je ne sais pas », elle hausse les épaules, hésitante, « tout ce lest …

– Quel lest ? » J'éclate de rire. « Je veux juste emmener cette image, et rien d'autre. On dirait que je veux emporter des dizaines de caisses sur le bateau…

– Ok… C'est bon…

– Qu'est-ce qu'il y a ? » Elle ne répond pas, regarde le sol à côté de moi et je la secoue doucement par le coude. « Hein ?

– C'est juste que… comment dire », elle avale quelques larmes, relève la tête mais la secoue de gauche à droite, le regard fuyant, « que tu ne sais pas bien gérer ces… de telles images. S'il n'y avait pas eu toutes ces radiographies… je ne sais pas… Tu n'étais jamais rassasié de tous ces TEP et ces IRMf, ces EEG et ces MEG, cette façon que tu avais de toujours y chercher la moindre saleté et cet empressement que tu montrais à leur donner tous ces scans de toi… Et cette idée fixe de réussir à prendre un jour une longueur d'avance sur eux, et tu en voulais toujours plus, toujours de nouvelles…

– C'est vrai, mais c'est fini. Je suis enfin guéri de l'idée fixe d'obtenir de nouvelles images de nous. Je n'ai plus envie de lire des lignes sinueuses, crois-moi. Et si c'était le cas, seulement pour aboutir à autre chose que la lecture en elle-même. Mais de toute façon, cette radio de toi n'a rien à voir avec ça, il n'y a rien à y lire. Et je n'ai jamais essayé de le faire, vraiment jamais. »

Elle pencha la tête, l'air toujours sceptique. Je caresse son front pour y effacer le froncement des sourcils :

« Cette image, c'est nos débuts mais pas l'image de nos débuts. J'ai fini par le comprendre, même si ça m'a pris du temps. Mais vingt ans d'expiation, c'est suffisant, tu ne crois pas ?

– Quoi ?

– Tu sais, il se trouve… – ah, ça n'a pas d'importance !

– Bon, très bien », son visage s'éclaire de nouveau et elle

m'embrasse. « Mais ne dis pas que tu es guéri. Les gens comme nous ne guérissent jamais.

– Oui, tu as raison. »

Comme pour corroborer ce point de vue, le long signal mélancolique de la corne de brume retentit derrière nous, c'est ainsi que le ferry claironne bien inutilement dans le ciel bleu radieux la bonne nouvelle de son entrée dans le port.

53.

À peine nous sommes nous retournés que le ferry accoste déjà et un flot de patients tout excités et jacassants se déverse sur la terre ferme par la passerelle. Comme un môle qui aurait pris vie, ils s'écoulent près de nous en rang par deux en direction des guichets du hall pour faire valider leur entrée. Ils doivent être des centaines et, plein d'une indifférence bienveillante, nous les laissons passer devant de nous, comme un film dont on ne peut détourner les yeux simplement parce que l'image bouge tandis qu'on est soi-même à l'arrêt.

Lorsque le môle humain a disparu dans le bâtiment portuaire, nous fixons encore un instant l'image finale de la porte à tambour du hall de nouveau immobile puis nous nous tournons dans la direction opposée, vers le ferry. Le drapeau jaune du service médical flotte joyeusement sur le mât avant au-dessus du drapeau blanc de l'administration de la clinique comme pour nous presser de monter.

Un steward nous attend déjà à bord, il se fait présenter nos tickets et les examine pendant une longue minute bien qu'il n'y ait pour ainsi dire rien d'écrit sur ce papier vert. Retenant son souffle avec anxiété, la cage thoracique d'Esther reste comme suspendue, mais le steward redresse la tête, nous sourit avec une gentillesse toute professionnelle et nous annonce dans un ronronnement viril que le capitaine a déjà été informé par le docteur Tomari que, aujourd'hui, le ferry repartirait avec deux passagers et, au nom du capitaine, il nous souhaite la bienvenue à bord du *Chance II* et, toujours en son nom, nous invite à monter sur le pont et à visiter le poste de pilotage. Nous le remercions d'un hochement de tête un peu raide, puis nous montons derrière lui l'escalier extérieur jusqu'à la passerelle de commandement et, ce faisant, toute mon attention se focalise sous la légère robe d'été d'Esther si bien que ce n'est qu'en arrivant en haut que je prête à nouveau l'oreille au discours ininterrompu du steward.

« … un grand honneur. Normalement, le patient lambda reste en bas sur le pont. S'il a de la chance, il est autorisé à se placer tout à l'avant, à la proue, et à se tenir au bastingage en regardant la mer, ce qui est aussi très bien. Il est là, debout, le nez au vent au-dessus de la proue, tout content que personne ne soit plus à l'avant que lui. Il est vrai que, dans cette position, il ne voit rien du bateau, et au fond rien de la mer non plus. Il se rend bien compte qu'en fait il ne voit rien mais, malgré tout, il ne veut pas se mettre dans la tête que, là-devant, il n'est pas dans une bonne position. En comparaison, la vue qu'on a sur la proue et au-delà, depuis la passerelle de commandement, c'est quand même autre chose, n'est-ce pas ? »

Sa main dessine un arc de cercle au-dessus du parapet et nous contemplons poliment la cascade des trois entreponts au-dessus de la proue vide recouverte de lattes de bois clair.

« Ainsi, tous les deux, vous voulez partir ? Pour Istanbul ? Et ensuite ? Comment… Où voulez-vous aller après ?

– Nous ne savons pas encore », par chance, Esther répond pour nous deux le plus calmement du monde, tandis que je suis encore un peu étourdi d'avoir fixé le triangle étincelant de la proue fraîchement astiquée, « vers le sud sans doute, ou bien peut-être en direction de l'est.

– Évidemment. C'est ce que répondent les gens qui partent avec nous, toujours. Voulez-vous que je vous raconte l'histoire du couple que nous avions à bord le mois dernier ?

– Non, je ne crois pas. Non, ça ne nous intéresse pas.

– Non, évidemment. Mais vous savez ce qui se passe à l'extérieur, tout de même ? »

Esther hausse les épaules avec arrogance :

« Non, nous ne pourrions pas l'affirmer. Aussi peu que vous.

– Donc vous allez vers le grand inconnu. » Sur ce constat bienveillant, il fait la moue et nous tient la porte latérale du poste de pilotage. « Bon, venez par ici. Le capitaine va tout vous expliquer. »

Hésitante, Esther entre dans le poste de pilotage en enjambant le haut seuil de la porte, je la suis et, en jetant un coup d'œil furtif par-dessus mon épaule, je m'aperçois que nous avons déjà appareillé depuis longtemps. Au centre de la salle de commandement au plafond bas, lambrissée de chêne, se tient un homme trapu aux cheveux blancs, les bras largement écartés appuyés à la table des cartes au-dessus de laquelle sa tête est profondément inclinée. On dirait qu'il est en train de faire une petit somme debout, pourtant au toussotement par lequel le steward nous annonce et prend congé pour retourner sur le pont supérieur, il se redresse aussitôt, droit comme une chandelle, et se dirige vers nous avec un large sourire accueillant, ce qui fait saillir ses joues couperosées comme deux petites boules sous ses bons yeux bleu pâle, avec une distraction charmante, il nous tend une main un peu molle et se présente à nous comme le capitaine-docteur Beaufort. Après un soupir d'introduction *Eh bien, voici le poste de pilotage également appelé passerelle*, il commence à nous présenter son royaume.

Le son de sa voix est aussi atone que ses yeux sont pâles, bien différent du ronronnement grave avide de résonnance de son steward, ainsi le clapotis de son discours pénètre gentiment jusqu'au plus profond de nous et, bien que le reste de l'équipage nous tourne le dos sans un salut, deux hommes assis sur de hauts tabourets devant leurs écrans et un troisième, immobile, sa longue-vue fixée sur la verrière inclinée vers l'intérieur comme la gueule d'un requin, Esther se détend et laisse retomber ses épaules tout en promenant son regard dans la pièce à la recherche de quelque chose, elle demande familièrement au capitaine :

« Et où est le gouvernail ? »

Il éclate d'un rire bonhomme :

« Il n'y en a pas, mon enfant. En tout cas pas tel que vous l'imaginez. Pas de grande roue, juste ce petit truc ouvert ici, on dirait que ça sert à manœuvrer un minuscule bateau à moteur, pas vrai ? Nous ne l'utilisons qu'en cas d'urgence, pour contrôler les deux safrans. Tout est automatique. Le système de pilotage lit nos positions tout seul, c'est-à-dire le radar, le GPS, les boussoles, etc. Et c'est ainsi que nous avons les mains entièrement libres. Nous continuons certes de noter consciencieusement nos positions sur la carte mais seulement pour nous-mêmes, et c'est bien autre chose que jadis, lorsque nous étions tenus de le faire, voilà à quel point l'équipement a changé. Même les mélodieux relevés de la sonde acoustique, par exemple, sont un peu devenus ma courbe mélodique personnelle, oui ma petite musique à moi. Les choses prennent tout simplement une autre signification. Un homme suffirait à barrer le navire, dans l'absolu, il n'y a même plus besoin de personne. Pourtant nous nous payons de luxe d'avoir ici deux officiers de quart », il pointe le dos des deux hommes assis, « pilote, copilote, et comme ce n'est pas assez, encore un matelot en prime qui jette un œil dehors. Et bien sûr, il y a aussi le steward qui vous a accueillis. Il passe le plus clair de son temps à se promener sur le pont principal. Qui peut encore se permettre ça de nos jours ? J'aimerais bien le savoir. »

Le capitaine-docteur Beaufort croise les mains dans le dos, s'appuie confortablement au mur arrière de sa salle lambrissée de chêne et contemple son équipage d'un air satisfait. Instinctivement, nous l'imitons, nous nous adossons aux lambris de bois réchauffés par le soleil et nous regardons en clignant des yeux les trois hommes devant nous et, au-delà, par les fenêtres, le bleu indissociable de la mer et du ciel. Plein de confiance, je prends Esther dans mes bras et je noue mes mains sur sa hanche. Elle me fait un clin d'œil en souriant, m'enlace à son tour, et je l'attire tout contre moi, tandis que le capitaine conclut d'un ton endormi notre initiation nautique :

« Je ne vais pas vous ennuyer plus longtemps, vous devez profiter de la traversée, après tout c'est un lieu de contemplation ici, je veux juste vous expliquer rapidement comment fonctionne notre moteur principal. En effet, nous continuons de le régler nous-mêmes, comme autrefois. Avec ces deux gros leviers, nous mettons en marche les transmetteurs d'ordres. Nous avons un père et un fils, donc une grosse et une petite machines qui agissent sur l'arbre et on peut ainsi, si nécessaire, activer l'hélice jusqu'à la nuit des temps. Bon, allez, nous allons vous faire voir un peu de quoi nous sommes capables. Si vous voulez bien vous donnez la peine, monsieur ! »

Sans se retourner, le premier officier de quart descend de son haut tabouret, fait un pas chaloupé de côté pour atteindre les leviers et ôte sa veste d'uniforme blanche, sous laquelle il porte une chemise sans manche d'un blanc tout aussi immaculé. À sa vue, je reçois comme un coup dans le plexus solaire, et le souffle coupé, je le regarde se mettre lentement en position. Il rejette fièrement les épaules en arrière, croise les mains au niveau de son coccyx de telle manière que ses bras totalement recouverts de tatouages se ferment dans son dos comme une bouée de sauvetage noire aux reflets verts-violets, et il attend l'ordre de son capitaine. Lorsque celui-ci arrive enfin, il empoigne les deux leviers de ses bras arqués et les repousse d'un coup jusqu'en bas, *En avant toute,* mais je te tiens toute entière dans mes bras comme tu me tiens tout entier, *and it burns, burns, burns, burns, the ring of fire, the ring of fire, the ring of fire...*

ÉDITION ORIGINALE
HEIMLICH, HEIMLICH MICH VERGISS
© DIAPHANES ZURICH-BERLIN 2012

© DIAPHANES 2019
ISBN 978-2-88928-022-3

PRINTED IN GERMANY
LAYOUT: 2EDIT, ZURICH

WWW.DIAPHANES.FR